metro

Jeong Yu-jeong

Der gute Sohn

metro wurde begründet
von Thomas Wörtche

Zu diesem Buch

Yu-jin ist der perfekte Schüler, der erfolgreiche Schwimmer, der gute Sohn. Doch eines Morgens ist alles anders. Er erwacht von einem metallischen Geruch. Seine Klamotten sind blutverschmiert, rote Fußspuren führen zu seinem Bett. Mit wachsendem Grauen folgt er ihnen ins Untergeschoss, wo er eine entsetzliche Entdeckung macht: Seine eigene Mutter liegt tot im Wohnzimmer, die Kehle sauber durchtrennt.

Seine Erinnerungen an den letzten Abend sind wie ausgelöscht. Im Wettlauf gegen die Zeit muss er die bruchstückhaften Bilder des gestrigen Abends zu einer Lösung zusammensetzen. Was ist geschehen? Und wieso scheinen alle Hinweise auf ihn selbst zu deuten?

»Großartig gemacht und faszinierend, vor allem auch spannend und mitreißend, weshalb Jeong Yu-jeong in Südkorea den Status eines veritablen Popstars hat. Erfolg geht auch mit Qualität.«
Deutschlandfunk Kultur

Die Autorin

Jeong Yu-jeong (geboren 1966) wird »Koreas Stephen King« genannt. Ihre psychologisch ausgefeilten Kriminalromane stehen regelmäßig an der Spitze der Bestsellerliste. Sie arbeitete als Krankenschwester und als Sachverständige der staatlichen Gesundheitsversicherung, bevor sie zu schreiben begann. Als Autorin trat sie an die Öffentlichkeit mit ihrem ersten Roman *My Life's Spring Camp*. Für ihre Werke erhielt sie 2007 den Segye Youth Literary Award und 2009 den renommierten Segye Ilbo Literary Award.

Im Unionsverlag ist außerdem lieferbar: *Sieben Jahre Nacht*.

Die Übersetzerin

Kyong-Hae Flügel, geboren 1972, studierte Germanistik an der Chung-Ang University in Seoul (Südkorea) und der Friedrich-Schiller-Universität Jena. Sie lebt seit 1996 in Deutschland und übersetzt aus dem Koreanischen, unter anderem Jo Kyungran und Kim Young-Ha.

Mehr über die Autorin und ihr Werk auf *www.unionsverlag.com*

Jeong Yu-jeong

Der gute Sohn

Thriller

Aus dem Koreanischen
von Kyong-Hae Flügel

Unionsverlag

Die Originalausgabe erschien 2016 bei
EunHaeng NaMu Publishing Co., Ltd., Seoul.
Die Übersetzung und Herausgabe dieses Buches wurde unterstützt
von dem Literature Translation Institute of Korea (LTI Korea).

Im Internet
Aktuelle Informationen, Dokumente und Materialien
zu Jeong Yu-jeong und diesem Buch
www.unionsverlag.com

Unionsverlag Taschenbuch 889

Originaltitel: Jong-ui Giwon

Neptunstrasse 20, CH-8032 Zürich
Telefon +41 44 283 20 00
mail@unionsverlag.ch

Die erste Ausgabe dieses Werks im Unionsverlag erschien 2019
Reihengestaltung: Heinz Unternährer
Umschlagfoto: Sarah Lack (Alamy Stock Photo)
Umschlaggestaltung: Sven Schrape
Lektorat: Anne-Catherine Eigner
Satz: Greiner & Reichel, Köln
Druck und Bindung: CPI – Clausen & Bosse, Leck
ISBN 978-3-293-20889-6

Der Unionsverlag wird vom Bundesamt für Kultur mit einem
Verlagsförderungs-Strukturbeitrag für die Jahre 2016–2020 unterstützt.

Auch als E-Book erhältlich

Inhalt

Prolog

Die Sonne brannte silbern. Ein Schweif Federwolken zog eilig über den Maihimmel. Aus den weiß blühenden Frühlingssträuchern im Innenhof der katholischen Kirche zwitscherten Sperlinge. Gemeinsam mit meinem großen Bruder Yu-min trat ich durch einen der Rosenbögen, die Kerzen mit unseren Taufnamen in den Händen. Im Takt des Festgesanges schritten wir nebeneinanderher bis zum Außenaltar unter einem Kruzifix.

Beautiful, beautiful, Jesus is beautiful,
And Jesus makes beautiful things of my life.
Carefully touching me, causing my eyes to see,
And Jesus makes beautiful things of my life.

Hinter uns folgten paarweise die Jungen im weißen Messdienergewand mit roten Kappen und die Mädchen in weißen Kleidern mit Blütenkränzen im Haar. Der Gemeindepriester und der Vikar erwarteten vor dem Altar die Ankunft der Prozession. Es war ein Feiertag, der letzte Sonntag des Marienmonats. An diesem Morgen hatte die Freiluftmesse im Innenhof der Kirche stattgefunden, und nun begann die Erstkommunion für vierundzwanzig Kinder. Mein Bruder war neun und ich acht.

Die Gemeinde hatte sich umgedreht, um die Prozession sehen zu können. Unser Pate, der Großvater mütterlicherseits, saß strahlend in der vordersten Reihe. Mutter und Vater beobachteten meinen Bruder Yu-min, der die Erstkommunikanten anführte. Hin und wieder blickte meine Mutter zu mir, merkte offenbar jedoch nicht, dass mein Zittern die Kerzenflamme zum Flackern brachte. Ihre Blicke streiften mich teilnahmslos und wanderten sofort weiter zu meinem Bruder.

Seit dem Vortag fühlte ich mich nicht gut. Mir war merkwürdig kalt, ich hatte Kopfschmerzen und in der Nacht schlecht geträumt. Am Morgen war mein Hals so geschwollen, dass ich kaum einen Schluck Wasser hinunterbekam. Auf der Fahrt zur Kirche bekam ich Fieber. Vielleicht hatte ich ja wieder eine Angina. Meiner Mutter sagte ich jedoch nichts. Ich versuchte mit allen Mitteln, die Haltung zu wahren. Denn würde Mutter meinen Zustand bemerken, würde sie sofort zur Notaufnahme rasen, und was dann käme, konnte ich nur allzu gut voraussagen: Blut abnehmen, die Brust röntgen oder gar eine Spritze. Im schlimmsten Fall würde ich stundenlang eine Infusion mit einem fiebersenkenden Mittel bekommen. Die Erstkommunionsfeier würde dann ohne mich stattfinden, und ich wäre erst in einem Jahr wieder dran. Auch müsste ich erneut ein mühsames halbes Jahr lang Katechese, Bibel abschreiben, Morgenmesse und Prüfungen über mich ergehen lassen müssen. Und das wäre noch nicht alles. Ein anderes Kind würde den Platz neben meinem großen Bruder einnehmen, den ich mir mit Ach und Krach hatte erobern können. Nachdem ich die ganze Mühsal genauso gut wie er hinter mich gebracht hatte, konnte ich doch so kurz vor dem Ziel nicht wegen einer lausigen Angina alles aufgeben.

Nach den ersten Schritten überkam mich ein Frösteln. Noch vor der Hälfte der Strecke zitterte ich fürchterlich. Wenige Schritte vor dem Ziel wichen mir die Kräfte aus den Beinen. Ich wankte und stolperte über den Saum des Gewands. Hätte mein Bruder mich nicht am Ellbogen gepackt, wäre ich Kopf voran auf den Boden geschlagen.

»Was hast du?«, flüsterte Yu-min kaum hörbar. Statt zu antworten, richtete ich mich auf und machte die letzten Schritte.

Dabei wanderte mein Blick hinüber zu den Familien. Ich sah, dass mich meine Mutter mit aufgerissenen Augen anstarrte. Sie fragten das Gleiche wie mein Bruder. Was hast du?

Mit gesenktem Blick schüttelte ich den Kopf. Keinesfalls konnte ich ihr sagen, was mir durch den Kopf ging. »Wenn ich nicht unbedingt die Erstkommunion empfangen müsste, würde ich auf der Stelle umfallen.« Auch wenn ich es hätte sagen können, wäre es zu spät gewesen. Wir waren bereits am Altar angekommen, und der Gemeindepriester streckte seine Hand in unsere Richtung. Mein Bruder gab ihm seine Kerze.

»Han Yu-min Michael«, sagte der Priester zu meinem Bruder, nahm seine Kerze und stellte sie auf den Altar. Auch ich reichte ihm meine Kerze. »Han Yu-jin Noel.«

Der Priester umfasste meine zitternden Hände. Er schaute mir tief in die Augen, als würde er versuchen, einen verängstigten Welpen zu beruhigen. Entspann dich, mein Junge.

Meine Wangen brannten, und meine Haut spannte. Dann drehte ich mich um und ging an meinen Platz neben meinem Bruder. Das zweite Kinderpaar reichte dem Priester die Kerzen. Das Warten auf die nächsten zehn Paare kam mir unerträglich lang vor. Die Messe ging nur schleppend voran. Ich fühlte mich wie eine junge Kröte, die in der sengenden Hitze des Hochsommers versucht, eine achtspurige Autobahn zu überqueren, und immer wenn sie aufschaut, den Eindruck hat, nicht vom Fleck gekommen zu sein. Das Zwitschern der Sperlinge kam mir mal weit entfernt vor, dann kam es wieder ganz aus der Nähe.

»Der Herr sprach durch Mose zum Volk: So schreibet euch nun diese meine Worte ins Herz und in die Seele, und bindet sie zum Denkzeichen auf eure Hand, und traget sie als Merkzeichen auf eurer Stirne.«

Mein Vater als Elternsprecher trug am Pult gerade die erste Lesung vor, als ich meinen Blick hob. Seine sonst so tiefe Stimme war zittrig und kratzig. Seine breiten Schultern wirkten steif wie die eines Roboters. Die rasierten Wangen wirkten fast bläulich. Ich wendete meinen Blick zu den Familien auf der anderen Seite des Gangs. Meine Mutter musste mich die ganze Zeit beobachtet haben. Sie wirkte, als ob sie gleich über den Gang stürzen würde. Offensichtlich hatte sie gemerkt, dass ich nicht aus Versehen gestolpert war, sondern dass etwas mit mir nicht in Ordnung war. Meine Wangen müssen so rot wie meine Kappe gewesen sein. Oder sie merkte, dass mein Körper unter dem weiten Gewand zitterte.

»Siehe, ich lege euch heute vor den Segen und den Fluch … die ich euch heute gebiete …«

Von der Stimme meines Vaters drangen nur Bruchstücke an meine Ohren, und meine Gedanken stockten. Die Zeit verging ruckartig. Das Zwitschern der Vögel in meinem Rücken entfernte sich mit jedem Ton.

»Was machst du? Schläfst du?« Die Stimme meines Bruders Yu-min brachte mich zur Besinnung. Ich öffnete die Augen und bemerkte, dass der Gemeindepriester und der Vikar bereits mit der Hostie und dem Wein vor dem Altar standen. Als mir aufging, dass ich jetzt aufstehen und vorgehen sollte, bemerkte ich, dass ich bereits vor ihnen stand. Die dunkle, dürre Hand des Priesters wirkte wie ein toter Ast. Am Ende dieses Asts strahlte die mit Rotwein beträufelte Hostie wie der Vollmond.

»Dies ist der Leib Christi.«

Amen. Mein Bruder empfing die Hostie mit der Zunge. Auch ich hob den Kopf, konnte den Mund aber nicht öffnen. Mein Hals glomm, meine Haut brannte, meine Augen standen in Flammen. Vor meinen Augen wirbelte eine trübe Staubwolke, und die Dinge nahmen merkwürdige Formen an. Das Kruzifix stand kopfüber, der Altar schwebte über meiner Stirn, und die Zweige der Frühlingsspieren im Innenhof wirkten wie verknöcherte Finger. Meine Zehenspitzen wurden langsam in die Höhe gehoben. Schließlich kippte die Welt ruckartig um, und ich brach jäh zusammen.

»Yu-jin!« In mein verworrenes Bewusstsein drang der grelle Schrei meiner Mutter. »Mach die Augen auf, Yu-jin!«

Mühsam öffnete ich die Augenlider. Im sich langsam weitenden Sichtfeld konnte ich ihr bleiches Gesicht ausmachen. »Yu-jin, fehlt dir was?«

Ich lag in den Armen meiner Mutter vor dem Altar. Ihr besorgter Blick flog nervös über mein Gesicht. Gern hätte ich ihr gesagt, dass ich fror, konnte aber die Lippen nicht bewegen.

»Hat er einen Hitzeschlag? Soll ich einen Notarzt rufen?«, fragte ein schwarzer riesiger Schatten mit einer dringlichen Stimme über mir. Ich konnte sein Gesicht im Gegenlicht nicht erkennen, aber es musste wohl mein Vater sein, denn meine Mutter rief: »Schnell!«

Der dünne Schatten neben meinem Vater musste mein Bruder sein. Hinter ihm sah ich dunkle Wolken, die sich wie Flammen auf einem Feld ausbreiteten. In der Ferne zwitscherten fröhlich Sperlinge. Mitten im sich zuziehenden Himmel glühte rot die Sonne.

Der Ruf aus der Dunkelheit

Der Geruch von Blut weckt mich. Nicht die Nase, sondern der ganze Körper scheint ihn einzusaugen. Wie ein Ton widerhallt und verstärkt er sich in mir. Vor meinen Augen tanzen sonderbare Bilder: gelblich trübe Lichtkegel der aneinandergereihten Straßenlaternen im Nebel, das aufgewirbelte Flusswasser unter meinen Füßen, der auf regennasser Straße sich überschlagende scharlachrote Regenschirm, die an einer Baustelle im Wind flatternde Sichtschutzplane. Von irgendwoher über meinem Kopf tönt der Gesang eines Mannes mit undeutlicher Aussprache.

Die unvergessliche Frau steht im Regen.
Ich kann nicht aufhören, an sie zu denken …

Um zu verstehen, was los ist, brauche ich nicht überdurchschnittlich viel Fantasie. Dies ist nicht die Wirklichkeit, und natürlich ist es auch nicht das Nachbild eines Traums. Es ist ein Signal, das der Kopf dem Körper sendet. Bleib jetzt liegen. Beweg dich nicht. Das ist der Preis dafür, dass du das Antiepileptikum einfach so abgesetzt hast. Das Absetzen der Medikamente ist wie ein erfrischender Regen in meinem wüstengleichen Leben, und den gönne ich mir. Der Preis dafür ist ein Sturm namens Anfall, allerdings nicht jedes Mal. Die aktuellen Symptome sind Vorboten, die das Nahen des Sturms ankündigen, konfuse halluzinative Wahrnehmungen, die sogenannte Aura, die einem Anfall vorausgeht.

Es gibt jedoch keinen Hafen, in dem ich dem Sturm entgehen könnte. Mir bleibt nichts anderes übrig, als seine Ankunft zu erwarten. Während des Sturms ist es stockfinster, und ich bin ihm wehrlos ausgeliefert. Hinterher kann ich mich nie an den Ablauf erinnern. Ich schlafe dann fest und lang, bis mein Bewusstsein von sich aus erwacht. Der Vorgang ähnelt schwerer körperlicher Arbeit, weil er einfach und heftig ist. Selbst schuld. Ich habe mich wissentlich dafür entschlossen und muss nun die Suppe auslöffeln. Weil ich ein Wiederholungstäter bin, der bereit ist, die Konsequenzen seines Handelns zu tragen, kann man sogar von Abhängigkeit sprechen.

Medikamentenabhängige nehmen Mittel, um einer Illusion nachzujagen. In meinem Fall ist es das Gegenteil. Ich muss Medikamente absetzen, um die Illusion zu erreichen. Kurz nach dem Absetzen beginnt eine magische Phase. Nebenwirkungen wie Kopfschmerzen und Ohrensausen verschwinden, während sich meine fünf Sinne schärfen. Mein Geruchssinn wird so ausgeprägt wie der eines Hundes. Das Gehirn arbeitet effizienter als üblich, und ich nehme die Welt mit meinen Instinkten statt mit meinem Hirn wahr. Ich fühle mich kraftvoll und überlegen.

Ärgerlich ist nur, dass ich meiner Mutter und ihrer jüngeren Schwester in Wirklichkeit keineswegs überlegen bin. Mein Leben ist nichts anderes als ein Sitzkissen, auf dem sich beide ausgebreitet haben. Meine Bitte, ihre alles erstickenden Hintern von mir zu nehmen, wird nicht gehört. Falls meine Mutter das jämmerliche Bild eines meiner Anfälle sehen könnte, würde Folgendes passieren: Sofort nach meinem Aufwachen schleppt sie mich zu meiner Tante, einer renommierten Psychiaterin, Leiterin der Klinik für moderne Kindermedizin und zugleich meine Hausärztin. Diese sieht mir in die Augen und fragt beharrlich in einem freundlichen Ton, bis sie etwas Befriedigendes von mir hört: »Warum hast du die Medikamente abgesetzt? Nur wenn du mir ehrlich antwortest, kann ich dir helfen.«

Aber ehrlich gesagt, die Ehrlichkeit gehört nicht zu meinen

Stärken. Sie ist auch kein Wert, nach dem ich strebe. Was ich bevorzuge, ist Zweckmäßigkeit, und so antworte ich: »Ich habe einfach irgendwie vergessen, die Medikamente zu nehmen. Was ich einmal vergesse, vergesse ich regelmäßig. Und weil ich es schon ein paar Mal vergessen habe, vergesse ich es nun immer wieder.«

Meine überlegene Tante folgert dann glasklar: »Süchtig nach Unterbrechung der Medikation.« Meine Mutter als ihre Vollzugsgehilfin ordnet an, dass ich täglich bei jeder Mahlzeit die Medikamente vor ihren Augen zu nehmen habe. Sie hämmert mir ein, was ich für einen Preis dafür bezahlt habe, ein paar Tage aufgedreht gewesen zu sein, und lässt mich dabei deutlich spüren, dass ich niemals von ihr loskomme, solange ich so was mache.

»Yu-jin!«

Plötzlich erinnere ich mich an ihre Stimme, die ich vor dem Öffnen der Augen gehört habe. Sie erklang tief wie der Wind in einem Traum, sanft, aber doch klar. Aber jetzt, da ich aufgewacht bin, nehme ich sie nicht mehr wahr. Es ist so still, dass es mir fast in den Ohren dröhnt. Im Zimmer ist es dunkel, vermutlich ist es noch vor Sonnenaufgang, vielleicht schläft meine Mutter noch. Dann könnte ich den Anfall hinter mich bringen, ohne dass sie es bemerkt. Genauso wie gestern Abend.

Ich erinnere mich, dass es gegen Mitternacht war, als ich in der Nähe des Zebrastreifens auf dem Damm schwer atmete. Ich war auf dem Rückweg vom Aussichtspunkt »Milchstraße« im Gundo-Marine-Park, zu dem ich in höchster Geschwindigkeit gesprintet war. Ich muss manchmal einfach aus dem Haus und losrennen, um meine krankhaft überschüssige Energie loszuwerden. Das ist mein »Syndrom des ruhelosen Körpers«, ich nenne es den Rappel. Da ich oft mitten in der Nacht aufbreche, kann man es ohne Übertreibung bekloppt nennen.

Auf dem Damm war es menschenleer, so wie immer in der Nacht. Auch Yongi, die Pfannkuchenbude, war geschlossen.

Die Anlegestelle der Fähre war in der Dunkelheit versunken, und die sechsspurige pistengleiche Straße wurde vom dichten Nebel verschluckt. Der Wind war so bissig und scharf, wie es zu einer Stadt am Meer in einer Winternacht passte. Und es goss wie aus Kübeln. Man hätte es ein Unwetter nennen können, doch fühlte sich mein Körper federleicht an, als glitte er durch die Luft. Ich hatte das Gefühl, bis nach Hause schweben zu können, so high war ich. Wenn der Wind nur nicht den Geruch von Blut zu mir getragen hätte, süßlich, metallisch, leicht fischig.

Wie der Wind kam er von vorne – nicht so heftig wie jetzt, doch stark genug, um ihn als Warnung vor einem Anfall zu sehen. Eine Frau kam auf mich zu, die aus dem letzten Bus Richtung Ansan gestiegen war. Unter ihrem Regenschirm lief sie in kleinen Pinguinschritten in meine Richtung, angeschoben vom Wind. Ich musste jetzt wirklich bis nach Hause fliegen, denn ich wollte mich nicht vor einer wildfremden Frau wie ein Krake auf dem Boden winden.

Dann hatte ich einen Filmriss. Ich kann nur vermuten, dass ich mich ins Bett gelegt habe, sobald ich mein Zimmer betreten hatte. Ich hatte mich nicht einmal umgezogen. Wahrscheinlich bin ich nach dem dritten Anfall meines Lebens schnarchend eingeschlafen. Was den letzten von den bisherigen Anfällen unterscheidet, ist, dass sich ein weiterer Anfall gleich nach dem Aufwachen ankündigt. Die Art und Intensität des Geruchs haben ebenfalls völlig andere Dimensionen: Es prickelt auf der Haut, die Nase brennt, und ich bin benommen, als ob ich in einer Rauchwolke liegen würde. Ich ahne, dass der nächste Anfall härter sein wird als alle zuvor.

Über die Heftigkeit bin ich nicht beunruhigt, denn es ist wie bei einem Niesel- oder Sturzregen: Man wird sowieso nass. Wenn es so kommen muss, wünsche ich mir, dass der Anfall so schnell wie möglich beginnt. Denn ich möchte ihn schleunigst hinter mich bringen, noch bevor meine Mutter aufwacht.

Ich schließe die Augen und warte gefasst ab. Den Kopf drehe ich zur Seite, um möglichen Atembeschwerden vorzubeugen. Ich entspanne mich und atme tief. Ich bemitleide meinen Körper, da er sich winden und krümmen wird, und zähle dabei. Eins, zwei … Bei fünf beginnt das Telefon auf dem Nachttisch zu klingeln, überraschend und unpassend laut. Beim Gedanken, dass parallel auch das Telefon eine Etage tiefer im Wohnzimmer klingelt, zucke ich zusammen. Auch meine Mutter wird wohl aufschrecken. Was für ein Idiot ruft denn so früh am Morgen an.

Das Klingeln hört auf, und als ob die Standuhr übernehmen wollte, beginnt diese im Wohnzimmer zu schlagen. Einmal. Es ist doch aber unmöglich ein Uhr. Abgesehen von wenigen Ausnahmen, ist der einzelne Gong der Standuhr das erste Geräusch, das ich nach dem Aufwachen höre. Ein Überbleibsel aus der Grundschule, als ich mir angewöhnt hatte, eine Stunde vor dem Schwimmtraining aufzuwachen, egal, wann ich eingeschlafen war. Das heißt, dass es jetzt halb sechs morgens ist. Meine Mutter wird gerade am Sekretär im Schlafzimmer sitzen. Zu dieser Zeit betet sie dreimal das Ave-Maria zur heiligen Mutter Maria.

Gegrüßet seist du, Maria, voll der Gnade.
Der Herr ist mit dir.
Du bist gebenedeit unter den Frauen,
und gebenedeit ist die Frucht deines Leibes, Jesus.

Nach dem Gebet wird sie duschen. Ich lausche ins Untergeschoss und erwarte Stühlescharren oder laufendes Wasser. Doch alles, was ich höre, ist ein lautstark klingelndes Telefon. Es ist mein Handy. Ich vermute, dass der Anrufer am Festnetztelefon mich erreichen wollte.

Ich strecke meine Hand und taste um das Kopfkissen herum. Dort müsste es eigentlich liegen. Aber ich finde nichts. Habe ich es auf dem Schreibtisch liegen gelassen? Oder etwa im Bad? Während ich in Gedanken auf die Suche gehe, hört es auf. Kurz danach beginnt das Festnetztelefon erneut zu klingeln. Ich springe auf und schnappe mir den Hörer. »Hallo.«

»Schläfst du immer noch?«

Es ist Hae-jin. Natürlich. Wer außer dem Typen, der eine Etage unter mir wohnt, würde mich sonst zu dieser absurden Uhrzeit anrufen.

»Bin aufgewacht«, antworte ich.

»Was macht Mutter?«

Diese Frage kommt mir genauso abwegig vor wie die Uhrzeit des Anrufs. Ob er wohl nach dem Treffen mit den Kollegen der Filmproduktion noch nicht nach Hause gekommen ist? Ich versichere mich. »Bist du nicht zu Hause?«

»Bist du noch nicht ganz wach, oder was? Wenn ich zu Hause wäre, warum sollte ich dann anrufen? Ich bin in Sangam-dong.«

Warum er gestern nicht nach Hause kam, erzählt er auch gleich. Der Regisseur des Films *Nachhilfestunde,* bei dem Hae-jin im letzten Sommer als Assistent gearbeitet hatte, hat ihm einen neuen Job vermittelt. Das haben sie mit Reiswein gefeiert, und danach musste er noch einen Film von einer sechzigsten Geburtstagsfeier schneiden. Im Schneideraum war es jedoch so warm, dass er kurz darauf einnickte.

»Und eben«, erzählt Hae-jin weiter, »bin ich aufgewacht und sehe, dass Mutter nachts angerufen hat. Das ist doch seltsam, und deswegen rufe ich jetzt zurück.« Er fügt noch hinzu, dass er angenommen hat, wir seien mittlerweile aufgestanden, und dass keiner ans Telefon gegangen war, fand er noch merkwürdiger. »Zu Hause ist doch nichts passiert, oder?«

Ich hebe eine Hand vor meine Augen und erkenne erst jetzt, dass etwas Verkrustetes daran klebt. Und dass dieses Zeug auch an Augen, an der Nase und am Mund klebt. Es ist abstoßend, was ich – mit den Worten meiner gebildeten Tante – auch ohne die Signale der Meissner-Körperchen realisiere.

»Was soll denn nicht in Ordnung sein?«, nuschle ich, ohne

bei der Sache zu sein, und streife gleichzeitig über meine verklebten Haare.

»Hm, warum geht sie denn nicht ans Telefon? Ihr Handy und das Festnetz, beides muss geklingelt haben.«

»Sie betet bestimmt gerade. Oder sie hat es nicht gehört, weil sie im Bad ist oder auf der Veranda.«

Nacheinander taste ich Brust, Bauch und Beine ab. Die Kleidung ist noch von gestern, aber sie fühlt sich absolut anders an. Mein weicher und flauschiger Pullover ist steif wie ein alter Putzlappen. Die Hose ist so hart wie ungegerbtes Leder. Ich winkle ein Bein an und fasse an die Socke. Sie ist so steif wie der Pullover.

»Wenn du meinst«, sagt Hae-jin wie im Selbstgespräch. Ich sehe förmlich, wie er seinen Kopf fragend zur Seite neigt. »Du bist sicher, dass wirklich alles in Ordnung ist?«

Ich nicke ärgerlich. Was soll denn Besonderes passiert sein? Außer dass ich anscheinend schlammverkrustet bin. »Wenn es dir solche Sorgen bereitet, kannst du ja später noch einmal bei ihr anrufen.«

»Nein, ich komme jetzt ja sowieso nach Hause.«

»Jetzt gleich?«, frage ich und überlege mir, was wohl in der letzten Nacht passiert ist, dass ich so voller Schlamm bin. Bin ich beim Heimflug abgestürzt? Ich habe keinerlei Erinnerung. Zudem gab es unterwegs eigentlich keinen Ort, an dem ich mich so hätte verdrecken können. Es sei denn, ich hätte den Umweg über die Baustelle für die neuen Hochhäuser genommen. Oder ich wäre beim Versuch, über eine Hecke zu springen, in einem Beet gelandet.

»Ich gehe jetzt duschen. Dann komme ich nach Hause. Spätestens um neun bin ich da.« Dann legt Hae-jin auf.

Ich richte mich auf und lege das Telefon zurück auf den Nachttisch. Dann fummle ich die Fernbedienung für die Zimmerbeleuchtung aus der Wandhalterung am Kopfende und schalte das helle LED-Licht über meinem Kopf ein.

In meinen Ohren hallt der Schrei meiner Mutter: »Yu-jin!«

In dem Moment sehe ich mich im Zimmer um, und mir

stockt der Atem. Ich verschlucke mich am eigenen Speichel und bekomme einen Hustenanfall, klopfe auf meine Brust und lasse mich mit Tränen in den Augen aufs Bett fallen.

Einmal, als ich als Schwimmprofi in einem Wettbewerb Gold über tausendfünfhundert Meter geholt hatte, hatte mich ein Journalist gefragt, was meine Stärke sei. Ich gab die bescheidene Antwort, die mir meine Mutter beigebracht hatte: »Meine relativ ruhige Atmung.«

Mein Coach, der die gleiche Frage gestellt bekam, antwortete weniger bescheiden: »Er hat unter meinen bisherigen Schwimmern die außergewöhnlichste Lungenkapazität.«

Dieser meiner außergewöhnlichen Lungenkapazität die Luft zu nehmen, beherrschen auf der ganzen Welt nur die zwei Frauen, die mich als Sitzkissen missbrauchen. Und allenfalls ein explodierender Torpedo in meinem Hals. Und genau das passiert, als ich mich in meinem Zimmer umsehe.

Der silbrige Marmorboden ist mit Blutspuren und blutigen Fußabdrücken übersät. Sie beginnen an der Zimmertür und durchqueren den Raum, um dann am Fußende des Bettes haltzumachen. Wenn der Besitzer der Füße nicht rückwärtsgelaufen ist, muss, was immer geschah, hinter der Zimmertür begonnen haben. Auch das Bett ist blutüberströmt. Bettlaken, Decke und Kissen, also alles, was mit meinem Körper in Kontakt gekommen ist, ist blutrot. Erst jetzt sehe ich an mir selbst herunter. Am schwarzen Pullover, der Jogginghose und sogar an den Socken klebt reichlich geronnenes Blut. Der Blutgeruch, der mich aufgeweckt hat, war kein Hinweis auf einen Anfall. Es war echter Blutgeruch.

Ich bin fassungslos und durcheinander. Bin ich etwa Verursacher der Spuren? Was ist hinter der Tür passiert, dass ich so voller Blut bin? Hatte ich vielleicht einen Anfall? War er so heftig, dass ich mir auf die Zunge gebissen habe? So tief, dass mein ganzer Körper vom Blut bespritzt wurde? Dann dürfte ich jetzt nicht mehr in meinem Zimmer, sondern im Reich der Toten sein. Logischer wäre, dass mich jemand, der etwas gegen mich hat, beim Anfall mit einem Eimer Schweineblut übergossen hat. Oder ich hätte während des Anfalls wehrlos einen Messerangriff überlebt. Von dem besagten Jemand, der etwas gegen mich hat. Da ich keine Schmerzen habe, kann ich das jedoch ausschließen.

Wo war Mutter während dieser mysteriösen Geschichte? Die Wahrscheinlichkeit, dass sie mir dabei begegnet ist, ist nicht hoch. Meine Mutter ist Regelfanatikerin. So hat sie Regeln für Mahlzeiten, Stuhlgang, Sport und die meisten anderen Sachen, denen sie nachgeht. Schlafgewohnheiten gehören ebenfalls dazu. Sie geht nach der Einnahme ihrer Schlaftablette, die ihr meine Tante verschrieben hat, um 21:00 Uhr ins Bett. Ich habe bis dahin zu Hause zu sein. Nur wenn ich später als 21:00 Uhr heimkomme, bricht sie diese Regel.

Für Hae-jin gilt diese Regelung mit 21:00 Uhr übrigens nicht. Mutters Rechtfertigung für diese Diskriminierung ist, dass er nicht nachts auf der Straße einen Anfall haben könnte.

Das gefällt mir nicht, aber ich muss es hinnehmen. Es ist immer noch besser, als mich in aller Öffentlichkeit wie ein Krake zu winden, beim Warten auf die U-Bahn aufs Gleis zu stürzen oder beim Umherwälzen auf der Straße überfahren zu werden. Das ist der Grund, warum ich mich manchmal nachts wie ein Dieb durch die Stahltür auf unsere Dachterrasse herausschleiche und dann wie ein Mondsüchtiger durch die Gegend irre.

So auch gestern Abend. Ich schlich mich aus der Anerkennungsfeier für die Professoren und kam um 20:55 Uhr zu Hause an. Ich hatte ein paar Gläser getrunken, ja sogar Bier und Soju gemischt, obwohl ich sonst keinen Tropfen anrühre. Um mein heißes Gesicht zu kühlen, war ich extra im Regen von der Bushaltestelle bis nach Hause gelaufen, wodurch zwar die Hitze schwand, die aufgekratzte Stimmung aber nicht. Na ja, ich war wohl ziemlich angeheitert. Denn ich hatte vergessen, dass man am Zahlenschloss der Wohnungstür den Deckel immer erst schließen musste, bevor man sie aufklinkte. Die Folge war, dass ich nach geschlagenen zwanzig Minuten aussichtslosem Kampf mit Händen in den

Hosentaschen konzentriert auf das funktionsunfähige Zahlenschloss starrte. Währenddessen piepste mein Handy vier oder fünf Mal in meiner Manteltasche. Ohne nachzusehen, wusste ich, dass es Nachrichten meiner Mutter waren. Sogar den Inhalt konnte ich aufs Wort genau ahnen.

»Bist du schon unterwegs?«

»Wo bist du gerade?«

»Wann kommst du an?«

»Lauf nicht zu Fuß. Es regnet. Ich komme zur Bushaltestelle und hole dich ab.«

Fünf Sekunden nach dem letzten Piepsen ging die Tür auf. Mutter, die sich selbst für einen Einkauf im Supermarkt nebenan zurechtmachte, erschien schlicht, aber elegant mit Baseball-Cap, weißem Pullover, brauner Strickjacke, Skinny-Jeans und weißen Sportschuhen, den Autoschlüssel in der Hand. Ich presste meine Lippen zusammen und schaute übellaunig auf die Fußspitzen. Am liebsten hätte ich sie angeschnauzt: »Ach, lass mich doch.«

»Seit wann bist du da?« Sie öffnete die Tür nur halb, fixierte sie mit dem Stopper und stellte sich dazwischen, um klarzumachen, dass sie mich nicht ohne Weiteres hereinlassen wollte. Unauffällig blickte ich auf die Armbanduhr. 21:15 Uhr.

»Ich bin schon lange da, aber …« Ich musste innehalten. Unter meinen Füßen schien sich gerade ein Loch zu öffnen, und die Wohnungstür beulte sich aus wie der Bauch einer Hochschwangeren. Als ich den Kopf hob, wankte ich plötzlich. Mein Schädel war schwer wie ein Bierfass, und das Gesicht begann zu brennen. Ich musste wie eine reife Tomate ausgesehen haben. Um es zu überspielen, bewegte ich nicht den Kopf, sondern nur meine Augen in ihre Richtung. Ich tat dies so vorsichtig und langsam, als ob ich Gefahrgut transportieren würde. Als sich unsere Blicke trafen, fügte ich schnell hinzu: »Ich konnte nicht rein, die Tür ging nicht auf.«

Sie warf einen flüchtigen Blick auf das Türschloss, klappte den Deckel demonstrativ laut zu und schob ihn wieder hoch. Atemberaubend schnell drückte sie die sieben Zahlen, sodass das Schloss piepte und sich öffnete. Ihre Augen wanderten wieder zu mir zurück. Was war das Problem?

»Ach so.« Ich nickte als Zeichen, dass es keins gab. Aus meinen nassen Haaren löste sich ein Tropfen und lief an der Stirn zwischen den Augenbrauen hinab bis zur Nasenspitze. Ich pustete ihn weg und sah, dass die Augen meiner Mutter auf meine Stirn fixiert waren. Oder genauer auf die fingerkuppengroße Narbe mitten auf meiner Stirn, als ob diese Narbe das Zentrum all meiner Lügen sei.

»Hast du Alkohol getrunken?«, wollte sie wissen.

Die Frage brachte mich in Verlegenheit. Laut meiner Tante verstärkt Alkohol das Risiko eines Anfalls. Nach Mutters Prinzipien war Alkohol absolut verboten.

»Ein bisschen. Ein ganz, ganz kleines bisschen nur.« Ich zeigte einen zentimeterkleinen Abstand zwischen Daumen und Zeigefinger. Ihr Gesichtsausdruck wurde jedoch kein bisschen weicher. Meine Narbe stach, als ob ein Vogel daran picken würde. Um die Situation zu entspannen, fügte ich hinzu: »Nur ein Bier.«

Sie zwinkerte, als wollte sie sagen, ach, tatsächlich.

»Ich wollte nicht trinken, aber der Professor schenkte es mir ein …« Ich unterbrach mich. Mit fünfundzwanzig Jahren werde ich von meiner Mutter belehrt, nur weil ich ein paar Gläser getrunken habe. An allem ist die Tür schuld. Eigentlich wollte ich unauffällig in die Wohnung kommen und auf der Treppe nach oben »Bin da!« rufen. Dann hätte ich auch die Sperrstunde eingehalten, und meine Mutter wäre nicht rausgekommen, um mich alkoholisiert zu ertappen. Alle Kraft wich aus meinen Beinen, mein linkes Knie knickte plötzlich ein, und ich schwankte leicht nach links.

»Yu-jin!«, rief meine Mutter und fasste mich am Ellbogen.

Ich nickte. Alles ist in Ordnung. Ich bin nicht betrunken. Im Ernst, ich habe nur ein Glas getrunken.

»Lass uns reingehen und reden«, sagte sie.

Auch ich wollte hineingehen, aber nicht, um zu reden. Ich entzog ihr meinen Ellbogen, doch diesmal schwächelte mein rechtes Bein, und ich kippte in Richtung meiner Mutter. Ich fing mich an ihrer Schulter auf. Sie atmete hörbar tief ein, und ihr kleiner schmaler Körper wurde plötzlich steif. Sie schien überrascht zu sein, da ich so etwas sonst nie tat. Oder war sie gerührt? Ich drückte sie fest an mich. Wir sollten das Reden sein lassen. Das bringt nichts, danach tun nur die Münder weh. Den Alkohol habe ich doch bereits getrunken, es ist zu spät.

»Was ist mit dir los?«, fragte sie, während sie sich aus meinen Armen befreite. Gleich danach schien sie ihre Emotionen wieder im Griff zu haben und zeigte ihre gewohnte Fassung. Auch ich fasste mich wieder, zog meine Arme zurück und ging hinein. Während ich die Schuhe auszog, stand sie hinter mir und fragte: »Ist etwas passiert?«

Ohne mich umzudrehen, schüttelte ich den Kopf. Erst als ich im Wohnzimmer stand, verabschiedete ich mich halbherzig. »Schlaf gut.«

Sie ließ mich gehen und fragte lediglich: »Soll ich dich nach oben bringen?«

Wieder schüttelte ich den Kopf. Ohne mich zu beeilen oder zu bummeln, stieg ich die Treppen hinauf. In meinem Zimmer zog ich mich aus und warf die Sachen von mir.

So weit kann ich mich erinnern. Und auch daran, dass ich mich ins Bett geworfen hatte, ohne mich zu waschen, und gehört hatte, dass sich die Zimmertür meiner Mutter schloss. Und noch, dass mein Schwips mit diesem Geräusch schlagartig verschwand. Was habe ich anschließend gemacht? Vermutlich habe ich herumgelegen und die Zimmerdecke angestarrt, bis mich ungefähr vierzig Minuten später der Rappel packte und ich mich durch die Stahltür auf die Dachterrasse schlich.

Plötzlich fällt mir ein, was Hae-jin vorhin gesagt hat: »Und eben bin ich aufgewacht und sehe, dass Mutter nachts angerufen hat. Das ist doch seltsam, und deswegen rufe ich jetzt zurück.«

Vorhin habe ich mir dabei nicht viel gedacht, aber nun

kommt es mir sonderbar vor. Warum hat Mutter ihn angerufen? Fand sie meine Umarmung so ungewöhnlich? Oder hat sie gemerkt, dass ich über die Dachterrasse verschwunden war? Wann hat sie versucht anzurufen, dass Hae-jin den Anruf so seltsam fand? 23:00 Uhr? Mitternacht? Wenn sie nach dem Anrufversuch noch wach geblieben wäre, könnte es sein, dass sie meine Rückkehr noch bemerkt hat, oder?

Nein, wenn sie sie bemerkt hätte, hätte sie mich niemals in Ruhe gelassen. Sie hätte sich vor mir aufgebaut und mich ausgefragt, so wie sie mich als Kind immer zu einem Geständnis gezwungen hatte. Sie hätte mich nicht schlafen lassen, bis ich alles gesagt hätte. Wo bist du um diese Zeit gewesen, wann bist du rausgegangen, seit wann gehst du heimlich ein und aus … Möglicherweise hätte sich die Strafe von früher wiederholt: die ganze Nacht vor der Statue der heiligen Maria kniend das Ave-Maria aufsagen. Und wenn sie mich so voller Blut gesehen hätte, wäre das Ganze damit längst nicht abgegolten gewesen. Die Tatsache, dass ich in meinem Zimmer aufgewacht bin, ist der Beweis dafür, dass ich meiner Mutter nicht begegnet bin.

Ich stehe auf. Nur wenn ich hinausgehe, kann ich irgendwas in Erfahrung bringen. Ich bewege mich vorsichtig in Richtung Zimmertür und versuche dabei, nicht in die Fußabdrücke zu treten. Als ich am Schreibtisch ankomme, halte ich inne. An der Glasscheibe der Tür, die gegenüber dem Schreibtisch liegt und zur Dachterrasse führt, zeichnet sich ein fremder Mann ab: Die Haare stehen ab wie Ziegenhörner, und das Gesicht ist so rot, als ob die obere Hautschicht völlig abgezogen wäre. In den Augen glänzt allein das Weiß des Augapfels. Mir wird schwindlig. Bin etwa ich dieses rote Tier?

Durch die Glastür ist nichts Genaues zu erkennen. Der Nebel, der vom Meer herüberwabert, versperrt die Sicht wie eine Mauer. Darüber schimmert schwach gelbes Licht. Es ist die Lampe der Pergola, die Mutter beim Anlegen des Gartens auf der Terrasse bauen ließ. Ich muss sie letzte Nacht angelassen haben, als ich durch die Stahltür verschwand.

Eigentlich hätte ich sie beim Zurückkommen wieder ausmachen müssen.

Die Glas-Schiebetür zur Terrasse, die ein paar Zentimeter offen steht, finde ich in diesem Zusammenhang verdächtig, denn sie schließt automatisch, wenn man sie zuschiebt. Also lasse ich die Tür stets eine Handbreit offen, wenn ich über die Terrasse aus dem Haus gehe. Aber jetzt steht sie so weit auf, wie ich sie gewöhnlich offen lasse, um nicht durch den »offiziellen Eingang« zurückzukommen. Ich hätte sie bei meiner Rückkehr eigentlich zumachen müssen. Egal, ob im Halbschlaf oder nüchtern, ich hätte sie auf keinen Fall wieder geöffnet, nachdem ich sie geschlossen habe. Schließlich ist der 9. Dezember, und mein Zimmer befindet sich auf der oberen Etage der Penthouse-Wohnung in einem 25-stöckigen Hochhaus in einer Stadt an der Küste. So etwas wie Kälte reinzulassen, mag meine Mutter tun, die in die Wechseljahre gekommen ist und mehrmals am Tag Hitzewallungen bekommt. Aber ich doch nicht.

Die einzige schlüssige Antwort ist: Ich bin nicht durch die Tür zurückgekommen, durch die ich gegangen war. Ich muss durch die Wohnungstür zurückgekommen sein. Das kann ich an der Richtung der Fußabdrücke, an der offenen Glastür zur Terrasse und der Lampe der Pergola erkennen. Unklar ist mir aber immer noch, aus welchem Grund ich durch die Wohnungstür gekommen bin, warum ich so aussehe und was der Zustand des Zimmers bedeutet.

Ich schaue auf den Wecker. Auf schwarzem Hintergrund leuchten nebeneinander drei rote Zahlen. 5:45. Auch wenn ich das Wasser nicht hören kann, ist Mutter vermutlich gerade im Bad. In zehn Minuten wird sie aus dem Schlafzimmer kommen und in die Küche gehen. Bis dahin muss ich herausfinden, wie die Lage draußen ist.

Ich öffne die Zimmertür, gehe in den Korridor und mache Licht. Blutspuren und Fußabdrücke ziehen sich von der Zimmertür durch den Flur bis zur Treppe. An die Tür gelehnt, höre ich in meinem Kopf das Flüstern des Optimisten, den ich Team Blau nenne: Es ist ein Traum. Du bist noch nicht aufgewacht. Es ist völlig ausgeschlossen, dass so etwas tatsächlich passiert.

Widerwillig entferne ich mich von der Tür. Als ob mich jemand am Kragen ziehen würde, folge ich zögerlich den Fußabdrücken. Sobald ich meinen Fuß auf die erste Treppenstufe setze, schaltet sich die Beleuchtung automatisch ein, und das Licht strahlt über meinem Kopf. Der Anblick unter meinen Füßen brennt sich in mein Hirn: blutige Handabdrücke am Geländer sowie Fußabdrücke und Blutstropfen auf jeder Stufe. Geistesabwesend starre ich auf die Spritzer, die Blutspuren an der Wand und auf die Blutlache auf dem Boden beim Treppenabsatz. Diese Spuren haben eine andere Dimension als die Fuß- oder Handabdrücke, und wenn dies alles kein Traum ist, dann ist der Treppenabsatz der Ort, an dem etwas Schlimmes geschehen ist.

Erneut schaue ich an mir herunter. Hände und Füße sind wie in Blut gebadet, Pullover und Hose steif von vertrocknetem Blut. Wurde ich hier so blutbesudelt? Von wem? Je größer die Fragen werden, desto größer wird auch meine Fassungslosigkeit. Ich bin so verwirrt, dass ich weder hören noch fühlen kann.

Langsam wie ein Bär wanke ich die Stufen hinunter und an der Blutlache auf dem Treppenabsatz vorbei. Dann drehe ich mich zur unteren Etage. Ich erstarre schockiert, schnappe nach Luft und mache einen Schritt zurück, derweil mein Kopf zurückschnellt. Ich schließe reflexartig die Augen. Team Blau bietet mir eine verlockende Alternative: Kein Problem, das hier ist nicht echt. Geh jetzt zurück in dein Zimmer, bevor deine Mutter kommt. Leg dich hin und schlaf ein bisschen. Wenn du wieder aufwachst, wird der Morgen wie immer sein.

Nein, ergreift Team Weiß, der Realist, das Wort. Du darfst die Situation nicht schönreden. Du musst dich vergewissern, ob es tatsächlich nur ein Traum ist. Wenn nicht, musst du herausfinden, was da unten passiert ist und warum du so zugerichtet aufgewacht bist. Und wenn es doch ein Traum sein sollte, hast du alle Zeit der Welt, wieder schlafen zu gehen.

Ich öffne die Augen. Die untere Etage ist hell erleuchtet. An der Trennwand zwischen Küche und Treppe ist eine Blutlache auf dem Boden, in der ein Paar nackter Füße zu erkennen ist. Die Fersen liegen auf dem Marmorboden, und die Zehen sind nach oben gerichtet. Ab dem Fußgelenk ist die Sicht durch die Trennwand versperrt. Es sieht aus, als ob man abgeschnittene Füße wie eine Skulptur platziert hätte.

Sind sie von einem Menschen? Oder von einer Puppe? Oder gar von einer Fantasiegestalt? Team Weiß hat recht. Ich werde es nicht herausfinden, wenn ich nur vom Treppenabsatz aus hinuntersehe. Mir bleibt nichts anderes übrig, als hinzugehen und mich zu vergewissern. Ich schlucke und gehe weiter. Auf jeder Stufe sind Blutspuren und Fußabdrücke. Außerdem ist Blut vom Treppenabsatz über die Stufen bis hin zum Wohnzimmer geflossen. Als ich die unterste Stufe erreiche, kann ich das Vorhandensein der blutigen, nackten Füße nicht mehr leugnen. Die knochigen Zehen, der schmale Fuß mit dem hohen Fußrücken, die Fersen halb in der Blutlache, am linken Fußgelenk das Fußkettchen mit Anhänger in Form einer Hand. Der Anblick löst einen Schluckauf aus, und mir dreht sich der Magen um. Ich möchte jetzt einfach zurück in mein Zimmer gehen.

Ich zwinge mich ins Wohnzimmer. Zögerlich drehe ich den Kopf nach rechts zum Eingangsbereich. Von der Treppe bis zur Küche breitet sich eine längliche Lache aus. Mittendrin liegt ausgestreckt eine Frau: ihre blutverschmierten Füße in Richtung Treppe und ihr Kopf in Richtung Eingang. Sie trägt ein bauschiges, nachthemdähnliches weißes Kleid und liegt mit gestreckten Beinen und auf der Brust gefalteten Händen da. Das Gesicht ist von ihren langen Haaren verdeckt. Nur einem Geisteskranken könnte eine solche Frau im Traum erscheinen.

Ich mache einen Schritt in Richtung ihrer Waden. Noch

einen Schritt bis zu den Oberschenkeln, die mit dem Saum ihres Kleides bedeckt sind. An ihrem Ellbogen halte ich an. Ihre Kehle wurde unterhalb der Kinnlinie schwungvoll durchtrennt, als ob eine kräftige Hand mit einem scharfen Messer den Schnitt in einem Zug vollzogen hätte, vom linken bis zum rechten Ohr. Die offene Wunde ist so rot wie Kiemen. Ich bilde mir sogar ein, dass sie pulsieren. Unter den zerzausten Haaren starren mich ihre schwarzen Augen an, krallen sich in meine Augen, befehlen mir, näher zu kommen. Ich gehorche reflexartig und gehe in die Knie. Obwohl sich meine Beine bocksteif wie ein Kran anfühlen, hocke ich mich neben die Frau und strecke meine Hand aus. Ich zittere wie Espenlaub, während ich ihr die Haare aus dem Gesicht streiche.

»Yu-jin.«

Wieder höre ich die Stimme meiner Mutter, wie vorhin im Traum. Ich atme schwer. In meinem Kopf dröhnt es, und mein Blick verschwimmt. Mir schwindet jegliche Kraft, und meine Füße rutschen in der Blutlache weg. Ich falle nach hinten und fange mich mit den Händen auf dem Boden ab.

Ihre Augen blicken wie die einer erschrockenen Katze, an den langen schwarzen Wimpern perlen Blutstropfen wie Tränen, schmale Wangen zeichnen eine scharfe Kinnlinie, die Lippen formen eine runde Öffnung. Dieser Frau gehört das Fußkettchen. Vor sechzehn Jahren verlor sie auf einer Insel ihren Ehemann und den ältesten Sohn. In den letzten sechzehn Jahren hing sie nur noch an mir. Sie hat mir die Hälfte ihrer Gene vererbt. Sie ist meine Mutter.

Vor meinen Augen wird es dunkel. Ich fühle mich wie seekrank, kann mich kein bisschen bewegen und auch nicht atmen. Meine Lungen scheinen voll heißem Sand. Ich kann nur noch neben meiner Mutter sitzen und warten. Darauf, dass ein Licht den Blackout in meinem Kopf beendet und ich etwas unternehmen kann. Ich hoffe, dass alles ein Traum ist, dass auch Team Weiß darauf besteht, dass alles nur ein Traum ist. Ich will, dass meine innere Uhr Alarm schlägt und mich aus diesem Albtraum holt.

Die Zeit vergeht langsam. Im Haus ist es erschreckend still. In diese Stille hinein beginnt die Standuhr zu schlagen. Sie teilt mir mit, dass eine halbe Stunde vergangen ist, seitdem ich die Augen aufgemacht habe. Es ist sechs, zu dieser Zeit ist Mutter sonst in der Küche. Sie mixt aus Bananen, Pinienkernen, Walnüssen und Milch ein Getränk und bringt es mir hoch.

Als die Uhr verstummt, liegt meine Mutter unverändert zu meinen Knien. Ich bin abgrundtief verzweifelt. War es doch kein Traum? Hat sie etwa in Wirklichkeit nach mir gerufen? Hat sie um Hilfe gerufen oder um ihr Leben gefleht?

Meine Beine schlafen ein. Die Blase fühlt sich plötzlich schwer an, und unter dem Bauchnabel schmerzt es, als sei mir eine Nadel hineingestochen worden. Mittlerweile ist meine Blase so prall geschwollen, dass sie durch die Haut zu brechen droht. Der Harndrang ist so heftig und dringlich wie das Druckgefühl im Albtraum aus meiner Kindheit. In dem Albtraum wollte ich vor dem nahenden Güterzug von den Bahngleisen aufstehen, konnte mich aber nicht bewegen. Ich knie mich hin. Dann stütze ich mich schwer auf meinen Oberschenkeln auf. Kalter Schweiß läuft mir den Rücken hinunter.

Kalter Schweiß lief mir den Rücken hinunter, und ich schämte mich: Bettdecke und Laken waren nass, der Schlafanzug klebte an Hintern und Rücken, und es stank penetrant nach Urin. Das geschah mir nun schon seit drei Nächten. Wenn Mutter das erführe, würde sie wütend werden. Bist du ein Baby? Warum nässt du plötzlich wieder ein? Sie würde mich und meinen großen Bruder zur Rede stellen. Also mal ehrlich: Wo wart ihr vorgestern nach der Schule? Was war los?

Mein großer Bruder Yu-min und ich waren Erstklässler in einer privaten Grundschule in der Nähe des Sinchon-Viertels in Seoul. Unsere Mutter arbeitete als Redakteurin in einem Verlag und brachte uns auf dem Arbeitsweg jeden Morgen mit dem Auto zur Schule. Nach der Schule gingen wir in den

Malkurs, der nicht weit von ihrem Büro war. Eigentlich war es mehr eine Art Hort. Er lag in der Nähe unserer Grundschule, und da die Busverbindung nicht gut war, gingen wir stets zu Fuß. Unterwegs kauften wir Süßigkeiten und ließen uns von allem und jedem ablenken. Genau dies bereitete Mutter Sorgen.

»Ihr dürft nicht zu den Bahnschienen gehen. Ihr müsst immer an der Hauptstraße bleiben.«

»Ja, machen wir«, antworteten wir, aber taten es nicht. Manchmal, nein, meistens stapften wir durch das knöchelhohe Unkraut entlang der Eisenbahnschienen. Selbstverständlich begnügten wir uns nicht damit, sondern ließen uns immer Spiele einfallen, mit denen wir uns maßen. Beispielsweise den Vogelscheuchen-Wettkampf, bei dem wir mit ausgebreiteten Armen und zurückgeworfenem Kopf, zum Himmel schauend, auf Zehenspitzen auf den Gleisen liefen, oder ein Weitsprung-Wettkampf, bei dem man über möglichst viele Eisenbahnschwellen springen musste. Am liebsten hatten wir aber das Überlebensspiel. Dabei sprangen wir zwischen Gleisen und Bahndamm hin und her, mit Spielzeuggewehren, die uns Mutter geschenkt hatte, langweilige, lärmige, nutzlose Dinger. Es ging immer unentschieden aus.

Doch vor drei Tagen hatte jeder von uns im Schulranzen eine Schutzbrille und eine Softair-Pistole mit passenden Kugeln dabei. Vater hatte sie von einer Dienstreise aus den USA mitgebracht. Mutter sah das gar nicht gern, sie seien gefährlich, aber wir freuten uns riesig. Wir platzten fast vor Ungeduld, und dachten während des ganzen Unterrichts nur ans Spielen.

Sobald die letzte Stunde zu Ende war, liefen wir ausgelassen zu den Gleisen am Bahndamm. Wir vergaßen Mutter und den Malkurs und schossen ohne jedes Zeitgefühl drauflos. Als alle Munition verschossen war, standen wir an einer Ecke des verlassenen Geländes hinter dem Bahnhofsgebäude. Es stand unentschieden, was wir beide nicht akzeptieren wollten. Ein

Wettrennen musste über Sieg und Niederlage entscheiden. Ziel war das Bahnhofsgebäude.

Auf die Plätze, fertig, los! Ich schoss davon, lag zunächst einen Schritt vorn, in der Mitte der Strecke gleichauf und am Ende einige Schritte hinterher. Als ich am Gleis, dem letzten Hindernis, ankam, rannte mein Bruder bereits den gegenüberliegenden Abhang hinunter. Gewinnen konnte ich nicht mehr, aber aufgeben wollte ich auch nicht. Voller Schwung sprang ich über die Gleise. Dabei krachte der Schulranzen heftig gegen meinen Ellbogen, und die Pistole glitt mir aus der schweißnassen Hand. Als ich es merkte, landete ich schon auf der anderen Seite des Gleisbetts.

Hektisch rappelte ich mich auf und sah nach hinten. Die Pistole lag auf einem der Gleise. Aus der Ferne raste ein Zug heran, umgeben von flimmernder Luft. Er würde die Pistole zermalmen. Ich dachte nicht weiter nach und sprang sofort auf die Schiene. Der Zug war schon so nahe, dass ich ihn als Güterzug identifizieren konnte. Trotzdem wollte ich die Pistole einfach nicht aufgeben.

»Yu-jin!« Mein Bruder schrie noch irgendwas, aber ich hörte nicht weiter zu.

Der Lokführer hupte, aber ich achtete nicht darauf. Ich hatte nur noch die Pistole im Auge und warf mich neben die Gleise. Als ich mit der Pistole in der Hand den Abhang hinunterrollte, zog der Zug ratternd und zischend vorbei. Hinter mir rief mein Bruder: »Lauf weg!«

Und das tat ich, für den Fall, dass der Lokführer den Zug stoppen und mich stellen oder ein Bahnbeamter alles beobachtet hatte und Polizei rufen würde. Aus Angst rannte ich wie unter Strom. Meinen Bruder traf ich erst vor dem Malkurs wieder. Meine Schuluniformhose war aufgerissen, das Gesicht verschmiert und die Haare struppig. Die Sache mit der Hose und dem verschmierten Gesicht brachte die Lehrerin des Ateliers wieder in Ordnung. Als Erklärung behaupteten wir: »Wir haben auf dem Sportfeld ein Wettrennen veranstaltet, und dabei sind wir gestürzt.«

Das Problem begann in jener Nacht. Sobald ich eingeschlafen war, war ich im Traum wieder bei den Gleisen. Ich griff die Pistole, und als der Zug vorbeiraste, spürte ich einen Druck in der Blase. Als der Zug vorüber war, riss ich die Augen auf und sah das eingenässte Bett. Das geschah drei Tage hintereinander. Ich war verwirrt und gleichzeitig so müde, dass ich einfach den nassen Schlafanzug auszog und aufs Bett warf. Mit meinem Kopfkissen im Arm ging ich ins Zimmer meines Bruders und schmiegte mich dicht an seinen Rücken. Er roch nach Gras, dem Geruch, der über dem Bahngelände gelegen hatte. Ich vergaß meinen Gestank, schloss die Augen und fiel in einen tiefen Schlaf. Der Traum wiederholte sich, aber nicht mein Missgeschick, was wohl daran lag, dass mich mein Bruder mit einem Schrei stoppte, kurz bevor ich auf die Schienen stürzte: »Der Zug, der Zug kommt!«

Seitdem schlief ich im Zimmer meines Bruders. In jenem und dem darauffolgenden Jahr, bis zu dem Frühlingstag, an dem er starb. Wenn ich bei ihm war, hatte ich diesen Traum nur noch selten. Und falls doch, verhinderte seine Stimme Schlimmeres.

So wie damals habe ich auch heute den Drang, in sein Bett zu kriechen. Wenn ich mich zu ihm legen könnte, würde ich diesen Albtraum unbeschadet durchstehen.

Dein Bruder ist schon vor langer Zeit gestorben, sagt Team Weiß in meinem Kopf. Du musst es selbst schaffen.

Der Wind rüttelt an den Scheiben der Veranda, ihr Vibrieren dringt mir in die Ohren. Hinter meinen Augäpfeln pulsiert das Blut, und nur mit Mühe schlucke ich den Speichel herunter. Ja, so ist es, Yu-min ist nicht mehr da. Dann presse ich meine Knie zusammen und setze mich aufrecht, um den Harndrang zu unterdrücken. Ich hebe meine Hand und strecke sie in Richtung des Gesichts meiner Mutter. In diesem Moment wird mir schwindlig und übel. Da meine Schulter so verkrampft ist, kann ich den Ellbogen nicht strecken. Die Fingerspitzen zittern in der Luft. Die Entfernung von meiner Hand zu ihrem Gesicht beträgt nur eine Armlänge, aber es scheint so weit entfernt zu sein, dass es Jahre dauern würde, es zu erreichen.

Team Weiß wird zornig: Ich sage doch nicht, du sollst sie essen. Wir wollen uns nur vergewissern, ob sie tatsächlich nicht mehr atmet, ob ihr Herz stillsteht und ihr Körper kalt ist. Also strecke deine Hand aus und berühre sie.

Ich atme langsam aus, halte meinen Mittelfinger unter ihre Nase und warte. Nicht das geringste Anzeichen von Atem ist zu spüren. Ihre mit purpurnem Blut befleckte Wange ist kalt, trocken und fast steinern. Ich habe das Gefühl, kein Fleisch, sondern trocknenden Ton zu berühren. Dann taste ich den Brustkorb nacheinander an beiden Seiten ab. Zwischen ihren Rippen ist nirgendwo ein Herzschlag zu ertasten. Der Körper ist kalt. Mutter ist wirklich tot.

Schlaff hängen meine Schultern herunter. Niedergeschlagenheit legt sich wie Nebel über mich. Worauf habe ich gehofft? Etwa, dass sie noch am Leben ist? Dass alles nur ein Traum ist? Doch es ist kein Traum. Ich sitze am Tatort eines Mordes.

»Zu Hause ist doch nichts passiert, oder?«

In Gedanken höre ich die Stimme von Hae-jin. Wenn ich gewusst hätte, dass so etwas passiert ist, wäre ich nicht aus dem Bett gekrochen, bis Hae-jin zu Hause ist. Obwohl er das hier nicht ungeschehen machen könnte, würde ich immerhin nicht so entgeistert vor der Leiche meiner Mutter sitzen. Verstört und absolut hilflos.

Ich hebe den Kopf. Direkt vor mir ist die verschlossene Wohnungstür. Vom Eingangsbereich zum Wohnzimmer führt ein kurzer Flur, auf der linken Seite liegt das Zimmer von Hae-jin und gegenüber sein Bad. Auf der anderen Seite des Wohnzimmers liegt die Kochinsel mit Tresen. Zwischen der offenen Küche und der Treppe zur oberen Etage ist eine Trennwand, und neben der Treppe verläuft ein kurzer Flur, von dem zwei Zimmer abgehen. Eines ist Mutters Schlafzimmer. Am Ende des Flurs steht eine Eckvitrine und darauf eine kleine Standuhr mit Pendel. Die gewohnten Räume und Gegenstände kommen mir auf einmal unendlich fremd vor. In meinem Kopf wiederholen sich wie ein Refrain die immer gleichen Fragen: Wer war es? Wann? Warum?

Zuerst überlege ich, dass wohl jemand unbemerkt in die Wohnung gekommen ist. Ich erinnere mich an das Gerücht, dass zurzeit Diebe und Verbrecher in Gundo unterwegs sein sollen. Es ist nicht ganz unglaubwürdig, bis auf die Tatsache, dass ich mir dieses Gerücht gerade ausgedacht habe.

Obwohl die Retortenstadt Gundo schnell Bewohner anlockte, ist bis heute nicht einmal die Hälfte der Wohnungen bezogen. Es fehlt noch an Geschäften, Verkehrsanbindungen und öffentlichen Einrichtungen. Für die Ordnung und Sicherheit in der ganzen Stadt sorgt nur ein einziges Polizeirevier. Also sind sicherlich allerlei Einbrecher unterwegs. Darunter bestimmt auch jemand, der hinter einem Bewohner unauffällig in eines der Hochhäuser kommt und bis auf die Dachterrasse gelangen kann. Das Hauptziel der Einbrecher sind sicher die Penthouse-Wohnungen mit eigenen Dachterrassen. So wie die unsrige.

Eine oder vielleicht auch mehrere Personen sind durch die Stahltür auf der Dachterrasse in die Wohnung gelangt, was in diesem Fall nicht so schwierig ist, denn ein paar Stunden vorher bin ich genau durch diese Tür hinausgegangen und habe dabei die Türkette aus dem Riegel genommen. So konnte jeder nach Herzenslust in der gesamten Wohnung herumwühlen. Mutter, die trotz Schlafmitteln einen leichten Schlaf hat, ist wahrscheinlich aufgewacht. Sicher hat sie instinktiv gemerkt, dass die Geräusche weder von Hae-jin noch von mir stammten. Wenn sie zu diesem Zeitpunkt aufgestanden wäre …

Hat sie dann mutig ihre Zimmertür aufgemacht und ins Wohnzimmer gesehen? Hat sie »Wer ist da?« gerufen? Vielleicht hat sie ihr Handy genommen und mich angerufen. Weil ich meins aber nicht mitgenommen hatte, konnte mich ihr Hilferuf nicht erreichen. Sie hat dann offenbar Hae-jin angerufen. So ist der Anruf, den er letzte Nacht verpasst hat, zu erklären.

Mittlerweile ist die Person, nachdem sie im Wohnzimmer alles durchwühlt hat, ins Schlafzimmer gegangen. Was hat Mutter getan? Sich schlafend gestellt? Hat sie sich im Ankleidezimmer oder im Bad versteckt? Oder sich auf die Veranda geflüchtet? Hat sie geschrien, dass er sie am Leben lassen soll? Oder ist sie in die Küche gerannt, um sich mit einem Messer zu verteidigen? Ob sie dann vor dem Esstisch gekämpft haben? Klar ist, dass sich das grauenhafte Ereignis vor der Trennwand zwischen Küche und Treppe abgespielt hat und nicht lange dauerte. Auch wenn sie hart im Nehmen gewesen ist und die andere Person ein alter Schwächling gewesen wäre: Ein Mann ist einfach stärker als eine Frau.

Etwa zu dieser Zeit bin ich wohl vor der Wohnung angekommen – wie ein Zombie, weil mir der Anfall bevorstand. Meine Mutter rief stöhnend nach mir und stürzte zu Boden. Genau in diesem Augenblick, den ich eigentlich für einen Traum gehalten habe, muss ich wohl doch nicht über die Dachterrasse, sondern durch die Wohnungstür gestürmt sein, da ich hörte, wie sie meinen Namen rief. Ich sah, dass sie bereits am Boden lag, und merkte, dass die Person nun mich mit einem Messer angriff. Ich stelle mir vor, wie wir miteinander gekämpft haben. Eine Einzelperson hätte mich kaum überwältigen können. Der Täter wäre vermutlich in Richtung Dachterrasse geflohen, und ich hätte ihn sicher in der Nähe des Treppenabsatzes gestellt. Was wäre dann geschehen?

Ich habe keinerlei Erinnerung, die diese Version stützen könnte. Von der Zeit nach Mitternacht weiß ich nichts mehr. Dennoch ist die Vorstellung kein kompletter Unsinn. Wenn ich meinen Anfall bekommen habe, nachdem ich den Täter überwältigt habe, wenn ich anschließend, auf welche Art auch immer, bis zum Bett gekrochen und eingeschlafen wäre, dann wäre es doch möglich, dass ich mich an nichts von alldem mehr erinnern kann. Wenn es so ist, was soll ich also jetzt machen? Es melden? Ja, ich sollte jetzt anrufen.

Auf den Knien rutsche ich bis zum Couchtisch. Entschlossen fasse ich den Telefonhörer. Aber wen soll ich anrufen? Den Notarzt? Die Polizei? Meine Finger verfehlen die Tasten immer wieder, die Nummern tanzen vor meinen Augen. In dem Durcheinander verwähle ich mich und habe die Telefonauskunft dran.

»Guten Tag, wie kann ich Ihnen helfen?«

Ein Grunzen entfährt mir. Ich reibe meine Hände an den Oberschenkeln trocken und versuche es erneut. Sehr sorgfältig drücke ich eine Taste nach der anderen. 1, 1, 2. Dabei überlege ich mir die Worte, mit denen ich mich logisch und zusammenhängend melden kann. Dann hebe ich den Kopf und erstarre. An der Glastür zur Veranda sehe ich den Mann, dem ich kurz nach dem Aufwachen zum ersten Mal begegnet bin. Aus dem knallroten Gesicht sticht funkelnd und unheimlich nur das Weiß der Augen hervor. Vom Freizeichen des Telefons aufgeschreckt, drehe ich mich zurück zu meiner Mutter. Plötzlich sehe ich die Szene, wie sie die Polizei zu sehen bekommen wird: die Leiche einer Frau mit durchschnittener Kehle in einer Blutlache. Daneben ihr Sohn, blutig, geistesabwesend, auf Knien und mit einem Telefon in der Hand.

»Guten Tag. Polizeinotruf Incheon. Wie kann ich behilflich …«

Ich lege auf. Noch einmal überlege ich mir, was ich sagen soll. Etwa, dass ich aufgestanden bin und festgestellt habe, dass meine Mutter tot ist. Dass eine unbekannte Person den Mord begangen zu haben scheint, ich aus unerklärlichen Gründen über und über mit Blut beschmiert bin und auch in meinem Zimmer alles voll Blut ist. Aber auf keinen Fall bin ich der Mörder, bitte glauben Sie mir. Soll ich alles so erzählen? Wird mir die Polizei glauben? Statt der Polizei antwortet Team Weiß: Sag doch gleich, dass Mutter sich die Kehle selbst durchgeschnitten hat.

Wenn ich die Hypothese mit dem Einbrecher beweisen soll, muss wenigstens eine Sache existieren: er oder seine

Leiche. An der Treppe und am Treppenabsatz gibt es aber nur seine Spuren. Wenn er sich beim Kampf mit mir ernsthafte Verletzungen zugezogen hat, dann müsste er noch in der Wohnung sein. Und wenn er den Verletzungen in seinem Versteck erlegen ist, müsste es eine Leiche geben. So würde sich fast alles erklären lassen: warum ich blutbeschmiert aufgewacht bin, warum auf dem Treppenabsatz und im Wohnzimmer Blutlachen sind, warum Mutter versucht hat, Hae-jin anzurufen, warum ich mich nach Mitternacht an nichts mehr erinnern kann und all die anderen Fragen.

Ich lege das Telefon zurück. Mein Herz klopft, meine Gedanken rasen. Es zuckt in meinen Händen und Füßen, und ich habe das Gefühl, als ob meine Systeme wieder hochgefahren werden. Ich überlege, wo sich die Person verstecken kann. Ein warmer Ort, an dem man sich hinlegen kann, verborgen und vor Blicken geschützt. In dieser Wohnung gibt es davon vielleicht zehn.

Ich stehe auf. Mit leisen Schritten und angehaltenem Atem nähere ich mich der Schlafzimmertür meiner Mutter. Dort drücke ich die Klinke herunter, kicke die Tür auf und stürme hinein. Im nächsten Moment halte ich verwirrt neben ihrem Bett inne.

Das Zimmer ist blitzblank sauber: keine Blutspuren, keine Fußabdrücke, Kampfspuren oder dergleichen. An der Glastür zur Veranda sind die Doppelgardinen fein säuberlich zugezogen. Das Bett sieht unbenutzt aus, was das akkurat drapierte Kissen und die straff gezogene weiße Decke beweisen. Auf dem Nachttisch stehen wie immer eine Lampe und ein Wecker. Am Fußende ist eine Bank, auf der große Kissen ordentlich nebeneinanderliegen. Mutter richtet nach dem Aufstehen immer alles makellos her.

Die einzige unordentliche Stelle ist beim Sekretär, auf dessen Ecke ein Kugelschreiber liegt. Der hohe Lederstuhl ist weit nach hinten geschoben. Darunter liegt eine kleine braune Decke, immer noch fein säuberlich zusammengelegt, sie ist wohl von der Armlehne gefallen.

Ich steige über das Bett und ziehe die Gardine auf. Nichts. Weder hinter der Gardine noch auf der Veranda. Nacheinander sehe ich hinter alle Türen der Einbauschränke. Im ersten Schrank sind Kopf- und Sofakissen sowie Gardinen, in der Mitte Bettdecken und Überdecken, mit denen hier locker zehn Schulklassen übernachten könnten, und im dritten stapeln sich mehrere Schachteln mit kleinen Gegenständen. Dann mache ich die Tür zum Ankleidezimmer auf, das wie ein Flur zu einem weiteren Zimmer führt. Hier sieht es aus wie in ihrem Schlafzimmer: Der fanatisch saubere, weiß glänzende Marmorfußboden gleicht einer Eisbahn, auf der fanatisch ordentlichen Schminkkommode stehen Kosmetikproben aufgereiht, in der Kommode liegt die Kleidung fanatisch auf Kante zusammengelegt. Im Kleiderschrank hängt die fanatisch nach Jahreszeit sortierte Garderobe säuberlich einzeln in Kleidersäcken. Mutters zwanghafte Vorstellung von Ordnung spiegelt sich auch hier wider. Aber von dem Fremden ist nirgendwo eine Spur. Das gilt auch für das Bad. Auf dem Parkettboden ist kein einziger Fleck, und in der Luft liegt zarter Shampoo-Duft.

Ich gehe ins gegenüberliegende Zimmer. Es ist das Arbeitszimmer, in dem die Hinterlassenschaften meines Vaters und die Bücher meiner Mutter aufbewahrt werden. Auch hier ist nichts Besonderes. Durch die Tür, die zum Wohnzimmer führt, gehe ich an der Treppe vorbei in die Küche. Alles ist sauber. Kein einziger Blutstropfen, geschweige denn Fußabdrücke oder eine Blutspur. Blut sehe ich nur genau dort, wo meine Mutter liegt. Wenn sich der Vorfall hier ereignet hat, müsste das unmittelbare Umfeld – der Boden des Wohnzimmers und der Küche, der Tresen an der Kücheninsel, der Esstisch, die Spüle und der Geschirrschrank – mit Blut verschmiert sein.

Nacheinander sehe ich mich in den restlichen Räumen um. Auf der Veranda hinter der Küche, im Bad und in Haejins Zimmer. Alles ist sauber. Beim Hinausgehen stoppe ich an der Türschwelle und sehe mich nochmals im Zimmer um: sein Bett, das große Heimkino, sein Kleiderschrank, der Schreibtisch, seine Jogginghose und die T-Shirts, die über der Armlehne des Stuhls hängen.

Nein, irgendetwas stimmt hier nicht. Hae-jin übernachtet kaum auswärts, es sei denn, er ist dienstlich unterwegs oder verreist. Wo immer er hinging, geschlafen hat er immer zu Hause, obwohl Mutter ihm keine Verbote machte. Ausgerechnet gestern Nacht hat er aber nicht zu Hause geschlafen. Und dann ruft er mich um die Zeit an, zu der ich eigentlich aufwachen sollte, nur um zu fragen, ob etwas passiert sei. Als ob er wüsste, dass etwas vorgefallen ist, oder um mich in die untere Etage zu locken.

Schnell entsteht in meinem Kopf ein Drehbuch: Während ich nach dem Anfall eingeschlafen bin, kam er nach Hause. Aus irgendeinem Grund griff er Mutter an. Sie wollte fliehen und wurde dabei von ihm ermordet. Dann plante er, mir die Tat unterzuschieben, indem er auf dem Boden der oberen Etage Fußabdrücke und Blutspuren legte und mich mit Blut bespritzte. Daraufhin verließ er ruhig die Wohnung.

Schnell rücke ich von diesen Gedanken ab. Ich schließe seine Tür und damit auch die Tür zu diesem Szenario. Nein, das ist schlicht wahnwitzig. Ich kenne ihn gut, da wir seit zehn Jahren zusammenleben. Die Wahrscheinlichkeit, dass er Mutter umbringt, ist geringer als die, dass Mutter ihn umbringt. Sein größtes Vergehen im Leben war, dass er kurz vor Ende der neunten Klasse in einen Film ab achtzehn Jahre gegangen ist. Und das auch noch in Begleitung von Mutter und mir.

Ich öffne die Zwischentür, die den Eingangsbereich von der Wohnung trennt. Auf der Fußmatte stehen vier Schuhpaare nebeneinander. Hae-jins und Mutters Pantoffeln, Mutters weiße Sportschuhe und nasse, verdreckte schwarze Joggingschuhe von mir. Eigentlich verstecke ich sie sonst immer im Lüftungsschacht an der Decke in meinem Bad und ziehe sie nur dann an, wenn ich über die Dachterrasse rausgehe. Aber wenn ich durch die Terrasse gekommen bin, dann würden sie auf keinen Fall hier stehen. Das ist der erste Beweis, dass ich gestern durch die Wohnungstür zurückgekommen bin.

Merkwürdig ist aber, dass auch Mutters Sportschuhe nass sind. Tropfnass, als ob sie im Wasser gelegen hätten. Ich rufe mir den Moment ins Gedächtnis, als ich gestern Abend nach Hause kam. Gerade als ich mit dem Türschloss kämpfte, kam sie in diesen Schuhen raus. Waren sie da auch schon nass? So weit kann ich mich nicht erinnern. Aber Mutter würde nie nasse Schuhe anziehen. Also ist sie nach diesem Zeitpunkt noch mal losgegangen? Und alles ohne Auto? Im strömenden Regen?

Ich drehe mich wieder um und schiebe die Tür zu. Da fallen mir die schwarze Regenjacke und die gesteppte Weste ins Auge, die auf dem Boden liegen. Letzte Nacht trug ich beide über meinem Pullover. Warum sind sie dort? Neues Szenario: Weil ich ihre Schreie hörte, kam ich durch die Wohnungstür reingerannt. Dort fand ich Mutter blutüberströmt vor der Küche liegen. Ich zog die regennasse Jacke aus, legte sie behutsam vor der Zwischentür auf den Boden und kam in die Wohnung.

Das ist aber nicht logisch. Von allen Dingen, die heute früh unlogisch waren, ist dieses Szenario am unlogischsten.

Als ich mich bücke, um die Jacke aufzuheben, höre ich von irgendwoher Musik. Es ist *Hakuna Matata* aus dem Film *Der König der Löwen.* Soweit ich weiß, ist das seit Kurzem der Klingelton vom Handy meiner Mutter. Es scheint aus der Nähe des Sofas im Wohnzimmer zu kommen.

Mit der Jacke in der Hand stürze ich hin. Das Telefon liegt an der Stelle, wo Mutter ihr Handy oft liegen lässt, an einem Ende des Couchtisches. Das hatte ich vorhin beim Anrufversuch bei der Polizei nicht einmal bemerkt. Auf dem Display steht aber ein Name, mit dem ich nicht gerechnet habe: Hye-won.

Was will meine Tante? Ausgerechnet an diesem Morgen. Es klingelt noch fünf oder sechs Mal, dann legt sie auf. Kurz darauf fängt das Festnetz-Telefon an zu klingeln. Auch dort ist es meine Tante. Auf dem Display steht 6:54 Uhr. Im Abstand von neunzig Minuten tun Hae-jin und meine Tante in gewisser Weise das Gleiche. Hat meine Tante gestern Nacht wie Hae-jin etwa auch einen Anruf von meiner Mutter erhalten?

Um eine Antwort darauf zu bekommen, schnappe ich mir Mutters Handy. Es ist nicht schwer, es zu entsperren, ich kenne sie genauso gut wie sie mich. Ich stelle fest, dass Mutter um 01:30 Uhr versucht hat, Hae-jin zu erreichen. Der Anruf ist als unbeantwortet markiert. Meine Tante hat sie dann um 01:31 Uhr angerufen und für circa drei Minuten mit ihr telefoniert. Das bedeutet, dass sie zumindest bis 01:34 Uhr am Leben gewesen ist.

In Gedanken versuche ich, mich in die gestrige Nacht zu versetzen, zum letzten Punkt meiner Erinnerung. Ich gehe gedanklich zurück an den Zebrastreifen auf dem Damm, wo ich die Frau gesehen habe, die aus dem letzten Bus nach Ansan gestiegen war. Von dort bis nach Hause sind es etwa zwei Kilometer. Gehend würde es ungefähr zwanzig Minuten dauern, wenn man zwischendurch mal rennt, vielleicht fünfzehn, und wenn man die ganze Strecke rennt, etwa zehn Minuten. Wenn ich mich richtig erinnere, dann bin ich fast nach Hause geflogen und müsste gegen 00:10 Uhr am Eingang angekommen sein. Addiere ich die Zeit für das Treppensteigen, müsste ich also um 00:15 Uhr vor der Wohnungstür gestanden haben. Wenn ich mich irre und doch langsam zu Fuß gegangen bin, wäre ich sicher vor 00:30 Uhr da gewesen.

Gegen 00:30 Uhr bin ich ins Wohnzimmer gegangen, und nach 01:34 Uhr wurde meine Mutter zwischen Wohnzimmer und Küche ermordet.

In meinem Kopf dreht sich alles wirr durcheinander. Ich habe das Gefühl, in ein merkwürdiges Spiel geraten zu sein. Der Angreifer ist verschwunden. Vielleicht habe ich von Anfang an etwas übersehen. Etwas Wichtiges, aber Unsichtbares, etwas, was das alles hier logisch zusammenführt.

Mit der Jacke und dem Telefon in der Hand drehe ich mich zu meiner Mutter, die in der Blutlache liegt. Sie sieht aus, als würde sie schlafen. Erst da fällt mir etwas auf, was ich bisher übersehen hatte. Ihre Haltung ist für eine Ermordete nicht natürlich. Ihr wurde die Kehle durchgeschnitten, und sie fiel sicher blutend zu Boden. Wie hoch wäre dann die Wahrscheinlichkeit, dass sie sich beim Sterben mit den offenen Haaren das Gesicht verdeckt und die Hände sorgfältig auf die Brust legt?

Als ich mich ihren Füßen nähere, fällt mir ein weiteres Detail auf. Im Blut, das die Treppen heruntergeflossen ist, gibt es eine Schleifspur, als ob man einen schweren, großen Gegenstand heruntergezogen hätte. Etwa Mutters Leiche. Neben der Schleifspur sind deutliche Fußabdrücke zu erkennen, als wenn jemand die Stufen hoch- und runtergegangen wäre. Wenn ich das zu ihrer Haltung und der Lage ihres Kopfes hinzurechne, ist die Schlussfolgerung einfach: Jemand hat sie auf dem Treppenabsatz ermordet, heruntergezogen und dann in die jetzige Position gelegt.

Aber warum? Und wer? Wenn es weder der Einbrecher noch Hae-jin gewesen ist, dann bleibt nur noch … Von der naheliegenden Antwort erschrocken, drehe ich mich zu meiner Mutter und schüttle reflexartig den Kopf. Dann fallen mir die Worte von Team Weiß ein: Sag doch gleich, dass sie sich die Kehle selbst durchgeschnitten hat.

Ja, so kann es gewesen sein. Aus irgendeinem Grund hat sie sich auf dem Absatz selbst die Kehle durchgeschnitten, und ich konnte es nicht verhindern. Wahrscheinlich, weil ein Anfall kurz bevorstand. Mutter fiel auf den Boden und rutschte die Treppen hinunter. Ich folgte und legte sie dann in die jetzige Position, mehr konnte ich vor dem Anfall nicht für sie tun, denn ich war nicht mehr bei vollem Verstand. Dann sagte ich ihr wohl wie gewohnt »Schlaf gut«.

Hoffnung blitzt auf. Wenn ich diese zwei offenen Fragen klären könnte, könnte ich ohne Sorgen, verdächtigt zu werden, die Polizei rufen. Selbst wenn ich das Problem nicht komplett lösen kann, kann ich doch alles logisch erscheinen lassen. Ich habe die angeborene Fähigkeit, ein Bild so lange zu bearbeiten, bis alles zusammenpasst, auch wenn meine Mutter es immer abwertend »lügen« genannt hatte.

Schnell gehe ich die Treppe hinauf und gebe mir alle Mühe, die Spuren auf dem Boden nicht zu berühren. Auf dem Treppenabsatz ist viel mehr Blut als in der unteren Etage, und die Pfütze gerinnt langsam. Die Fußabdrücke gehen wild durcheinander. Jemand ist wohl kreuz und quer gelaufen.

»Yu-jin!«

Mutters Ruf hallt aus der Tiefe meiner Erinnerung. Ihre Stimme ist leise, als würde sie ihre Gefühle unterdrücken und mich zu einem »Jawohl« zwingen. Unbewusst halte ich inne und drehe mich zur blutbespritzten Holzwand. Ich sehe wieder, wie ich mit dem Rücken an dieser Wand stehe, als ob ich in die Enge getrieben worden wäre. Ich halte den Atem an.

»Woher kommst du?«

Von wann datiert diese Erinnerung? Von der gestrigen Nacht? Als ich vom Damm kam? Im Morast meines Unterbewusstseins flackert ein schwaches Licht, doch als ich blinzle, verschwinden die Bilder und das Licht. Auch von der Stimme ist nichts mehr zu hören. Ich gehe die restlichen Stufen hoch und weiter durch den Flur entlang der Fußabdrücke. Obwohl ich meine Füße dabei fest aufsetze, habe ich das Gefühl, auf dem Marmorboden auszugleiten. Mit der blutverschmierten Klinke öffne ich die Tür zu meinem Zimmer und stehe am Fußende meines Bettes. In dem Moment vernehme ich wieder Mutters Stimme.

»Bleib dort stehen.«

Ich stehe direkt neben dem letzten Fußabdruck, der sauber auf den Boden gestempelt ist. Seine Größe stimmt perfekt mit meinem Fuß überein. Zögernd sehe ich mich im Zimmer um: Die Glastür steht eine Handbreit offen, die Jalousie ist etwas zur Seite geschoben, das Licht der Pergola flimmert im Nebel, der Schreibtisch ist aufgeräumt, über dem Stuhl davor hängt meine bequeme Hauskleidung, auf dem Nachttisch neben dem Bett mit dem blutverschmierten Kissen und der Decke liegt das schnurlose Telefon. Mutters Handy gleitet mir aus der Hand und fällt zu Boden. Jetzt erkenne ich, dass alle Anhaltspunkte und Beweise ausschließlich auf eine Person deuten. Auf mich.

Dann setze ich mich steif auf die Bettkante und denke nach. Ich will diese Erkenntnis widerlegen. Gestern bin ich gegen 00:30 Uhr nach Hause gekommen. Wenn ich da meiner Mutter begegnet wäre, hätte sie mich mit höchster Wahrscheinlichkeit zur Rede gestellt, gefragt, wo ich war, und gemerkt, dass ich kurz vor einem Anfall stand. Und vor allem, dass ich die Tabletten nicht genommen hatte. Sie hätte mir sanft auf die Finger geklopft, was eine ihrer Stärken war. Aber das kann nicht das Motiv gewesen sein. Wie viele Mütter wären noch auf dieser Welt, würden ihre Söhne sie wegen einer Maßregelung ermorden?

Ich sacke zusammen. Was ich jetzt brauche, ist jemand, der mir meine Geschichte glauben wird. Egal, was gesagt wird und welche Beweise noch auftauchen, einer muss mir vertrauen. Ich blicke auf die Goretex-Jacke, die ich noch immer festhalte. Auf dem Rücken steht in blauer Schrift *Nachhilfestunde*. Wird Hae-jin mir glauben? Wird er mich schützen und mir helfen, diese Sache zu lösen?

Ich erinnere mich an einen Tag im vergangenen August. Es war der Tag nach der Aufnahmeprüfung zur Law School. Ich stieg erleichtert in den Zug nach Mokpo, auf Einladung von Hae-jin.

Damals arbeitete er als Regieassistent für *Nachhilfestunde*. Drehort war die Insel Imjado in Sinan, und er befand sich seit drei Monaten dort. Ob es an der Einsamkeit lag, kann ich nicht sagen, jedenfalls rief er mich fast täglich an und erkundigte sich, wie es mir ging. Und wenn er in einer Kneipe war, rief er sogar stündlich an und fragte, was ich gerade so machte. Und jedes Mal fügte er hinzu, dass ich nach der Prüfung gleich zu ihm kommen sollte.

»Ich möchte dir hier unbedingt was zeigen«, sagte er.

Wenn ich fragte, was das wäre, antwortete er: »Das wirst du schon sehen, wenn du herkommst.« Ich nahm den Vorschlag nicht ernst. Zu der Zeit litt ich unter schlimmen Kopfschmerzen, sodass ich auf nichts Lust hatte. Und weil ich auch noch mit den Vorbereitungen für die Prüfung beschäftigt war, hatte ich keine Muße, an die Insel Imjado zu denken. Vor allem hatte ich keine Lust, daran zu denken, was Mutter davon halten würde.

Ich war damals mit meinen fünfundzwanzig Jahren noch nie allein verreist. Weder hatte ich eine Rucksack-Tour unternommen noch eine der üblichen Sprachreisen gemacht. Meine Mutter hinderte mich sogar daran, zur Armee zu fliehen. So saß ich die Wehrdienstzeit als Zivildienstleistender im Einwohnermeldeamt ab. Der Grund dafür war der gleiche wie für das Ausgehverbot nach 21:00 Uhr: dass ich in der großen weiten Welt ganz allein einen Anfall erleiden könnte.

Am Abend nach der Prüfung bekam ich am Abendbrottisch den Anruf von Hae-jin.

»Morgen ist der letzte Drehtag. Komm unbedingt. Wir übernachten hier und fahren übermorgen zusammen zurück.«

Ich murmelte irgendwas und sah zu meiner Mutter. Mein schlauer Adoptivbruder sagte, ich solle ihr das Telefon reichen. »Ich werde ein gutes Wort für dich einlegen.«

Hae-jin konnte sehr überzeugend sein. Sie hörte ihm still zu und sagte dann: »Gut, einverstanden.« Natürlich ließ sie es sich nicht nehmen, mich zu ermahnen: »Vergiss nicht, deine Medizin zu nehmen. Trink keinen Alkohol. Mach den anderen keine Umstände.« Auf dem Weg zum Bahnhof sagte sie dann tatsächlich noch: »Geh nicht ins tiefe Wasser.« Sie schien völlig vergessen zu haben, dass ihr Sohn einst Profischwimmer war.

Bis zur Ankunft in Mokpo fühlte ich mich super. Auch die Busfahrt nach Jido in Sinan verlief ohne größere Probleme. Die Symptome begannen erst, nachdem das Schiff im Hafen von Jeomam abgelegt hatte. Etwa zwanzig Minuten lang, bis wir auf Imjado ankamen, litt ich unter dem heftigen Fischgestank und unter der Einbildung, dass die Sonne meine

Augen verbrennen würde. Ich war mir nicht sicher, ob das die Symptome waren, die einen Anfall ankündigten, oder ob es ein Hitzschlag war.

Wenn ich meine Tablette genommen hätte, hätte ich klar auf Hitzschlag getippt. Aber ich hatte zwei Tage vor der Prüfung das Medikament abgesetzt. Zum ersten Mal, nachdem ich mit fünfzehn Jahren den ersten Anfall gehabt hatte. Ursprünglich wollte ich die Tabletten nach der Prüfung wieder nehmen, aber ich überlegte es mir nach dem Telefonat mit Hae-jin anders. Ich nahm mir vor, die Medizin erst wieder zu nehmen, wenn ich von der Insel zurück war. Was waren schon zwei Tage? Ich wollte meine Zeit ohne Einschränkungen genießen.

Kurz vor der Anlegestelle von Imjado war die Halluzination so stark, dass ich kaum die Augen offen halten konnte. Ich ging von Bord und stieg in ein Taxi, dann explodierte der Geruch von Blut in meiner Nase. Schweiß floss meinen Rücken hinunter, dennoch fror ich. Der Anfall stand kurz bevor, doch es war zu spät, um nach Hause zurückzukehren. Ich musste mich so schnell wie möglich in der Unterkunft von Hae-jin verkriechen. Ich sagte dem Taxifahrer, er solle zum Hafen in Hauri rasen.

Er antwortete: »Dann mal los.« Während er wie ein Wilder fuhr, döste ich immer wieder weg. Vielleicht verlor ich ab und zu auch das Bewusstsein.

»Hallo, junger Mann! Wir sind da.« Mit dem Ruf des Taxifahrers, der zudem an meinen Knien rüttelte, wachte ich auf. Das Taxi stand am Hafen. Ich schaffte es nur mühsam, zu bezahlen, und stieg aus. Dort brauchte ich nicht weit zu gehen. Der Hafen war auch der Drehort. Auf den Wellenbrechern aus gestapelten Tetrapoden rannten zwei Männer los, von Kameras verfolgt und von einem Sprengwagen mit Wasser bespritzt. Einige Crewmitglieder sammelten sich um Kontrollmonitore. Vor dem Schild »Zutritt für Unbefugte verboten« waren schaulustige Anwohner versammelt. Etwa zehn Meter vor den Leuten stoppte ich. Ich wollte mich hinlegen, konnte mich aber kaum bewegen. Ich war wie gefangen in heißem und grellem Licht. Dann verschwand die Welt um mich herum.

Was ich als Letztes hörte, war wohl die Stimme von Hae-jin: »Yu-jin!«

Als ich die Augen wieder öffnete, lag ich irgendwo ausgestreckt. Ich sah klar genug, um die Person mit den braunen Augen, die um Blickkontakt mit mir bemüht war, als Hae-jin zu erkennen.

»Geht es besser?«, fragte er.

»Ja«, krächzte ich. In dem Moment überfiel mich ein schlimmer Kopfschmerz. Es war jedoch kein stechender Schmerz hinter den Augen wie sonst, sondern ein dumpfer, der meinen ganzen Kopf einschnürte.

»Kannst du mich sehen?«

Über seinem Kopf sah ich den Sonnenschirm, und unter meinem spürte ich ein weiches Kissen. Dann merkte ich, dass meine Hose nass war. Und auch, dass eine schwarze Jacke darüber lag. Ich musste mich während des Anfalls bepinkelt haben. Hae-jin, der das Malheur offenbar mit seiner Jacke bedeckt hatte, hockte neben mir, beobachtete meine jämmerliche Erscheinung und fragte: »Tut dir was weh?«

Mein gesamter Körper fühlte sich steif an. Sogar mein Kiefer tat weh. Ich hatte wohl mit den Zähnen geknirscht. Der Anfall musste heftig gewesen sein. Ich hörte die Leute hinter dem Sonnenschirm tuscheln. Ich ahnte, wie ich vor ihnen zusammengebrochen war. Wie Hae-jin zu mir gerannt war, wie er den Sonnenschirm geholt hatte, um die Sicht zu versperren, das Kissen unter meinen Kopf geschoben hatte und nach etwas gesucht hatte, um meine nasse Hose zu verbergen. Ich wollte nur noch nach Hause.

»Kannst du aufstehen?«

Statt eine Antwort zu geben, setzte ich mich hin. Seine Unterkunft war eine Pension am Hafen. Während ich mich im Bad wusch und eine andere Hose anzog, packte er sein Gepäck und rief ein Taxi. Er sagte, er wolle mit mir nach

Hause. Die letzte Szene war gerade fertig gedreht worden, als ich am Hafen angekommen war. Der einzige noch anstehende Termin wäre die Abschlussparty, da käme es auf seine Teilnahme nicht mehr an.

Ich aber wusste, was der Film für ihn bedeutete. Seit er zwölf war, oder sogar schon länger, hatte er davon geträumt. Dieser Traum hatte ihn am Leben gehalten, als er bei seinem alkoholkranken Großvater aufwuchs und nach dessen Tod eine Waise geworden war. Die letzten drei Monate waren der erste Schritt zu seinem Traum. Er hatte sicher die letzte Nacht auf der Insel feiern wollen.

Obwohl ich von alldem wusste, hielt ich ihn nicht davon ab, bei mir zu bleiben. Denn ich wollte nicht allein zurück. Mir war so elend, dass ich mich nicht einmal aus dem Zimmer traute. Eine seltsame Kälte nistete unter meinen Rippen. So kauerte ich in einer Ecke des Zimmers und wartete, bis das Taxi kam, eingehüllt in Hae-jins Nachhilfestunde-Jacke. Ihr Grasgeruch erinnerte mich an längst vergangene Zeiten, als ich ins Bett gemacht hatte. Der Geruch meines großen Bruders.

Eine Stunde später saßen wir nebeneinander an Deck einer Fähre nach Jeomam. Hae-jin fragte, ob ich Hunger hätte, und ich schüttelte den Kopf. Dann wollte er wissen, ob es mir besser gehe, und ich nickte. Zwischen den Inseln, die wir passierten, hing die abendliche Sonne. Das Abendrot tauchte den Himmel in Orange, und rote Wellen umtanzten das Schiff. Sogar die Gischt des Kielwassers und der Seewind erschienen rötlich. Wie ein Schnellboot durchpflügte die alte Fähre das flammende Meer.

»Ist das Abendrot nicht fantastisch?«, fragte Hae-jin.

Ich stellte mich an die Reling, öffnete die Jacke und atmete den warmen Wind tief ein. Die Kälte in meiner Brust schien allmählich zu verschwinden.

»Ich sagte doch, dass ich dir unbedingt etwas zeigen möchte.« Auch Hae-jin stellte sich an die Reling. »Das also ist es.«

Ich setzte die Kapuze, die ich die ganze Zeit aufgehabt hatte, ab und sah Hae-jin an. Seine Augen strahlten im Abendrot. Dieses Lächeln war ein Geschenk für mich, denke ich mir heute noch. Meine Mutter war diejenige, die stets Furcht in meinen Blutkreislauf speiste, während Hae-jin die Wärme des Abendrots in mein Herz hauchte. Jemand, der immer zu mir steht.

So wie an jenem Tag wird er auch jetzt zu mir stehen. Das glaube ich einfach. Ich stehe auf, greife das schnurlose Telefon vom Nachttisch und drücke jede der zehn Zahlen genau und langsam. Während das Freizeichen ertönt, sticht mir etwas ins Auge, das zwischen Bett und Nachttisch auf dem Boden liegt. Es ist ein ausgeklapptes Rasiermesser mit einseitiger Schneide. An dem langen Holzgriff und am Schaft klebt vertrocknetes dunkelrotes Blut.

»Hallo!«, höre ich am anderen Ende der Leitung die Stimme von Hae-jin sagen.

»Mutter, bist du das?«

Hae-jins Stimme entfernt sich. Ich blicke entsetzt auf das Rasiermesser.

»Yu-jin, bist du das?«

Mit dem Daumen kratze ich an der Blutspur am Ende des Griffs und entdecke sehr vertraute Buchstaben: *H. M. S.*

Das sind die Initialen meines Vaters, Han Min-seok. Das Messer gehörte ihm. Vor ein paar Jahren habe ich es in einer Kiste mit seinen Hinterlassenschaften im Arbeitszimmer gefunden und als Erinnerung an ihn mitgenommen.

Von meinem Vater ist mir kaum etwas im Gedächtnis geblieben. Weder besondere Verhaltensweisen noch seine Stimme. Nicht einmal an sein Gesicht kann ich mich genau erinnern. Ich erinnere mich nur, wie er sich jeden Morgen vor dem Badspiegel mit diesem Rasiermesser seine dunklen Räuberstoppeln rasierte. Ich litt damals an Verstopfung und saß währenddessen auf dem Klo, das Kinn in die Hände gestützt, und sah dabei zu, wie die Stoppeln mit dem Rasierschaum verschwanden. Das knisternde Geräusch, wenn das Messer über die Haut glitt, mochte ich besonders. Ich fragte ihn einmal, was das für ein Gefühl sei, wenn man sich so rasiert. Er antwortete sinngemäß: Man hat das Gefühl, dass selbst die Wurzel aus der Haut gezupft wird, und man fühlt sich anschließend erfrischt und sauber. Es bedarf allerdings der Fingerfertigkeit. Bis man es richtig beherrscht, wird das Kinn öfter Schnitte aufweisen, und es ist zwar leidig, die Klinge abzuledern, aber das saubere Gefühl nach der Rasur ist mit demjenigen bei Rasierapparaten nicht zu vergleichen.

Dagegen erinnere ich mich sehr genau, wie ich reagierte. Ich bat ihn darum, mir einmal das Messer zu vererben. Und ich erinnere mich, wie sich sein eingeschäumtes Gesicht veränderte. An den Nasenlöchern hingen blubbernd Seifenblasen, seine Augen weiteten sich, und durch seine zusammengepressten Lippen kam ein Geräusch wie rollende Kieselsteine. Er lachte. Und deswegen bat ich ihn, mir das zu versprechen. Er versprach es mir und meinte, nach seinem Tod könne ich es haben. Wir besiegelten diesen Pakt mit aneinandergedrückten Daumen. Mutter hat mit Sicherheit nichts davon gewusst, und nach Vaters Tod mochte ich nichts davon erzählen oder auf meinen Besitzanspruch pochen. Also nahm ich es mir dann einfach heimlich.

»Hallo! Hallo!« Hae-jin ruft noch immer laut ins Telefon.

»Ich bin es«, bringe ich gerade noch hervor.

»Ach, du bist es, ich dachte schon …« Er verstummt, dann wird er ärgerlich: »Warum antwortest du denn nicht? Ich habe einen Riesenschreck bekommen.«

»Ich höre schon zu. Sprich nur«, antworte ich.

»Was heißt da ›sprich nur‹? *Du* hast mich doch angerufen.«

Stimmt. Ich habe ja angerufen. Ich wollte ihn um Hilfe bitten, weil ich in Schwierigkeiten stecke. Das Messer halte ich senkrecht, die Messerspitze zeigt gerade unter mein Kinn. Ich habe das Ding kein einziges Mal zur Rasur gebraucht. Erst mit einundzwanzig Jahren habe ich einen Bart bekommen. Bei mir wächst er im Gegensatz zu meinem Vater nur spärlich, sodass es mit einem elektrischen Rasierapparat getan ist. Dieses Rasiermesser ist also kein Nutzgegenstand für mich, sondern nur ein Erinnerungsstück, das ich aber sorgfältig vor Mutter verstecke. Bis ich es gestern Nacht aus dem Versteck in meinem Badezimmer herausgeholt und in der Nachhilfestunde-Jackentasche mitgenommen habe, hatte ich es auch nie bei mir getragen.

»Yu-jin!«, ruft Hae-jin.

Ich weiß plötzlich nicht mehr, was ich sagen soll. Bevor ich das Rasiermesser entdeckt hatte, waren mehrere Erklärungen möglich, aber jetzt …

»Wo bist du gerade?«, will ich wissen.

»Ich bin eben in der U-Bahn-Station angekommen. Es hat etwas länger gedauert, ich hatte Sodbrennen und habe mir eine Instant-Ramen-Suppe gekocht.«

Nicht eine, sondern sicher zwei Portionen hast du gekocht, denke ich mir. Er hat die Gewohnheit, am Morgen nach Saufgelagen immer zwei Packungen Ramen zu kochen. Das ist das Vermächtnis seines Großvaters, der sieben Tage die Woche besoffen war. Dass sich Hae-jin immer noch in Sangam-dong aufhält, ist diesem Umstand zu verdanken.

»Wieso? Ist was?«, fragt er.

»Nein.« Dann mache ich eine kurze Pause und überlege, ob es Sinn ergibt, Zeit zu gewinnen. »Doch. Ich muss dich um einen Gefallen bitten.«

Hae-jin bleibt still, er scheint abzuwarten.

»Du erinnerst dich an das Lokal auf Yeongjongdo, wo wir zu Mutters Geburtstag Sashimi gegessen haben, oder?«

»Klar, das hieß *Leon* oder so, stimmts?«

»Nein, im *Leon* haben wir Kaffee getrunken. Ungefähr fünfzig Meter weiter kommt am Ende des Strandes das *Kosiline*.«

»Klar«, sagt Hae-jin wieder.

»Gestern nach der Feier für die Profs sind wir alle dahin«, erzähle ich. Ein normaler Mensch lügt angeblich im Durchschnitt achtzehn Mal pro Stunde. Aufgrund meiner

Schwäche in Sachen Ehrlichkeit müsste ich über dem Durchschnitt liegen. Darum bin ich dabei auch geschickt und kann jede beliebige Geschichte glaubhaft erzählen. »Ich habe dort mein Handy liegen lassen, kann aber jetzt nicht weg. Ich muss im Laufe des Vormittags etwas an den Dekan schicken, und außerdem warte ich auf die Prüfungsergebnisse. Das Resultat will ich zu Hause online checken.«

»Ist heute also der große Tag?«

»Ja.«

»Mach dir keinen Kopf. Ich hole es für dich«, sagt Hae-jin wie erhofft.

»Der Laden macht aber erst um zehn auf, fürchte ich.«

»Ich warte dann bei einem Kaffee im *Leon*.«

Ich muss mich vergewissern, wie und vor allem wann er nach Hause kommen wird. »Wenn du müde bist, kannst du ein Taxi nehmen. Ich bezahle das.«

»Bist du verrückt? Bei der Entfernung nehme ich doch kein Taxi.«

Also wird er trotz mehrmaligem Umsteigen den Bus nehmen. Das wird dauern.

»Ist Mutter inzwischen aufgestanden?«, fragt er, als ich gerade auflegen will. Ich drücke die Beenden-Taste, als hätte ich es nicht gehört. Dann lege ich das Telefon zurück und bin mit meinen Gedanken wieder bei Mutter, die im Wohnzimmer liegt. Das Blut in der Wohnung kann in verschiedene Richtungen interpretiert werden, aber das Rasiermesser ist ein eindeutiger Beweis. Es gehört mir, war in der letzten Nacht in meiner Jacke, und heute früh habe ich es unter meinem Bett entdeckt. Wie wird Hae-jin darauf reagieren? Mit welchem Gefühl wird er Mutters Tod aufnehmen? Wird er schockiert sein oder traurig oder auch wütend? Wird er mir glauben? Wird er noch zu mir halten?

Auf einmal fällt mir Silvester vor elf Jahren ein. Es war zwei Monate vor dem Tod von Hae-jins Großvater. Ich war vierzehn, Hae-jin fünfzehn. Wir standen kurz vor dem Abschluss der Mittelschule. Ich hatte mich dem Willen meiner

Mutter gefügt und mich für ein Gymnasium entschieden, auf dem ich parallel zum Lehrplan weiterhin schwimmen konnte. Hae-jin, dessen Noten mehr als gut genug für eine Eliteschule waren, wählte stattdessen ein Gymnasium mit künstlerischer Ausrichtung, obwohl sein Klassenlehrer ihn davon abhalten wollte. Das Dreijahresstipendium, der Unterhaltszuschuss und die Hoffnung, dass diese Kunstschule ihm bei der Verwirklichung seines Traums behilflich sein könnte, gaben den Ausschlag. Zudem hatte er wohl keine andere Wahl gehabt.

Damals war Hae-jin praktisch der Versorger der Familie. Seine Eltern waren bei einem Unfall ums Leben gekommen, als er drei war. Sein Großvater, der ihn aufzog, lag seit Monaten im Krankenhaus. Er litt an einer Leberzirrhose und an Nierenversagen, sodass eine Entlassung nicht absehbar war. Also war Hae-jin gezwungenermaßen einer der geschäftigsten Neuntklässler der Welt. Er schlief im Krankenhaus und kümmerte sich um seinen Großvater, tagsüber ging er in die Schule, und in der Nacht hatte er für einen mickrigen Stundenlohn einen Nebenjob in einer nahen Tankstelle.

Sie lebten auch sonst nicht in guten Verhältnissen. Der Großvater bekam eine Mindestrente und verdiente etwas dazu, indem er Altpapier sammelte. So ernährten sie sich mühsam. Trotzdem hätte Hae-jin keinen Nebenjob machen müssen. Sein Großvater war zwar ein berühmt-berüchtigter Trinker, doch nicht schamlos genug, um seinen Enkel zum Arbeiten zu schicken. Er war eher ein Großmaul, das zu sagen pflegte: »Du sollst lernen. Ich kümmere mich um alles andere für dich.« Als er dann zusammenbrach, musste Hae-jin doch den Lebensunterhalt verdienen.

Auch ich war beschäftigt. Ich steckte mitten im Training für die Juniorenweltmeisterschaft in Neuseeland. Also konnten wir uns kaum treffen. Ich hörte lediglich über meine Mutter von ihm, woraus ich schloss, dass sie ihm jeden Tag etwas zu essen ins Krankenhaus brachte.

Zu Silvester 2005 ließ der Trainer das Nachmittagstraining ausfallen und gab uns den halben Tag frei. Er sagte, wir sollten uns zu Hause von unseren Müttern verwöhnen lassen und am nächsten Tag frisch und munter wieder hier sein. Meine allwissende Mutter wartete bereits vor der Schwimmhalle auf mich. Sie schien außergewöhnlich gut gelaunt zu sein. Sie trug ihre schulterlangen Haare offen, und auf ihrem zart geschminkten Gesicht lag ein erwartungsvoller Ausdruck. Den weißen Mantel hatte ich noch nie zuvor an ihr gesehen. Ich schnallte mich an und fragte beiläufig: »Gehst du heute aus?«

»Nach Dongsung-dong«, antwortete sie und fuhr los. Sie hielt dann vor dem Haupteingang des Krankenhauses, in dem der Großvater von Hae-jin lag. Ich sah Hae-jin aus dem Gebäude herausrennen und wollte aussteigen, da ich dachte, dass sich Mama in Dongsung-dong vergnügen ginge und ich mit Hae-jin hierblieb.

Sie sagte jedoch: »Bleib sitzen.«

Hae-jin grinste mich an und stieg hinten ein.

»Happy New Year«, wünschte ihm meine Mutter etwas verfrüht.

»Ihnen auch, Tante«, antwortete Hae-jin und gab ihr etwas, was er hinter seinem Rücken versteckt gehalten hatte. Es war ein Lutscher in Herzform, der so groß war wie ihr Gesicht. Darauf stand in Weiß »The apple of my eye«.

Auf ihrem Gesicht breitete sich ein Lächeln aus. Sie errötete und schlug kurz die Augen nieder. Wenn ich mich nicht irrte, hatte Hae-jin meine Mutter da zum ersten Mal »Tante« genannt. Ob ihre Rührung daher kam oder ob ihr die Bedeutung der Worte auf dem Herz gefiel oder ob beides zutraf, weiß ich nicht, jedenfalls war ihr Gesichtsausdruck fremd für mich.

»Hat dein Opa es dir erlaubt?«, fragte meine Mutter, während sie den Lutscher behutsam aufs Armaturenbrett legte.

Hae-jin sagte strahlend: »Er denkt, ich bin arbeiten gegangen.«

Meine Mutter blickte ihm durch den Rückspiegel in die Augen und lächelte. Als ob sie ein Komplott schmieden würden, lächelten sie sich während der Fahrt immer wieder über den Rückspiegel an. Sie erklärten mir aber noch immer nicht, was wir in Dongsung-dong machen wollten. Hae-jin stellte mir Fragen nach dem Camp und dem Schwimmtraining, woraufhin ich aber nur knappe Antworten gab. Gut, nein, ja, keine Ahnung … Schließlich übernahm Mutter. Sie redeten hauptsächlich über den Zustand seines Großvaters oder über Bücher und Filme, die nur die beiden kannten. Inzwischen kamen wir trotz des Verkehrschaos in Daehak-ro an. Mutter drehte ein paar Runden auf einem Parkplatz, bis sie endlich eine Lücke fand.

»Dann mal los.«

Wir liefen die Straßen mit den leuchtenden Girlanden entlang. Bei den Menschenmassen war es nicht einfach, nebeneinanderzugehen. Einmal fiel Mutter fast zu Boden, da jemand sie angerempelt hatte. Als ich meine Arme nach ihr ausstreckte, hatte Hae-jin sie bereits aufgefangen. Nachdem sie nach ein paar Schritten gleich wieder angerempelt wurde, legte er seinen Arm um ihre Schulter und lief so weiter. Ich hatte keine andere Wahl, als hinter ihnen zu bleiben.

Nach einer Weile kamen wir in einem italienischen Restaurant an, das so still war, als wären wir in einer anderen Welt. Als Mutter dann bei einem Glas Saft sagte, dass sie sowohl Freude als auch Traurigkeit darüber empfindet, dass sie wieder ein Jahr gealtert war und dass ich und Hae-jin ein Jahr gewachsen waren, dachte ich mir, dass wir vermutlich zur Feier des Silvestertags essen waren. An das Essen kann ich mich nicht erinnern, es war wohl nicht sonderlich gut. Oder es liegt daran, dass meine Laune nicht besonders gut war.

Immer wenn ich mit Hae-jin allein war, gab er mir das Gefühl, sein bester Freund zu sein. Auch Mutter schien ausschließlich mich im Sinn zu haben und aus mir Lebenskraft zu schöpfen. Wenn wir aber zu dritt waren, fühlte ich mich in die zweite Reihe verschoben. Das gefiel mir nicht. Und ich fühlte mich noch schlechter, da ich mir dabei kleinlich vorkam.

Nach etwa einer Stunde verließen wir das Restaurant. Die beiden arbeiteten sich mühsam durch die Menschenmassen.

Auf dem Weg kaufte uns Mutter an einem Verkaufsstand karierte Schals in unterschiedlichen Farben. Mir band sie einen grünen und Hae-jin einen gelben um und meinte, es sei ein Neujahrsgeschenk. Sie sagte zwar, dass sie uns gut stehen, sah dabei aber nur auf Hae-jin.

Er war für sie längst mehr als der Freund des Sohnes. Es begann, als Hae-jin und ich in der siebten Klasse Freunde wurden. Wann immer eigentlich ich die Hauptperson war – auf meiner Geburtstagsfeier, wenn er zum Schwimmwettkampf kam, wenn er mich zum Gratulieren drückte –, meine Mutter sah immer Hae-jin an. Mit einem unendlich sanften, gütigen Blick. Diesen Blick kannte ich aus meiner Kindheit. Mit diesem Blick hatte sie auch meinen älteren verstorbenen Bruder angesehen.

Vor dem Programmkino *Hypertheque NADA* stoppten beide. Am Eingang hing das Plakat »Besondere Empfehlung von NADA«. Während meine Mutter Karten holte, fragte ich Hae-jin: »Warum sind wir hier?«

»Was? Du Dummkopf, du hast das die ganze Zeit nicht gewusst?« Er konnte sich sein Lachen kaum verkneifen.

Der Schal schnürte mich plötzlich ein, die Luft schien wärmer zu werden. Ich nahm ihn ab und setzte mich auf einen der Sitze. War ich denn ein Hellseher? Woher sollte ich das wissen, wenn es mir niemand sagte?

Die »Besondere Empfehlung von NADA« war der Name eines Filmfestivals, das die besten Filme des Jahres zeigte, die aber keine Kassenschlager geworden waren. An diesem Tag stand der brasilianische Film *City of God* auf dem Programm. Das Ganze war Hae-jins Idee gewesen. Er wollte ihn schon sehen, als der Film ins Kino gekommen war, da er aber erst ab achtzehn Jahren zugelassen war, kam er nicht hinein. Als er dann hörte, dass der Film im *NADA* gezeigt wurde, wandte er sich an meine Mutter. In Begleitung eines Erwachsenen würde es schon klappen, dachte er.

Wie erhofft, kamen wir problemlos hinein. Der Film war interessant und so lustig, dass ich meine schlechte Stimmung vergaß. Es ging um junge Bandenmitglieder in den Favelas von Rio de Janeiro, wo Armut, Drogen, Verbrechen und Banden herrschten. Sie besaßen Waffen statt Bücher und führten Kämpfe, bei denen es um alles ging. Gleichzeitig handelte er von zwei Jungs, die auf jeweils eigenen Wegen erwachsen wurden. Einer wurde Fotograf, der andere Bandenchef.

Schon bei der ersten Szene mit den Hühnern brach ich in Lachen aus und kicherte danach immer wieder. Als Löckchen ins Hotel rannte und alles niederschoss, musste ich sogar laut lachen. Dann erkannte ich, dass außer mir keiner lachte. Ich bemerkte auch, dass Mutter mich anstarrte. In der Dunkelheit glitzerten ihre Augen fragend: Was ist denn daran so witzig?

Mutter schwieg die ganze Zeit verdrossen, als wir nach dem Film zum Parkplatz gingen. Auch Hae-jin sah nur geradeaus. Wieder folgte ich beiden und zerbrach mir den Kopf, weil ich nicht wusste, was das Problem war.

»Es ist beklemmend«, sagte meine Mutter, erst nachdem wir ins Auto gestiegen waren. »Es macht mir Angst, da der Film auf einer wahren Geschichte basiert. Das Leben macht mich irgendwie traurig.«

Erst da verstand ich, warum sie mich im Kino so komisch angesehen hatte. Der Film, den ich amüsant und spannend fand, war in Wirklichkeit eine beklemmende, angsterregende, traurige Geschichte. Aber ich wusste nicht, an welcher Stelle ich mich hätte fürchten oder traurig sein sollen.

»Die meisten glücklichen Geschichten sind nicht wahr«, sagte Hae-jin nach einer kurzen Pause, und ich drehte mich zu ihm um. »Die Verzweiflung wird nicht geringer, auch wenn man Hoffnung hat. Die Welt ist nicht so klar wie die vier Grundrechenarten. Menschen sind komplizierter als Mathematik.« Seine Augen fragten nach Zustimmung, aber ich konnte nicht antworten. Ich verstand einfach nicht richtig, was er meinte. Obwohl er nur ein Jahr älter war, kam er mir wie ein zehn Jahre älterer Bruder vor. Er wirkte sogar meiner Mutter ebenbürtig.

»Denkst du, die Welt ist ungerecht?«, fragte Mutter.

Hae-jin nahm sich etwas Zeit für seine Antwort. »Ich will einfach glauben, dass sie irgendwann gerechter wird. Wenn wir daran arbeiten, meine ich.« Dann sah er aus dem Fenster. Sie starrte ihn im Rückspiegel an. Ich drehte mich wieder nach vorn.

Als wir an einer roten Ampel anhielten, fragte Mutter Hae-jin: »Wie fandest du denn den Film?«

»Wenn Tarantino *Der Pate* gedreht hätte, würde er wie dieser Film sein, habe ich mal in einer Rezension gelesen. Ich glaube, ich kann nachvollziehen, wie es gemeint war.«

Meinte Hae-jin damit, dass er den Film gut fand oder nicht?

Die Antwort gab dann aber meine Mutter. »Also hat dir der Film gefallen.«

»Ja«, antwortete Hae-jin. Dann schwieg er lange. Vielleicht ging er den Film noch mal in Gedanken durch. Es wurde grün, und aus der Nähe war ein Glockenschlag zu hören. Die Uhr auf dem Armaturenbrett zeigte 00:00 Uhr. Die traditionelle Feier für die Glocke in Bosingak begann. Mutter fuhr weiter. Im Auto war es still. Bis wir vor dem Krankenhaus ankamen, war jeder von uns in Gedanken versunken.

»Vielen Dank für alles heute«, sagte Hae-jin, während er die hintere Tür öffnete. Mutter stieg ebenfalls aus. Ich beobachtete vom Beifahrersitz den Abschied der beiden. Hae-jin verbeugte sich, und Mutter reichte ihm die Hand. Ich hatte den Eindruck, dass sie nicht einem fünfzehnjährigen Jungen die Hand gab und auch nicht dem Freund ihres Sohnes, sondern einer reifen Persönlichkeit. Hae-jin zögerte kurz, dann nahm er ihre Hand. Es waren sicher nicht einmal fünf Sekunden, die sie sich in die Augen sahen. In dieser kurzen Zeit schienen sie sich dessen zu vergewissern, was man nicht mit Worten ausdrücken konnte, was man nicht an Handlungen festmachen konnte, und vor allem, was ich nicht erahnen konnte.

Mutter stieg zurück ins Auto. Hae-jin stand wie angewurzelt da, sein gelber Schal flatterte in der Dunkelheit.

Erst da erkannte ich, dass meiner weg war. Ich hatte ihn abgenommen und wohl irgendwann weggelegt und vergessen. Vielleicht in dem Moment, als mein Lachen und der Blick meiner Mutter zusammentrafen, oder wo Löckchen im Samba-Rhythmus fröhlich um sich schoss. Ich hörte wieder den Satz von Buscapé, dem Fotografen im Film.

»Die Ausnahme wird zur Regel.«

Für meine Mutter war ich der einzige Sohn. Das war die Regel. Und Hae-jin, der die Ausnahme war, wurde im folgenden März zu ihrem Stiefsohn und landete weich auf dem Platz meines großen Bruders. So wurde die Ausnahme zur Regel.

Ich sehe auf das Rasiermesser in meiner Hand. Wie wird Hae-jin diese Situation deuten? Die Hinweise darauf, wer der Mörder ist, liegen überall herum, und der entscheidende Beweis, die Tatwaffe, ist auch da. Der Betroffene hat aber keinerlei Erinnerung mehr. Egal, was Hae-jin fragt, ich kann ihm immer nur eine Antwort geben. Die altbekannte Ausrede, die seit Tausenden von Jahren Tausende Verbrecher besonders gern benutzt haben: Ich kann mich an nichts erinnern.

Wird er mir glauben? Oder wird er es der Polizei melden? Vielleicht wird er mir raten, dass ich mich der Polizei stellen soll. Das kann ich jedoch nicht. Ob ich festgenommen werde oder mich stelle, entscheide ich später. Was ich jetzt brauche, ist Zeit zum Nachdenken. Ich brauche einen plausiblen Grund. Wenn ich es tatsächlich getan habe, muss ich zumindest für mich erklären können, was genau passiert ist, wann und warum ich es tat und warum ich mich an nichts erinnern kann.

»Ich hätte dem Ganzen damals ein Ende setzen sollen«, höre ich Mutters Stimme. Aber nicht aus meiner Erinnerung, sondern hinter mir. Ich drehe mich zur Glastür. Sie steht auf der Terrasse: zusammengebundene lange Haare, das weiße Nachthemd und das Fußkettchen an der nackten Fessel. So sah sie vor ihrem Tod aus. Sie ist weder mit Blut beschmiert, noch ist ihre Kehle durchtrennt. »Du …« Scharf sieht sie mich mit lodernden Augen an. Die Augäpfel wirken fast bläulich, rote Äderchen springen hervor. »Yu-jin, du …«

Mit dem Rasiermesser in der Hand zucke ich zusammen und weiche einen Schritt zurück.

»Einer wie du sollte nicht auf der Welt sein.«

In meinen Schläfen hämmert der Puls. Ich umklammere unbewusst das Rasiermesser. »Wieso? Was habe ich denn getan?«

Sie antwortet aber nicht. Nebel verschluckt sie wie eine Lawine. Ich sehe mich im Zimmer um: Blutspuren, Fußabdrücke, die blutbeschmierte Bettdecke. All das ist nach ihrem Tod passiert. Das von vorhin war die Bosheit der lebenden Mutter. Weil ich ohne ihr Wissen in der Nacht aus war? Darf ich nicht einmal das tun? Ist das Grund genug dafür, dass ich nicht leben soll?

Der Puls an meinen Schläfen wird zu stechendem Kopfschmerz. Mein Nacken brennt. Vor meinen Augen flackern dunkle Punkte und mir ist schwindlig vor Wut. Dann gehe ich ins Badezimmer, werfe das Rasiermesser ins Waschbecken und lasse kaltes Wasser darüberlaufen. Damit meine Gedanken vor Wut und Verzweiflung nicht durcheinandergeraten, halte ich meinen kochenden Kopf zum Kühlen darunter.

»Mutter, morgen, ich erzähle es dir morgen früh.«

Diesmal höre ich meine eigene Stimme. Ich hebe den Kopf, und der Mann im Spiegel, der der Mörder sein könnte, sieht mir in die Augen. Was soll ich morgen früh erzählen? Fragend beobachte ich mein Spiegelbild. Die Haare sind mit Blut verklebt, rötliches Wasser läuft am Gesicht herab, das Rasiermesser schimmert im roten Wasser wie der Mondschatten. Durch das Dunkel in meinem Kopf blitzt ein Gedanke.

Vielleicht … Kopfschüttelnd schaue ich auf das Rasiermesser. Es ist kein Gedanke, sondern das Hirngespinst eines Irren. Ich blinzle die Wassertropfen weg. Vielleicht doch … Ich fische das Messer aus dem kalten Wasser und umfasse fest den Griff. Ja, vielleicht …

Ich renne aus dem Bad und, bevor ich es mir noch anders

überlege, weiter in den Flur. Ich schreite die Stufen hinunter und zähle sie. Möglichst langsam. Eins, zwei, drei. Dabei fixiere ich meine Fußspitzen. Vier, fünf, sechs. Die Methode hat mir öfter geholfen, um meine Hast unter Kontrolle zu bringen und mich zu konzentrieren. Diesmal funktioniert es nicht. Der ganze Körper scheint auf Befehle des sympathischen Nervensystems zu warten. Ich habe das Gefühl, dass an meiner Stirn ein Bienenschwarm klebt. Meine Gedanken springen in alle Richtungen, und die Geräusche des gesamten Frequenzspektrums dringen mir in die Ohren: das Tosen des Flusses, die wirbelnde Gischt, der an der Tür der Dachterrasse rüttelnde Wind und Mutters matt seufzende Stimme: »Yu-jin.«

Es gibt unzählige gute Gründe, warum ich das Rasiermesser wegwerfen und ins Zimmer zurückgehen sollte. Ich bin müde, die Augen tun mir weh, ich habe stechende Kopfschmerzen, im Kopf herrscht Chaos, ich habe Angst, dass ich tatsächlich verrückt werde. Ohne zu atmen, renne ich die übrigen Stufen hinunter und betrete das Wohnzimmer. Mutter empfängt mich unverändert: Aufgerissene Augen, rund geöffneter Mund, mit Blut beschmierte Wangen und Kinn, der Hals voller Blutklumpen.

Ich umklammere das Rasiermesser, das mir aus der Hand zu rutschen droht. Dann knie ich mich neben Mutter. Das Messer war früher ein Erinnerungsstück an meinen Vater, aber jetzt hat es eine neue Bedeutung. Es ist der Schlüssel für eine spezielle Tür, der wartet, in das passende Schloss gesteckt zu werden. Wenn er erst einmal steckt, kann es nicht mehr rückgängig gemacht werden. Mein Mund ist staubtrocken, mein Hals schmerzt. Ich habe das Gefühl, als ob ich husten müsste. Team Weiß fragt gehässig: Zitterst du etwa?

Ja, wenn diese bläuliche Kälte, die auf meinem Nacken lastet, Furcht sein soll, dann zittere ich offensichtlich. Die Kälte lässt meinen Atem stocken und drückt mich nieder, sodass ich zu ersticken meine. Ich habe das Gefühl, in eine Ecke der Welt gedrängt zu werden. Am liebsten würde ich eine

Ladung Schmerztabletten und Beruhigungsmittel schlucken und mich hinlegen. Verdammt, was soll ich nur machen?

Hau ab, gibt Team Blau eine einfache und praktische Antwort. Noch weiß niemand von Mutters Tod. Ich weiß auch, wo ihre Bankkarte liegt, mit der ich große Summen Bargeld abheben kann. Weil ich seit Jahren für sie zur Bank gehe, habe ich sogar den PIN-Code im Kopf. Mein Pass ist auch noch ein Jahr gültig. Wenn ich in den letzten Winkel der Welt fliehen wollte, könnte mich keiner daran hindern. Was danach geschehen wird, soll mich nicht kümmern.

Doch, das muss mich kümmern. Aus den Spuren einen Schluss zu ziehen, hat keinen Sinn. Ich muss von mir selbst hören, ob es in mir noch jemanden gibt, jemand anderes neben meinem Ich, das zu sein ich glaube. Wenn ich nicht sicher weiß, ob dieser Jemand irgendwas verbrochen hat, kann ich nicht einfach weiterleben. Und wenn es bedeutet, dass sich die Tür zur Hölle öffnet und mein Leben völlig auf den Kopf gestellt wird.

Ich betrachte die Wunde unter Mutters Kinn und gebe mir dabei Mühe, nicht in ihre Augen zu sehen. Vom linken zum rechten Ohrläppchen bedeckt eine dunkelrote membranartige Blutschicht die Oberfläche des Schnittes. Ich strecke meine Finger aus und entferne die Membran. Die Innenseite der Wunde wird nun sichtbar, wie eine tiefe lange Schlucht.

Ich kneife meine Augen zu. Dann unterdrücke ich den heftigen Atem und rufe den Jungen von früher, den Profischwimmer Han Yu-jin, zurück, der auf dem Startblock gebückt auf das Startsignal wartete. Er konnte sich von den Blicken der Tante oder seiner Mutter komplett befreien und ausschließlich auf den Moment konzentrieren, in dem er ins Wasser springt. Mein Herzschlag beruhigt sich allmählich, die Gänsehaut in meinem Nacken verschwindet, mein stockender Atem fließt wieder.

Jetzt darf ich nicht zögern. Ich mache die Augen auf und halte mit der linken Hand Mutters Kinn. Dann setze ich das Rasiermesser unter dem linken Ohr an. Die Klinge dringt widerstandslos ein. Ich habe das Gefühl, dass sich das Fleisch von allein öffnet und von beiden Seiten nach der Klinge greift. Mit einem Mal verschwindet der Lärm in meinem Kopf. Es herrscht eine Stille wie im Wandschrank.

Meine Hand bewegt sich wie von selbst. Sie zögert oder stockt keinen Moment. Fließend gleitet die Klinge entlang der klaffenden Wunde. Jedes Gefühl ist mir absolut vertraut: der sanfte Widerstand des Fleisches am Griff, die glatte Bewegung der Klinge durch Muskeln und Adern. Das Rasiermesser schreitet ungehindert voran und erreicht in einem Zug das rechte Ohrläppchen.

Ich spüre, wie sich ein schwarzer Vorhang neben meinen Schläfen senkt. Mein Blickfeld verkleinert sich auf die Größe eines Handspiegels. Darin sind fragmentierte Körperteile und Gesichtsausdrücke zu sehen: schwungvoll wehende lange Haare, verzerrte Wangen, sich weitende und verengende Pupillen, Lippen, die etwas sagen wollen. Damit entzieht sich das Blickfeld gänzlich der Realität. Die Dunkelheit kommt näher und engt mich von allen Seiten ein. Unter meinen Füßen öffnet sich jetzt die Tür zur Erinnerung, die bisher hermetisch verschlossen war. Mutter ruft hinter dieser Tür.

»Yu-jin!«

»Yu-jin!«

An der Wohnungstür eine Etage tiefer rief mich meine Mutter. Ihre Stimme war ernst und ausdruckslos. Ich blieb stumm vor der Stahltür auf der Dachterrasse stehen. Vor Erschöpfung konnte ich keinen einzigen Ton hervorbringen. Mir war, als ob ich im Stehen dösen würde.

»Yu-jin!«

Ihr zweiter Ruf war zwei Oktaven höher, als ob sie sagen wollte: Ich weiß, dass du dort stehst, also antworte endlich. In der zweiundzwanzigsten Etage kläffte ein Köter mit dem Namen Hello. Das tat er immer, wenn ich auf der Feuertreppe war.

»Ja.«

Dann steckte ich den Schlüssel für die Dachterrasse zurück in die Jackentasche und ging hinunter. Sie erwartete mich mit verschränkten Armen am Fuß der Treppe. Die halb geöffnete Wohnungstür wurde vom Türstopper gehalten, und der Lichtstrahl von der gelben Lampe im Eingangsbereich beleuchtete sie von der Seite. Der blöde Hello kläffte womöglich noch lauter.

»Woher kommst du?«

Ihre schmalen Lippen waren bläulich verfärbt, als ob sie frieren würde. Das weiße Nachthemd, ihre dünnen nackten Beine und die Pantoffeln unterstützten diesen Eindruck. Auf der fünften Stufe von unten stoppte ich.

»Ich war eine Runde laufen«, sagte ich teigig, wie jemand, der gerade aus der Narkose erwacht war.

»Nimm den Mundschutz ab, komm herunter und dann sag es noch einmal.«

Wortlos nahm ich den Mundschutz ab und steckte ihn in die Jackentasche. Meine Hände ließ ich auch in den Taschen verschwinden. Mit schlotternden Beinen schaffte ich es gerade noch die letzten Stufen hinunter. Sie musterte mich von Kopf bis Fuß, ihr Blick fühlte sich an, als könnte er mich bei lebendigem Leibe häuten.

»Ich sagte, ich war laufen.« So blieb ich stehen und sah zu ihr.

Sie kniff die Lippen zusammen und schaute zu mir hoch. Ihr Blick war mehrdeutig. Vielleicht war sie erregt, wütend, traurig oder voller Sorgen. Klar war nur, dass sie ihre Emotionen zu unterdrücken suchte, bevor sie explodierten.

»Warum wolltest du denn dort oben rein?«

»Damit ich dich nicht aufwecke.«

Natürlich erwartete ich nicht, dass sie mir das abnehmen würde.

»Lass uns hineingehen.«

Ihre Worte waren mehr Befehl als Einladung. Meine Zehen in den patschnassen Sportschuhen zuckten. Ich hatte das Gefühl, von der Taille abwärts einzufrieren. Ihr Angstschrei, der die nächtlichen Straßen wach gerüttelt hatte, hallte in meinen Ohren wider wie eine Halluzination. Ich wäre am liebsten geflohen. Wenn ich nicht dermaßen erschöpft gewesen wäre, wenn ich nicht unter diesem fürchterlichen Schüttelfrost gelitten hätte und wenn ich nicht Angst vor dem drohenden Anfall gehabt hätte, hätte ich es vielleicht getan.

»Worauf wartest du denn? Komm rein.« Ihre Stimme klang wieder etwas milder. Als ob sie meine inneren Konflikte wahrgenommen hätte, war nun auch ihr Blick sanfter. »Sonst hört Hello nie auf.«

Ich musste rein, damit das Vieh endlich seine Klappe hielt. Also ging ich an ihr vorbei, sie folgte mir auf dem Fuß und schloss die Wohnungstür. Das klickende Geräusch des automatischen Türschlosses hallte in meinem Kopf nach. Um die patschnassen Schuhe auszuziehen, die sich wie Fesseln anfühlten, nahm ich meine Hände aus den Jackentaschen. Dabei fiel irgendetwas klickend neben meine Füße und rollte davon. Vermutlich war es aus meiner Tasche gefallen, aber ich kam nicht dazu, nachzusehen. Denn Mutter stand so nahe hinter mir, dass ich ihren warmen Atem im Nacken spürte. Ich wurde von ihr förmlich hineingeschoben.

»Bleib da stehen.«

Vor Hae-jins Zimmer hielt ich an. Ihr Tonfall hatte sich verändert. Ihre Stimme klang hart und kalt. Als ich mich umdrehte, war der mehrdeutige Gesichtsausdruck verschwunden, und ihre Augen zeigten unverkennbar ein einziges Gefühl: Wut. Maßlose Wut.

»Zieh die Jacke aus.«

Sie streckte ihre Hand aus. Also zog ich wortlos Jacke und Weste aus und übergab sie ihr. Sie durchsuchte die Jackentaschen, zog den MP3-Player, die Ohrhörer, den Mundschutz und den Schlüssel für die Dachterrasse heraus und steckte alles zurück. Dann ließ sie die Jacke vor die Tür fallen und baute sich vor mir auf. Ihre Bewegungen waren schnell und aggressiv, wie bei einem angriffslustigen Ziegenbock. Ich zuckte zusammen und wich zurück. In diesem Moment griff sie kurz in meine Hosentaschen. Als ich erschrocken meine Hand zum Abwehren ausstreckte, war es schon zu spät. Sie machte einen Schritt zurück und hielt das Rasiermesser in der Hand.

»Gib es wieder her.« Ich wollte es mir wieder schnappen, aber sie war schneller.

Sie schüttelte meine Hände ab und stürzte sich auf mich. Damit hatte ich nicht gerechnet. Sie schien nicht gegen ihren Sohn zu kämpfen, sondern gegen einen Vergewaltiger. Ich verlor in meinem ohnehin geschwächten Zustand das Gleichgewicht, machte ein paar Schritte rückwärts in Richtung Treppe und fiel schließlich hin, wobei mein Hinterkopf auf den Rand einer Stufe knallte. Dann wurde mir schwarz vor Augen. Vor Schmerz brach mir der Schweiß aus, und ich japste nach Luft. Nachdem mir die Ellbogen mehrmals weggeknickt waren, stützte ich mich mühevoll auf der Treppe ab und hob den Kopf. Gleichzeitig nahm Mutter ihren Blick vom Rasiermesser. Unsere Blicke trafen sich irgendwo zwischen Küche und Wohnzimmer.

Ich wollte etwas sagen, öffnete den Mund, konnte aber nicht sprechen. Mein Hals war verschlossen wie ein Banksafe. Im Gegensatz dazu waren ihre Pupillen geweitet, in den Augäpfeln standen die roten Äderchen hervor, und der Augenrand war lila und geschwollen. Mutter stand in Flammen und schien den Raum zu versengen.

»Mutter, ich …«, brachte ich mit knapper Not heraus.

Sie unterbrach mich. »Du bist …« Sie wies mit der Klinge auf mein Gesicht, und ich verkrampfte mich. »Yu-jin, du …« Ihre Stimme zitterte merklich. So wie ihre Hand, in der sie das Rasiermesser hielt. Ihr Atem rasselte. »Einer wie du sollte nicht auf der Welt sein.«

Diese Worte trafen mich wie ein Peitschenhieb. Ich nahm undeutlich wahr, wie Mutter auf mich zukam. In meinem Kopf wurde es stockdunkel, als hätte jemand einen Schalter gedrückt.

»Ich hätte dem Ganzen damals ein Ende setzen sollen.«

Mutter stand inzwischen dicht vor mir, ihre Augen kalt wie Messerklingen. Mit den Füßen tastete ich rückwärts und ging eine Stufe nach oben.

»Damals wären wir besser gestorben. Du und auch ich.« Mit der Hand, in der sie das Messer hielt, schubste sie mich weg.

Der Angriff kam so plötzlich, dass ich mich nicht verteidigen konnte. Ich fiel der Länge nach hin und stieß mit dem Rücken an die Stufenkante. Ein heftiger Schmerz durchzuckte meinen Rücken, aber ich hatte kaum Zeit, ihn wahrzunehmen. Mit dem Messer in der Hand kam sie wie ein Todesbote auf mich zu. Mit beiden Händen stützte ich mich hinter dem Rücken ab und zog meinen Körper ein paar Stufen hoch, um zu entkommen. »Mutter, morgen, morgen früh erzähle ich es dir.«

»Was denn?« Schreiend kam sie mir nach, während ich mich ein paar Stufen höherschob. »Was willst du denn erzählen?«

»Alles, was du willst«, sagte ich hastig und kam wieder zwei Stufen höher. Bis zum Treppenabsatz waren es noch zwei Stufen. »Von Anfang an, alles. Also bitte ...«

Gerade als ich, am Treppenabsatz angekommen, aufstehen wollte, drückte sie mir die Hand mit dem Rasiermesser erneut gegen die Brust. Mit diesem Angriff hatte ich zwar gerechnet, doch konnte ich ihm nicht ausweichen. Rückwärtsstolpernd stieß ich mit dem Hinterkopf an die Wand und hielt mich nur mühsam auf den Beinen.

»Los, machs.« Sie stellte sich vor mich und schnappte mein Handgelenk. »Vor meinen Augen, hier, damit ich es sehe.« Dann drückte sie mir das Rasiermesser in die Hand.

Instinktiv schüttelte ich es weg. Erst da erkannte ich, was sie von mir wollte.

»Was ist? Hast du Angst?« Sie packte wieder mein Handgelenk. »Oder findest du es unfair, allein zu sterben?«

Mit dem Rücken zur Wand schüttelte ich den Kopf. Ich wollte ihre Hand abwehren, hatte dafür aber keinen

Bewegungsraum, sodass ich sie von mir wegstoßen müsste, um auszuweichen.

»Keine Bange. Wenn du es getan hast, tue auch ich es.«

Ich rang nach Luft. Meine Brust fühlte sich so schwer an, als wären die Lungen voller Wasser. Es war ein Gefühl, als würde ich auf dem Trockenen ertrinken. Ich griff die Hand, die mein rechtes Handgelenk festkrallte, und befreite mich. Dann packte ich die Hand, die das Rasiermesser hielt, und drehte sie zur Seite.

»Lass los!«, rief sie schrill und begann, sich heftig zu wehren. Sie strampelte wie wild, stieß ihren Kopf gegen mein Kinn und brüllte: »Lass mich los, du Mistkerl.« Ihr Gebrüll klatschte förmlich an meine Wange. »Wie kannst du nur … wie anmaßend … wie kannst du es wagen, Vaters Besitz …«

Wenn ich mich vor den Schlägen gegen mein Kinn schützen wollte, musste ich den Kopf heben, konnte dann aber ihre Bewegungen nicht mehr sehen. Ich hielt ihre Arme fest, geriet aber aus dem Gleichgewicht. Nachdem sie mir eben noch unbedingt das Messer in die Hand hatte drücken wollen, wehrte sie sich nun mit aller Kraft, damit ich es ihr nicht wegnehmen konnte. Vielmehr richtete sie es gegen meinen Hals. Meine letzte Chance war es, ihre rechte Hand gegen die Wand zu schlagen, damit sie das Messer losließ.

Aber ich unterschätzte sie gewaltig. Ehe ich michs versah, war ihr Kopf unter meiner Achsel. Im nächsten Moment stieß ich einen schrillen Schrei aus. Sie hatte mit aller Kraft in meinen Arm gebissen.

»Mutter!« Der Schmerz traf mich wie ein Pfeil, der das Fleisch zerriss, Muskeln durchbohrte und bis in den Kopf drang. Er kappte das Seil, das mich nach Hause gezogen hatte und mich davor schützte, vom Wahn meiner Mutter erfasst zu werden, das Seil, von dem ich dachte, es sei stärker als Stahl. Damit entglitten mir die Kontrolle und auch die Klarheit.

»Bitte, tu das nicht!« Meine Stimme erstickte, mein Blickfeld verdüsterte sich. Ich ließ ihre linke Hand los und packte sie an den Haaren, um sie von mir zu lösen. Sie ächzte, löste ihre Zähne aber nicht von mir. Knurrend wie ein Tier biss sie noch tiefer, stärker und hartnäckiger. Erst als ihr Kopf ganz nach hinten geknickt war, ließ sie endlich von mir ab. Ich sah nur noch ihren zerbrechlichen Hals. Durch die helle, dünne Hautoberfläche zeichneten sich ihre Wirbelknochen ab. Eine blaue Ader pulsierte wie eine böse Schlange. Ich zog ihre Hand, die das Messer hielt, bis zu ihrem Hals.

Langsam durchzogen mich Tausende Empfindungen: Kälte schien meinen Kopf gefrieren zu lassen, während Hitze die Eingeweide kochte und sich ausbreitete. In jedem Nervenknoten schien eine Explosion zu lauern. Das Herz schlug dumpf. Das Messer setzte links an und erreichte im gleichen Moment das rechte Ohrläppchen. Aus der auseinanderklaffenden Halswunde schwappte heißes Blut und strömte über mein Gesicht, die Wand und den Boden auf dem Treppenabsatz. Ich schloss die Augen und stieß sie von mir. Sie plumpste zu Boden. Ich hörte, wie ihr Körper über die Stufen nach unten rutschte. Dann wurde es still.

Mit den Fingern wischte ich mir das Blut aus den Augen, stellte mich an den Treppenabsatz und sah hinab. Mein Blick war trüb, aber ich erkannte ihren Körper, der wie ein leerer Sack am Ende der Stufen lag. Auch ihre Augen, die wie ein Hologramm leuchteten. Mit diesen Augen als Koordinaten schritt ich die Treppen hinunter. Geistesabwesend stand ich neben ihr und hörte die Standuhr schlagen. Einmal, zweimal, dreimal.

Bald wird dein Anfall losgehen, flüsterte eine Stimme, von der ich nicht wusste, ob sie Team Weiß oder Team Blau gehörte. Ich packte Mutter unter den Achseln und zerrte sie zum Eingang der Küche. Dort richtete ich sie mit den Füßen zur Treppe und mit dem Kopf zum Eingangsbereich aus. Dann bedeckte ich ihr Gesicht mit den Haaren, damit sie nicht sehen konnte, wie ich die Treppe hinaufging. Ich legte ihre Hände auf die Brust. Als ich aufstand, sagte ich mechanisch: »Schlaf gut.«

Hinter der Glastür zur Veranda erwacht der Morgen. Der Nebel ist so dicht, dass man meint, darin schwimmen zu können, aber das Licht kommt trotzdem durch. Es hat die ganze Nacht geregnet, aber mittlerweile wohl aufgehört, denn das Trommeln an der Scheibe ist nicht mehr auszumachen. Stattdessen sind jetzt weit unten Autos zu hören. Wenn ich gestern Nacht nicht hinausgegangen wäre, würde auch ich jetzt dort sein. Ich würde an den Leuten vorbeigehen, die wie ich joggen, mit dem Fahrrad oder zu Fuß unterwegs sind. Ab und zu würde ich mir vorstellen, wohin die hübsche Frau, die gerade vorbeigegangen ist, geht, wen sie trifft und was sie tun wird.

Die Welt ist von vielerlei Menschen bevölkert, die ihr Leben leben, wie sie es können. Irgendjemand unter ihnen wird zum Mörder. Aus Gelegenheit, aus Wut oder zum Spaß. Ich dachte bisher, so ist das Leben, und so ist der Mensch. Niemals habe ich jedoch bedacht, dass ich dieser Jemand sein könnte und meine Mutter das Opfer werden würde. Meine Gedanken waren ausschließlich meiner Erwartung an mein eigenes Leben gewidmet. Der Erwartung, dass ich irgendwann machen könnte, was ich will. Der Erwartung eines freien Lebens, das nach dem Tod meiner Mutter beginnen würde. Aber ich habe mir nie gewünscht, dass sie auf diese Weise stirbt. Obwohl ich nicht sagen kann, dass ich mir so etwas nicht schon einmal vorgestellt habe.

Ich sehe zu ihr hinunter, und mein Hals ist wie zugeschnürt. Ich starre auf das Rasiermesser in meiner Hand. Meine Arme zucken und erlahmen. Ich hebe den Kopf, und eine Stimme beginnt zu hämmern: Du bist es. Du bist der Mörder. Du. Du. Du.

Der Schock ist so durchdringend, dass mein Puls schneller wird. Die Verzweiflung, die in der Magengrube brannte, steigt in mir hoch. Eine Art unterdrückter Husten entwickelt sich zu einem irren Gelächter, das von den blutbesudelten Wänden der Wohnung widerhallt. Etwas, von dem ich nicht weiß, ob es Schweiß, Blut oder Tränen sind, fließt über meine

Wangen zum Kinn. Bin ich ein Mörder? Noch dazu einer, der seine eigene Mutter getötet hat? Das ist also die verdammte Wahrheit, die ich mit Mühe und Not herausgefunden habe.

Moment, Moment! Sieh doch mal hinunter, wendet Team Weiß schüchtern ein. Ich blicke auf den glänzenden Marmorfußboden. Dort kann ich einen verrückten Kerl sehen, der neben der Leiche meiner Mutter kniet. Er schwankt vor und zurück und lacht aus vollem Hals. Ich sehe zur Seite, zur ermordeten Mutter. Es ist wie vor zehn Jahren, als ich im *NADA* allein gelacht hatte, und sie mich mit ihren traurigen Augen fragte: Was ist denn daran so witzig?

Ich verstumme plötzlich. Eine empörte Stimme lässt mich zu Bewusstsein kommen.

»Wie kannst du nur … wie anmaßend … wie kannst du es wagen, Vaters Besitz …«

Ich sehe auf das Messer in meiner Hand. Mir fallen die Initialen am Griff ins Auge. Ich erinnere mich an die schwarzen Pupillen meiner Mutter, die sich auf einmal weiteten, und an die roten Äderchen in ihren Augen. Nein, das kann doch nicht sein. Nur wegen des Messers hat sie das getan? Nur weil ich mich anmaßte, das Rasiermesser meines Vaters zu nehmen?

»Du bist …«

»Yu-jin, du …«

»Einer wie du sollte nicht auf der Welt sein.«

War das eine Sünde, die genügt, um nicht auf der Welt sein zu dürfen? Soll ich mir deshalb das Leben nehmen? Hat sie das Messer deshalb an meinen Hals gehalten, um ihr Urteil zu vollstrecken? Doch dann wurde ihr Leben durch meine Hand beendet. Und damit ist auch meins erledigt, oder? Und das auch noch wegen eines Gegenstands, der einem Verstorbenen gehört hat?

Ich schüttle den Kopf. Wenn das wahr wäre, wäre das etwa so, als wenn man mit Kanonen auf Spatzen schösse. Angenommen, ich hätte gestern Nacht das Rasiermesser geschickt versteckt, in der Hand oder im Ärmel, bevor sie es mir aus der Hosentasche hätte nehmen können, hätte es dann diesen wahnwitzigen Angriff nicht gegeben?

Wieder schüttle ich den Kopf. Jetzt ist es zu spät. Hat man etwas getan, kann man es weder ungeschehen machen noch korrigieren. Alles, was ich tun kann, ist, aus einer anderen Perspektive zu denken. Aus welch triftigem Grund soll der Gegenstand eines Toten zwei Leben vernichten?

Zum dritten Mal schüttle ich den Kopf. Ich habe einfach keine Ahnung. Alles ist so surreal. Wutschäumend sehe ich auf Mutters Augen. Meine Hand, die das Rasiermesser hält, zuckt immer wieder, weil sie sie an den Schultern packen und schütteln möchte. Sie soll etwas Sinnvolles sagen, anstatt einfach so dazuliegen. Ich möchte sie fragen, wie sie sich so fühlt, nachdem sie ihren Sohn fünfundzwanzig Jahre lang tyrannisiert und schließlich sein Leben zerstört hat.

Die Standuhr schlägt acht Mal. Die Realität schleicht sich behutsam an mich heran. Damit kehrt auch die unendliche, furchterregende Verzweiflung zurück. Wie ein Elektron, das in einem Magnetfeld kreist, geht mein Blick in Uhrzeigerrichtung durch die Wohnung: Küche, Treppe in die obere Etage, Zimmertür, Eckvitrine, Standuhr. In meiner Erinnerung schlug diese Uhr. Einmal, zweimal, dreimal.

Ich halte den Atem an. Um Mitternacht bin ich vom Damm losgegangen und um drei Uhr in meinem Zimmer angekommen.

Es kann höchstens eine halbe Stunde gedauert haben, von dem Moment, als ich meiner Mutter auf der Feuertreppe begegnet bin, bis zur Rückkehr in mein Zimmer. Das bedeutet, dass ich gegen halb drei zu Hause angekommen bin. Ich kann für den Heimweg aber unmöglich zweieinhalb Stunden gebraucht haben. Sogar die Härchen auf meinem Arm sträuben sich. Diese Erkenntnis und eine Frage gehen mir zeitgleich durch den Kopf: Was ist der Grund, dass Mutter gegen halb zwei mit der Tante telefoniert hat? Was habe ich wo zwischen Mitternacht und halb drei getan?

»Mutter, morgen, morgen früh erzähle ich es dir«, höre ich mich letzte Nacht sagen.

»Was denn? Was willst du denn erzählen?«

Stimmt. Was wollte ich ihr am nächsten Morgen erzählen? Jetzt, da der Morgen da ist, habe ich nichts zu sagen.

Gestern hatte ich vor Erschöpfung einfach keine Kraft zum Reden. Aber was ist überhaupt geschehen? Habe ich irgendwo auf der Straße oder an einer Baustelle einen Anfall gehabt? Kommt daher der Schlamm an meinen Sportschuhen? Warum war Mutter aber bis dahin wach? Warum wühlte sie in meinen Jacken- und Hosentaschen, sobald wir in der Wohnung waren? Warum hatte ich ihr Kreuzverhör nicht abgewehrt? Eine Frage jagt die nächste, dann aber kommt die grundlegendste. Warum drehte sie durch? Doch nicht wegen des Rasiermessers?

Mir kommt ein anderer Gedanke in den Sinn. Weil ich mich so auf eine Sache konzentriert habe, habe ich eine andere übersehen: Meine Erinnerung ist nicht vollständig. Was geschehen ist, ist klar, aber das Warum liegt immer noch im Dunkeln. Die verdammte Wahrheit, an die ich mich mit größter Mühe erinnern konnte, ist nur die halbe Wahrheit.

Hinter meinen Augen pulsiert der Schmerz. Am liebsten würde ich mich einfach fallen lassen. Team Blau stachelt mich sogar an: Mach dir bloß keine Mühe, das alles in Ordnung zu bringen. Gib auf und geh ins Gefängnis. Das ist viel einfacher.

Jetzt vernehme ich ein Signal und fühle beinahe körperlich das Nahen des Zugs. Es ist der Zug namens Hae-jin, der heute früh am Sangam-Bahnhof abgefahren ist und gegen elf an der Wohnungstür ankommen wird.

Mir bleiben drei Stunden. Ich bezweifle, dass ich bis dahin die Antwort zu dem Warum finden werde. Team Weiß gibt mir den Rat, in dieser Zeit lieber das zu machen, was ich kann. Hae-jin soll in ein Zuhause kommen, und nicht an einen Tatort. Nur dann ist es möglich, die Antwort zu finden und den nächsten Schritt zu tun. Alle Mörder dieser Welt stehen vor diesem Problem: Entweder sie stellen sich der

Polizei, oder sie verschwinden. Ich lege das Messer auf den Tresen und schwanke in Mutters Schlafzimmer.

Gewisse Dinge ändern sich nie. Mutters Zimmer gehört dazu. In diesem Penthouse in Gundo, wo wir seit einem Jahr wohnen, sieht es aus wie in dem Haus, wo wir zu Vaters Lebzeiten mit meinem älteren Bruder zusammenlebten, und wie in Incheon im Geschäftshaus, in dem wir nach deren Tod fünfzehn Jahre verbrachten. Die Möbel sind die gleichen und auch die Art, wie sie angeordnet sind. Der Sekretär ist von allen das älteste Möbelstück. Sie hat ihn schon seit ihren Mädchenjahren.

Ich sehe mir die Marienstatue auf dem Tisch an. Der Name »Madonna Gnadenspenderin« ist befremdlich, denn sie wirkt kämpferisch, insbesondere, weil sie mit dem Fuß auf den Kopf einer Schlange tritt. Daneben stehen eine kleine Tischuhr mit einem Stifthalter und ein gefüllter Federkasten aus Porzellan, an dem zwei Bücher angelehnt sind.

Seitdem Mutter ihren Beruf aufgegeben hatte, verbrachte sie viel Zeit an diesem alten Schreibpult. Sie las, schrieb, dachte nach oder betete. Auch gestern Nacht muss es so gewesen sein. Der Kugelschreiber ist bis an den Rand der Tischplatte gerollt, sie war vermutlich beim Schreiben. Der Stuhl ist zurückgeschoben, und die kleine Decke, mit der sie immer ihre Beine zudeckte, liegt am Boden. Sie muss das Zimmer hastig verlassen haben.

Ob sie telefonieren wollte? Oder hörte sie mich kommen? Wann war das? Jedenfalls ist klar, dass sie nach dem Verlassen des Zimmers nicht noch einmal zurückgekehrt ist. Sie erträgt nicht einmal, wenn ein Kissen auf der Couch schief liegt. Wenn sie zurückgekommen wäre, würden der Stuhl, die Decke oder der Kugelschreiber niemals so herumliegen. Es würde aussehen, als ob sie nie am Schreibtisch gesessen hätte.

Ich hebe die braune Decke auf und falte sie auseinander. Sie scheint mir zu klein. Und die Bettdecke ist zu dick. Also hole ich aus dem ordentlichen Stapel im Schrank eine dünne dunkelblaue heraus. Sie ist etwa so dick wie ein Badetuch, aber drei- oder viermal größer als die braune Decke. Sie ist vielleicht etwas zu groß, aber ich habe keine Zeit, nach einer passenderen zu suchen. Außerdem will ich nicht auch noch den Schrank mit blutigen Handabdrücken verschmieren. Ich möchte mich erst duschen, nachdem die wichtigsten Sachen erledigt sind, und hoffe, dass mein Kopf danach klarer wird.

Eilig verlasse ich das Schlafzimmer und breite die Decke unter dem Tresen aus. Als ich mich nach Mutter umsehe, treffen sich unsere Blicke, als hätte sie darauf gewartet.

»Was hast du mit mir vor?«, fragen ihre dunklen Augen, die so feucht sind wie schwarze Kieselsteine im Flussbett. Ich möchte fliehen oder zumindest ihren Augen aus dem Weg gehen, aber ich kann meinen Kopf nicht abwenden. Ich habe mich nicht unter Kontrolle. Ihre Augen drängen mich unentwegt in die Enge.

»Ich bin tot, und du hast nichts weiter im Sinn, als mich wegzuschaffen? Fühlst du denn gar nichts? Merkst du denn wirklich nicht, dass es hier um etwas anderes geht, als frisch verkippten Kaffee aufzuwischen?«

Ich weiß. Natürlich weiß ich es. Also halte bitte den Mund. Oder sag etwas Brauchbares. Etwa den wahren Grund, warum du mich umbringen wolltest. Oder gib mir einen Hinweis. Oder wenigstens einen Hinweis zum Hinweis. Ich schüttle den Kopf, um meine wirren Gedanken zu vertreiben. Konzentriert und verzweifelt tue ich mein Möglichstes, um die nächsten Schritte effektiv und mechanisch zu erledigen. Und um das zu erreichen, sollte ich nicht in ihre Augen sehen.

Mir gelingt es, meinen Blick auf ihre Brust zu fokussieren. Damit ich nicht ausrutsche, wische ich die Blutklumpen und die Blutlache beiseite. Dann knie ich mich neben ihrer Schulter auf den Boden. Abgesehen davon, dass ihre Augen weit aufgerissen sind, liegt sie in ihrer gewohnten Schlafhaltung. Auch das ist für mich rätselhaft. Warum habe ich sie an diesen Platz in diese Haltung gelegt, und warum habe ich zu ihr »Schlaf gut« gesagt?

Ich erinnere mich an einen Tag kurz nach dem Tod meines

Vaters und meines älteren Bruders. Wir wohnten noch in Bangbae-dong. Es war wohl ein Samstag, denn ich war nicht in der Schule und Mutter nicht in der Kirche. Sie hatte die ganze Wohnung auf den Kopf gestellt, um zu putzen. Am Abend verschwand sie mit einer Flasche Schnaps im Zimmer meines Bruders. Auch Stunden später kam sie noch nicht heraus. Durch den Türspalt hörte ich sie schluchzen und gelegentlich ein Murmeln.

Zu diesem Zeitpunkt lag ich auf dem Bauch im Bett und stellte mir mit geschlossenen Augen einen Schwimmwettkampf vor. Ich überholte gerade einen Jungen, der mit drei Jahren mit Schwimmen begonnen hatte und Koreas Supertalent geworden war, und nun lag ich an der Spitze. Damals trainierte ich seit zwei Jahren und glaubte felsenfest, dass diese Vorstellung in ein paar Monaten Realität werden würde. Genau in dem Moment, als ich vor meinem Gegner im Ziel anschlug, hörte ich im Zimmer meines Bruders etwas zerschmettern. Ich hielt inne und lauschte, aber es war schon wieder still. Ich stand trotzdem auf, da ich ahnte, was vorgefallen war.

Ich hatte recht. Die Schnapsflasche, die Mutter mitgenommen hatte, war zersprungen. Womit ich aber nicht gerechnet hatte, war, dass sie auf dem Rücken lag – ihr Handgelenk voller Blut. Auf dem Boden lagen wild verstreut das Familienfotoalbum, ihre Hausschuhe und Haarspangen. Blutflecke waren auch auf der Bettdecke und dem Schreibtisch. »Mama!«, rief ich.

Kurz öffnete sie die Augen und schloss sie wieder. Ich rannte eine Etage nach unten und rief den Notarzt. »Meine Mutter ist zusammengebrochen.«

Als sie ankamen, war ich bereit zum Gehen. Ich hatte die Jacke übergezogen und nach kurzem Zögern meinen neuen Zauberwürfel in die Hosentasche gesteckt, Mutters Portemonnaie aus ihrer Handtasche geholt und saß so auf der Kante der Couch, um beim Klingeln sofort aufspringen zu können. Mutter wurde mit einem Krankenwagen abtransportiert. Die Krankenschwester in der Notaufnahme fragte mich alles Mögliche.

»Wann hast du entdeckt, dass sie zusammengebrochen war?«

»Hast du keinen Vater?«

»Was ist mit einem anderen Erwachsenen?«

Ich schüttelte den Kopf, obwohl ich meine Tante hatte. Schon damals mochte ich diese listige Frau nicht. »Meine Mutter und ich wohnen zu zweit.«

Sie wachte erst bei Tagesanbruch auf. In der Zwischenzeit löste ich den Zauberwürfel etwa dreißigmal. Gleich nach dem Aufwachen bestand sie auf ihre Entlassung. Obwohl die Krankenschwester sie davon abhalten wollte, stand sie starrsinnig auf. Barfuß und mit zerzausten Haaren taumelte sie aus der Notaufnahme und nahm sich ein Taxi. Nicht einmal einen flüchtigen Blick warf sie mir zu, als ich hinter ihr ins Taxi drängte. Als wir zu Hause ankamen, war es schon hell. Ohne die Füße zu waschen, fiel sie sofort ins Bett. Ihr Kopf fiel schwer auf das Kissen, und der Arm mit dem Verband hing herunter. Ich wollte schon das Zimmer verlassen, da erinnerte ich mich daran, was mir die Schwester ans Herz gelegt hatte.

»Du musst dafür sorgen, dass sie ihre Hand auf Brusthöhe behält.«

Als ich ihre Hand auf die Brust legte, öffnete sie ihre Augen. Ich deckte sie zu und sah, dass ihre Nase rot wurde. Sie starrte zur Decke, Tränen in den Augen. Ich war enttäuscht, weil ich erwartet hatte, dass sie sich bei mir bedankte, dass sie sagte, ich hätte ihr das Leben gerettet. Vielleicht hatte sie nur alles vergessen? So wollte ich mich unauffällig selbst rühmen: »Ich war so erschrocken, weil ich dachte, du wärst tot. Tu das nie wieder.«

Da bewegte sie ihre Lippen, als wollte sie etwas sagen. Ich wartete ab, doch sie biss ihre Zähne so stark zusammen, dass eine bläuliche Ader unter ihrem Kinn pulsierte. Ich hatte den Eindruck, dass sie mit all ihren Kräften den Drang unterdrückte, mir einen Schlag zu versetzen. Ich wusste zwar nicht, was ich falsch gemacht hatte, aber auch Team Weiß gab mir den Rat, jetzt besser abzuhauen. Ich ging rückwärts zur Tür und fand dabei die besänftigenden Worte: »Schlaf gut.«

Es war mein erstes taktisches »Schlaf gut«. Seitdem verwendete ich es wie ein Einwegpflaster. Jedes Mal, wenn ich sie beruhigen musste, wenn ich einem Gespräch mit ihr aus dem Weg gehen wollte, wenn etwas passiert war, was vor ihr verborgen bleiben sollte. Es bedeutete, dass sie mich in Ruhe lassen sollte. Es war wie ein Vorhang, der verhinderte, dass sie sich einmischte. Es war überhaupt das Allheilmittel für alles Mögliche. Vielleicht war es gestern Abend auch so gewesen. Im Sinne von »Ich bin gleich wieder für dich da. Bitte warte hier«.

Zuerst schiebe ich meine Hände unter ihre Arme und richte mich langsam auf, um nicht im Blut auszurutschen. Ich schwanke bedenklich. Meine Mutter fühlt sich so schwer an, dass ich fast vergesse, dass sie nicht viel größer als ein Schulmädchen ist. Ihr Kopf knickt hinter meinem Arm weg, ein Ellbogen sticht in meinen Bauch, das geronnene Blut flutscht von ihrem Körper, und ihre Haare kleben in meiner Leistengegend. Ich mache einen Schritt in Richtung der ausgebreiteten Decke, rutsche jedoch auf den Blutklumpen aus. So muss ich sie praktisch auf die Decke werfen.

In der Hocke versuche ich kurz, ruhig zu atmen. Meine Beine schlottern, dabei habe ich nur ihren Körper, der halb so viel wiegt wie meiner, einen Meter geschleppt. Ameisen können das Fünfzigfache ihres Körpergewichts tragen und Bienen das Dreihundertfache, hatte meine Mutter vor einer Woche gesagt, als sie die Wohnung gründlich geputzt hat. Sie wollte dazu den Kühlschrank verschoben haben. Hae-jin hätte es geahnt, bevor sie den Wunsch überhaupt geäußert hatte, aber ausgerechnet an diesem Tag war nur ich zu Hause. Und ich überhörte es geflissentlich und wollte an ihr vorbeigehen. »Für einen Mann mit 1,84 Meter Körpergröße und 78 Kilogramm Gewicht wäre es umgerechnet normal, einen Lkw von 9 Tonnen zu ziehen«, sagte sie.

Ich gab klein bei und rückte den Kühlschrank zur Seite. Nun kann sie ihre Klugheit nicht mehr einsetzen. Sie kann nichts anderes tun, als auf der schäbigen Decke zu liegen. Das bringt der Tod wohl mit sich.

Ich drücke ihre Lider zu. Die gebeugten Arme strecke ich mit etwas Anstrengung aus. Auch den nach hinten geknickten Kopf lege ich gerade, sodass einige Knochen knacken. Mit Gewalt schließe ich den geöffneten Mund und hätte ihr dabei fast ein paar Zähne herausgeschlagen. Dann rolle ich den Saum des weißen Kleides herunter.

Es ist kein Kleid, sondern ein Nachthemd. Im letzten Frühling schenkte ich es ihr zum einundfünfzigsten Geburtstag. Dabei erinnere ich mich genau, wie empört sie über dieses angebliche Omi-Nachthemd war. Bedankt hat sie sich natürlich nicht. Weil sie es bisher noch nie angezogen hatte, dachte ich, sie habe es weggeworfen. In Wirklichkeit hatte ich es sogar vergessen. Bis vor einer Minute, bis ich erkannte, dass es das Nachthemd von mir ist. Warum nur hat sie gestern dieses Nachthemd angezogen?

Irgendetwas steckt in der Tasche. Auf den ersten Blick sieht es wie ein kleines längliches Feuerzeug aus. Ich greife hinein und sehe, dass es der Autoschlüssel ist. Das überrascht mich, denn sie tut ihre Sachen nie einfach irgendwohin. Der Autoschlüssel gehört nun einmal in das Schubfach am Schreibtisch. Vor allen Dingen passen Nachthemd und Autoschlüssel nicht zusammen. Ganz sicher hatte sie nicht vor, mitten in der Nacht im Nachthemd auszugehen. Sie gab sich auch in ihren Fünfzigern noch jugendlich, mit glatten Haaren und Skinny-Jeans. Aber nach 21:00 Uhr ging sie kaum aus dem Haus, und schon gar nicht im Nachthemd. Um die Zeit ging sie nicht einmal auf den Dachgarten, den sie so sehr liebte. Dank ihren Prinzipien konnte ich auf der Dachterrasse durch die Stahltür ungesehen ein und aus gehen.

Den Autoschlüssel lege ich auf den Tresen. Ihren Körper wickle ich mit der Decke ein. Jetzt brauchte ich ein Seil oder so was Ähnliches, um die Decke zusammenzubinden. Aber ich kann mich nicht aufraffen, eines zu suchen. Es ist sowieso noch viel zu tun, und ich möchte nicht noch mehr Blutflecken hinterlassen.

Zuerst schiebe ich meine Arme unter ihren Körper und atme tief ein. Dann verlagere ich mein Gewicht auf die Fersen und stehe in einem Zug auf. Ich habe das Gefühl, dass mein Blutdruck hochschnellt und die Adern in meiner Stirn anschwellen. Mutter scheint schwerer als vorhin. Man könnte meinen, dass ich sie nicht in eine Decke gehüllt, sondern in einen Holzsarg gesteckt habe.

Vorsichtig bewege ich mich zur Treppe und versuche dabei, die Blutflecke zu umlaufen. Jeden Schritt mache ich so vorsichtig, als würde ich auf einer Eisfläche balancieren. Als ich die erste Stufe nehme, wird die Welt plötzlich still. Auf der zweiten Stufe werde ich taub, und ab der dritten spüre ich kalten Schweiß und mir wird schwindlig. Ich höre, wie das glitschige Blut zwischen meinen Zehen hochquetscht, und im Kopf hallt endlos Mutters Stimme. »Yu-jin.«

Ihre tiefe, zitternde Stimme klingt wie ein Schluchzen. Ich mache den nächsten Schritt auf die vierte Stufe.

»Yu-jin!«

Ein schriller Schrei sticht in meine Ohren. Der nächste Schritt auf die fünfte Stufe.

»Yu-jin!«

Ihr Ruf verwandelt sich in ein Gewicht, das auf meine Schultern drückt. Bei jeder Stufe fühlt es sich an, als würden die Füße darin einsinken. Und wenn ich einen Fuß anhebe, habe ich den Eindruck, die Stufe mitzuziehen. Darum halte ich auf dem Treppenabsatz kurz an. Für eine kurze Pause lehne ich mich an die Wand. In dem Augenblick rutsche ich an der blutverschmierten Wand hinunter. Ich keuche panisch, und da verschwindet Mutters Stimme. Und damit ihr Gewicht.

Als ich wieder zu mir komme, sitze ich in einer Blutpfütze. Mutter liegt zwischen meinen Beinen auf der ausgebreiteten Decke. Ich bin entsetzt und benommen. Es wird fürchterlich anstrengend sein, mich wieder aufzurichten, ihren Körper in die Decke zu hüllen, sie aus der glitschigen Pfütze zu heben und die restlichen Stufen heraufzuschleppen. Zum wiederholten Mal will ich einfach aufgeben. Und ich hätte es wirklich getan, wenn in meinem Kopf nicht der Ruf ertönt wäre: Der Zug, der Zug kommt.

Wieder richte ich mich auf. Nachdem ich sie mit der Decke umhüllt habe, hebe ich sie hoch, steige die restlichen Stufen empor und stelle mir dabei den sich nähernden Zug vor. Ich stehe vor der Tür zur Dachterrasse. Mit einer Fingerspitze drücke ich den Türgriff herunter, trete sie auf und betrete entschlossen die Terrasse. Frontal empfängt uns der scharfe Meereswind. Aus dem trüben Nebel höre ich Möwen schreien. Die Hollywoodschaukel quietscht. Wir haben sie schon, seit wir in Bangbae-dong wohnten. Darauf machte Mutter immer ihre Pausen von der Gartenarbeit auf der Terrasse. Dass sie dabei Tee trank, war nur ein Vorwand, um von dort mein Zimmer kontrollieren zu können.

Ich gehe zur Schaukel und lege Mutter darauf ab. Durch ihr Gewicht kommt die Schaukel zum Stehen, und das Quietschen hört auf.

Daneben stehen zwei Bänke, ein Gartentisch und der Grill. Ich gehe zu dem massiven Holztisch. Sie hat ihn selbst entworfen und anfertigen lassen. Er bietet Platz für acht Personen, und wenn man die Tischplatte beiseiteschiebt, öffnet sich ein geräumiger Hohlraum. Hier lagert sie verschiedenen Kleinkram, den sie auf der Dachterrasse braucht. Eine grüne Abdeckplane, durchsichtige Plastikfolien, einen Sack für Dünger, einen Handrechen, eine Gartenschere, eine Blumenschaufel, eine Säge, mehrere leere Blumentöpfe und kleine Tonschalen sowie einen zusammengerollten Gartenschlauch.

Ich hole alles heraus und staple es daneben. Der leere Raum ist wie ein Sarg. Ich lege ihn mit einer Plastikfolie aus, hebe Mutter hoch und lege sie hinein. Es ist beklemmend. In meiner Kindheit habe ich zwar die Beerdigung meines Vaters und meines Bruders miterlebt, aber ich habe daran keine Erinnerungen. Nach Mutters Aussagen habe ich die Tage bis zur Trauerfeier tief geschlafen. Auch wenn ich Erinnerungen daran hätte, was würde das jetzt ändern? Irgendwelche Zeremonien würden meine Mutter kaum freuen, fürchte ich. Sie würde sich nur ärgern und sagen, dass ich meinen Fehler so nicht gutmachen kann.

Mit der Plane decke ich ihre Leiche ab. Dann lege ich nacheinander alle Sachen zurück, die ich vorher ausgeräumt habe. Am Fußende die Tonschalen und Blumentöpfe und am Kopfende die Plastikfolien, den Dünger und den Gartenschlauch. Damit fixiere ich die Ecken der Abdeckplane. Als Letztes nehme ich die Säge, und schon ertönt die Stimme wieder: »Ich hätte dem Ganzen damals ein Ende setzen sollen.«

Mein Schweiß trocknet blitzartig. Mein Gesicht glüht wie ein Saunaofen. Mein Kinn schmerzt, und in meinem Mund sammelt sich säuerlicher Speichel.

»Damals wären wir besser gestorben. Du und auch ich.«

Wann war damals? Was habe ich damals getan? Womit habe ich es verdient zu sterben? Ich wusste nicht, dass sie ihren eigenen Sohn so hasste, dass sie ihn am liebsten umgebracht hätte. Und dass sie diesen Sohn, an dem ihr offenbar nichts passte, großgezogen hatte, als würde sie ihn lieben. Mein Blut gerät in Wallung, und meine Haare sträuben sich vor Wut. Also schmettere ich die Säge hinterher und schiebe die Tischplatte zu. Ohne mich noch einmal umzudrehen, verlasse ich die Pergola. Ich darf dem inneren Drang nicht nachgeben, meine tote Mutter herauszuholen und wach zu rütteln, um die Ankunft des Zuges nicht zu verpassen.

Ich knalle die Tür zur Terrasse hinter mir zu. Wie dunkle Wolken breitet sich Stille aus, und auch der Ruf meiner Mutter nach mir verstummt. Ich verdränge alles und denke nur noch daran, was jetzt zu tun ist. Am liebsten würde ich die Fenster öffnen, aber das verschiebe ich. Der Geruch würde zwar schnell verschwinden, aber der kalte Wind vom Meer würde alles in der Wohnung durcheinanderblasen, kleine Gegenstände umschmeißen und neue Flecken produzieren.

Die Beseitigung der Blutspuren ist meine höchste Priorität.

Zuerst ziehe ich meinen blutgetränkten Pullover und die Hose aus. Nackt gehe ich in die Küche und hole die roten Gummihandschuhe. Aus dem Küchenschrank nehme ich Müllbeutel und Lappen, von der Veranda hinter der Küche eine Flasche Chlorreiniger sowie einen kleinen und einen großen Eimer, aus der Abstellkammer an der vorderen Veranda einen Besen, Kehrschaufel, Wischmopp und den Dampfreiniger. Alles stelle ich vor den Tresen. Dann mache ich mich mit professioneller Präzision an die Arbeit.

Die Blutlache, in der Mutter lag, wische ich in die Kehrschaufel und kippe alles in den Eimer. Den leere ich in der Toilette ihres Schlafzimmers aus. Die Blutpfütze auf dem Treppenabsatz spüle ich in die Toilette in meinem Zimmer. Als die Pfützen grob beseitigt sind, fange ich mit dem Wischmopp an. Der Flur in der oberen Etage und das Wohnzimmer haben einen Marmorboden, das macht die Arbeit leicht. Das Problem ist die Holztreppe, denn aus den Ritzen kriegt man das Blut nicht ganz raus. Da es weder technisch noch zeitlich möglich ist, mache ich die Treppen nur grob sauber und hoffe, dass es Hae-jin trotz seiner Adleraugen nicht auffallen wird.

Als Nächstes mache ich mich an die Beseitigung der Blutspuren an den Wänden und dem Geländer. Ich mische im Eimer Chlorreiniger mit Wasser und tauche den Lappen ein. Dann fange ich von der oberen Etage aus an, sorgfältig zu wischen: den Türgriff meines Zimmers, die Wand am Treppenabsatz, von der man glauben könnte, jemand hätte mit einem Maschinengewehr Blut verteilt, das Geländer und den Türgriff von Mutters Schlafzimmer. Den Abschluss mache ich mit dem Dampfreiniger.

10:30 Uhr. Ich stelle den Dampfreiniger ab und beginne, alles aufzuräumen. Wischmoppeinsatz, Lappen, Hausschuhe, Gummihandschuhe und alles andere stopfe ich in den Müllbeutel. Die ausgezogene Kleidung, Socken, Besen, Kehrschaufel und die Wischstange stecke ich in den Eimer. Alles zusammen bringe ich in mein Zimmer. Das Rasiermesser und den Autoschlüssel, die ich auf den Tresen geworfen hatte, lege ich auf meinen Schreibtisch. Die nassen Sportschuhe stelle ich in den Schuhschrank. Als Letztes öffne ich alle Fenster und die hintere Verandatür. Als ob der eiskalte Wind darauf gewartet hätte, zieht er scharf durchs Wohnzimmer. Hinter der Wohnungstür höre ich eine seelenlose Frauenstimme: »Die Tür öffnet sich.«

Das ist die Ansage, dass der Fahrstuhl am Ziel angekommen ist. Es gibt nur eine Person, die auf der fünfundzwanzigsten Etage aussteigt. Hae-jin. Die gegenüberliegende Wohnung ist noch nicht bezogen, und unangemeldete Besucher kommen nicht einfach so am Pförtner vorbei. Ich sehe zur Standuhr. Es ist 10:55 Uhr.

Ich höre, wie der Code für das Türschloss eingetippt wird. Es wird keine fünf Sekunden dauern, bis Hae-jin die Wohnungstür öffnet und den Eingangsbereich betritt. Ich sehe mich schnell um: Alle Fenster stehen offen, mein Zimmer und Mutters Zimmer sind noch nicht aufgeräumt, und auf der Dachterrasse müssten Blutflecken sein, die bei Mutters Transport entstanden sind. Hinzu kommt, dass ich nackt und blutbeschmiert dastehe. Die fünf Sekunden sind viel zu kurz, um diese Probleme zu beseitigen und Hae-jin mit einem beiläufigen Gesichtsausdruck zu empfangen. Mit dem Dampfreiniger, der an die Wand gelehnt war, renne ich in Mutters Zimmer und schließe leise die Tür. Gleichzeitig höre ich das Geräusch, wie die Zwischentür aufgeschoben wird. Es folgen die Schritte ins Wohnzimmer. Dann wird es still. Wahrscheinlich steht er am Tresen und sieht sich verwundert in der Wohnung um. Immerhin ist er umsonst nach Yeongjongdo gefahren, um ein Handy abzuholen, das nicht dort war, und der Mensch, der ihm diesen sinnlosen Auftrag gab, ist nicht zu sehen. Außerdem sind alle Fenster geöffnet, und in der ganzen Wohnung riecht es nach dem bissigen Chlorreiniger. Vielleicht liegt auch noch der Geruch von Blut in der Luft. Ich hätte doch zuallererst lüften sollen.

Dann höre ich Hae-jins vorsichtige Stimme. »Yu-jin.«

Wer bin ich?

»Hae-jin, bist du das?«

Es war an einem frühen Morgen im Februar vor zehn Jahren. Mutter fuhr mich gerade zum Training, als sie im Auto einen Anruf von Hae-jin bekam.

»Ja, ich bin es.«

Sie schaltete die Freisprecheinrichtung ein. Ich hörte seine weinende und zitternde Stimme. Etwas musste passiert sein. Mutter schien es erraten zu haben, denn sie fragte nicht, was los sei, sondern wo er gerade war.

»Im Krankenhaus. Opa ist gerade gestorben.«

Er erklärte, der diensthabende Arzt habe nach einem volljährigen Angehörigen gefragt, der sich um die Formalitäten nach dem Tod kümmern könnte. Die einzige Erwachsene, die Hae-jin einfiel, war meine Mutter. Sie wollte offensichtlich etwas sagen, blickte dann aber stumm auf ihr Handy. Mehrmals öffnete und schloss sie ihren Mund. Ich hatte den Eindruck, dass sie nach passenden Worten suchte, was sonst kaum vorkam. Bevor sie den Mund aufmachte, hatte sie normalerweise bereits genau überlegt, was sie sagen und nicht sagen wollte. Ungeduldig blickte ich zu ihr und fragte mich, warum sie nicht antwortete. Sie hätte doch einfach sagen können, dass wir kommen.

Los, schnell, wir fahren hin, bedeutete ich ihr lautlos. Sie sah mich kurz an, als ob sie fragen wollte, ob es mir nichts ausmachte, wenn ich das Training versäumte. Ich nickte, dann schaltete sie die Warnblinkanlage ein und wendete quer über zwei Fahrbahnen. Zu Hae-jin sagte sie: »Wir sind in fünf Minuten da.«

Zugedeckt mit einem weißen Laken, lag Hae-jins Großvater auf einer Rollbahre. Hae-jin saß daneben auf dem Boden und sah auf seine Fußspitzen. Er wirkte, als hätte ihn seine Seele verlassen. Er bemerkte uns nicht einmal, als wir direkt vor ihm standen. Erst als Mutter seinen Namen rief, straffte er verschreckt seine Schultern und blickte vage in unsere Richtung. Ich fragte mich besorgt, ob er uns überhaupt sah. Er begrüßte meine Mutter nicht etwa mit einem Dank fürs Kommen, sondern sagte nur: »Tut mir leid.«

Wortlos breitete sie ihre Arme aus, drückte ihn an sich und streichelte sanft seinen Rücken. Ich stand etwas abseits und beobachtete sie gedankenverloren. Sie runzelte die Stirn, und tiefe Furchen bildeten sich zwischen den Augenbrauen. Nase und Wangen röteten sich, und sie schluckte mehrmals krampfhaft. Ihr Gesichtsausdruck war undurchschaubar und fremd. Ob sie so traurig war wie Hae-jin, sie seine Gefühle nachvollziehen konnte, sie ihm bedeuten wollte, dass sie ihm alles abnehmen wollte und er sich keine Sorgen zu machen brauchte? Ob alles zutraf oder nichts von alldem? Ich wusste es nicht. Hae-jin aber schien die Bedeutung des Streichelns zu verstehen. Ein Wimmern entwich seinen zusammengepressten Lippen und wurde langsam zu einem Schluchzen, während er zögernd seine Arme hob und Mutter umarmte. Sie war etwa einen Kopf kleiner, aber er legte sein Gesicht auf ihre Schulter und weinte sich aus.

Ich konnte seine Traurigkeit nachvollziehen, und doch spürte ich absolut nichts. Hae-jin schluchzte, auch Mutter weinte. Selbst die Krankenschwester hatte rote Augen. Nur ich stand verloren da und sah verwirrt zu. So konnte ich ihm nicht ein einziges tröstendes Wort sagen.

Drei Tage nach der Beerdigung, dem Tag, an dem sich alle Angehörigen traditionell am Grab versammeln, sprach Mutter über ihre Gründe zu Hae-jins Adoption. Sie fragte mich: »Was hältst du davon?«

Er war ein Waise ohne einen einzigen Angehörigen und mochte nicht ins Heim. Wir Jungs verstanden uns, und zufällig hatten wir ein freies Zimmer. So wie ich meine Mutter kannte, war ihre Frage, was ich davon hielt, nicht als Frage gemeint. Sie bedeutete vielmehr, dass ich doch nichts dagegen einzuwenden hatte. Nicht, dass dies ihre Meinung verändert hätte, aber ich hatte auch tatsächlich nichts dagegen. Er war mein einziger Freund, und von allen Menschen auf der Welt mochte ich ihn am meisten. Außerdem konnte Mutter es sich leisten, zwei Jungs großzuziehen.

Zwei Tage später teilte sie es mir auf dem Weg zum Morgentraining mit. »Heute zieht Hae-jin zu uns.«

Damals wohnten wir in einem fünfstöckigen Geschäftshaus in Yonghyon-dong, einem Ortsteil von Incheon. Das Gebäude gehörte meiner Mutter, und unsere Wohnung belegte die ganze oberste Etage. Das Zimmer neben der Wohnungstür war für meinen verstorbenen Bruder Yu-min eingerichtet. Mutter hatte alle seine Möbel, Bücher und sogar die Vorhänge aus der alten Wohnung in Bangbae-dong mitgenommen und genau gleich platziert. Immer wenn ich daran vorbeiging, sagte ich mir, das sei das Zimmer meines großen Bruders.

Vielleicht war ich deshalb so schockiert, als ich nach dem Training nach Hause kam und all seine Spuren verschwunden waren. Stattdessen standen dort fremde Sachen, die für Hae-jin zu sein schienen: Das Fenster war mit Gardinen halb verdunkelt, es gab einen großen Schreibtisch aus Holz, ein Bücherregal und einen Einbauschrank, das Bett war mit frischen weißen Laken bezogen, ein Heimkino war eingerichtet, und an der Wand hing ein Poster von *City of God.*

Auch wenn ich als Fünfzehnjähriger nicht viel von Inneneinrichtung verstand, so hatte ich trotzdem den Eindruck, dass alles genau durchdacht war. Die Farben, die Möbel und die Anordnung, alles war anders als früher, aber der Stil war mir nicht fremd. Bis auf das Filmposter entsprach alles Mutters Geschmack. Wenn mein Bruder noch leben würde, hätte sie ihm sicher so ein Zimmer eingerichtet.

Mich packte die Neugier. Seit wann hatte sie dieses Zimmer so geplant? Schon beim ersten Treffen? Als wir zusammen im *NADA*-Kino waren? Oder erst vor einer Woche im Krankenhaus? Über ihre wahren Absichten war ich mir nie sicher. Damals nicht und auch später nicht. Aber ich war noch nie so verwirrt deswegen wie an diesem Tag. Ich hatte nicht damit gerechnet, dass sie den Wechsel so schnell vollziehen würde, und auch nicht damit, dass schon zwei Tage, nachdem sie das Thema Adoption angesprochen hatte, alles fertig war. Bis zu dem Tag war ich davon überzeugt, dass mein Bruder Yu-min für immer der Lieblingssohn meiner Mutter bleiben würde. Aber dieser Platz in Mutters Herz schien bereits auf Hae-jin übergegangen zu sein. Hae-jin musste nicht einmal seinen Familiennamen ändern. Weil er genauso wie Mutter Nachfahre der Kims aus Kimhae war, konnte er mit gleichem Namen erster Sohn meiner Mutter werden. Erst da wurde mir bewusst, dass von uns dreien nur ich einen anderen Nachnamen hatte.

»Yu-jin!« Mutter rief vom Eingang nach mir. Sie hatte Hae-jin mitgebracht.

»Yu-jin«, rief auch Hae-jin, als ob er mir damit sagen wollte, dass er erst eintreten könne, wenn ich ihm antworte. Ich trat aus dem Zimmer und sah ihn wie vermutet vor der Wohnungstür. Er trug noch seine Straßenschuhe, neben ihm standen eine Tasche und ein Koffer.

»Bin da«, sagte Hae-jin sichtlich befangen und schüchtern. Wie nach einem Geständnis wurden seine Wangen rot. Mutter stand hinter ihm und beobachtete mich. Ihr Gesicht wirkte etwas steif, als ob sie fragen wollte, warum ich in das unbewohnte Zimmer gegangen war.

Dessen ungeachtet, musste ich etwas loswerden und pflanzte mich dazu vor ihm auf. »Ich nenne dich trotzdem nicht großer Bruder.«

Egal, wie Mutter darüber dachte, es gab nur einen Menschen, den ich großen Bruder nennen konnte, und das war Yu-min. Bereitwillig akzeptierte Hae-jin das. Immer noch schüchtern, machte er einen ersten Schritt ins Wohnzimmer.

Damit wurden wir drei zu einer Familie. Das Familienfoto, das noch heute im Wohnzimmer hängt, machten wir zur Feier des Tages in einem Fotostudio in der Nähe.

»Sind Ihre Söhne vielleicht Zwillinge? Sie gleichen sich ja fast wie ein Ei dem anderen.«

Diese Worte des Fotografen habe ich noch immer in den Ohren. In den letzten zehn Jahren haben wir wie echte Zwillinge gelebt. Wie alle anderen Brüder der Welt hatten wir ab und zu kleine Konflikte, aber im Wesentlichen war es friedlich. Bis gestern.

Kann es auch weiterhin so sein? Auf der Dachterrasse liegt meine ermordete Mutter, ich bin der Mörder und habe mich blutverschmiert in ihrem Zimmer versteckt, während Hae-jin die nach Blut stinkende Wohnung betritt. Ich rufe mir Mutters Umarmung von Hae-jin in Erinnerung, als er vor zehn Jahren ein Waise geworden war. Die in mir aufsteigende Kälte beginne ich erst jetzt zu verstehen. Das muss Einsamkeit sein. Sie unterscheidet sich aber von der damaligen, da die Mutter, die sagen könnte, dass sie mich versteht, nun tot ist.

»Hae-jin!«, rufe ich. Er rennt offenbar die Treppe zur oberen Etage hoch und macht dabei ein Geräusch wie ein Maschinengewehr. »Ich bin in Mutters Zimmer!« War das etwa zu leise? Immer noch höre ich seine Schritte die Treppe hochgehen. »Hae-jin!«, rufe ich also lauter. Fast so laut, wie man »Feuer!« ruft. Und ich brülle mit durchdringender Stimme: »Bin in Mutters Zimmer!« Mittlerweile weiß wohl die ganze Stadt, wo ich mich befinde.

Hae-jins Schritte verstummen: »Was? Wo bist du?« Er klingt desorientiert.

Um ihn herunterzulotsen, rufe ich noch lauter: »In Mutters Zimmer, sagte ich doch!«

»Und Mutter? Ist sie dort?«

Mist! Darauf bin ich nicht vorbereitet. Ich habe völlig vergessen, dass ich darauf eine Antwort haben muss. Denn dass Hae-jin gewöhnlich als Erstes nach Mutter sucht, wenn er nach Hause kommt, weiß ich doch. »Ich bin allein.«

Keine Antwort. Keine Schritte. Ich werde ungeduldig. Am liebsten würde ich sofort hochlaufen, ihn am Kragen packen und herunterzerren. »Komm schnell runter.«

Ich habe keine Bedenken, dass er in mein Zimmer gehen oder zur Dachterrasse hinaussehen könnte. Da er weiß, dass ich in Mutters Zimmer bin, wird er es nicht machen. Hae-jin dringt ohne Erlaubnis nie in die Privatsphäre anderer ein, weder physisch noch mit den Augen oder mit Worten. Er würde sogar eine Ertrinkende zuerst um Erlaubnis fragen, ob er ihre Hand zur Rettung anfassen darf. Abgesehen davon, dass er unter einer Wasserphobie leidet und unterginge wie ein Ziegelstein.

Was mich beunruhigt, ist der Ort, an dem er gerade steht. Die Tür zur Dachterrasse ist geschlossen, auf beiden Seiten der Treppe ist eine Wand, und auf dem Treppenabsatz gibt es kein Fenster. Das bedeutet, dass man dort nicht lüften kann und der Geruch von Blut und Putzmittel so stark sein muss wie bei einem ABC-Waffen-Training. Und bestimmt fragt er sich, was das alles bedeuten soll. Unter Aufbietung all seiner Vorstellungskraft und mit Adleraugen sucht er vielleicht nach einer Lösung. Ich muss ihn von der Treppe weglocken und rufe deshalb hastig keuchend, als würde ich seine Hilfe brauchen: »Ich putze gerade! Komm schnell runter!«

Endlich höre ich, wie er sich bewegt. Erst ein Schritt, dann ein zweiter und dann ein schnelles Getrappel. Die Schritte stoppen vor der Tür, und in diesem Moment realisiere ich, dass sie nicht verschlossen ist. Um Gottes willen! Mit einem Klack schließe ich im letzten Augenblick den Riegel. Fast gleichzeitig drückt er die Klinke. Vielleicht bin ich nur eine Millisekunde schneller gewesen.

»Hey, was soll das? Warum verschließt du die Tür?« Seine Stimme wird einige Oktaven höher.

Im Gegensatz dazu wird meine Stimme wohl fünf Stufen tiefer. »Ich komme gleich. Mach so lange, was du willst.«

»Was soll das, Mann?« Aus seiner Stimme kann ich mir sein Gesicht ausmalen. »Erst schreist du wie am Spieß, als wärst du in höchster Not, und jetzt sagst du, ich soll hier warten?«

»Ich habe mich gerade zum Duschen ausgezogen.«

»Na und? Ist doch egal.«

Es ist wirklich egal, denn wir haben uns mehr als hundert Mal nackt gesehen. Also antworte ich nicht. Wenn man nichts zu sagen hat, schweigt man am besten.

»Außerdem, warum duschst du dich denn dort?«

»Meine Dusche ist kaputt.«

»Ach so. Und wo ist Mutter?«

»Sie ist zu den Exerzitien gegangen.«

Ich wünschte, das wäre wahr. Dann hätte ich das ganz beiläufig erwähnen können, ohne Angst vor seiner Reaktion zu haben.

»Warum so plötzlich? Beim Telefonat vorhin hast du davon nichts erzählt«, brummt er vor sich hin. Jetzt wird es brenzlig.

»Das habe ich auch erst erfahren, als ich runtergekommen bin. Am Kühlschrank hing ein Zettel«, sage ich, bevor er noch was dazu sagt. »Sie ist zum Beten gegangen.«

»Ach so.« Hae-jin scheint beruhigt. »Warum hast du denn alle Fenster aufgerissen?«

»Ich habe alles gründlich geputzt. Sie hatte mir auf dem Zettel hinterlassen, dass wir alles blitzblank putzen sollen.«

»Ich werde wahnsinnig«, sagt Hae-jin und schlägt zweimal laut gegen die Tür. »Hey, mach die Tür endlich auf. Es ist doch bescheuert, durch die Tür zu reden.«

Jetzt erinnere ich mich an die Eckvitrine. Die Schlüssel für alle Türen der Wohnung liegen dort in einem Schubfach, er weiß das. Er könnte die Tür also aufschließen, wenn er wollte. Ich kann nur hoffen, dass er es nicht will.

»Ich komme nach der Dusche raus. Dann können wir reden. Warte kurz.« Die Gereiztheit in meinem Tonfall ist unüberhörbar. Deshalb schiebe ich schnell nach: »Mach die Fenster nicht zu, damit sich der Chlorgeruch besser verflüchtigen kann.«

»Warum hast du das überhaupt genommen? Wir haben doch alle möglichen Putzmittel. Aber was solls, das kann man ja nur wissen, wenn man mal selbst geputzt hat.«

Nervös kaue ich auf meinen Lippen. Lass gut sein, denke ich.

»Übrigens, bist du sicher, dass du dein Handy im Sashimi-Restaurant liegen lassen hast? Da war es nämlich nicht.« Nein, noch gibt er keine Ruhe. »Hast du es vielleicht woanders verloren? Hast du zufällig bei Yongi Pfannkuchen geholt?«

Nur widerwillig antworte ich. »Ach so, ich habe es in meinem Zimmer gefunden.«

Jetzt herrscht kurz Stille. Als Nächstes wird wohl eine Standpauke folgen. »Ich habe erst vorhin gesehen, dass es zwischen Bett und Wand runtergefallen war.«

Jetzt wird er sauer. »Machst du Witze? Warum hast du mich dann nicht angerufen?«

Hier ist es wohl besser, nichts zu antworten. Also antworte ich auch nicht. Besser, er ärgert sich über mich, als dass ich mich entschuldige. Denn wenn er wirklich verärgert ist, zeigt er einem die kalte Schulter, bis er bereit ist, zu vergeben. Was ich jetzt brauche, ist, dass er Leine zieht. Es ist egal, was später passieren wird, jetzt möchte ich die Begegnung mit ihm vermeiden. Wenn möglich, so lange, bis ich alles erledigt habe.

Ich lege mein Ohr direkt an die Tür und lausche. Zum Glück muss ich nicht lange warten. Seine Schritte entfernen sich nach einer Weile. Dann höre ich, wie er Fenster und Türen nacheinander schließt. Meine Bitte, sie offen zu lassen, hat er wohl schon wieder vergessen. Oder er will mir zeigen, dass er sauer ist.

Kurz danach höre ich eine Tür zugehen. Endlich scheint er in sein Zimmer gegangen zu sein. Wenn alles wie gewohnt abläuft, wird er die Tasche auf den Schreibtisch legen, sich bequeme Sachen anziehen, die über der Stuhllehne hängen, und dann ins Wohnzimmer kommen. Das wird höchstens eine Minute dauern, aber es genügt, um von hier in die obere Etage zu gelangen. Die zwei Schritte von der Zimmertür bis zur Treppe dauern eine Sekunde, die sechzehn Stufen zehn Sekunden, vom Flur bis zu meinem Zimmer fünf Sekunden.

Also öffne ich die Zimmertür und mache einen Schritt nach draußen. Eine halbe Stunde wird sicher ausreichen, um mein Zimmer aufzuräumen und mich zu waschen. Das Zimmer von Mutter werde ich geschlossen lassen und bei nächster Gelegenheit aufräumen. Dummerweise kommt Hae-jin aus seinem Zimmer, ohne sich umgezogen zu haben. Seine Zimmertür geht abrupt auf, gerade als ich heraustreten will. Ich muss sofort zurück ins Zimmer.

Jetzt höre ich seine Schritte in der Küche und ein klapperndes Geräusch von einer Tasse oder einem Teller. Vielleicht macht er sich einen Kaffee. Oder er kocht sich noch einen Ramen. Egal, was es ist, er scheint nicht in sein Zimmer zurückzugehen. Ich muss also meinen Plan ändern.

Lautlos schließe ich die Tür und ziehe das Tuch vom Dampfreiniger. Damit wische ich auf meinem Weg von der Tür bis zum Bad meine Spuren weg. In der Zwischenzeit ist es so still, dass es mich sogar etwas beunruhigt. Ich vernehme kein Geräusch und keine Bewegung. Vielleicht liegt es daran, dass ich weiter von der Zimmertür entfernt bin. Oder dass Hae-jin sich hingesetzt hat.

Ich hoffe Letzteres. Er wird wohl Kaffee trinken oder warten, dass das Wasser für den Ramen kocht. Ich steige in die Duschkabine. Für die Haare verbrauche ich fast die halbe Flasche Shampoo. Dann seife ich mich vier oder fünf Mal ein und schrubbe das Blut unter den Fingernägeln mit Mutters Zahnbürste weg. Immer wieder drehe ich das Wasser ab, um nach Hae-jin zu lauschen. Noch immer höre ich nichts. Am liebsten würde ich vor Nervosität ein Ohr an die Zimmertür kleben.

Mutters Abschiedsgeschenk erkenne ich erst nach dem Duschen. Vor dem Spiegel ihres Zimmers hebe ich den linken Arm und sehe eine lange Wunde, die sich mit blauen Flecken und Zahnabdrücken in Form von Halbkreisen vom

Arm über die Achseln bis zur Brustwarze zieht. Ein Schmerz durchzuckt mich plötzlich. Der Albtraum der letzten Nacht wird in diesem Moment wieder lebendig. Zitternd lasse ich den Arm fallen.

Mit dem nassen Handtuch über der Schulter gehe ich zum Sekretär. Die Tischuhr zeigt 11:40 Uhr. Hae-jin ist also seit einer Dreiviertelstunde wieder zurück. In dieser Zeit hätte er seinen Ramen und dazu eine Schüssel Reis essen, dann schnell alles abwaschen und eine Tasse Kaffee trinken können. Ich höre aber immer noch nichts. Also lege ich mein Ohr an die Tür und vernehme so etwas wie eine menschliche Stimme. Keine durchgehenden Worte, sondern ein Stakkato. Es klingt, als ob er mit der Fernbedienung herumzappt. Er scheint also auf der Couch auf mich zu warten.

Hat er mir noch etwas zu sagen? Oder findet er irgendwas seltsam? Hat er vielleicht eine von mir übersehene Spur gefunden? Plötzlich höre ich Gelächter und kurz danach auch ihn kichern. Er scheint sich für eine Sendung entschieden zu haben. Vielleicht wartet er auch gar nicht auf mich.

Ich gehe zurück zum Sekretär und nehme das Tuch des Dampfreinigers in Augenschein. Es ist vom aufgewischten Blut ganz dunkelbraun geworden. Falls mir Hae-jin über den Weg läuft, brauche ich etwas, in das ich das Tuch einwickeln kann. Ein großes Kuvert wäre gut, zur Not ginge auch Geschenkpapier oder Ähnliches. Ich lege es wieder hin und durchwühle das oberste Schubfach. Es ist mit allerlei Stiften und Schreibsachen gefüllt. Im zweiten Fach fällt mir Mutters rotes Portemonnaie auf. Daneben liegt ein dickes Ringbuch mit schwarzem Deckel. Ich habe es noch nie gesehen. Erneut mustere ich den Kugelschreiber an der Ecke des Schreibtischs und sehe plötzlich das Bild vor mir: Mutter schreibt gerade etwas, steht dann hastig auf und legt das Ringbuch ins Schubfach. Aus reiner Neugierde klappe ich es auf.

Auf dem ersten Blatt klebt ein Etikett mit der Überschrift »Dezember«. Darunter sind drei Einträge.

Dienstag, 6. Dezember.
Yu-jins Zimmer war leer. Er hat wieder angefangen, über die Dachterrasse aus der Wohnung zu gehen. Das letzte Mal tat er das vor einem Monat.

Mittwoch, 7. Dezember.
Nun schon zwei Tage hintereinander. Ich wartete, aber er ist mir entwischt.

Freitag, 9. Dezember.
Wo kann er hingegangen sein? Bis fast zwei Uhr morgens habe ich die ganze Siedlung abgesucht. Nicht die geringste Spur. Dabei hatte ich ihn kurz gesehen. Mich fröstelt, und ich habe Angst. Es ist unheimlich. Jetzt

Der Eintrag bricht mit dem Wort »Jetzt« ab, dann wird der Satz in der nächsten Zeile in einem ganz anderen Kontext abgeschlossen.

Hello bellt. Der Junge ist zurück.

Der zurückgekommene Junge muss der Junge sein, der gestern Nacht vor der Wohnungstür von seiner Mutter ertappt wurde. Wenn Mutter auf der Suche nach diesem Jungen in der ganzen Siedlung unterwegs war, heißt es sicher, dass sie von der Straße aus meine Tante oder Hae-jin angerufen hat. Zudem wurde sie im Regen auch noch patschnass. Das erklärt ihre nassen Turnschuhe. Doch ist es möglich, dass Mutter nachts im Regen allein durch die Siedlung irrt?

Meine Antwort darauf heißt: Nein. Zumindest zu Fuß würde sie so etwas nie tun.

Gundo ist in einem ehemaligen Sumpfgebiet an der Westküste errichtet worden und war einst die Hochburg von Immobilienhaien, die zu schnellem Geld kommen wollten, indem sie noch ungebaute Appartements verkauften. Ihnen zu Hilfe kam der geografische Vorteil, die Nähe zu Seoul und dem Incheon-Flughafen. Dazu die schöne Landschaft mit dem Dongjin-Fluss, der durch das Zentrum fließt, dem Meer und den dahinterliegenden Bergen. Und schließlich half auch die Regierung, welche Gundo als Resort-Stadt unterstützen wollte. Gundo zog also viele Interessenten magisch an.

Zu dieser Zeit kaufte meine Mutter auch diese Wohnung im zweiten Häuserblock. Sie bezahlte sogar einen beträchtlichen Aufpreis, um dieses Luxus-Penthouse zu bekommen, das die renommierte Immobilienfirma »Moon Torch« erstellt hatte. Die Wohnung hat über einhundertzwanzig Quadratmeter Wohnfläche in der unteren und noch mal fast dreiundvierzig Quadratmeter in der oberen Etage, dazu eine Dachterrasse. Mutter behauptete, sie habe sich mir zuliebe für diese Wohnung entschieden, weil ich als Jurastudent und zukünftiger Rechtsanwalt zum Lernen ein ruhiges Zimmer mit schöner Aussicht brauchte. Sie hatte das zwar mit mir nicht besprochen, aber das war mir egal. Mein Zimmer gefiel mir, auch weil ich dort oben ihren Blicken entzogen war. Es passte mir auch, dass die gegenüberliegende Wohnung und die zwei Wohnungen unter uns noch leer standen. Außerdem ist die Aussicht sensationell.

Vom Rand der Dachterrasse überblickt man das Meer, den Horizont, den trüben Wellenkamm, Fischerboote und den Gundo-Marine-Park, der durch eine Brücke mit dem Festland verbunden ist. Der Marine-Park ist eine lange schmale Insel in Form eines Gürtels, die vor Gundo parallel zum Damm verläuft. Dunkle Klippen umgeben die Insel, und an einem Ende steht der Aussichtspunkt mit dem Namen »Milchstraße«. Ein Scheinwerfer blinkt dort die ganze Nacht in verschiedenen Farben. Er ist sowohl eine Art Leuchtturm als auch eine Sehenswürdigkeit. Er steht als Kunstwerk symbolisch für Gundo.

Das ist aber auch schon alles. Die Hälfte der Siedlung ist noch eine Baustelle. Weder die öffentlichen Einrichtungen noch das Verkehrsnetz sind fertig. Die Fernbusse aus Incheon oder Seoul fahren alle halbe Stunde, sonst gibt es keinen

Nahverkehr. Die Gewerbezone ist noch nicht erschlossen, sodass es keinen großen Supermarkt gibt. Die Pläne der Regierung sind nicht einmal ansatzweise in die Tat umgesetzt. Der Bezug der Wohnungen läuft schon über ein Jahr, aber mehr als die Hälfte steht noch leer. Zu allem Unglück wurde inzwischen enthüllt, dass die Häuser auf Industriemüll und mit Zement aus Fukushima gebaut wurden. Danach wurde keine Wohnung mehr verkauft, und Gerüchte über »krebserregende Häuser« wurden laut. Wo allerdings Tag und Nacht Hochbetrieb herrscht, ist in den Dutzenden Kirchen und Fabriken des Techno-Valley im Norden von Gundo-West.

Das zwischen Berg, Meer und Damm eingeschlossene Gundo wird inzwischen Geisterinsel genannt. Die Einwohner gehen nachts nicht aus dem Haus. Die Straße auf dem Damm an der Mündung des Dongjin-Flusses trennt Gundo-Ost von Gundo-West und ist so düster, als führte sie zum Friedhof. Nicht nur Frauen, sondern auch Männer vermeiden es, dort allein zu gehen. Diejenigen, die spät heimkommen, bilden am Damm kleine Grüppchen.

Das ist auch der Grund für meine Vermutung, dass Mutter nicht allein bis zwei Uhr früh zu Fuß unterwegs war. Aber es wäre denkbar, dass sie mit dem Auto fuhr. Dieser Hypothese widersprechen jedoch die nassen Turnschuhe. Und warum hat sie überhaupt nach mir gesucht? Warum konnte sie nicht einfach warten, bis ich zurückkam?

Plötzlich höre ich Hae-jins Klingelton. Hae-jin pfeift falsch dazu. Es kommt aus der Küche. Die Geräusche vom Fernseher sind verschwunden. Sein Pfeifen entfernt sich in Richtung Zimmer, danach höre ich seine Tür zufallen. Jetzt ist die beste Gelegenheit, Mutters Zimmer zu verlassen. Ich klemme das Heft unter meinen Arm. Mit dem nassen Handtuch umwickle ich das Tuch des Dampfreinigers, dann rücke ich den Stuhl an den Tisch. Bevor ich die Tür öffne, versichere ich mich noch einmal, ob etwas dahinter zu hören ist. Nichts. Ich öffne die Tür und stecke den Kopf raus. Niemand ist da.

Dann gehe ich hinaus. Am Türgriff drücke ich die Verriegelung und mache die Tür zu. Anschließend eile ich die Treppe hinauf, mehrere Stufen auf einmal nehmend. Habe ich das Bad sauber verlassen? Etwas Verdächtiges hinterlassen? Nur für den undenkbaren Fall der Fälle, dass Hae-jin doch noch in Mutters Zimmer gehen würde.

Ich fische Mutters Handy unter meinem Bett hervor, ich habe es wohl irgendwann fallen lassen. Der Bildschirm bleibt dunkel. Vielleicht ist der Akku leer, jedenfalls geht es nicht. Jetzt kann ich weder ihre Nachrichten checken noch prüfen, ob sie mit ihrer Schwester oder Hae-jin telefoniert hat. Doch aufladen und einschalten geht auch nicht. Denn da sie angeblich zu den Exerzitien gegangen ist, ist es ungünstig, wenn das Handy zu Hause in Betrieb geht. Sicherer ist es, wenn das Ding ausbleibt, für den Fall, dass ein übereifriger Mensch versuchen sollte, es zu orten.

Auf der unteren Etage beginnt die Uhr zu schlagen und teilt mit, dass es Mittag ist. Sie tut ihre Dienste gewissenhaft, ohne sich darum zu kümmern, ob zu Hause der Teufel los ist. Mutters Handy lege ich auf den Schreibtisch. Daneben packe ich folgende Sachen: Die Nachhilfestunde-Jacke mit Weste, den MP3-Player, die Ohrhörer, den Schlüssel für die Tür der Dachterrasse, die Schlüsselkarte für das Haus, den Mundschutz, das Rasiermesser, den Autoschlüssel und Mutters Ringbuch.

Wenn ich die aneinandergereihten Sachen so sehe, komme ich mir vor wie ein Kommissar, der einen Täter verhört. Es gibt viele Möglichkeiten für Absprachen oder Vertuschungen, da beide Parteien ein und dieselbe Person sind, der Täter Probleme mit der Ehrlichkeit hat und seine Erinnerungen an letzte Nacht nur bruchstückhaft vorhanden sind. Könnte ich den Täter nicht in die Enge treiben, käme ich zum logischen Ergebnis, dass Mutter mich aus einem unerfindlichen Grund umbringen wollte. Deswegen ist der Mord eher Notwehr, wenn auch eine etwas übertriebene.

Ich habe gerade eine Hose angezogen und nehme ein T-Shirt, als ich Schritte höre. Hae-jin klingt, als ob er gleich mehrere Stufen auf einmal nimmt. Das Hickhack von vor einer Stunde wird sich wiederholen. Denn auf dem Schreibtisch sind Gegenstände von Täter und Opfer, und am Boden liegen blutverschmierte Putzutensilien und eine Mülltüte. Der Fußboden ist noch voller Blutflecken, die Bettsachen ebenso, und die Zimmertür ist nicht verschlossen.

Er nervt. Warum kommt er hoch? Woher wusste er, dass ich nach oben gegangen bin? Wie ein Baseball-Innenfeldspieler, der zu einem Schlagball hechtet, laufe ich mit ausgestreckten Armen raus auf den Flur und schließe hinter mir ab. Vor mir steht Hae-jin. Ich kralle mich an meinem T-Shirt fest, er hat ein blaues, rundes Ding in der Hand.

»Sag doch, wenn du hochgehst. Ich habe wie wild an Mutters Tür geklopft, und dann …« Hae-jin hält inne und reißt seine Augen auf. »Was ist das denn?« Er packt meinen linken Arm und hebt ihn hoch. Damit habe ich nicht gerechnet.

»Ach so, da bin ich beim Putzen auf den Griff vom Wischmopp gefallen.« Ich ziehe meinen Arm weg.

Er sieht sich meine Wunde genauestens an und sagt: »Das sieht aber nicht so aus, als käme das davon.« Noch mal greift er nach meinem linken Arm. »Lass mich das noch einmal ansehen.«

»Ach, lass mich.« Ich mache mich mit einer heftigen Bewegung von ihm los.

Hae-jin bleibt der Mund offen stehen. Er ist peinlich berührt, sodass sein Gesicht langsam rot wird.

»Ich sagte doch, ich bin da drangeknallt.« Dann ziehe ich mein T-Shirt mit einem abweisenden Gesicht an, damit er keine weiteren Fragen stellt.

»Mensch, stell dich nicht so an. Warum willst du mir das denn nicht zeigen?« Er reibt das Ding in seiner Hand mit seinem Zeigefinger. Es schnurrt wie eine gut gelaunte Katze. Hae-jin erinnert sich, wieso er überhaupt hochkam, und fragt: »Hast du es gesehen?«

Was meint er damit? Gibt es etwa irgendwelche Spuren im Wohnzimmer, der Küche oder am Eingang?

»Was denn?«

Ich sehe nach unten und überlege mir, was er in seiner Hand verstecken könnte. Am ehesten eine Computermaus. Dann prüfe ich seinen Gesichtsausdruck. Er versucht, gleichgültig auszusehen, aber seine dunkelbraunen Augen blitzen, und er verkneift sich ein Lächeln.

»Du bist rausgerannt, weil du es auch gesehen hast, oder?«

Ich versuche angestrengt, herauszubekommen, was das ist, was wir auf beiden Etagen gleichzeitig sehen können. Also gehe ich in Gedanken der Reihe nach die Gegenstände auf dem Schreibtisch durch. Nichts davon scheint zu passen.

»Ist es denn nicht so?«, fragt er zweifelnd.

Ich verschränke meine Arme und stelle mich breitbeinig hin. Frag nicht weiter und spucks endlich aus.

»Warum wärst du sonst so hastig aus dem Zimmer gerannt?«

Seit heute früh bin ich benommen wie ein Bär, der aus dem Winterschlaf gerissen wurde. Um eine passable Notlüge zu finden, muss ich erst ein paar Mal durchatmen. »Weil ich Hunger hatte. Ich wollte was essen.«

»Du hast bis jetzt nichts gegessen?« Er sieht mich mitleidig an.

Auch diese Miene gefällt mir nicht. Es ist sicher eine Verzögerungstaktik. »Also, warum bist du denn hochgekommen?«

Hae-jin lässt sich nichts entlocken. Mir juckt es in den Fingerspitzen. Am liebsten würde ich ihn am Hals packen und aus ihm herausschütteln, was er versteckt hält.

»Ich habe vorhin einen Countdown runtergezählt. Weil ich gehört hatte, dass es um zwölf Uhr veröffentlicht wird.« Dann hält er mir die Computermaus vor die Nase und klickt darauf herum. »Herzlichen Glückwunsch.« Er nimmt die Maus von der Rechten in die Linke und gibt mir die Hand.

Ahnungslos blicke ich ihn an. Für was denn?

»Hey, schläfst du? Ich gratuliere dir, du hast bestanden.«

Meine Arme baumeln schlaff zu beiden Seiten, und ich

beiße mir auf die Lippen. Erst jetzt begreife ich, wovon er spricht: Die Liste der Zugelassenen für die Law School wurde veröffentlicht.

»Han Yu-jin!« Vor meinen Augen wedelt er mit seiner Funkmaus hin und her. Er scheint zu glauben, dass ich es vor Freude kaum fassen kann oder vor lauter Glück betäubt bin. Wenn gestern Nacht nichts passiert wäre, wäre das auch so gewesen. Immerhin hatte ich mich die letzten Jahre ganz auf die Zulassung zur Law School konzentriert.

»Wie hast du das denn herausbekommen?«, stammle ich.

»Mit deiner Anmeldenummer für die Prüfung. Wie denn sonst?«

Zweifelnd sehe ich ihn an. »Woher kennst du meine Anmeldenummer?«

»Weißt du es denn nicht mehr? Als du den Anmeldeschein geholt hast, habe ich doch einen Schnappschuss von dir gemacht.« Das stimmt. Er liebt es, zum Andenken alles zu fotografieren. Also hatte er mich an die Wohnzimmerwand gestellt, und ich musste den Anmeldeschein unter mein Kinn halten. Dann drückte er mehrmals den Auslöser der Kamera – wie bei Straftätern von vorn, von rechts und von links.

»Gut gemacht, Mensch. Ganz toll.« Er ergreift meine herunterhängende Hand und schüttelt sie kräftig. Bei jedem Schütteln kommt eine neue Erinnerung an Mutter. Mutter, die sich mit dem Rasiermesser auf mich stürzt, Mutter, die mit durchgeschnittener Kehle in der Blutlache liegt, Mutter, die in einer schäbigen Decke eingewickelt in meinen Armen zur Dachterrasse geschleppt wird, Mutter, die auf der Hollywoodschaukel liegt, Mutter, die im Gartentisch eingelagert ist.

»Du hast es wirklich verdient.« Er lässt meine Hand los und legt seinen Arm auf meine Schulter. »Ich bin so stolz auf dich.« Sanft klopft er auf meinen Rücken. Ich versteife mich immer mehr, und wenn ich den Mund aufmachen würde, würde nur Unsinn herauskommen. Noch schlimmer, ich könnte in Tränen ausbrechen. Auf so dramatische

Weise erfahre ich also, dass mein Leben ruiniert ist. Ich habe das Gefühl, einen riesigen Eisblock herunterzuwürgen. Grausame Kälte steigt aus meinem Bauch auf.

»Weinst du etwa?« Hae-jin macht einen Schritt zurück und prüft meinen Gesichtsausdruck. »Weil du dich so freust?«

Ich senke meinen Blick. Ja, ich freue mich wie verrückt. Es ist zum Heulen schön. Ich wünschte, ich könnte beim Weinen einfach sterben.

»Als ich gesehen habe, dass du bestanden hast, konnte ich nachvollziehen, wie du dich gefühlt hast. Ich konnte verstehen, dass selbst du mit deinen Nerven aus Stahl plötzlich die ganze Wohnung putzen musstest. Als Schwimmer warst du immer total entspannt, als wäre es ein Training, egal, wie groß der Wettkampf und der Gegner waren. Aber heute musst du echt nervös gewesen sein, wenn du in aller Frühe so einen Putzanfall gehabt hast, zumal Putzen nicht dein Ding ist.«

So war es tatsächlich. Es gab Zeiten, da hatte ich Nerven aus Stahl. Bei keinem Wettkampf war ich nervös, in keiner Situation aufgeregt. Im Wasser war ich stark. Seitdem ich das Wasser verlassen habe, kann man mein Leben mit einem Wort zusammenfassen: Musterschüler. Bis jetzt bin ich davon nicht wirklich abgewichen. Ich war der anständige Sohn, auf den jede Mutter stolz wäre. Ich habe gelernt, dass das in jeder Hinsicht das Richtige ist. Nicht irgendjemand, sondern meine Mutter hat mir das beigebracht.

»Wenn du drängelst, wirst du auch gedrängelt. So ist das auf der Welt. Die Lösung ist, nicht zu drängeln und sich nicht drängeln zu lassen.« Das hatte sie mir mit auf den Weg gegeben.

Ich bin mir sicher, dass ich bis heute nach diesem Patentrezept gelebt habe. Nicht einmal eine Kanalratte habe ich gepiesackt. Weil meine Mutter Augen im Kopf hatte, war ihr das sicherlich bewusst. Warum hat sie mich dennoch gestern Nacht wie eine Kanalratte in den Abfluss gedrückt? Warum hat sie es getan? Keiner meiner Erklärungsversuche passt.

»Du solltest unbedingt Mutter anrufen«, sagt Hae-jin.

Ich nicke zwar, rühre mich aber nicht.

»Worauf wartest du? Ruf doch an. Sicher betet sie gerade für dich. Da kannst du dir sicher sein.«

Allem Anschein nach glaubt er, dass der Grund für meinen Putzanfall auch derjenige für ihre Exerzitien ist. Entspannt steht er mit seinen Händen in den Hosentaschen vor mir. Weil wir eine Familie sind, möchte er dabei sein, wenn sich Mutter und Sohn freuen. Leider kann ich ihm den Gefallen aber nicht tun. »Ich mache das, wenn du runtergegangen bist«, antworte ich daher kurz angebunden.

»Na dann.«

Aber er geht trotzdem nicht. Er scheint mich genauer zu beobachten. »Fehlt dir was? Hast du vielleicht … deine Medizin nicht genommen?« Er spricht das Wort zaghaft aus, um mich nicht zu verletzen.

Prompt meldet sich meine Angst zurück. Heute ist der vierte Tag nach dem Absetzen der Medikamente. Vor einer Woche hatte ich als Nebenwirkung die schlimmste und längste Kopfschmerzattacke meines Lebens. Tagelang war es, als würde mein Schädel von einer heißen Eisenstange durchbohrt. Der Kopf pulsierte, der Tinnitus dröhnte, und ich hatte keine Möglichkeit, etwas dagegen zu unternehmen. Regungslos auf dem Rücken liegend, atmete ich tief oder presste meinen Schädel zusammen. Kniend steckte ich meinen Kopf zwischen die Beine und wartete, dass die Schmerzen verschwanden. Ich litt unter der Wahnvorstellung, dass meine Zunge anschwillt und meinen Hals verstopfen könnte. Schließlich platzte mir der Kragen. Ich kochte vor Wut über meine Tante, die dafür gesorgt hatte, dass ich ein Leben lang diese Scheißmedikamente nehmen sollte. Und über Mutter, die ständig kontrollierte, dass ich sie auch nahm.

»Yu-jin!« Hae-jins Stimme reißt mich aus meinen Gedanken.

»Ja?« Ich sehe, wie sein Blick über meine Schulter geht. Hinter mir klingelt es.

»Ich glaube, das Telefon klingelt.«

Ich nicke. Es ist mein Handy, das im Schreibtisch-Schubfach liegt. Wer kann das denn sein?

»Gehst du nicht ran?«, fragt er. Es klingelt ununterbrochen, als ob es mich anbetteln würde, endlich ranzugehen.

»Es ist bestimmt nicht wichtig«, antworte ich mit gesenktem Kopf.

»Woher willst du das wissen? Es könnte Mutter sein.«

Wie schön wäre es, wenn es stimmen würde. Wenn Mutter wirklich von den Exerzitien anrufen würde, und dieser Anruf bedeutete, dass ich stressbedingt lediglich einen fürchterlichen Albtraum gehabt hätte. Das Klingeln stoppt und beginnt sogleich von Neuem. Hae-jin wirft einen flüchtigen Blick auf die Zimmertür und dann auf mich. »Mutter weiß doch sicher, wann die Bekanntmachung ist. Sie ist bestimmt unruhig. Los, geh schnell ran.« Er geht wohl mittlerweile fest davon aus, dass es Mutter ist. Am liebsten würde er selbst ans Telefon gehen. Ich schaue ihn stumm an, denn wenn es etwas gibt, in dem ich mit Abstand besser bin als er, dann in Ausdauer. »Später, nur die Ruhe.«

Wir stehen weitere zehn Sekunden wortlos da, eine Ewigkeit. An seinem Blick kann ich einige Fragen ablesen: Warum geht er nicht ins Zimmer? Warum lässt er mich vor der Tür stehen? Ist im Zimmer etwas, was ich nicht sehen darf? Er hat mich heute früh gemieden, hat es damit etwas zu tun?

Ich lasse die Jalousie an meinen Augen herunter und leere sogar meinen Kopf, damit er keine Anhaltspunkte oder Anzeichen erkennen kann. Dann hört das Klingeln auf.

»Na gut, lass dir nur Zeit und komm dann runter. Ich decke den Tisch zum Mittagessen«, sagt er und schaut mich freundlich an.

Ich nicke. Er dreht sich um und verschwindet zur Treppe. Erst nachdem seine Schritte in der Küche zu hören sind, gehe ich in mein Zimmer. Dort hole ich mein Handy aus dem Schubfach. Auf dem Display steht *Zickentante.*

Die alte Jungfer, die seit sieben Uhr früh anruft. Sie ist genauso nervig wie der Kläffer aus dem zweiundzwanzigsten

Stock. Darüber, ob ich meine Tante zurückrufen soll, muss ich nicht nachdenken, denn jetzt beginnt das schnurlose Telefon zu klingeln. Es bleibt mir nichts anderes übrig, als ranzugehen, denn sonst wird es Hae-jin unten tun. Und wenn sie nach mir fragt, wird er selbstverständlich hochkommen und an meine Tür klopfen.

»Hallo«, sage ich.

Am anderen Ende der Leitung fragt meine Tante: »Bist du im Moment beschäftigt?« Es ist die freundliche Variante von »Warum gehst du erst jetzt ans Telefon?«.

Auch ich formuliere die Frage »Warum rufst du denn ständig an? Wenn du nichts zu tun hast, geh doch zum Beispiel was essen« in einer höflichen Art und Weise. »Hast du schon zu Mittag gegessen?«

»Wo ist deine Mutter?«

Weil ich mit der Frage gerechnet habe, antworte ich in einem möglichst gelangweilten Tonfall: »Sie ist zu den Exerzitien gegangen.«

»Exerzitien? So plötzlich?«

Ich sage nichts.

»Wohin denn?«

»Das habe ich nicht gefragt.«

»Aha, du hast sie also nicht danach gefragt.«

Mit fällt ein Satz aus Mutters Heft ein.

Bis fast zwei Uhr morgens habe ich die ganze Siedlung abgesucht.

Falls sie von unterwegs meine Tante angerufen hatte, hätte diese sie aufgrund der Hintergrundgeräusche bestimmt als Erstes gefragt, wo sie war. Gestern hat es auch noch geregnet. Ob Mutter ehrlich geantwortet hat? Mitten in der Nacht bin ich heimlich über die Dachterrasse abgehauen, und sie ist mir gefolgt. Weil ich ihr entkommen war, durchsuchte sie auch den letzten Winkel nach mir. Und ich war wie vom Erdboden verschluckt. Sie war ratlos und wusste nicht mehr weiter. Was hätte meine Tante daraufhin geantwortet? Hätte sie gesagt, dass Mutter nach Hause gehen soll? Oder dass sie mit dem Auto alles noch gründlicher und im größeren Umkreis absuchen soll, wenn sie schon dabei ist? Und warum hat Mutter zuerst Hae-jin angerufen und dann die Tante?

»Wann will sie denn zurückkommen?«

Anstatt zu antworten, sehe ich auf Mutters Handy, das auf meinem Schreibtisch liegt. Hae-jin, Hye-won. Hatte sie vielleicht den falschen Namen gedrückt? Da Mutter nicht so viele Namen in ihrer Kontaktliste hat, stehen sie direkt hintereinander im Adressbuch. Und Mutter ist zudem weitsichtig. Die Wahrscheinlichkeit, dass sie im Dunkeln den falschen Namen drückt, ist höher, als dass sie den richtigen findet. Langsam ergibt das Ganze einen Sinn.

Angenommen, Mutter hätte auf ihre Schwester gehört, dann wäre sie nach Hause zurückgegangen, um sich umzuziehen und mit dem Auto erneut auf die Suche zu gehen. Dann ist ein Stück des Puzzles von gestern Nacht erklärbar. Ihre nassen Turnschuhe, Hae-jins Anruf heute früh und auch der Autoschlüssel in der Tasche ihres Nachthemds.

»Han Yu-jin, was machst du?«

Das klingt wie eine Frage, ist tatsächlich aber eine Ermahnung, dass ich antworten soll. Meine Tante hat wohl in aller Frühe angerufen, weil sie wissen wollte, ob Mutter mich gefunden hatte. Sie kennt gewiss meine Angewohnheit, nach dem Absetzen der Medikamente über die Dachterrasse abzuhauen. Die zwei erzählen sich bestimmt alles über mich, bis hin zur Menge Klopapier, die ich verwende. »Ich weiß nicht, wann sie zurückkommt, ich habe nicht gefragt.«

»Redest du zurzeit nicht mit deiner Mutter?«

Das klingt so, als ob sie fragen würde, ob ich gestern mit ihr Streit gehabt habe. Ich überlege. Falls sie meine Mutter noch länger nicht erreichen wird, wie lange wird es dauern, bis diese Hexe bei uns auf der Matte steht? Einen Tag? Zwei Tage? »Als ich aufgewacht bin, war sie schon weg.«

»Woher weißt du denn, dass sie zu den Exerzitien gegangen ist?«

»Sie hat einen Zettel an den Kühlschrank geklebt.«

»Hat sie das?«

Dem Tonfall nach zu urteilen, meinte sie damit »Was du nicht sagst«.

Also sage ich entschlossen: »Ja.«

»Du meinst also, sie ist in aller Frühe still und heimlich gegangen, ohne jemandem etwas zu sagen?«

»Ich weiß nicht, ob es so früh war, weil ich ausgeschlafen habe.«

»Hast du etwa verschlafen? Bist du gestern spät ins Bett?«

Was will Tante nun wissen? Um wie viel Uhr Mutter gegangen ist? Oder wann ich schlafen gegangen bin? Meine innere Stimme sagt mir, dass ich bei diesem alten Fuchs vorsichtig sein muss. Ich schlage also einen Haken. »Warum rufst du sie nicht selbst an?«

»Wenn sie nicht rangeht, versucht man es eben woanders, klar?«, antwortet sie in der dritten Person.

Meiner Erfahrung nach spricht sie so, wenn sie gereizt ist. Und um mich daran zu erinnern, dass ich auf ihre Frage nicht mit einer Gegenfrage antworten soll. Deswegen mache ich ihr einen Vorschlag. »Dann versuche es doch später wieder. Sie hat es vielleicht nicht gehört.«

»Gerade eben habe ich es wieder versucht. Jetzt ist es auch noch ausgeschaltet.«

Aha, das soll heißen, dass sie vorhin versucht hat, Mutter über ihr Handy zu erreichen, als ich es in der Hand hatte und entschied, es nicht einzuschalten.

»Wann bist du denn ins Bett?«

Ich muss nicht alle Fragen beantworten. Sie hat mir auch nicht erzählt, was sie will. Also erinnere ich sie daran. »Hast du was Dringendes mit Mutter zu klären?«

»Es ist nicht dringend, aber etwas ist seltsam …« Sie macht eine Kunstpause. Still warte ich ab. »Sie hatte heute um neun einen Untersuchungstermin. Ich wundere mich halt, wenn du sagst, sie sei zu den Exerzitien gegangen.«

Ist das wahr? Wenn der Termin um neun ist, warum hatte sie dann schon ab sieben Uhr hier angerufen? Und das so hartnäckig auf dem Festnetztelefon und dem Handy. Die Tante lügt offensichtlich. Also gebe ich ihr eine abgedroschene, aber sichere Antwort. »Dann wird sie sich sicher bald bei dir melden.«

»Das wird sie bestimmt.« Trotzdem legt sie nicht auf. Sie bleibt in der Leitung, als ob sie nach den passenden Worten suchen würde. Und ich bin so gereizt, dass ich am liebsten eine Rakete durchs Telefon schießen würde. Sie kommt erst zum Schluss, als jemand im Hintergrund »Frau Doktor« ruft.

»Wenn du sie erreichst, sag ihr bitte, sie soll mich anrufen.«

»Mache ich.«

»Übrigens, du nimmst doch die Medikamente regelmäßig ein, oder?«, fragt sie scheinbar ganz beiläufig.

»Selbstverständlich«, erwidere ich und hole die Schachtel, die ich achtlos ins hinterste Schubfach geworfen hatte. Sie reichen noch für zehn Tage.

»Dann brauchst du bald ein neues Rezept, oder?«

»Nein, ich habe noch genug für eine Woche.«

»Hast du sie immer genommen? Sie sollten noch höchstens für drei Tage reichen.«

»Schau doch in der Akte nach.«

»Ja, okay.« Sie legt auf, und ich werfe das Telefon und die Medikamente wütend auf den Schreibtisch. Sind Mutter und Tante Herrscherinnen über mein Leben, dann ist das Medikament die Schlange, die sie auf der Wiese meines Lebens freigelassen haben und die mir in den wichtigen Momenten ins Fußgelenk biss. Seitdem ich als Wettkampfschwimmer angefangen hatte, war es so. Also seit dem Frühjahr, in dem ich als Neunjähriger den Jugendschwimmwettbewerb von Seoul gewonnen hatte.

Von Anbeginn litt ich unter den Nebenwirkungen. Mal lallte ich, dann bekam ich am ganzen Körper Ausschlag, mal landete ich wegen hohem Fieber in der Notaufnahme. Nachdem ich mehrere Medikamente ausprobiert hatte, entschied sich meine Tante für Remote. Immerhin musste ich seither nicht mehr in die Notaufnahme. Das Problem war, dass

Remote sich wie ein Stahlring um meinen Kopf schloss und meine Hände und Füße fesselte. Manchmal krümmte ich mich vor Kopfschmerzen, und der Tinnitus wurde ein ständiger Begleiter. Ab und zu hatte ich auch mal einen Filmriss. Ich wurde immer schwerfälliger, und auch meine Kondition ließ drastisch nach. Deswegen kam ich nach dem Training jeweils fix und fertig nach Hause. Trotzdem wollten Mutter und Tante nicht auf das Medikament verzichten, da die Nebenwirkungen nicht lebensgefährlich waren. Aus dem gleichen Grund gab ich auch das Schwimmen nicht auf.

Zu Beginn der zweiten Klasse hatte ich angefangen, schwimmen zu lernen. Ich wählte es als Zusatzfach, weil ich immer meinem Bruder nacheiferte. Er war praktisch überall besser als ich, ob im Rechnen, Aufsatz schreiben oder Klavier spielen. Aber beim Schwimmen war er lausig. Er konnte sich auch nicht dafür begeistern, sodass er nach einem halben Jahr alles hinschmiss. Ich aber beherrschte im gleichen Zeitraum alle Schwimmarten perfekt. Ein Jahr später gewann ich den Schwimmwettbewerb der Schule, im darauffolgenden Jahr holte ich für die Schule die Goldmedaille im Stadtwettkampf. Schwimmen war also eine der wenigen Sachen, in denen ich besser war als er.

Der Schwimmtrainer war es, der vorschlug, ich solle Wettkampfschwimmer werden. Mutter war nicht begeistert, aber sie war auch nicht dagegen. Später gestand sie, dass sie davon ausgegangen war, ich würde von mir aus bald damit aufhören. Entweder würde ich es bald satthaben, vom Training ausgelaugt zu sein, oder erkennen, dass ich wohl doch nicht so begabt bin.

Sie hatte aber die Rechnung ohne mich gemacht. Ich hatte es nicht satt und stand auch die Trainings durch. Bald konnte ich in landesweiten Wettbewerben punkten. Wenn ich mich zurückerinnere, waren es diese beiden Jahre, in denen ich so sein konnte, wie ich wirklich war. Noch war ich nicht in die Praxis meiner Tante gegangen, und ich nahm auch noch keine Medikamente. Beides begann einen Monat später, nach dem Tod meines Vaters und meines Bruders, also im Mai 2000.

Im Oktober zog Mutter mit mir von Bangbae-dong nach Incheon. Die dortige Schule bot kein Zusatzfach Schwimmen an. Also legte sie mir ans Herz, damit aufzuhören. Ich wollte aber nicht. Wasser war inzwischen mein Element. Ich liebte jeden Moment, in dem ich meine Arme ausstreckte, das Wasser fühlte, teilte, und bewegte. Ich liebte es, kraftvoll wie ein Hai durchs Wasser zu schießen. Ich liebte die Momente des Wettkampfs gegen andere, aber auch gegen mich. Jeden Abend stellte ich mir beim Einschlafen vor, wie ich auf dem Siegerpodest im Olympiastadion ganz oben stand. Im Wasser fühlte ich mich freier als auf dem Boden, im Schwimmbad fühlte ich mich wohler als in der Schule oder zu Hause. Wasser war der Ort, in den meine Mutter nicht eindringen konnte. Das war meine Welt. Darin schaffte ich alles, so, wie ich es wollte.

Also bestand ich aufs Schwimmen, und Mutter akzeptierte. Unter der Bedingung, dass ich, falls ich wegen der Medikamente Probleme bekäme, aufhören würde, meldete sie mich im örtlichen Schwimmverein an. Obendrein begleitete sie mich jedes Mal und kümmerte sich um alles. Aus Sicht des Trainers war sie eine Mutter, die mit Hingabe ihren Sohn zum besten Sportler machen wollte. Die anderen im Verein hielten mich für einen, der in jeder Hinsicht mit dem goldenen Löffel im Mund auf die Welt gekommen war: aus guten Verhältnissen, eine aufopfernde Mutter, angeborenes Talent und so weiter. Wie düster es in mir aussah, ahnten sie nicht.

Da ich trotz des sportlichen Talents nicht von der Schule freigestellt werden konnte, musste ich nebenbei lernen und gleichzeitig mit den Nebenwirkungen der Medikamente klarkommen. In der Mittel- und Oberstufe wurde es immer schlimmer. Und so vergaß ich beinahe, wie viel Energie ich früher als Anfänger gehabt hatte. Dann nahm ich als Zehntklässler im März am landesweiten Schwimmwettbewerb auf Jeju teil.

Am Tag der Ankunft verlor ich in der Lobby der Unterkunft eine kleine Tasche. Ich ließ sie auf einem Stuhl liegen und war nur kurz auf der Toilette. Anschließend war sie wie vom Erdboden verschluckt. Darin waren meine Medikamente, der MP3-Player mit Kopfhörern, die Spielkonsole, mein Portemonnaie und so weiter. Die meisten Sachen waren ärgerlich, aber nicht so wichtig, aber die Medikamente waren ein Problem. Richtig wäre gewesen, meine Mutter zu bitten, mir neue zu besorgen. Sie war in einem Hotel in der Nähe meiner Unterkunft. Natürlich hätte es Umstände gemacht, da sie per Flugzeug oder mit dem Schiff nach Incheon hätte zurückkehren müssen.

Dass sich ein Mensch nicht immer für die beste Lösung entscheidet, liegt wohl daran, dass sie manchmal unbequem ist. Ich etwa wählte den Weg des geringsten Widerstands und sah die Lösung darin, meine Medikamente einfach nicht zu nehmen. Was könnte denn Schlimmes passieren, wenn ich sie ein paar Tage absetzen würde, dachte ich mir. Bis dahin war das, über was sich meine Mutter den Kopf zerbrach, noch nie passiert. Ich könnte so auch die Situation umgehen, dass sie mich zu Unrecht anmeckern würde, da der Verlust nicht meine Schuld war. Natürlich erzählte ich es auch nicht dem Trainer, denn sonst hätte er gefragt, um welches Medikament es sich handelte, und ich hätte ihm den Grund für die Behandlung nennen müssen. Remote stand nicht auf der Dopingliste, sodass ich es nicht unbedingt melden musste. Er wusste auch nicht, dass ich in psychiatrischer Behandlung war. Meine Mutter war der Meinung, dass er es nicht wissen musste. Er dachte, dass ich in der Praxis meiner Tante in sportpsychologischer Behandlung war.

In jener Nacht schlief ich tiefer als sonst. Am Morgen bemerkte ich, dass meine Kopfschmerzen komplett verflogen waren. Ich fühlte mich federleicht und aufgeräumt. Das stärkte mein Selbstbewusstsein ungemein, und ich verlebte den friedlichsten Tag seit Langem. Dank dieses Umstands erreichte ich in der Vorrunde für die 1500-Meter-Strecke einen neuen Wettbewerbsrekord, der sieben Sekunden unter meiner persönlichen Bestmarke lag. Ich war unsicher, ob diese wahnsinnige Kondition daran lag, dass ich keine Medikamente genommen hatte, oder ob es nur Zufall war. Und obwohl ich die Sorge vor einem möglichen Anfall nicht ganz verdrängen konnte, kostete ich diesen gefährlichen Wahnsinn bis zum Ende des Wettbewerbs aus. Und so erreichte ich erstaunliche Ergebnisse, von denen sogar mein Trainer überrascht war. Im Kraulen über 800 und 1500 Meter holte ich die Goldmedaille und genoss die Aufmerksamkeit als neuer Hoffnungsträger mit kometenhaftem Aufstieg.

Zu Hause klärte sich die Frage nach meiner Kondition. Mit der erneuten Einnahme der Medikamente wurde mein Körper wieder träge und schwer. Testweise setzte ich die Medikamente ab, und nach dem zweiten Tag kehrte die Wahnsinnskondition zurück. Meine Ergebnisse waren wieder wie beim Wettbewerb. So war es auch zur Zeit der Jugendgruppe gewesen, das heißt, bevor ich mit den Medikamenten angefangen hatte. Zusätzlich erkannte ich, dass ich nicht sofort einen Anfall bekam, wenn ich einige Tage die Medikamente absetzte.

Einen Monat später fuhren Mutter und ich nach Ulsan zum Dong-A-Schwimmwettkampf. Es ging um die Auswahl für die Asienspiele in Doha, und der Name »Han Yu-jin« zog das allgemeine Interesse auf sich. Die Fachleute wollten sehen, ob der Junge, der im vorherigen Wettkampf mit einem neuen Rekord Aufsehen erregt hatte, auch diesmal sein Können beweisen würde. Ob er mit seinen zarten fünfzehn Jahren tatsächlich nach Doha gehen könnte.

Vorbereitet war ich. Ich hatte mehr trainiert als sonst und war in bester Form, auch weil ich ein paar Tage zuvor die Medikamente abgesetzt hatte. Ohne Zweifel würde ich nach Doha fahren. Wie alle erwartet hatten, kam ich im ersten Durchlauf der Vorrunde über die 800-Meter-Distanz als Erster ins Ziel. Doch dann ging ein Murmeln durch das Stadion. Nicht weil ich Erster wurde, sondern weil auf der Anzeigetafel

»DSQ« stand. Grund für die Disqualifikation war ein Fehlstart. Ich sollte mich vor dem Startsignal bewegt haben. Doch das realisierte ich erst am Ende meiner Bahn. Ich konnte mich nicht einmal erinnern, mich bewegt zu haben.

Am nächsten Tag, bevor die Vorrunde für die 1500-Meter-Strecke begann, fühlte ich mich elend. Kalter Schweiß brach aus, in meinem Magen schien ein faustgroßer Klumpen zu stecken, und mein Mund war wässrig. Ausgeschlossen war ein Verdauungsproblem, denn ich hatte noch nichts gegessen. Ich dachte, es sei vielleicht der Schock über die Disqualifikation. Ich gab mir die größte Mühe, den Albtraum der 800 Meter zu vergessen. Ich hörte Musik und versuchte, mich auf den anstehenden Wettkampf zu konzentrieren. Den penetranten Fischgestank von allen Seiten hielt ich für Schweißgeruch der Zuschauer.

Ein kurzes Pfeifen. Ich machte mich zum Start zurecht und atmete tief. Mit dem langen Pfiff stellte ich mich auf den Startblock. Beim Signal »Auf die Plätze« begab ich mich in die Startposition. Ich legte meine Hände auf den Startblock und fokussierte den Punkt, in welchem ich ins Wasser tauchen würde. Dort schien ein Loch zu sein. Am Anfang sah es aus wie ein Abfluss. Kurz danach wirbelte schwarzes Wasser um das Loch herum. Die Drehung verwandelte sich schnell in einen heftigen Strudel. Das Wasser wurde im Sog mitgezogen, und das Loch weitete sich. Zuerst scheinbar zu einem Abwasserloch, dann zu einem Gully. Am Ende wurde es so groß, dass es ein Auto hätte verschlingen können. Die Bahnbegrenzungen krümmten sich wie Riesenschlangen und wurden immer breiter. Aus dem Wasser stieg eine nach Fisch und Blut riechende Gischt.

Es ist nicht real, sprach Team Blau. Du siehst weiße Mäuse, weil dir nicht wohl ist, hab keine Angst. Ich sah mich um und stellte fest, dass das gesamte Stadion zum Mahlstrom geworden zu sein schien. Alle Zuschauer waren verschwunden, und dunkle Bänder wirbelten herum. Ob es sich so anfühlte, wenn man bei der Formel 1 fuhr? Ich fühlte, wie sich der Klumpen im Magen drehte und durch die Speiseröhre aufstieg. Im Kopf schallte es: »Nein!« Gleichzeitig ertönte das Startsignal.

Ich warf mich in das dunkle Auge des Wirbels. Nach der Tauchphase begann ich mit der Durchzugsbewegung, aber mein Körper kam nicht vorwärts. Die Strömung des Wirbels packte mich, und ich wurde an den äußeren Rand gezogen. Ich schnappte nach Luft, verlor die Orientierung und trudelte heftig nach links und rechts, als ob ich gleich mit dem Bauch nach oben an der Wasseroberfläche treiben würde. Dann aber wurde mein Blick zum Grund des Wirbels gezogen. Ein riesiger dunkler Raum. Reflexartig strampelte ich und suchte nach Halt. Ich bekam keine Luft mehr.

Erst jetzt ahnte ich, was falsch gelaufen war. Bisher hatte ich es zwar theoretisch verstanden, aber nicht am eigenen Leib gespürt. Es waren die Symptome eines bevorstehenden Anfalls, von mir selbst herbeigeführt. Das Schicksal vergisst einen nie. Manchmal drückt es ein Auge zu, aber nicht allzu oft. Was kommen soll, kommt. Was geschehen soll, geschieht. Als ob eine Strafe in einem unerwarteten Moment vollstreckt werden sollte, hat das Schicksal mir einen Attentäter geschickt. Und das auch noch in einem so wichtigen Moment des Lebens, auf so grausame Art.

Ich musste mich entscheiden. Entweder halte ich bis zum Ende durch und stürze in diesen riesigen tiefen Raum, oder ich verlasse sofort das Becken.

Ich entschied mich für die zweite Variante. In diesem Moment bekam ich zufällig das Touchpad zu fassen. Also hielt ich mich daran fest, richtete mich auf und sprang aus dem Pool heraus. Dann riss ich Badekappe und Schwimmbrille vom Kopf, warf sie weg und ging aus der Halle. Der Trainer rief mir hinterher, aber ich drehte mich nicht um. Dafür hatte ich weder Kraft noch Zeit. Ich sah mich schon, wie ich mich mit verdrehten Augen und Schaum vor dem Mund wand und krümmte. Ich musste irgendwohin verschwinden, bevor es vor dem ganzen Publikum passierte. Ich rannte, wohin mich meine Füße trugen. Schließlich kam der Moment.

Eine Bombe schien in meinem Körper zu explodieren. Vor meinen Augen wurde es gleißend hell, als würde ich plötzlich auf einem Schneefeld stehen. Dann standen alle Stromkreise meines Bewusstseins still.

Nach Mutters Bericht fand sie mich schlafend und schweißgebadet in einer Ecke der Tiefgarage. Sie packte mich ins Auto und verließ, sobald ich zu mir gekommen war, heimlich das Schwimmbad. Nach fünf Stunden Fahrt kamen wir in der Praxis meiner Tante an. Und statt dass ich dem Trainer die Situation erklären und nach Lösungen suchen konnte, saß ich vor meiner Tante, die mich zu den Gründen des Medikamente-Absetzens befragte.

Dank dieser Umstände wurde nicht öffentlich, dass ich Epileptiker war und während des Wettkampfs einen Anfall gehabt hatte. Ich wurde einfach disqualifiziert. Als Strafe durfte ich auch am nächsten Wettbewerb nicht teilnehmen, und auch Doha war selbstverständlich gestrichen. Mein Trainer und der Chef des Vereins waren empört. Landesweit wurden zudem Bilder von mir, wie ich verwirrt aus dem Becken sprang, ausgestrahlt. Die Aufmerksamkeit war umso größer, weil dieser Verrückte der neue Hoffnungsträger gewesen war.

Trotzdem hätte ich meine Karriere nicht beenden müssen. Wenn ich meinem Trainer und dem Vereinschef alles ehrlich erklärt hätte, hätte ich bestimmt eine neue Chance bekommen. Ich hätte es gern getan. Davor, dass meine Krankheit bekannt werden würde, hatte ich kaum Angst. Die Blamage würde nur von kurzer Dauer sein, wohingegen das Schwimmen mir alles bedeutete. Das wollte ich nicht verlieren. Ich wollte wieder losschwimmen, um jeden Preis. Ich wollte ehrlich sein, auch wenn es bedeutete, den Rest meines Lebens ein Medikament einzunehmen, das mich einschränkte.

Ich glaubte, dass meine Mutter selbstverständlich meiner Meinung war. Immerhin hatte sie sich aufgeopfert, um mich zu unterstützen, sie bekam stets mit, welche Qualen ich beim Training überwand, und sie wusste nur zu gut, was das Schwimmen für mich bedeutete. Aber ich sollte mich täuschen. Mutter erinnerte mich an das Versprechen, das ich ihr zu Beginn meiner Schwimmkarriere gegeben hatte. Sie sagte, die Entscheidung sei schon gefallen, als sie mich aus der Schwimmhalle herausgebracht hatte. Als ob sie darauf gewartet hätte, dass so etwas passierte.

Sie akzeptierte keine Ausrede, keine Klage bewegte ihr Herz. Weinend kniete ich mich vor sie hin und fragte, ob sie sich so sehr für ihren epileptischen Sohn schämte. Ich versuchte, sie zu erpressen. Ich würde auch mit der Schule aufhören, wenn ich das Schwimmen beenden müsste. Ich trat so lange in einen Hungerstreik, bis ich zusammenbrach. Doch das half alles nichts. Meinem Trainer schickte sie einen Brief, in dem sie ihm ihre Entscheidung mitteilte. Als er deswegen vor unserer Haustür stand, schickte sie ihn weg. Sie blieb auch dann standhaft, als ihr geliebter Hae-jin versuchte, sie umzustimmen. Meine Mutter ließ sich durch nichts bewegen, ließ sich von nichts erweichen. Sie war eine eiserne Frau.

Ich ging sogar erstmals freiwillig zu meiner Tante. Ich fragte sie, ob Epilepsie ein chronisches Leiden sei, an dem ich sterben könne, wenn ich weiter schwimmen würde. Anders könne ich mir das Verbot nicht erklären. Die Tante hörte mir die ganze Zeit lächelnd zu. Sie glich einer Eiswand, die alles abrutschen ließ und zurückspiegelte. Warum hast du nur die Medikamente abgesetzt? Mehr hatte sie nicht zu sagen.

Es gibt Menschen, die man niemals lieben kann. Selbst wenn sie lächeln, möchte man ihnen am liebsten die lächelnden Lippen aus dem Gesicht reißen. Es kribbelte mir geradezu in den Fingern. Stattdessen kratzte ich mit den Zeigefingern meine Knie, dann legte ich schließlich meinen letzten Joker auf den Tisch: Ich gestand ihr den Grund für das Absetzen – unter der Bedingung, das Geheimnis meiner Mutter nicht zu verraten. Zum ersten Mal sprach ich ehrlich über mich. Über meinen Traum, warum ich unbedingt weiter schwimmen musste, über meinen Willen, dieser Behinderung nicht nachgeben zu wollen. Aus diesen Gründen bat ich meine Tante am Ende, meine Mutter zu überreden.

Am nächsten Morgen bestellte mich meine Mutter ins Wohnzimmer. Noch nie in meinem Leben, weder zuvor noch danach, war ich so nervös. Als ich mich ihr gegenüber hinsetzte, flatterten meine Lider, und meine Handflächen waren schweißnass. Sie betrachtete mich in diesem Zustand.

Dann sagte sie sanft, aber entschlossen: »Wenn du weiter schwimmst, kann es passieren, dass du im Wasser einen Anfall bekommst.«

Mir wurde schwindlig. Ich hätte gern gesagt, dass es nicht passieren würde, aber ich konnte meinen Mund einfach nicht öffnen.

»Wenn man einmal die Grenze überschritten hat, wird man es immer wieder tun. Weil man weiß, was möglich ist. Du wirst also immer wieder die Medikamente absetzen, da dein Körper dann besondere Kräfte entwickelt und du neue Rekorde aufstellen wirst.«

Als ich den Kopf hob und ihr in die Augen sah, las ich darin zwei Sachen: Sie wird es sich niemals anders überlegen, und meine Tante hatte ihr Versprechen nicht gehalten.

»Ich habe Angst. Ich habe so furchtbare Angst.« Sie schluchzte. »Dein Bruder und dein Vater sind im Meer ertrunken. Vor meinen Augen. In Ulsan dachte ich, dich auch auf diese Weise zu verlieren. Meinen Sohn, der mir als Letztes geblieben ist.« Ihre Augen füllten sich mit Tränen.

Ich biss die Zähne aufeinander. Ihre Angst konnte ich zwar nicht nachfühlen, aber verstehen. Ja, es konnte sein, dass sie Angst hatte. Aber warum musste ich das Opfer dieser Angst sein? Trotz der Nebenwirkungen nahm ich die Medikamente, also sollte sie mich trotz ihrer Angst auch begleiten, oder? Nur dann wäre es fair.

»Also, lass uns damit aufhören.«

Sie blieb hart und ließ meine Sportler-Registrierung löschen. Ich gab meine letzten Hoffnungen auf. Alles, was mit dem Schwimmen zu tun hatte, warf ich vor den Augen meiner Mutter lieblos in einen großen Pappkarton. Sämtliche Medaillen, die Sammelmappe mit Zeitungsartikeln, die

Fotoalben, meinen Trainingsanzug, den Schwimmanzug und sogar die Handtücher. Dann schleppte ich den Karton auf die Dachterrasse und verbrannte alles. Na? Zufrieden?, hätte ich sie am liebsten gefragt.

Ein normaler Gymnasiast zu werden, fiel mir nicht schwer. Natürlich machte ich keinen Ärger. Wenn ich schon nicht Klassenbester sein konnte, wollte ich zumindest ein braver Musterschüler sein. Das machte mir mein Leben leichter. Mein Plan war es, bis in alle Ewigkeit zu faulenzen und meiner Mutter auf der Tasche zu liegen. Es sollte meine Rache an ihr sein.

Im nächsten Frühjahr änderte ich ihn. Grund war ein Buch von einem Anwalt, das ich zufällig in Hae-jins Zimmer durchblätterte und das mich fesselte. Der Anwalt hatte einen Mandanten in den Zwanzigern, der völlig betrunken seinen Vater zerstückelt hatte, eine Frau, die ihren Ehemann umbrachte, weil sie es auf seine Versicherungssumme abgesehen hatte, einen Mann, der seine Ehefrau und sein Kind erwürgt hatte und sich selbst erhängen wollte, eine junge ledige Frau, die ihr Baby ermordet und in einer Toilette entsorgt hat.

Was mich beeindruckt hatte, waren nicht diese Einzelfälle, sondern das Vorgehen zur Vorbereitung für Gerichtsverhandlungen. Dem Autor zufolge gibt es zwei Strategien. Entweder wird für die Unschuld gekämpft, oder man gesteht seine Schuld ein und plädiert für eine angemessene Strafe. Das Letztere ist für Verteidiger schwieriger. Bei der Strafzumessung werden viele Komponenten berücksichtigt, wie das Alter, die Intelligenz oder das Umfeld des Angeklagten und in welchem Verhältnis er zum Opfer steht, welches Motiv er hatte, das Tatwerkzeug, das Ergebnis der Tat und die Umstände nach der Straftat. Schwierig wird die Abwägung des Strafmaßes, weil neben diesen Komponenten auch die Moral eine Rolle spielt. Es ist daher wichtig, sich ein Bild vom Leben der Person zu machen. Ich verstand es so, dass Moral bedeutet, ein Bild zu malen, das einen Sinn ergibt und die Verteidigungslinie stützt.

Seitdem las ich gezielt Bücher zu ähnlichen Themen. Vielleicht aus Auflehnung, da ich mich nicht genug gegen meine Mutter verteidigt hatte. Oder mir gefiel einfach die neue Sicht auf die Moral. Wie auch immer, für mich war es wichtig, nach dem Schwimmen eine neue Leidenschaft gefunden zu haben. Ich machte mich zu einem unsichtbaren Anwalt für all die Fälle, über die die Öffentlichkeit herzog. Dann dachte ich mir: Als Anwalt würde ich den Farbton für das Bild hier und da überarbeiten. Man darf nicht alles so darstellen, wie es war, wenn man ein Bild malen will.

Selbstverständlich durfte nicht jeder ein Bild malen. Wenn man mit Farbe und Pinsel in den Gerichtssaal gehen wollte, in dem über Sieg und Niederlage entschieden wurde, dann musste man zuerst Anwalt werden. Und dazu musste man Jura studieren. Um Jura zu studieren, musste man in der Schule gut sein. Ich hätte es nicht gewagt, wenn Hae-jin nicht gewesen wäre. Er half mir zwei Jahre lang beim Lernen für die Aufnahmeprüfung, bis ich einen Studienplatz an meiner Wunschuniversität bekam.

Seitdem sind sieben Jahre vergangen. Ich bin stolz auf mein Leben, dem ich treu geblieben bin. So wie in der Zeit, in der ich Schwimmer war, habe ich mein Bestes gegeben. Und heute, an dem Tag, an dem ich das glanzvolle Resultat meiner Anstrengungen habe, sitze ich vor einem Killer, den mir das Schicksal geschickt hat und der auf mich zielt. Zugegeben, ich habe den gleichen Fehler gemacht wie als Fünfzehnjähriger. Nur möchte ich als jemand, der sich selbst verteidigt, die Staatsanwaltschaft namens Schicksal fragen: Wenn man sechzehn Jahre lang ertragen musste, dass das Gehirn dröhnte, die Ohren klingelten und sich der gesamte Körper schlaff anfühlte, möchte man sich dann nicht ein paar Tage Urlaub gönnen? Wenn immer wieder das eigene Leben in Schutt und Asche gelegt wird, wer würde da nicht durchdrehen?

Mit voller Wucht werfe ich die Medikamentenschachtel in den Mülleimer. Ich muss den wahren Grund finden, warum mein Leben so zerstört wurde. Ich muss für mich ein

Bild malen, und zwar schnell. Unten wartet Hae-jin, und ich kann nicht einschätzen, wann meine Tante hier einmarschieren wird. Ich muss mich ungemein konzentrieren. So etwas kann aber keiner, dessen Gehirn dröhnt und in dessen Ohren es klingelt. Dafür müssen sowohl der Körper als auch der Geist im Urlaub sein. Selbst wenn es ein gefährlicher Urlaub ist.

Zuerst bringe ich das Zimmer in Ordnung. Den Kleinkram auf dem Schreibtisch räume ich ins Schubfach. Jacke und Weste kommen in den Schrank. Das Gejammer über mein Schicksal lege ich ebenfalls säuberlich zusammengefaltet hinein. Die Klamotten, die ich gestern getragen habe, die blutbeschmierte Bettwäsche und das Laken tue ich in die Badewanne. Die Matratze, auf der die Blutspuren eine Weltkarte gemalt haben, drehe ich erst mal nur um. Wenn möglich, werde ich alles wegschmeißen, verbrennen oder vergraben. Anderenfalls werde ich es mit Waschen versuchen.

Die Blutspuren im Zimmer, an der Tür und dem Türgriff wische ich mit dem Tuch des Dampfreinigers weg. Besen und Eimer spüle ich im Bad aus und nehme sie mit dem Müllbeutel mit auf die Dachterrasse. Links neben dem Wasserhahn steht eine Tonne mit Deckel. Mutter hat darin immer Wasser, wenn sie Kimchi macht. Dort werfe ich den Müllbeutel rein, die restlichen Sachen stelle ich neben den Wasserhahn. Zum Schluss spritze ich mit dem Schlauch die Blutspuren vom Terrassenboden, der Pergola, der Hollywoodschaukel und dem Gartentisch weg.

Als ich mit der Arbeit fertig bin, sehe ich, dass die Wintersonne am grauen Himmel ihr fahles Gesicht zeigt. Die Luft ist noch immer kühl, der Meereswind ist wie eine scharfe Klinge. Ich reibe meine kalten Hände und will gerade in mein Zimmer gehen, als mich der schrille Schrei meiner Mutter am Genick packt.

»Yu-jin!«

Ich erstarre. In meiner Erinnerung höre ich, wie ein Fluss plätschert. Ich schließe die Augen und sehe hinter den Lidern das gelbe Licht der Straßenlaterne und wie ich durch den Regen renne. Mutters Schrei hallt im Nebel und entfernt sich in der Dunkelheit. Laut flattert die Schutzplane einer Baustelle.

Als ich die Augen öffne, verschwinden die Bilder. Die Tür zur Terrasse lasse ich offen und gehe wieder ins Zimmer. Es wird eine Weile dauern, bis der Blutgeruch verschwunden ist. Auf meinem Handy kommt gerade eine Nachricht an. Es ist Hae-jin.

Komm bitte runter zum Essen.

Ich bin gereizt, wie immer, wenn ich bei meinen Gedanken gestört werde. Ich sehe nach der Uhr. 01:01 Uhr. Wenn ich nicht antworte, wird er raufkommen. Also antworte ich: *Bin schon unterwegs.*

Ich sehe mich kurz im Zimmer um. Bis auf die Tatsache, dass es stark nach Blut riecht und die Matratze nicht bezogen ist, sieht es nicht viel anders aus als sonst. Dann gehe ich ins Bad, wasche mir die Füße und stelle mich vor den Spiegel. Ich überprüfe, ob da noch Blutspritzer sind. Von meinem Vater habe ich die dicken vollen Haare und die runde Stirn geerbt, von meiner Mutter die Augen, die schwarzen Steinchen gleichen, und die Löffelohren. Das Ich im Spiegel ist dasjenige, wofür ich mich bisher gehalten habe. Aber es sieht seltsam, fremd und verwirrt aus.

Ich lasse das Wasser laufen und wasche mein Gesicht. Als könnte ich die fremden Züge wegwischen, schrubbe ich jede Ecke aufs Gründlichste, bis es schmerzt. Wieder wird mir bewusst, dass mein Leben nur noch ein Trümmerhaufen ist. Ich hole ein Handtuch aus dem Schrank, trockne mein Gesicht ab und werfe es zu Boden, um die Füße zu trocknen. Der raue Stoff bringt mich in die Realität zurück: Unten wartet Hae-jin.

»Was hast du denn gemacht? Du hast doch gesagt, du hast Hunger«, sagt Hae-jin, ohne sich zu mir umzudrehen. Er kostet gerade die Suppe vor ihm auf dem Herd. Auf dem Tisch sind ein paar Beilagen und gedämpfte Eier in einem

Steinguttopf, außerdem Besteck für eine Person. Ich setze mich, und er bringt mir Reis und Algen-Suppe.

»Und du?«, frage ich.

»Ich bin doch kein Vielfraß. Ich habe vorhin erst Ramen gegessen.« Als ich in die Schale blicke, sehe ich Algen und Rindfleisch ohne viel Flüssigkeit. So hat mir auch Mutter die Suppen serviert, salzarm, auf Empfehlung meiner Tante.

»Genieß es und sei gerührt, denn ich habe sie höchstpersönlich gekocht, auch wenn die Zutaten schon vorbereitet waren.« Mit einer Tasse Kaffee setzt er sich mir gegenüber. Er trägt ein weißes Hemd, einen dunkelblauen Kaschmirpullover, den Mutter ihm geschenkt hatte, und eine Jeans. Offenbar will er ausgehen. Ich nehme meine Stäbchen und stopfe mir Algen in den trockenen Mund. Es ist glitschig und heiß, aber nicht besonders würzig. Was hat er nur die ganze Zeit gemacht? Er hätte sie wenigstens richtig salzen können.

»Hast du inzwischen mit Mutter telefoniert?«, fragt Hae-jin.

Ich schüttle den Kopf. »Das Telefon ist aus. Sie ist wohl beim Gebet.«

»Meinst du? Vielleicht merkt sie nicht, dass es wieder aufgeladen werden muss.«

Ich nicke, als würde ich zustimmen.

»Wie sollen wir sie bloß erreichen? Hat sie überhaupt gesagt, wohin genau sie geht?«

»Ich kümmere mich in Ruhe darum, wenn ich aufgegessen habe.«

Hae-jin setzt zum Sprechen an, lässt es aber. Ich nehme noch eine Alge und kaue.

»Warum isst du nur die Algen ohne Reis? Du bist doch nicht krank.«

»Gehst du wieder aus?«

Auf meine Frage blickt er auf seinen Pullover und antwortet: »Ja, ich treffe einen Bekannten.«

»Wo?«

»In Gimpo. Er fliegt am Nachmittag nach Tokio. Ich muss ihm was bringen.«

»Na, dann los.« Ich hoffe, dass er meine Erleichterung nicht merkt.

»Ich habe noch etwas Zeit.«

Mit einem enttäuschten Seufzer nehme ich eine weitere Alge.

»Übrigens, du hast davon noch nicht gehört, oder?«, fährt Hae-jin fort.

»Was denn?«

»Heute ist in der Nähe ein Mord geschehen.«

Ich zucke zusammen und hebe den Kopf. Wie eine Schlange rutscht die Alge meinen Hals herunter. Dann schlucke ich, und mir kommen ein paar Tränen. Hat er gerade Mord gesagt? »Wo denn?«

»An der Fährstelle.«

»Beim Imbissstand am Damm?«

Er nickt. »Als ich vorhin nach Hause kam, habe ich Leute gesehen, die sich auf dem Damm versammelt und heruntergesehen haben. Überall auf der Straße war Polizei. Da habe ich mich auch hingestellt, du weißt ja, wie neugierig ich bin.«

Statt nachzufragen, was er gesehen hat, nehme ich ein bisschen Reis.

»An der Fährstelle war eine Polizeiabsperrung. Ein Ticketverkäufer hat heute früh auf dem Weg zur Arbeit gesehen, dass eine Leiche an einer Ankerkette hängen geblieben ist. Es soll sich um eine junge Frau handeln.«

Mir ist, als ob eiskalte Hände nach meinen Rippen greifen. »Nur weil eine Frauenleiche entdeckt wurde, heißt das ja nicht gleich Mord. Es kann auch ein Suizid oder ein Unfall sein«, erwidere ich in einem möglichst beiläufigen Tonfall und kaue den Reis weiter.

»Wenn es so wäre, würde die Polizei nicht in Truppenstärke im Einsatz sein. Der Tatbestand …« Hae-jin hält inne und lauscht in die Richtung seines Zimmers. Der Refrain eines bekannten Liedes ist zu hören, sein Telefon. Schwungvoll stellt er seine Kaffeetasse ab und rennt in sein Zimmer. Gerade will ich eine Alge nehmen, als ich höre, wie er sagt: »Ja, Tante. Ja, einen kleinen Moment.«

Er schließt die Tür, und ich kann nichts mehr hören. Der Appetit ist mir vergangen. Hae-jin telefoniert also hinter verschlossener Tür mit meiner Tante. Hat er so etwas schon mal getan? Ich kann mich nicht erinnern. Er gehört nicht zu den Leuten, die diskret telefonieren. Wenn jemand dabei ist und er ans Telefon muss, spricht er laut und für alle hörbar. Er denkt, das sei höflich. Normalerweise hätte er sich zu mir gesetzt und vor mir telefoniert. Wenn er hinter der Tür flüstert, heißt es, dass die Tante es so wollte. Nur was in aller Welt hat sie mit Hae-jin zu flüstern?

Ich lege die Stäbchen weg und rekapituliere das Gespräch mit meiner Tante von vorhin. Ob es Unstimmigkeiten gibt mit dem, was ich Hae-jin erzählt habe.

Zehn Minuten später kommt Hae-jin aus seinem Zimmer. Über seiner Schulter hängt seine Kameratasche, und in einer Hand hat er seinen Parka. Ich stehe vom Esstisch auf.

»Gehst du jetzt?«

Hae-jin dreht sich zu mir um. »Sorry, dass ich dich allein essen lassen muss.« Er macht ein Gesicht, als ob ihm das unendlich leidtun würde. Als würde er mir jeden Tag und zu jeder Mahlzeit beim Essen zusehen.

Ich stecke lässig meine Hände in die Taschen. »Was hat die Tante denn gesagt?«

»Was? Tante?« Ich merke, wie sich sein Gesichtsausdruck versteift und sein Blick zaudernd über meine Schulter streift.

»Du hast doch eben mit der Tante telefoniert, oder?«

»Nein, wie kommst du denn darauf?« Hae-jin dreht sich um und macht die Zwischentür auf. Der Hals, der über den Kragen seines weißen Hemds herausguckt, verfärbt sich rot. Genauso wie seine Ohren. »Es war eine Bekannte von damals, als ich *Nachhilfestunde* gedreht habe. Wir haben sie alle Tante genannt, sie hat für das Team gekocht.« Schon steht er auf der Fußmatte. Diese Tante hat er erfunden. Er fährt fort: »Das Telefonat hat etwas länger gedauert, wir haben über alles Mögliche gesprochen. Wir waren immerhin drei Monate zusammen auf der Insel. Ich hab mich echt gefreut, dass sie sich gemeldet hat.«

Wollte ich das so genau wissen? Ich lehne mich an den Türrahmen. Er dreht mir den Rücken zu und zieht sich seine Schuhe an. Als er sich wieder aufrichten will, hält er inne. Dann steht er auf und reicht mir etwas.

»Was ist das denn?« Automatisch strecke ich meine Hand aus und nehme es. Es ist ein Ohrring. Ein Ohrstecker mit einer erbsengroßen Perle. »Warum liegt denn so was hier rum?«, murmelt er und schaut auf meine Handfläche. Der Ohrstecker hat noch den Verschluss dran. »Der gehört doch nicht Mutter, oder?«

Nein, er ist nicht von Mutter. Sie hat kein Ohrloch und trägt kaum Ohrringe. Auch sonst mag sie keinen Schmuck. Das Einzige, was sie trägt, ist das Fußkettchen, ein Geschenk meines Vaters, das sie auch gestern Abend anhatte. Auch mir gehört der Ohrstecker natürlich nicht. Weil er zudem nicht an der Wohnungstür lag, sondern nahe der Fußmatte, ist es fast ausgeschlossen, dass er von draußen hineingerollt kam. Irgendwer muss ihn dort verloren haben. Egal, wer es war und wann das war, der Schmuck ist jedenfalls nichts Besonderes. Doch die glatte Oberfläche der Perle irritiert mich. Oder genauer, dass mein Tastsinn sie zu kennen scheint. Mein Puls wird schneller. Wann und wo habe ich so etwas schon einmal angefasst? Ich reibe mit dem Daumen an der Perle und schaue Hae-jin an. »Ich lege es Mutter ins Zimmer. Sie wird sich darum kümmern.«

Hae-jin nickt, dann verlässt er die Wohnung.

Ich gehe ihm hinterher und frage: »Wann kommst du zurück?«

»Hoffentlich bald.« Hae-jin geht zum Fahrstuhl. »Dann sollten wir mit alkoholfreiem Sekt anstoßen. Eine richtige Feier machen wir erst, wenn Mutter wieder da ist.«

Ich stehe in der halb offenen Wohnungstür. Der Fahrstuhl fährt gerade vom dreiundzwanzigsten Stock herunter. Es wird reichliche fünf Minuten dauern, bis er wieder oben ist. Diese fünf Minuten sind für Hae-jin wohl zu lang, um seinen Gesichtsausdruck zu wahren. Er rennt also schnurstracks zur Nottreppe, ohne mir etwas zu sagen. Kurz bevor er auf den Treppenabsatz tritt, hebt er seine Hand. Das kann bedeuten: Ich komme bald zurück, wir sehen uns später, geh doch rein, du musst nicht so dastehen, ich muss jetzt rennen, weil ich es furchtbar eilig habe.

Auf der zweiundzwanzigsten Etage beginnt Hello zu bellen. Ich öffne die Hand mit dem Ohrstecker. Als wäre ich Gemmologe, halte ich ihn zwischen zwei Fingern und studiere ihn intensiv. Er scheint nicht von einem Ohrläppchen gefallen zu sein, da der Verschluss noch dran ist. Vielmehr muss er aus jemandes Tasche oder Jackentasche gefallen sein. Doch dafür muss dieser Jemand bei uns zu Hause gewesen sein und Ohrschmuck tragen.

Zuerst fällt mir meine Tante ein. Ob sie Löcher in den Ohrläppchen hat, weiß ich nicht, aber ich kann mich an verschiedenen Ohrschmuck erinnern. Rote Edelsteine, die wie Tränen von den Ohren tropften, eine Krone, die am Ohrläppchen klebte, ein blau glänzender Stern – unter so vielen Edelsteinen kann auch eine Perle gewesen sein.

Hello hört auf zu bellen. Ich gehe hinein und schließe die Wohnungstür. Im Kopf vernehme ich ein komisches Geräusch: Etwas Kleines scheint auf den Boden gefallen zu sein und davonzurollen. Ich erinnere mich auch, wie ich meine Hände aus der Nachhilfestunde-Jacke nehme. Gestern Nacht, an dieser Stelle, als ich gerade die Turnschuhe ausziehen wollte. Ich kann mich auch erinnern, dass ich nicht nachsehen konnte, weil Mutter dicht hinter mir stand. Ich glaube aber, ich hatte da eine Ahnung, was es war.

Erneut sehe ich auf den Ohrstecker in meiner Hand. Wie eine unheilvolle Vorahnung spüre ich ein Stechen im Nacken. Kann es das gewesen sein? Die Standuhr zeigt vierzehn Uhr.

Ich stecke ihn in die Hosentasche. Es sind bestimmt meine Nerven, und ich bilde mir zu viel ein.

Ich gehe zur Veranda, um die Fenster wieder zu öffnen, die Hae-jin geschlossen hat. Noch immer riecht es in der ganzen Wohnung nach Chlorreiniger. Die Blutspuren und Handabdrücke, die mit bloßen Augen schwer zu erkennen sind, sind überall. Auf dem oberen Flur, den Treppen und an der Wand am Treppenabsatz, hier und da an den Wänden des Wohnzimmers, über dem Türrahmen von Mutters Zimmer, an den Beinen der Eckvitrine, am großen Familienfoto, von dem Mutter zu sagen pflegte, links Hae-jin, rechts Yu-jin und vorn die Standuhr. Ich sehe mir die sandkorngroßen Blutspritzer an der Uhr genau an. Ob Hae-jin sie übersehen hat? Er hat so gute Augen, dass er von seiner Zimmertür aus eine Fliege über der Eckvitrine erkennen kann.

Er hat sie wohl nicht entdeckt. Denn sonst hätte er mich gefragt, ob ich in der Wohnung ein Schwein geschlachtet hätte. Im Verbandskasten suche ich nach Wasserstoffperoxid. Die Halbliterflasche ist noch zu zwei Dritteln voll. Ich leere eine Flasche mit Raumspray und fülle dort das Wasserstoffperoxid ein. Wie mit Pestizid sprühe ich Mutters Tür ein. An jedem Blutspritzer schäumt etwas wie weißer Schimmel auf. Mit Toilettenpapier wische ich es weg und spüle alles im Klo runter. Auf die gleiche Art gehe ich sorgfältig beim Eckschrank, dem Tresen, den Treppen und dem oberen Flur vor.

Meine Matratze schleppe ich nach unten und tausche sie mit der von Mutter. Natürlich verschwindet damit das Blut nicht. Aber mir ist wichtig, dass alle ihre Spuren in ihrem Zimmer sind. Ich weiß nicht, ob es eine oder zwei Nächte werden, aber auf Mutters Blut könnte ich nicht ruhig schlafen. Zum Glück ist die Matratze ähnlich groß, und der Bezug passt auch.

Wo kann er hingegangen sein?

Ich höre plötzlich Mutters Stimme, als ich die Bettdecke zurechtrücke. Sie ist ruhig und kultiviert, als würde sie ein Buch vorlesen. Genau! Mutters Heft fällt mir ein, das ich am

Morgen bei ihr im Schubfach entdeckt habe. Der Satz muss daraus stammen. Dieselbe Frage habe auch ich mir gestellt. Wo bin ich gestern Nacht hingegangen? Was habe ich zweieinhalb Stunden lang gemacht?

Dabei hatte ich ihn kurz gesehen.

Was war der nächste Satz? War es »Mir ist kalt« oder »Ich habe Angst«? Oder »Es ist unheimlich«? Einer dieser drei Sätze muss es gewesen sein.

Als ich aus ihrem Zimmer komme, friere ich. Ich beeile mich, die offenen Fenster zu schließen. Zuletzt sehe ich mich prüfend im Wohnzimmer um, ob alles in Ordnung ist, und renne dann nach oben. Dort setze ich mich an den Schreibtisch und beginne, die erste Seite in dem Heft zu lesen. Meine Erinnerung ist weder richtig noch falsch. Es ist nicht einer der drei Sätze, es sind alle drei.

Es fröstelt mich, und ich habe Angst. Es ist unheimlich.

Dass ihr an einem regnerischen Winterabend kalt ist, kann ich gut verstehen, sie ist ja kein Eisbär. Doch »Angst« und »unheimlich« passen nicht zu einem Winterabend. Dass sie vor mir Angst hatte und mich, ihren Sohn, unheimlich fand, ist ebenfalls ausgeschlossen. Also hat sie jemand anderes als mich »kurz gesehen«.

»Heute ist in der Siedlung ein Mord geschehen. Es soll sich um eine junge Frau handeln.« Das hat Hae-jin gesagt.

War Mutter Zeugin des Mords an der jungen Frau geworden? Wo kann das gewesen sein? In der Nähe der Fährstelle, wo die Leiche entdeckt worden ist? Oder auf dem Damm? Irgendwo auf der Flusspromenade? Egal, wo es passierte, es ist nicht ausgeschlossen, dass eine Leiche an einer Ankerkette hängen bleibt. Der Dongjin-Fluss teilt Gundo in Ost und West. Die Schleuse des Damms an der Mündung des Flusses wird zwischen Mitternacht und ein Uhr geöffnet. Das Wasser, das den ganzen Tag zurückgestaut wurde, strömt dann ins Meer. Da sind riesige Kräfte am Werk. Wenn zu der Zeit die ermordete Frau in den Fluss geworfen wurde …

Hinter mir vernehme ich ein merkwürdiges Geräusch. Es

klingt, als ob ein Stock auf dem Fußboden kratzt oder eine leere Schaukel im Wind hin- und herschwingt. Ich stehe auf, gehe zur Glastür und ziehe die Jalousien auf. Mittlerweile ist es Nacht geworden, und an der Pergola brennt noch immer das Licht. Auf der Hollywoodschaukel sitzt Mutter. Als würde sie sich von der Gartenarbeit eine kurze Pause gönnen, hat sie ihre Hände über dem Bauch gefaltet, während sie den Kopf nach hinten über die Rückenlehne legt, um in den Himmel zu sehen. Jedes Mal, wenn der Meereswind die Schaukel anschiebt, flattert ihr weißes Nachthemd wie ein Schmetterling. Ihre herabhängenden nackten Füße streifen über den Boden. Unter dem Kinn klafft die Wunde, und es sieht aus, als wenn der knallrote Mund des Jokers breit grinst.

»Kannst du dich wirklich nicht erinnern?«, fragt Joker. Ich weiß, es ist nur eine Halluzination. Trotzdem antworte ich.

»An was denn?«

»Du hast es auch gesehen, nicht wahr?«

»Was denn? Wann? Und wo?«

Das Gespräch endet wie immer, wenn das imaginäre Gegenüber schweigt. Dafür kehren die merkwürdigen Bilder wieder zurück, die mir nach dem Aufwachen am frühen Morgen vor den Augen schwankten: die gelb leuchtenden Straßenlaternen, der dunkle Schatten vom wirbelnden Fluss unter meinen Füßen, der scharlachrote Regenschirm, die Sichtschutzplane, die im Wind flattert.

Es kribbelt mir im Nacken. Diese Phantombilder haben mit der Fährstelle oder dem Zebrastreifen auf dem Damm nichts zu tun. Die Laternen dort haben weiße LED-Lichter. Auf der Verkehrsinsel gibt es keine Bäume, und in der Nähe des Damms steht keine Baustelle mit einer Schutzplane. Auf der einen Seite des Damms liegt das Meer und auf der anderen die Straße mit Hochhäusern und Geschäftsgebäuden. Der einzige Ort, wo Wasser zu meinen Füßen fließen kann, ist die Flusspromenade. Ich habe keine Ahnung, an welcher Stelle genau, aber ich glaube, es macht wenig Sinn, es rauszubekommen. Ich war bestimmt vor meinem Anfall dort gewesen und erinnerte mich lediglich daran, als ich aufwachte. Ähnliches hatte ich bereits erlebt.

Trotzdem habe ich kein gutes Gefühl. Vielmehr glaube ich, in den Eingang zur Hölle gespäht zu haben. Etwas Unheilvolles braut sich zusammen. Team Weiß hämmert auf mich ein, wie ein Specht: Bist du sicher? Denkst du, dass dir zusammenhanglose Bilder einfach so nach dem Aufwachen einfallen? Kann es vielleicht sein, dass irgendwo etwas »Fröstelndes, Beängstigendes und Unheimliches« begraben ist? Habe ich letzte Nacht vielleicht nicht doch irgendetwas gesehen? Auf einmal erinnere ich mich an das Lied, das ein Mann im Dunkeln sang.

Die unvergessliche Frau steht im Regen.

Ich kann nicht aufhören, an sie zu denken …

Meine Verwirrung wird immer größer. Statt einer Antwort türmen sich viele neue Fragen auf, wie ein Schrotthaufen. Ich schließe die Jalousien und lasse mich auf einen Stuhl fallen. In dem Moment bohrt sich etwas Scharfes in meine rechte Leiste. Ich greife in meine Hosentasche und hole den Gegenstand heraus, den ich kurz vergessen hatte. Der Perlenohrstecker. Ich lege ihn auf den Schreibtisch, nehme mein Handy und tippe Stichwörter ein.

Gundo Damm Frauenleiche

Ich klicke auf den ersten Link.

Frauenleiche in Gundo am Damm aufgefunden

Gegen 08:00 Uhr heute früh wurde an der Fährstelle am Damm in Gundo eine Frauenleiche entdeckt. Nach Angaben der Polizei hat ein Mitarbeiter am Ticketschalter gemeldet, dass sich eine Leiche an der Ankerkette verfangen hat. Bei der Frau handelt es sich um die 28-jährige B., eine Bewohnerin des Apartments A in Gundo-Ost. Aufgrund der Schnittverletzung mit einem scharfen Gegenstand geht die Polizei von einem Mordfall aus. Die Polizei hat das Nationale Forensikzentrum mit der Autopsie beauftragt und ermittelt im Umfeld der Getöteten.

Die anderen Artikel unterscheiden sich nicht sehr. Als ob alle von der Pressemitteilung der Polizei abgeschrieben hätten, sind nicht nur die Worte, sondern auch der Satzbau ähnlich. Vier Informationen lassen sich herausfiltern: die Identität der Toten, die Adresse, die schwammig beschriebene Verletzung und der Fundort. Unwillkürlich fällt mir die Pfannkuchenbude Yongi ein. Vielleicht hat der Besitzer mehr Informationen.

Einige Meter vom Yongi entfernt führt eine Wendeltreppe zu einem kleinen Imbissstand an der Fährstelle. Er ist klein, aber rege besucht, denn die Ruderfähre, die zwischen dem Damm und dem Marine-Park pendelt, ist bei Touristen so beliebt, dass die Schlange an Feiertagen manchmal bis zum Damm reicht. Die Pfannkuchenbude liegt also ideal: Von dort kann man beobachten, wer an der Fährstelle, auf dem Radweg und in Gundo-Ost unterwegs ist. Daher ist Mr Yongi, wie ich ihn manchmal nenne, wertvoller als die Überwachungskamera an der Ampel. Und so wird er heute wohl eine wahnsinnige Popularität genossen haben und von der Polizei und allerlei Neugierigen geradezu umschwärmt worden sein.

Aus dem Kleiderschrank hole ich eine Jogginghose und die blaue Thermojacke, und um das Outfit zu vervollständigen, lege ich mir ein Handtuch um den Hals. Handy, Schlüsselkarte, etwas Kleingeld und den Ohrstecker packe ich in die Jackentaschen. Die Uhr auf dem Tisch zeigt 18:07 Uhr.

Wenn alles gut geht, bin ich wieder zurück, bevor Haejin da ist. Ehe ich den Ohrstecker auf Mutters Schreibtisch zurücklege, muss ich herausfinden, ob es einen Zusammenhang gibt zwischen diesem Kullergeräusch in meinen Ohren, dem Ohrstecker und dem, was Mutter offenbar letzte Nacht gesehen hat. Es gibt keine Garantie, dass mir der Yongi-Typ gibt, was ich will, aber er ist die Person, an die ich im Moment die größte Erwartung habe.

Ich ziehe meine weißen Laufschuhe an und steige in den Fahrstuhl. Es gibt drei Zugänge in die Siedlung. Der Haupteingang führt direkt ins Zentrum, wo noch viel gebaut wird. Der Hintereingang ist der nächstgelegene zu unserer Wohnung im Haus 206. Außerdem gibt es einen Seiteneingang am Fußweg zwischen dem Hintereingang und Haus 208. Durch diesen Eingang kommt man direkt zur Nebenstraße hinter der Gundo-Grundschule. Wie gestern Nacht schlage ich erst dort ein höheres Tempo an.

Von dem Seiteneingang bis zur Kreuzung mit der Flusspromenade sind es ungefähr fünfhundert Meter. Von dort bis zum Zebrastreifen auf dem Damm an der Mündung des Dongjin-Flusses weitere anderthalb Kilometer und vom Zebrastreifen bis zum Eingang des Marine-Parks fünf Kilometer. Von der Brücke, die den Park mit dem Festland verbindet, bis zum Milchstraßen-Aussichtspunkt ist es ein weiterer Kilometer. Die gesamte Strecke ist gut zum Joggen geeignet. Zwischen dem Damm und dem Aussichtspunkt gibt es sogar einen Radweg. Viele Bewohner nutzen diese Strecke morgens und abends. Auch ich gehöre dazu.

Seit wir hier eingezogen sind, laufe ich. Wie beim Schwimmen muss man seine ganze Kraft aufbieten, um ans Ziel zu kommen. Es ist auch nicht langweilig, da ich dabei abwechselnd am Fluss und am Meer vorbeikomme. Am besten gefällt mir, dass mein Herz dabei schlägt wie das eines wütenden Löwen, denn im Alltag geschieht dies kaum. Es gibt selten Sachen, auf die ich mich freuen kann, die mich nervös machen oder vor Freude fast platzen lassen.

Allerdings laufe ich zu unregelmäßigen Zeiten. Mal früh am Morgen, mal am frühen Vormittag und manchmal auch am späten Nachmittag. Hin und wieder auch in der Nacht. Das Schöne am Sport in der Nacht ist, dass niemand unterwegs ist. Keiner stört, keiner bringt mich vom Kurs ab, und wenn ich stolpere, muss es mir nicht peinlich sein. Heute bin ich zum ersten Mal gleich nach Sonnenuntergang draußen.

Viele Streifenwagen sind unterwegs, wahrscheinlich wegen des Mordfalls. Ich sehe sogar Taxen aus anderen Orten. Die Menschen laufen zu zweit oder in kleinen Grüppchen, wahrscheinlich, um nicht allein gehen zu müssen, viele mit einer Yongi-Tüte in der Hand.

In der Nähe der Dongjin-Brücke begegne ich dem dritten Pfannkuchen-Grüppchen. Zwei Frauen und ein Mann. Nachdem sie an mir vorbeigegangen sind, leuchtet ein helles Licht über meine Schulter. Ich blicke nach hinten und sehe, dass mir ein Polizeiwagen in Schrittgeschwindigkeit folgt. Anscheinend wollen sie mich ansprechen. Sie werden wissen wollen, wo ich wohne oder wohin ich unterwegs bin, oder auch, warum ich abends jogge oder so.

Für die Typen im Streifenwagen wische ich mir mit dem Handtuch demonstrativ über mein schweißfreies Gesicht. Ich gebe mir Mühe, wie ein Profiläufer auszusehen, und bewege mich entsprechend. Doch beim Zebrastreifen auf dem Damm macht der Streifenwagen das Blaulicht an, biegt nach links ab und entfernt sich in Richtung Marine-Park.

Während ich darauf warte, dass die Ampel auf Grün schaltet, schaue ich auf die andere Straßenseite. Vermutlich werde ich die Fährstelle nicht sehen können, der Nebel ist noch dichter als gestern. Am Eingang zur Anlegestelle stehen zwei Polizeiwagen. Die Pfannkuchenbude ist zwar noch geöffnet, hat aber keine Kundschaft. Das kommt mir entgegen. Bei Grün gehe ich sofort über die Straße.

»Hallo, junger Mann«, höre ich die Stimme des Yongi-Typs, sobald ich die andere Straßenseite erreiche. Ich zögere kurz, als ob ich direkt zum Aussichtspunkt rennen wollte. »Komm mal her, ich habe dir was zu erzählen.« Dabei wedelt er mit den Armen. Scheinbar widerwillig gehe ich zu ihm. »Bist du am Joggen?« Ich nicke und sehe auf die heiße Platte für die Pfannkuchen und den großen Stapel daneben. Wie vermutet, hat er heute wohl richtig viel Umsatz gemacht. »Junger Mann, du bist doch in den letzten Tagen immer nachts unterwegs gewesen, oder?« Dabei reicht er mir mit seiner Wendezange einen Pfannkuchen.

Ich nehme ihn. »Nein.«

»Nein? Aber ich habe dich in letzter Zeit kaum nachmittags gesehen.«

»Ich war oft am frühen Morgen unterwegs.«

»Ach so.« Er nickt ziemlich lange. »Warst du gestern auch am frühen Morgen unterwegs?«

»Nein, gestern bin ich nicht gejoggt.«

»Ach so.« Wortlos warte ich, bis er wieder das Wort ergreift. »Willst du heute auch bis zum Aussichtspunkt laufen?« Dabei reibt er seine Hände an seiner Hose, die fettig glänzt, und nimmt eine Papiertüte. Ich mustere seelenruhig seine nachtschwarze Steppjacke, die ähnlich glänzt wie die Hose, dann seine Ohrenschützer und den Kleiderbügel, der an einem Balken hängt. In dem mit einem Reißverschluss verschlossenen Kleidersack hängen ein grauer Mantel und eine Schiebermütze. Unter dem Mantel muss ein Anzug mit einem sauberen Hemd und einer Krawatte sein. Unter dem Kleiderbügel stehen ein großer Reisekoffer und daneben ein Schuhkarton.

So sah ich ihn oft in den 23:30-Uhr-Bus nach Ansan steigen: Mütze, grauer Mantel, Anzug und blitzblanke Schuhe, den Koffer hinter sich herziehend. Er sah dann nicht aus wie ein Pfannkuchenverkäufer, sondern wie ein Angestellter mittleren Alters, der nach einer langen Dienstreise nach Hause fuhr. Auch morgens um neun habe ich ihn oft gesehen, wenn er im gleichen Outfit aus dem Bus stieg. Er öffnet dann seine Bude, zieht sich die fettglänzende Arbeitskleidung an, holt aus dem Koffer einen Plastikbehälter mit dem Teig und andere Zutaten und legt los. Er ist der neugierigste Pfannkuchenverkäufer, den man sich vorstellen kann – immer bemüht, den neusten Klatsch herauszubekommen.

»Ich würde da heute nicht hingehen.« Weil ich nicht reagiere, fährt er fort: »Ich weiß nicht, ob du die Nachrichten gehört hast, aber heute früh ist eine Leiche an der Fährstelle entdeckt worden.«

»Was hat das mit dem Aussichtspunkt zu tun?«

»Sieh dich mal um, überall ist Polizei unterwegs. Auch direkt neben uns stehen zwei Streifenwagen. Die Autos patrouillieren im Abstand von zehn Minuten. Aber diese Dummköpfe haben noch immer keinen Anhaltspunkt. Darunter leiden nicht nur die Bewohner, auch ich habe heute kaum Umsatz gemacht. Polizisten kommen, auch einige in Zivil, und alle fragen das Gleiche. Wann haben Sie gestern den Stand geschlossen? Haben Sie jemanden gesehen, der sich verdächtig verhalten hat? Kennen Sie jemanden, der hier oft nachts unterwegs ist?«

Ich senke meinen Blick und kann mich gerade noch beherrschen, um nicht zu fragen, was er auf die letzte Frage geantwortet hat. Ich beiße in den Pfannkuchen.

»Wenn ich sage, es gibt niemanden außer meinen Stammkunden, die hier nachts vorbeikommen, dann fragen sie mich über jeden einzelnen Kunden aus.«

Ich verschlucke mich am heißen Zucker, und mir kommen die Tränen, so sehr brennt es in der Speiseröhre. Der Yongi-Typ reicht mir schnell einen Becher mit kaltem Wasser. »Nicht so hastig, sonst verbrennst du dir noch den Hals! Es heißt, davon kann man Speiseröhrenkrebs bekommen.« Ich schütte den Becher Wasser hinunter und blinzle die Tränen weg. »Macht dreitausend Won.« Er reicht mir die Tüte mit den übrigen neun Pfannkuchen. »Zur Feier des Tages, da wir uns lange nicht gesehen haben, bekommst du einen Sonderrabatt.«

Ich glaube, ich muss die Tüte widerspruchslos annehmen, wenn ich weitere Informationen aus ihm rausholen will. Also packe ich sie und gebe ihm einen Fünftausend-Won-Schein.

»Junger Mann, du bist doch manchmal nachts zum Joggen hier unterwegs.« Er faltet den Schein auseinander und steckt ihn in die Kasse. »Wenn die Polizei davon wüsste, würde sie dich ziemlich löchern. Ich habe natürlich nichts erzählt. Ich kann ja nicht alles über meine Kundschaft wissen. Soviel ich weiß, wohnst du im Moon Torch. Aber das ist schon alles.«

Ist er etwa ein Hellseher? Moon Torch liegt nicht in der Nähe. Er kann unmöglich von seiner Bude aus sehen, wo ich hingehe. Ich habe auch nie erzählt, dass ich im Moon Torch wohne. Den Rest des Pfannkuchens stecke ich mir auf einmal in den Mund und kaue ihn mühsam.

»Kannst du dich an die junge Dame erinnern, die du

letztens von hier nach Hause begleitet hast? Mitten in einer regnerischen Nacht saß sie mit einer schwarzen Sonnenbrille da. Mit ihren unendlich langen Haaren sah sie aus wie ein Wassergeist.« Dabei zeigt er auf den weißen Plastikhocker in einer Ecke der Bude. »Du erinnerst dich doch, oder?«

Ja, ich erinnere mich. Und ich ahne, wie er meinen Wohnort herausgefunden hat. »Gestern ist sie wieder allein aus dem Bus gestiegen. Es kann nicht so ganz spät gewesen sein. So etwa gegen neun. Sie kam hier herein und setzte sich mit übereinandergeschlagenen Beinen auf den Hocker, als ob er ihr gehören würde. Dann fragte sie, ob du nicht kommst. Ich sagte, dass ich dich nicht gesehen habe, und sie wirkte enttäuscht. Ich dachte, sie interessiert sich für dich, und so habe ich sie gefragt, ob sie letztes Mal gut heimgekommen ist. Da erzählte sie, dass sie im e-Purun wohnt und du auf der anderen Straßenseite. Da gegenüber ist nur das Moon Torch, oder?«

Plötzlich fällt mir ein scharlachroter Regenschirm ein. Ich erinnere mich auch an die Frau, der ich gestern Nacht vor den Zebrastreifen begegnet bin. Ob der Schirm der Frau scharlachrot gewesen ist? Der Yongi-Typ erzählt weiter über den Wassergeist von gestern. »Sie saß bestimmt noch fast eine Stunde hier rum, weil sie nicht alleine nach Hause gehen wollte. Erst kurz vor zehn kam ein Mann, der sie begleitete. Mensch, sie hat bis dahin keinen einzigen Pfannkuchen gegessen. Sie sagte, sie hat eine Weizenmehlallergie oder so ähnlich. Wenn sie schon so lange hier sitzen darf, könnte sie doch aus Höflichkeit wenigstens eine Tüte kaufen. Denkst du nicht? Auch wenn sie die auf dem Heimweg an streunende Katzen verfüttert.«

»Ist sie denn die Ermordete?«, frage ich, nachdem ich den Pfannkuchen hinuntergeschluckt habe. Ich wünsche mir fast, dass er die Frage bejaht. Dann wäre ich fein raus, denn sie ist gestern mit einem anderen Mann mitgegangen.

Der Yongi-Typ holt zweitausend Won Wechselgeld aus der Kasse und klopft damit auf seinen Handrücken. »Nein, wie kommst du denn darauf?«

»Stimmt das denn etwa nicht?«, frage ich matt.

»Vorhin kamen Zivilfahnder und zeigten mir ein Foto der Toten. Sie haben mich gefragt, ob ich mich an sie erinnern kann und ob sie schon mal hier gegessen hat. Ich hätte mir mit meinen fünfzig Jahren fast in die Hose gemacht, als ich das Foto sah.« Er hält dann kurz inne und legt das Wechselgeld zurück in die Kasse. Es sollte wohl bedeuten: »Wenn du erfahren möchtest, warum ich mir fast in die Hose gemacht hätte, musst du für den Pfannkuchen, den der Wassergeist nicht gegessen hat, etwas bezahlen.« Zustimmend zwinkere ich. »Die Frau kam ab und zu her. Sie war keine Stammkundin, aber ich habe sie auf dem Foto gleich wiedererkannt. Sie trug ihren Ohrschmuck sonderbarerweise oben am Ohr und das auch nur auf einer Seite. Ich fragte sie nach dem Grund, da ich nun mal sehr neugierig bin. Die Frau antwortete, dass sie den Ohrstecker von ihrer verstorbenen Mutter geerbt habe und der zweite verloren gegangen war. Damit es wie ein Piercing aussieht, trägt sie ihn an der oberen Ohrmuschel. Als ich das den Polizisten erzählte, wurden ihre Augen so groß wie Pfannkuchen, und einer fragte, wie der Ohrring aussah.«

Unbewusst wandert meine Hand in die Jackentasche. Die Nadel des Ohrsteckers berührt meine Fingerspitze. Ich zucke, als ob ich mich gestochen hätte.

»Aber da gibt es nicht viel zu erklären. Es ist ein schlichter Ohrstecker mit nur einer Perle.« In dem Augenblick wird mir schwindlig. Die Stimme des Yongi-Typs entfernt sich und kommt zurück. »Na, so was, die Schmeißfliegen sind wieder da.« Er blickt über meine Schulter. Ich drehe mich um. Ein schwarzer Wagen hält vor dem Verkaufsstand.

Zwei Männer steigen aus und kommen mit schnellen Schritten herein. Einer ist in den Dreißigern, er hat kurze Haare und weit auseinanderstehende Augen wie eine Ziege, der andere trägt einen schwarzen Mantel, ich schätze ihn auf Mitte vierzig. Beide sehen sie mich an. Mir ist klar, dass es Kommissare sind. Das sagt mir mein Instinkt.

»Ich habe für heute geschlossen«, sagt der Yongi-Typ.

Der Kerl mit den Ziegenaugen schaut auf seine Uhr und sagt: »Es ist noch nicht mal acht.«

»Der Teig ist aber schon alle.« Demonstrativ wirft der Yongi-Typ seine Wendezangen in die Frischhaltebox.

»Sind Sie ein Stammkunde?«, fragt mich das Ziegenauge.

Der Yongi-Typ antwortet für mich: »Ach, er ist ein Student aus der Gegend.«

Das Beste, was ich jetzt tun kann, ist, mich aus dem Staub zu machen. Noch bevor mich das Ziegenauge richtig ausfragen kann, verlasse ich eilig die Pfannkuchenbude. Bis zum Zebrastreifen sind es nur ein paar Schritte, aber ich stolpere mehrmals und stürze fast, da mir die Worte des Yongi-Typs im Nacken sitzen: ein Ohrstecker mit nur einer Perle.

Unauffällig sehe ich mich am Zebrastreifen um. Mr Yongi redet gerade mit den Männern, wild gestikulierend und grimassierend. Ich ziehe den Ohrstecker aus der Tasche. Er hat nur eine Perle. Schnell schließe ich meine Faust wieder. Nein, nein ... Wie ein Verrückter schüttle ich meinen Kopf. Nein, das kann nicht sein. Team Blau mischt sich ein: Mach dir keine Sorgen. Es ist Zufall. Einfach ein Zufall. Fast jede Frau hat doch so einen blöden Perlenohrstecker.

Aus Richtung der Haltestelle strahlt helles Scheinwerferlicht. Ich drehe mich um und sehe einen roten Bus halten. Die Scheibenwischer sind eingeschaltet, obwohl kein einziger Regentropfen fällt. Zwei Menschen sind ausgestiegen, eine Frau und ein Mann. Die Frau hat einen scharlachroten Regenschirm aufgespannt und läuft zum Zebrastreifen. Der Mann folgt ihr im Abstand von ein paar Schritten, die Hände in den Manteltaschen und die Schultern eingezogen. Seine unsicheren Schritte lassen vermuten, dass er betrunken ist.

Niemand sitzt mehr im Bus, aber er fährt nicht weiter. Ich gehe über den Zebrastreifen. Hinter mir beginnt lauter Gesang.

Die unvergessliche Frau steht im Regen.
Ich kann nicht aufhören, an sie zu denken ...

Der Gute muss etliche Flaschen Soju getrunken haben, um so zu singen. Nach einer Weile habe ich ein komisches Gefühl. Der Gesang ist hinter mir, aber die Schritte sind nicht mehr zu hören. Also drehe ich mich um. Niemand da. Weder der Bus noch die Frau noch der Mann. Nur das Lied klingt aus dem Nebel.

In einem gelben Regenmantel

Die schwarzen Augen kann ich nicht vergessen …

Als ich zur Pfannkuchenbude blicke, stehen das Ziegenauge und der schwarze Mantel immer noch dort, mit dem Rücken zu mir. Sie scheinen das Lied nicht zu hören. Ich renne auf die andere Straßenseite. Vor meinen Augen dreht sich alles. Wie Fledermäuse tauchen im dichten Nebel mehrere Dutzend scharlachrote Regenschirme auf. Das Lied verfolgt mich, bis ich nach Hause komme. Ich glaube, ich werde langsam wirklich wahnsinnig.

Als ich in der Wohnung ankomme, erreicht mich eine Nachricht von Hae-jin.

Im Zug nach Mokpo. Muss fürs Fotoshooting für eine Hochzeit einspringen. Frühestens morgen Abend zu Hause. Mutter erreicht? Ihr Handy ist immer noch aus. Wenn ja, schreib bitte Nachricht. Iss ordentlich. Tut mir leid, dich an einem so schönen Tag allein zu lassen.

Auf der Stelle antworte ich.

Lass dir Zeit. Viel Erfolg bei der Arbeit.

Denn auch ich habe einen Haufen Arbeit zu erledigen. Ob du es glaubst oder nicht.

Dann trotte ich die Stufen nach oben. Nichts ergibt Sinn, und ich kann mich an nichts erinnern, aber eines wird langsam klar: Die Situationen, die mir zusammenhangslos erschienen, und die Anhaltspunkte, die ich übersehen habe, das alles fügt sich nun zu einer Tatsache zusammen. Jetzt bin ich an dem Punkt angekommen, den ich »vor der Tür« nenne. Was ich jetzt brauche, ist der Schlüssel zu dieser Tür, hinter der die zweieinhalb Stunden zwischen Mitternacht und 02:30 Uhr liegen, die aus meinem Gedächtnis gelöscht sind.

Zuerst ziehe ich die Jacke aus und hänge sie über den Stuhl. Dann setze ich mich an den Schreibtisch. Die Tüte mit den Pfannkuchen und den Ohrstecker, den ich bis jetzt fest umkrallt hatte, lege ich auf den Schreibtisch. Zum hundertsten Mal rufe ich mir die Worte des Yongi-Typs ins Gedächtnis: Es ist ein Ohrstecker mit nur einer Perle. Und ich denke an einen Satz aus dem Zeitungsartikel, der mich ursprünglich zu Yongi geführt hatte.

Aufgrund der Schnittverletzung mit einem scharfen Gegenstand geht die Polizei von einem Mordfall aus.

Ich nehme das Rasiermesser aus dem Schubfach. Als ich es öffne, höre ich Mutters zitternde Stimme.

»Du …«

»Yu-jin, du …«

»Einer wie du sollte nicht auf der Welt sein.«

Ich habe keine Ahnung, was ich jetzt machen soll. Mit was soll ich anfangen? Ich habe unendliche Angst davor, etwas tun zu müssen. Denn je mehr ich tue, desto mehr Fesseln werden mir angelegt. Ganz gleich, was ich mache, ich werde in den Eingang zur Hölle stolpern, in den ich geblickt habe, bevor ich vorhin aus dem Haus gegangen bin. Wäre es also besser, nichts zu tun?

Ich fühle mich plötzlich schwach. Müdigkeit überkommt mich so schlagartig wie ein auffliegender Schwarm Tauben im Park. Ich möchte nur noch ins Bett fallen und einfach schlafen. Wenn auch nur für eine Weile, bevor dieses wüste Durcheinander zur Katastrophe wird.

Ich schließe die Augen, presse meine Hände auf die Stirn und seufze laut auf. Es gibt Dinge, die kann man nicht ändern. Zum Beispiel, dass man zur Welt kam, als wessen Kind man geboren wurde und was bereits geschehen ist. Trotzdem möchte ich mein Schicksal in die eigene Hand nehmen. Egal, was für ein Ende diese verdammte Situation auch nehmen wird, ich möchte über mein Leben selbst entscheiden dürfen.

Dafür muss ich aber diese zweieinhalb Stunden, die im Verborgenen liegen, mit allen Mitteln aus mir herausziehen.

Das Rasiermesser lege ich neben den Ohrstecker. Dann hole ich die restlichen Sachen aus dem Schubfach. Den MP3-Player, die Ohrhörer, den Schlüssel für die Dachterrasse, den Autoschlüssel … Alles nehme ich nacheinander in die Hand und sehe es mir an, dann schlage ich Mutters Heft auf. Ich habe keine andere Wahl, als damit anzufangen.

Zuerst blättere ich alles von der ersten bis zur letzten Seite schnell durch. Es sind mehr Seiten, als ich dachte. Zwischendrin sind blaue Registerblätter mit Jahreszahlen eingeheftet. Die Reihenfolge ist umgekehrt chronologisch von 2016 bis 2000. Die Texte sind in Monate unterteilt, ebenfalls in umgekehrter Reihenfolge, von Dezember bis Januar. Die Tage folgen chronologisch, so kommen beispielsweise nach dem Eintrag für den 6. Dezember zwei Leerzeilen und danach der 7. Dezember. Es gibt Monate mit fast täglichen Notizen, solche mit nur ein paar Niederschriften und andere ohne einen einzigen Eintrag. Die Einträge unterscheiden sich im Umfang sehr. Manchmal ist es nur eine Zeile, dann mehrere Seiten. Deshalb hat sie wohl ein Ringbuch mit Einlagen gewählt. Es ist praktisch, und man findet jedes gewünschte Datum ganz einfach.

Der erste Eintrag stammt vom 30. April 2000. Der erste Satz vor sechzehn Jahren lautete:

Yu-jin schläft tief und friedlich.

Dann blättere ich nach vorn und schaue mir die jüngsten Einträge aus dem Dezember 2016 an. Es sind nur drei, vom 6., 7. und 9., und alle sind ebenfalls über mich. Wenn das die Regel ist, kann man diese Notizen mit Fug und Recht ein Überwachungsprotokoll über mich nennen. Es widert mich an, noch bevor ich es lese. Was soll das? Wollte sie meiner Tante lückenlos über jeden meiner Schritte berichten? Hatte sie sonst einen Grund, dies alles schriftlich festzuhalten?

Ich lese den Eintrag von Dezember 2016.

Dienstag, 6. Dezember
Yu-jins Zimmer war leer. Er hat wieder angefangen, über die Dachterrasse aus der Wohnung zu gehen. Das letzte Mal tat er das vor einem Monat.

Mittwoch, 7. Dezember
Nun schon zwei Tage hintereinander. Ich wartete, aber er ist mir entwischt.

Freitag, 9. Dezember
Wo kann er hingegangen sein? Bis fast zwei Uhr morgens habe ich die ganze Siedlung abgesucht. Nicht die geringste Spur. Dabei hatte ich ihn kurz gesehen. Mich fröstelt, und ich habe Angst. Es ist unheimlich. Jetzt

Hello bellt. Der Junge ist zurück.

Oberflächlich kann ich daraus drei Sachen ableiten. Mutter hat mich beschattet. Ich bin ihr irgendwo begegnet. Etwas, was sie frösteln ließ, ängstlich machte und sie unheimlich fand, ist zwischen 00:30 Uhr und 02:00 Uhr geschehen. Doch zwischen den Sätzen lauern Abgründe, und ich kann sie nicht ausloten. Zumindest nicht sofort.

Ich blättere weiter zum November.

Montag, 14. November
Er ist über die Dachterrasse rausgegangen. Weil in den letzten Monaten Ruhe herrschte, war ich überrumpelt. Wenn ich gleich rausgegangen wäre, als Hello anfing zu bellen, hätte ich ihn noch erwischt.

Ich habe mir dann erlaubt, die Tablettenschachtel aus seinem Schubfach zu holen. Für genau elf Tage würden sie noch reichen. Ob die Tatsache, dass die korrekte Anzahl Tabletten übrig ist, bedeutet, dass er sie regelmäßig nimmt?

Ich blättere in meinem Kalender in den November zurück. Die Tage vom 11. bis 15. habe ich mit kleinen Punkten markiert. Das bedeutet, in dieser Phase habe ich vor der mündlichen Prüfung zum zweiten Mal seit August die Medikamente abgesetzt. Statt sie zu schlucken, habe ich sie ins Klo geworfen. Das ist die sicherste Methode, um nicht durcheinanderzukommen und nicht von Mutter erwischt zu werden. Aber weil ich über die Dachterrasse rausgegangen bin, verdächtigte sie mich, die Medikamente nicht genommen zu haben. Mutter hat also den Zusammenhang erkannt. Ich denke scharf über ähnliche Fälle nach, aber ich kann mich nicht erinnern.

Dienstag, 15. November
Ich habe das Gefühl, dass ich mit dem Wind Versteck spiele. Als Hello bellte, stürzte ich sofort raus, und trotzdem konnte ich Yujin nicht sehen. Der Pförtner am Hintereingang sagte, er habe in den letzten dreißig Minuten niemanden vorbeigehen sehen. Am Haupteingang war es genauso. Auch durch den Seiteneingang vor der Gundo-Grundschule bin ich gegangen, und dort bin ich nicht ihm, sondern Hae-jin begegnet, der nach Arbeitsschluss heimkam.

Ihre Beschattung war also keine einmalige Sache, ganz im Gegenteil. Aber warum? Auch wenn ich berücksichtige, dass sie über mein Leben herrscht, ist es nicht normal. Normale Mütter beschatten ihre Söhne nicht, nur weil sie in der Nacht mal rausgehen. Der Pförtner am Hintereingang kannte vielleicht diese seltsame Eigenschaft meiner Mutter. Möglicherweise munkeln auch die Bewohner der anderen Appartements, dass die Witwe von Wohnung 2505 aus Haus 206 auf der Suche nach ihrem Sohn jede Nacht herumirrt. An jenem Tag tat sie es aber nicht, da sie Hae-jin begegnete.

Ich bin mir nicht sicher, ob es am gleichen Tag war, aber auch ich bin zu dieser Zeit Hae-jin begegnet. Es war auf der Flusspromenade in der Nähe der Dongjin-Brücke. Ich rannte in Richtung Damm und hörte im Nebel vor mir ein Telefon klingeln. Kurz darauf war eine Stimme zu hören.

»Ja, ich bin auf dem Weg nach Hause.«

Diese Stimme kann ich aus hundert Stimmen heraushören, es war Hae-jin. Ich rang kurz mit mir, ob ich ihn grüßen sollte. Wenn ja, würde er sicher fragen, wo ich um diese Zeit denn hinginge. Und wenn ich antworten würde, dass ich joggen ging, hätte Mutter erfahren, dass ich über die Dachterrasse rausgegangen war. Damit hätte ich ihr einen weiteren Grund gegeben, an mir herumzumeckern.

»Nein, das macht mir nichts aus.« Jetzt kam seine Stimme aus etwa zehn Metern Entfernung. Gleichzeitig näherte sich ein dunkler Schatten aus dem Nebel. Schnell versteckte ich mich in der schmalen Lücke zwischen der Straßenlaterne und dem Geländer. Die Laterne strahlte nur in Richtung Straße, und der Nebel half mir zusätzlich.

»Ja, ich bin morgen um vierzehn Uhr in Sangam-dong.«

Ich stand da und blickte zum Fluss, während ich Hae-jins Stimme hinter mir vorbeigehen hörte. Meine Blase meldete sich. Der Leitungsmast ist es, der die Hunde ihre Beine heben lässt, und fließendes Wasser sorgt bei Männern nun mal für Druck. Während also der Fluss zur Schleuse strömte, fing ich an, mein Geschäft zu verrichten. Gleichzeitig spürte ich, dass Hae-jin plötzlich stoppte. Es war dunkel, ich stand mit dem Rücken zu ihm, hatte den Mundschutz vor dem Gesicht und den Kopf mit der Kapuze nach unten gebeugt, sodass es für ihn unmöglich war, mein Gesicht zu sehen. Nur die Aufschrift *Nachhilfestunde* auf dem Rücken der Jacke machte mir Sorgen.

Der Mensch unterscheidet sich vom Tier dadurch, dass er sich selbst von außen sehen kann. Ich beobachtete mich also gleichsam, derweil ich meine Ohren in Richtung von Hae-jin spitzte: ein junger Mann, der im Schatten einer Laterne pinkelt und den Kopf einzieht, damit man ihn nicht erkennt. Dieser Anblick missfiel mir. Ich war doch kein Verbrecher auf der Flucht. Warum also dieses unangenehme Gefühl? Selbst mein Pinkelstrahl tropfte armselig daher. Ich war so gereizt, dass ich Hae-jin am liebsten angeschrien hätte, er solle doch einfach abhauen.

Endlich ging er. Als seine Schritte nur noch entfernt zu hören waren, ging auch ich meiner Wege.

Was wäre gewesen, wenn ich ihn damals gegrüßt hätte? Hätte Mutter dann ihre sinnlose Beschattung eingestellt? Und was genau ist es, das Mutter Sorgen macht? Oder besser gesagt, warum macht sie sich überhaupt Sorgen?

Auf der nächsten Seite ist nicht Oktober, sondern schon August. Sie hat also zwei Monate übersprungen.

Dienstag, 30. August
Hae-jin und Yu-jin sind von der Insel Imjado zurück, einen Tag früher als geplant und kurz vor Mitternacht. Yu-jin schwitzte bei den Außentemperaturen in einer Goretex-Jacke wie in einer Sauna. Schon beim Anblick der Jacke wurde einem warm. An der Hand hatte er eine Schürfwunde, und unter den schweißnassen Haaren schimmerte ein blauer Fleck auf der Stirn.

Er hat doch unmöglich schon wieder die Medikamente abgesetzt oder sogar einen Anfall gehabt. Oder doch?

Das Wort »doch« ist offenbar eine Rückzugsklausel für den Fall der Fälle, dass sie sich täuschte. Als wir an dem Tag in die Wohnung kamen und sie auf meine Stirn blickte, wusste ich sofort, dass sie alles gemerkt hat. Sie hat zwar gefragt, wo ich mir den blauen Fleck geholt hatte, aber sie wollte sich nur vergewissern.

Doch diese Genugtuung wollte ich ihr nicht geben. »Ich bin an den Türrahmen gestoßen, als ich ins Boot gestiegen bin.«

Mit ausdruckslosen Augen sah sie mich an und stellte die zweite Frage. »Warum hast du an diesem heißen Tag die dicke Jacke an?«

Stimmt, warum hatte ich sie eigentlich angezogen? Sofort sprang Team Weiß ein: um die Wunden und blauen Flecken an den Ellbogen zu verdecken, die du dir beim Anfall zugezogen hast. »Hae-jin hat sie mir geschenkt. Es gehört sich doch so, dass man sie dann gleich anzieht, wenn man so was geschenkt bekommen hat.«

Hae-jin saß auf dem Sofa und zog seine Socken mit übertriebener Hingabe aus, um keine Ohren für unser Gespräch zu haben. Er muss meine Lüge als unangenehm empfunden haben, und auch, dass sich die Erinnerung an seinen ersten Film plötzlich in ein Geschenk an mich verwandelte. Zudem verbreitete Mutters Verhör eine frostige Stimmung.

Mutter stellte mir dann keine Fragen mehr. Wahrscheinlich hat sie Hae-jin ausgehorcht, nachdem ich auf mein Zimmer gegangen war. Stimmt es, was Yu-jin gesagt hat? Hae-jin hat sicher alles bestätigt, auch wenn Mutter mehrmals nachbohrte und obwohl sich sein Gesichtsausdruck immer mehr in »Nein« verwandelte. Dennoch blieb in Mutters Kopf dieses »Oder doch?« bestimmt haften: Vor zehn Jahren hat er mit dem willkürlichen Absetzen der Medikamente sein Leben auf den Kopf gestellt. Er kann es nicht wieder getan haben. Oder doch?

Gestern hat sie mich vielleicht auch deswegen angegriffen. Sie konnte wohl nicht mehr ertragen, dass ich über die Dachterrasse rausgehe. Aber möglicherweise ist noch etwas anderes im Spiel. Wenn dem so ist, dann ist Mutters gestriges Ausrasten verständlich. Trotzdem ist es mir unbegreiflich, warum sie es bis jetzt geduldet hat und mich erst gestern zur Rede stellte. Sie hat einen Kontrollfimmel. Es passt nicht zu ihr, dass sie mich vier Monate lang nur beobachtete.

Mittwoch, 31. August
Es war gegen 22 Uhr. Als ich mich gerade ins Bett legen wollte, hörte ich von oben einen dumpfen Schlag. Ich fand es seltsam. Nicht weil ich es nicht einordnen konnte, sondern weil ich dieses Geräusch kannte. Es hörte sich an, als ob eine schwere Stahltür durch den Wind zugeschlagen wird. In dieser Wohnung gibt es nur eine Tür, die so ein Geräusch macht.

Und genau das macht mir Sorgen. Warum ist er über die Dachterrasse raus, und woher hat er den Schlüssel? Ich habe ihm nie einen gegeben!

Mutter hatte recht. Die Stahltür passt millimetergenau in den Türrahmen, sodass es unmöglich ist, sie sanft zu schließen. Um sie geräuschlos zuzumachen, muss man mit beiden Händen sehr geschickt hantieren. Und das gelang mir nicht immer. In der Notiz vom 31. tippe ich mit dem Zeigefinger auf die Leerzeile zwischen »macht« und »Und genau das«. Es ist eine große Lücke. Ich fülle sie, so wie es Hae-jin aus Spaß immer macht, mit »wenn ich … wäre« aus. Wenn ich Mutter wäre … würde ich sofort auf die Dachterrasse gehen, sobald ich den Schlag gehört hätte.

Die schlampig konstruierte Stahltür machte schon seit dem Einzug Probleme. So kam es vor, dass der Schnapper nicht einhakte oder die Tür einfach von allein aufging. Doch bevor die von meiner Mutter geforderte Reparatur erfolgen konnte, ging die Baufirma pleite. Der Hausmeister machte dann einen Haken dran, das war alles. Das ist etwa so, als wenn man einen Beinbruch mit einem Pflaster behandelt. Beim letzten Taifun schlug die Tür gleich mehrmals am Tag mit einem lauten Knall auf. Der Haken wurde einfach abgerissen. Schließlich bezahlte Mutter aus eigener Tasche die Reparatur, die Tür wurde ausgetauscht und neben dem Türschloss zusätzlich eine Türkette befestigt. Der Handwerker versicherte meiner Mutter, dass sie nie von allein aufgehen würde, es sei denn, die ganze Dachterrasse würde wegfliegen.

Mutter wollte bestimmt sehen, ob das nur Gerede gewesen war. Als sie die Dachterrasse betrat, sah sie sicher das Licht an der Pergola brennen und bemerkte, dass die Tür verschlossen, die Türkette aber herausgezogen war. Vielleicht begann Hello zu bellen. Jedes Mal, wenn ich über die Nottreppe gehe, kläfft er.

Ob Mutter die Stahltür öffnete, um nach draußen zu sehen? Ob sie meine Schritte auf der Nottreppe hörte? Obwohl der Hund so laut war? Bestimmt aber hat sie gesehen, dass die Glastür einen Spalt offen war, und konnte sich dann im Zimmer von meiner Abwesenheit überzeugen. Ob sie damals auch die Tabletten gezählt hat? Auch damals müsste die korrekte Anzahl übrig gewesen sein. Ob sie rausgegangen war, um nach mir zu suchen? Hatte sie auch beim Pförtner am Hintereingang nachgefragt, ob jemand vorbeigekommen war? War sie auch an diesem Tag Hae-jin in der Nähe begegnet? Warum fragte sie mich nicht selbst, was damals passiert war? Es sind doch keine schweren Fragen:

Warum bist du über die Dachterrasse rausgegangen?

Woher hast du den Schlüssel?

Warum sie mich so streng beobachtet hatte, ohne mir ein einziges Wort zu sagen, beschäftigt mich sehr. Warum hat sie das gemacht? Was ich getan hatte, war doch nicht schlimm.

Ich hatte gute Gründe, mir den Schlüssel zur Dachterrasse nachmachen zu lassen. Doch musste Mutter deswegen durch die kalten, dunklen Straßen irren? Soweit ich mich erinnern kann, habe ich den Schlüssel zum ersten Mal am 31. August benutzt. Einen Tag, nachdem ich mit Hae-jin von der Insel Imjado zurückkam. Auch an diesem Tag hatte ich keine Medikamente genommen. Dafür, dass ich nach zehn Jahren die Fußfesseln abgelegt hatte, hatte ich einen gewaltigen Anfall in aller Öffentlichkeit. Im Gegenzug wollte ich nur einen Tag, einen weiteren Tag diesen wunderbaren Zustand erleben.

Diesen einen wertvollen Tag habe ich in meinem Zimmer verbracht. Ich hatte lange Sachen an, um die Verletzungen an Knien und Ellbogen zu verdecken, und die Klimaanlage lief wie in einer Eishalle. So lag ich den ganzen Tag im Bett. Hae-jin war schon am frühen Morgen nach Sangam-dong gefahren, sodass ich mit niemandem reden konnte. Genauer gesagt, mit niemandem reden wollte, denn schließlich war ja noch Mutter da.

Schon am Morgen kam sie auf die Dachterrasse und schlenderte den ganzen Tag in meinem Blickfeld herum. Sie hockte am Blumenbeet und tat so, als würde sie das kaum vorhandene Unkraut jäten, oder sie werkelte endlos an den Chilischoten und warf dabei immer wieder einen Blick in mein Zimmer. Wenn ich die Jalousien zuzog, klopfte sie schon nach ein paar Minuten ans Fenster. Einen Grund dafür hatte sie immer. Drinnen sei es stickig. Ich würde mich erkälten, wenn die Klimaanlage so lange an sei. Die Sonne würde so schön scheinen. Ob ich draußen eine Tasse Tee trinken wolle.

Ich hatte keine Lust auf Tee. Tee trinkt man, wenn man krank ist. Ich hatte nicht einmal Lust, sie zu fragen, warum sie mich nicht in Ruhe lassen konnte. Genauso wie sie mich, durchschaute ich sie. »Willst du Tee trinken« bedeutet »Erzähl mal, was auf Imjado passiert ist«. »Die Sonne scheint so schön« war ihr Vorschlag, über »Ehrlichkeit«, meinen moralischen Schwachpunkt, zu diskutieren.

Gegen Sonnenuntergang hätte ich die Wände hochgehen können. Plötzlich erkannte ich eine Wahrheit, über die ich nie nachgedacht hatte, weil sie so selbstverständlich war. Egal wer, ob Kind oder Erwachsener, jeder Mensch braucht ein Ziel oder eine Aufgabe. Ich hatte weder das eine noch das andere. Ich wusste nicht, was ich den ganzen Tag lang machen sollte, wenn ich nicht zum Training ging und es nichts zu Lernen gab. Ich hatte keinen Menschen, den ich treffen, keinen Film, den ich sehen, und auch nichts, was ich sonst tun wollte. Alkohol durfte ich nicht trinken, und bis 21:00 Uhr musste ich zu Hause sein, sodass es noch nicht einmal für einen One-Night-Stand reichte. Und deshalb konnte ich nur verzweifeln, wenn Mutter mich manchmal fragte, ob ich denn keine Freundin hätte. Obwohl sie alles zu wissen schien, war ihr eine Selbstverständlichkeit wohl unbekannt: Von nichts kommt nichts.

Abends um zehn stand ich auf. Ich konnte nicht mehr länger ruhig sitzen. Ich zog Hae-jins Nachhilfestunde-Jacke an und holte aus dem Lüftungsschacht in der Badezimmerdecke die Sportschuhe, die ich für solche Fälle dort versteckt hatte. Dann verließ ich die Wohnung durch die Stahltür. Auch den Schlüssel hatte ich mir vorsorglich nachmachen lassen. Schon als ich noch brav meine Medikamente nahm, träumte ich von einer Tür, durch die ich jederzeit gehen konnte. Eine Tür, die mich in den Nächten in die Welt ließ, wenn ich das Gefühl hatte, verrückt zu werden. An jenem Abend ließ ich aus Ungeschicktheit die Stahltür zuknallen. Oder es lag daran, dass ich es kaum erwarten konnte, rauszukommen. Wenn ich leise verschwunden wäre, hätte ich nicht Mutters Jagdinstinkt geweckt.

Nachdem ich durch die Stahltür gegangen war, rannte ich, ohne mich umzudrehen, die Nottreppe hinunter. Weil ich das Gefühl hatte, dass Mutter gleich meinen Namen rufen würde, zuckten meine Füße und juckte mein Nacken. Dieses verdammte Gefühl verschwand erst, nachdem ich auf dem Damm den Zebrastreifen überquert hatte. Erst dort konnte ich innehalten und durchatmen. Ich lehnte mich über das Geländer und sah zum Meer hinunter. Nichts war zu erkennen. Keine Wellen, keine Möwen, kein Marine-Park, nicht der Milchstraßen-Aussichtspunkt, mein Wendepunkt beim Laufen, kein Horizont. Nur der Suchscheinwerfer am Aussichtspunkt strahlte sein verlockend helles Licht aus, als wollte er sagen »Komm her und spiel mit mir«.

Die Pfannkuchenbude war schon geschlossen. Ich fragte mich, was los war, denn es war noch nicht elf Uhr.

Sie schloss eigentlich nur, wenn Mr Yongi schlecht drauf war: wenn er sich nicht gut fühlte, er schlechte Laune hatte oder etwas mit dem Teig nicht stimmte. Wenn er die Vorahnung hatte, dass ihm dieser Tag Unglück bringen würde. Wenn es stürmte und er sich einsam fühlte. Wenn es regnete und ihm zum Heulen zumute war. Wenn Vollmond war und er einfach keine Menschen mehr sehen konnte. Und wenn das Wetter ganz allgemein schlecht war und seine Welt auch.

Diesmal war es wohl der letzte Grund. Es war heiß, schwüler Nebel drückte, und am dunklen Himmel zogen sich graue Wolken zusammen. Doch wenn ich den Rappel hatte, ließ ich mich nicht vom Wetter abhalten. Also stürmte ich bis zum

Aussichtspunkt und dann zurück zur Pfannkuchenbude. Den Zebrastreifen überquerte ich wie im Flug und machte auf der anderen Seite auf der Promenade an der Mündung des Flusses einen Stopp. Dort hörte ich von vorn das Lachen und die Stimme eines Menschen, der in dichten Nebel gehüllt war.

»Nein, das meine ich doch nicht.«

Es klang dumpf, war aber eindeutig eine Frauenstimme. Da keine andere Stimme zu hören war, ging ich davon aus, dass sie telefonierte. Um von der Frau, die nachts allein unterwegs war, nicht missverstanden zu werden, musste ich sie entweder überholen oder auf der anderen Straßenseite in Richtung Park gehen.

»Bist du taub? Du begreifst einfach nicht, was ich meine.«

Mir fiel eine andere Frau ein, der ich an einem Morgen Mitte Mai auf dem Heimweg vom Morgenlauf begegnet war. Es war wohl gegen acht. Ich ging gerade über den Zebrastreifen vor der Gundo-Grundschule. Da musste ich plötzlich kurz innehalten, denn der Kopfschmerz, der mich die ganze Nacht gequält hatte, überfiel mich wieder. Er kam nicht schleichend, sondern wie ein Überfall. Schlagartig wurde mein Blickfeld trüb, und ich konnte keinen Schritt mehr tun. Fast wäre ich, meinen schmerzenden Kopf in den Händen, zu Boden gefallen, hätte es nicht plötzlich neben mir gehupt. Ein weißes Auto raste vorbei, und hinter der halb heruntergelassenen Scheibe brüllte eine Frau mit heiserer Stimme: »Idiot, bist du taub?«

Die Straße verlief vor der Schule und war verkehrsberuhigt. Doch auch sonst gehörte es sich, dass ein Fahrer wartete, wenn jemand schwankend über den Zebrastreifen lief, statt ihn zu beleidigen und dann abzuhauen. Ich war sauer und hätte mir gern die Autonummer gemerkt, aber ich konnte nicht mal erkennen, was für ein Auto es war. Morgennebel und Kopfschmerzen waren zu stark, das Auto bog schon links ab in Richtung Flussmündung und verschwand aus meinem Blick. Langsam beruhigte ich mich. Meine größte Schwäche ist, dass ich einfach blind werde, wenn ich wütend bin. Meine größte Stärke ist jedoch, dass ich etwas aufgebe, wenn ich einsehe, dass es nichts bringt. Also gab ich es auf, mich mit dieser unhöflichen Fahrerin zu befassen.

Ich war mir sicher, dass es sich bei der telefonierenden Frau um die Fahrerin von damals handelte. Es war dieselbe Stimme, die mich am Zebrastreifen beleidigt hatte. Ohne groß zu überlegen, ging ich ihr mit großen Schritten nach. Bald konnte ich einen Schatten ausmachen, der sich im Nebel langsam bewegte. Als ich näher kam, erkannte ich lange, wehende Haare. Ab da verlangsamte ich mein Tempo. Ich schwöre, dass ich keine anderen Absichten hatte, als zu sehen, wo sie wohnte. Also folgte ich ihr fast fünf Minuten, und sie schnatterte die ganze Zeit.

»Vor der Buchhandlung in Gwanghwamun ist mir einfach der Motor ausgegangen. Also hab ich einen Abschleppwagen zur Werkstatt bestellt und den Bus genommen. Von dort kann ich doch nicht mit dem Taxi bis hierher fahren. Angst? Um Mitternacht ist der Abend doch noch jung, und der Mond scheint auch sehr hell.«

Nach der Dongjin-Brücke stoppte die Frau gleichzeitig ihre Schritte und das Geschnatter. Erst da schien sie den Unterschied zwischen einer Nacht in Seoul und einer Nacht in Gundo erkannt zu haben. Die Straße war dunkel und still. Es waren weder Menschen noch Autos unterwegs. Aus dem trüben Meeresnebel waren nur die Töne der schlaflosen Möwen zu hören. Hastig drehte sie sich um und sah in meine Richtung. Sie fühlte sich wohl unsicher.

Ich wartete hinter der Laterne und betrachtete sie, wie sie unter dem gelben Licht stand. Was meinen Blick fesselte, war nicht ihr Gesicht. Es waren ihre Finger, die ihr Handy festkrallten, genauer, der Goldring am kleinen Finger. Ob es das Licht des Mondes war oder das der Laternen, weiß ich nicht mehr. Jedenfalls glitzerte der Ring im Nebel ähnlich geheimnisvoll wie ein Stern, der eine Galaxie durchquert. Und so fragte etwas in mir: Was ist die einfachste Methode, diesen Goldring von ihrem Finger zu nehmen?

Ohne zu zögern, gab ich die Antwort: Man schneidet den Finger ab.

»Nein, nichts Besonderes. Ich dachte, ich habe hinter mir etwas gehört«, sagte die Frau. Sie drehte sich wieder um und begann, schneller zu gehen. Ich passte mein Tempo ihren Schritten an. Wir waren vielleicht zehn Meter gegangen, als sie wieder anhielt und sich umdrehte. Endlich fiel der Satz. »Hör mal, ich rufe wieder an, wenn ich zu Hause bin.«

Auch ich stoppte und musste feixen. Das hätte sie schon lange sagen sollen.

Sie nahm das Handy in die andere Hand und ging mit kleinen schnellen Schritten weiter. Ich konnte ihrem Gang die innere Spannung deutlich anmerken. Der weibliche Instinkt hatte ihr wohl zugeflüstert: Meinst du nicht, dass hinter dir jemand ist? Vielleicht hörte sie aber auch das Flüstern aus meinem Kopf: Kannst du mich spüren?

Auch ich wurde schneller und schnappte nach Luft. Die Muskeln in meinen Oberschenkeln spannten sich, mein Zahnfleisch juckte, als würde ich neue Zähne bekommen, und ich hatte Gänsehaut. Es war eine seltsame Reaktion, die mit Aufgeregtheit oder Anspannung nicht vollständig zu beschreiben war. Es war eher wie das bestimmte Gefühl, das Hae-jin irgendwann einmal versucht hatte, mir zu erklären.

Es war im Frühling oder Frühsommer vor vier Jahren. Hae-jin war mit einer jungen Frau ausgegangen, die er schon lange im Geheimen angebetet hatte, und er übernachtete bei ihr. Es war noch nie vorgekommen, dass Hae-jin abends nicht heimkam, ohne vorher Bescheid gesagt zu haben, und somit eine der wenigen Gelegenheiten, an denen Mutter mit ihm geschimpft hatte. Während sie ihm eine Predigt hielt, beobachtete ich vom Küchentisch aus genau Hae-jins Gesichtsausdruck. Er wiederholte zwar, dass es ihm leidtat, aber sein Geist schien woanders. In seinen braunen Pupillen glitzerte es, und er schwebte in einem eigenen Universum. Meine Neugierde wurde immer größer. Welche Frau hatte ihm dieses Universum eröffnet?

Kaum war Mutter weg, fragte ich ihn. »Na, war es so toll?«

Hae-jin wurde rot wie das Innere einer Wassermelone und antwortete ausweichend, als sei ich Mutter. »Ich kann mich nicht genau erinnern. Wir waren beide ziemlich beschwipst.«

Er wollte es für sich behalten. Aber ich hatte keine Lust, mich bei diesem wichtigen Thema abwimmeln zu lassen. »Du wirst dich doch erinnern können, wie du dich gefühlt hast.«

»Das ist so …« Nachdem er eine Weile gezögert hatte, wurde er nun plötzlich blumig und meinte, wenn ihn mit achtundneunzig Jahren kurz vor seinem Tod Gott hole und ihn frage, welchen Moment seines Lebens er noch einmal erleben möchte, dann den Augenblick von gestern Nacht, in dem die Welt sanft zu verschwinden schien.

Wie es sich wohl anfühlte, wenn die Welt so sanft verschwand? Ich war noch nie so richtig verliebt gewesen, hatte aber zwei Mal mit einer Frau geschlafen. Beide Male war es himmelweit von dem entfernt gewesen, was er erzählte. Die Erste war erfahren und zog sogar ihre Wäsche selbst aus. Trotz ihrer kleinen, festen Brüste, wie ich sie besonders gern habe, verspürte ich keine Leidenschaft. Mein Puls schlug sogar langsamer als sonst. Auch im Moment der Ejakulation spürte ich keine Ekstase. Beim zweiten Mal war es nicht besser. Selbst das Küssen langweilte mich, sodass ich nur mit meiner Zungenspitze ihre Zähne umfuhr.

Ich fühle mich auch nicht zu Männern hingezogen. Und schon gar nicht zu Hello aus der zweiundzwanzigsten Etage. Hae-jins Blick ins Universum war für mich eine fremde Welt. Ich fürchtete, ich würde sie bis zum Ende meines Lebens nicht kennenlernen. Aber in der Nacht, als ich der Frau Schritt für Schritt folgte, fand ich endlich den Schlüssel. Ich erkannte, zu was ich mich hingezogen fühlte: Ich fühlte mich zu Ängstlichen hingezogen.

Der Mond verschwand in dunklen Wolken, und der Nebel verdichtete sich. Wenn die Frau sich umdrehte, stoppte ich, wenn sie weiterging, folgte ich ihr in einem Abstand, den sie bemerken konnte. Je näher ich ihr kam, desto mehr ihrer

Geräusche konnte ich wahrnehmen, und das entflammte meine fünf Sinne. In der Tasche an ihrem Rücken klapperten Münzen oder Schlüssel, ihre Absätze klackerten immer schneller und unregelmäßiger. Ihre nackten Oberschenkel rieben bei jedem Schritt aneinander, ihre langen Haare wehten im Wind, und ihr Atem war rau. Zuletzt hatte ich sogar das Gefühl, ich könne das Pumpen ihres Blutes vernehmen.

In der Zwischenzeit überlegte ich mir, wie ich an den Goldring herankäme: Ich könnte die wehenden Haare mit einer Hand packen, während ich mit der anderen ihren Mund zupresste. Sie über die Straße zum Fluss schleppen. Bevor ich sie in den Fluss werfe, ihr mit meinen Zähnen in einem Zug den Ring abreißen. So, wie unsere Vorfahren vor langer Zeit in Höhlen rohes Fleisch rissen.

In der Nähe der Kreuzung begann die Frau zu spurten. Sie keuchte wie ein Ventilator. Da sie hohe Absätze trug und sich immer wieder umdrehte, knickten ihre Fußgelenke mehrmals ein. Dafür, dass sie so großspurig war, war sie ein ziemlicher Angsthase. Für ihre Hasenherzigkeit wiederum recht aggressiv. Am Zebrastreifen angekommen, drehte sie sich plötzlich um und fauchte: »Wer bist du?«

Ich antwortete nicht. Warum zum Teufel fauchte sie mich an? Ich hatte sie weder angesprochen noch angemacht. Ich ging lediglich meiner Wege, sonst nichts.

Ausgerechnet in diesem Augenblick fing ihr Handy an zu klingeln. Sie schüttelte ihre Hand mit einem schrillen Schrei, als hätte der Klingelton sie geschlagen. Das Telefon landete mitten auf der Straße, und sie rannte kreischend hinterher. Gleichzeitig machte ein Auto, das gerade um die Ecke der Gundo-Grundschule kam, eine Vollbremsung. Im Nebel verflochten sich die verschiedenen Geräusche ineinander: die quietschenden Autoreifen, der Schrei der Frau, der sich mit einem Echo entfernte, und das Klingeln des Handys auf der Straße.

Schließlich entfernten sich das Auto und auch die Frau, und Stille kehrte ein. Ich ging zum Zebrastreifen und stand für eine Weile mit hängenden Armen an der Ampel. Meine Lust war weg, dafür überkam mich ein Heißhunger. Ich war erschöpft, und mein Kopf fühlte sich dumpf an. Was hatte ich gemacht? Warum hatte ich plötzlich Hunger? Was fehlte mir?

Ich hob das Handy auf. Im zerschmetterten Display stand der Name des Anrufers: Mimi.

Dann schmiss ich das Telefon in den Fluss, und seitdem bin ich dieser Frau nie wieder begegnet. Möglicherweise ging sie nachts nicht mehr aus. Im Gegensatz dazu hatte ich die neue Angewohnheit, in der Nacht auszugehen. Das eine Mal, um herauszufinden, ob das Gefühl, das diese Frau mir gegeben hatte, real war oder Einbildung. Dann, um mich dessen zu vergewissern. Oder aber weil meine Oberschenkel zuckten wie die eines brünstigen Hengstes.

So kam ich zu dem Schluss, dass ich definitiv auf Frauen stand. Sie sind doppelt sensibilisiert dafür, was hinter ihrem Rücken passiert, und auch doppelt so ängstlich wie Männer. Ich liebte den Nervenkitzel meines Spiels und die Furcht des Opfers.

Wenn ich nach dem Aussichtspunkt zum Zebrastreifen auf dem Damm komme, ist die Wahrscheinlichkeit, dass jemand aus dem letzten Bus aussteigt, fifty-fifty. Die Wahrscheinlichkeit, dass es eine Frau ist, beträgt wiederum fünfzig Prozent. Mein Spiel mit ihr beginnt dann nach dem Zebrastreifen auf dem Damm, und zwar genau nach meinen Regeln. Doch um ein Kribbeln zu spüren, brauche ich jedes Mal ein neues Requisit für meine Stimmung und Fantasien. Beispielsweise jaulender Heavy Metal, oder ein Mundschutz und Handschuhe aus Latex.

Natürlich war ich nicht täglich aus. Nur wenn ich in der Phase einen Rappel bekam, in der ich die Medikamente abgesetzt hatte. Wenn ich dann einer Frau begegnete, konnte ich die Medikamente anschließend wieder nehmen. Dann hatte ich auch für einige Zeit keine Lust rauszugehen – bis zum nächsten Rappel.

Dagegen verlängerte sich die Rappelphase, wenn ich keiner begegnete. Seit August hatte ich insgesamt sechs Mal den Rappel, und Mutter wusste davon. Drei Mal davon begegnete ich einer Frau. Die erste war die unhöfliche Fahrerin am 31. August. Die zweite war am 15. November. Vor der dritten bin ich weggelaufen. Diese Frau stieg gestern aus dem Bus und ging zum Zebrastreifen. Plötzlich platzt eine Frage in mein Bewusstsein: Ist sie wirklich allein aus dem Bus gestiegen?

Mir fällt wieder ein, wie ich heute früh beim Erwachen den scharlachroten Regenschirm auf der Straße rollen sah. Dann kommen mir Bilder in den Sinn, die ich auf dem Heimweg von der Pfannkuchenbude vor Augen hatte: Die Frau spannt den scharlachroten Schirm auf, sobald sie aus dem Bus kommt. Ein Mann torkelt hinter ihr her. Sein Gesang schallt über die Straße.

Die unvergessliche Frau steht im Regen.

Ich kann nicht aufhören, an sie zu denken …

Eine zweite Frage folgt: Stand ich gestern wirklich am Zebrastreifen?

Ich habe das Gefühl, dass eisige Kälte an meinen Beinen hochkriecht. Nein, ich war nicht am Zebrastreifen, sondern hinter der Pfannkuchenbude. Ich stand auch nicht, sondern saß auf dem Geländer am Damm. Dort wartete ich auf die Ankunft des letzten Busses und sah zum Meer. Diese Situation passt auch zeitlich. Der Yongi-Typ schließt um 23:20 Uhr und nimmt den Bus um 23:30 Uhr. Über den Aussichtspunkt erreiche ich seine Bude gegen 23:50 Uhr. Der letzte Bus kommt gegen Mitternacht an. So war es immer, wenn ich über die Dachterrasse rausging. So muss es auch gestern gewesen sein.

Und die dritte Frage: Bin ich wirklich vor der Frau weggelaufen? Oder hatte ich tatsächlich Anzeichen eines Anfalls gespürt? Wenn ich es mir so überlege, habe ich nicht immer nach dem Absetzen der Medikamente einen Anfall gehabt. Nur zweimal war das so. Einmal als Fünfzehnjähriger und einmal auf Imjado. Vielleicht habe ich es einfach geglaubt, weil es bequem ist. Ein Anfall ist ein angemessener Grund für meine Vergesslichkeit. Dann waren die Bilder von heute früh vielleicht keine Symptome für einen bevorstehenden Anfall, sondern Anhaltspunkte für mein verlorenes Gedächtnis.

Automatisch folgt die vierte Frage: Warum habe ich die gestrige Nacht aus meinem Gedächtnis verdrängt?

Plötzlich blendet weißes Licht mein Blickfeld, ein quietschendes Geräusch ist zu hören, die Vollbremsung des Autos, das auf der nassen Straße rutscht. Die Tür geht auf, und der schrille Schrei meiner Mutter sticht in meine Ohren.

»Yu-jin!«

Der Gesang des Mannes hatte längst aufgehört. Die Umgebung war totenstill. Nur der Wind toste in der Dunkelheit.

Dabei hatte ich ihn kurz gesehen. Mich fröstelt, und ich habe Angst. Es ist unheimlich.

Bitte nicht, hätte ich fast gerufen. Es tauchen so viele Stimmen und Bilder auf, aber ich habe keinen Faden, um sie chronologisch miteinander zu verbinden. Also lege ich eine Wange auf das Ringbuch auf dem Schreibtisch. Alle Dinge, die ich daraufgelegt habe, ziehen wie auf einem Förderband eines nach dem anderen langsam an meinen Augen vorbei. Das Rasiermesser, der Perlenohrstecker, der Schlüssel für die Dachterrasse … Ich hebe meinen Kopf. Dann sehe ich mir den MP3-Player und die Ohrhörer so an, als würde ich sie zum ersten Mal in meinem Leben sehen. Was wäre, wenn ich alles neu abspule, das heißt, ab dem Zeitpunkt, kurz bevor ich das Zimmer gestern Nacht verlassen hatte.

Ich schalte den MP3-Player ein. In der Wiedergabeliste steht *Conquest of Paradise* von Vangelis. Wenn ich mit dem ersten Lied begonnen hatte, dann kommt dieser Titel nach einer Stunde und zweiundfünfzig Minuten. Meine Erinnerung ist also nicht falsch. Ich ging um 22:10 Uhr aus dem Haus und lief über den Aussichtspunkt zum Damm. Gegen Mitternacht kam ich am Zebrastreifen an und schaltete die Musik aus.

Ich klicke den ersten Titel in der Liste an und stecke mir die Ohrhörer ein. Dann schließe ich die Augen und stelle die Uhr in meinem Kopf zurück zur letzten Nacht. Zu dem Zeitpunkt, als die Standuhr im Wohnzimmer zehn Mal schlug. Ich lehne mich im Stuhl zurück und drücke auf Play. Der erste Titel, *The Mass,* fängt mit einem knüppelharten Schlag an. Bum, bum, bum, bum, bumbum, bum, bumbum, bum …

Die Standuhr im Wohnzimmer schlug zehn Mal.

Mutter ging vor einer halben Stunde in ihr Zimmer. Haejin war noch nicht zu Hause, und ich lag seit dreißig Minuten, den Kopf in meinen Armen, auf dem Bauch im Bett. Nicht wegen der Kopfschmerzen, sondern wegen des verdammten Rappels. Vier Tage zuvor hatte ich die Medikamente abgesetzt, und seit drei Tagen streunte ich wie ein herrenloser Hund umher. Es war nicht einmal einen Tag her, dass ich mir geschworen hatte, nie wieder über die Dachterrasse rauszugehen. Team Blau stachelte mich auf, nur noch heute zu spielen. Ein Hauch von Alkohol unterstützte es massiv.

Sieh es nicht so streng. Du tust doch niemandem etwas an, du vergnügst dich nur selbst. Es ist gar nicht so anders als Masturbation. Darüber hinaus bist du zwei Tage hintereinander umsonst rausgegangen. Halbe Sachen machst du nicht, entweder ganz oder gar nicht.

Ich legte mich auf den Rücken, faltete die Hände unter meinem Nacken und rechnete: Im August hatte ich vor der Prüfung die Medikamente abgesetzt und dann wieder im November vor der mündlichen Prüfung. Dann noch mal grundlos nach nicht einmal einem Monat. Das bedeutete, dass ich die Zeit, in der ich die Nebenwirkungen zu ertragen hatte, immer mehr verkürzte. Wenn es so weiterging, würde ich sie ganz absetzen. Entweder würde ich einen Anfall bekommen, oder Mutter würde es noch davor merken.

Deswegen blieb mir nichts anderes übrig, als wieder rauszugehen. Wenn ich heute nicht gehen würde, würde ich morgen die Medikamente nicht einnehmen, dachte ich. Die

Gefahr würde also größer werden. Wie im Sprichwort: Der Krug geht so lange zum Brunnen, bis er bricht. Ich nahm mir vor, dass es das letzte Mal sein sollte. Ab morgen oder übermorgen würde ich versuchen, der beste Mensch, der ich werden konnte, oder den sich Mutter wünschte, zu sein.

Nach diesem Entschluss sprang ich sofort auf. Ich öffnete den Kleiderschrank und zog mich eiligst an. Einen schwarzen Rollkragenpullover, eine Sporthose, Socken und die Nachhilfestunde-Jacke mit einer Steppweste. Ein Paar Handschuhe aus Latex, den Schlüssel für die Dachterrasse und die Schlüsselkarte für das Haus steckte ich in die linke Jackentasche. Dann legte ich den Mundschutz an, steckte den MP3-Player in die rechte Jackentasche, die Ohrhörer klemmte ich mit den Kabelclips fest, setzte die Kapuze auf und zog das Kapuzenband fest. Zuletzt holte ich aus dem Bad die Schuhe und das Rasiermesser. Das Messer hatte ich noch nie mitgenommen. Ich hatte es mir für das Ende aufgehoben. Wahrscheinlich, nein, bestimmt, würde heute Nacht das Ende sein. Also steckte ich es, ohne zu zögern, ein. Schon das allein ließ mein Herz schneller schlagen.

Nun schloss ich meine Zimmertür und horchte nach unten. In der Wohnung war es still. Mutter musste eingeschlafen sein. Hoffentlich würde sie lange schlafen. Ich schaute zur Tischuhr. 22:10 Uhr. Ich zog die Schuhe an und ließ die Glastür eine Handbreit offen. Einen Ohrhörer steckte ich ins Ohr. Der Titel *The Mass* startete.

Bum, bum, bum, bum, bumbum, bum, bumbum, bum …

Es regnete in Strömen, war stockdunkel und der Nebel dichter als sonst. Ich tastete mich wie ein Blinder zur Pergola und knipste das Licht an. Dann schloss ich die Stahltür auf, nahm die Türkette ab, ging zur Nottreppe, machte die Tür wieder zu und schloss sie wieder ab.

In einem Ohr hörte ich die Musik, im anderen das Kläffen von Hello. Ich entschied mich immer für die Treppe, obwohl der Wächter den Alarm auslösen könnte, weil das weniger gefährlich war als die Videoüberwachungsanlage im Fahrstuhl. Falls mir Mutter später auf die Spur kommen würde, könnte ich irgendwelche Ausflüchte machen. Hello hielt erst seine Klappe, als ich im Erdgeschoss ankam. Dort steckte ich auch den anderen Ohrhörer ins Ohr und sah zum Aufzug. Trotz dieser späten Stunde war er auf dem Weg nach unten. Keine Ahnung, wer gerade herunterfuhr, aber ich wollte jetzt niemanden treffen. Ich senkte meinen Kopf, damit die Überwachungskamera am Eingang nur meinen Hinterkopf aufnehmen konnte, und eilte hinaus. Sobald ich durch die Tür war, fing ich an zu sprinten.

Als ich bei Yongi ankam, begann der vierte Titel, *Cry for the moon.* In der Dunkelheit hinter dem Damm dröhnten die Wellen. Die Straße war so still wie düster. Nichts bewegte sich außer vereinzelt ein paar Schweinwerfer. Yongi war schon geschlossen. Bestimmt weil heute so eine regnerische Nacht war, in der der Yongi-Typ heulen musste.

Ich hockte mich vor die Bude und zog die Schnürsenkel fester. Dann rannte ich los wie Usain Bolt, und als ich am Aussichtspunkt ankam, war ich überhitzt. Der Kopf fühlte sich heiß an, und ich musste so nach Luft schnappen, dass meine Rippen schmerzten. Ich hatte Seitenstechen, und die Waden waren hart wie ein Brett.

Dann wankte ich vom Aussichtspunkt hinunter und setzte mich auf meinen Lieblingsplatz, das Geländer an der Felsenklippe. Wenn die Sicht klar gewesen wäre, hätte ich von dort aus direkt gegenüber die Lichter der Siedlungen in Gundo-Ost gesehen. Wie bei einem Sternenbild hätte ich unter den unzähligen Lichtern jene der Pfannkuchenbude und unserer Wohnung erkennen können. Aber da war außer dem Suchscheinwerfer nichts zu sehen.

Der Regen wurde immer stärker. Wie ein Boxer hieb der Wind aus allen Richtungen auf mich ein. Trotzdem blieb ich sitzen und hörte den Titel, der sechs Minuten dauerte, bis zum Ende. Ein Grund war, dass in diesem Moment ein Streifenwagen vorbeifuhr. Ich duckte mich, bis er verschwand. Gleich danach kam ein weiteres Auto. Es durchfuhr mit aufgeblendeten Lichtern jede Ecke des Parks, als würde der Fahrer nach seiner weggelaufenen Ehefrau suchen. Als das Auto den Park wieder verließ, sah ich auf die Uhr. Es war 23:21 Uhr.

Erst als die Lichter von der Brücke verschwunden waren, stand ich auf. Ich knotete die Bänder meiner Kapuze zu und machte mich auf den Rückweg. Im Gegensatz zum Hinweg lief ich locker, und als ich auf dem Damm ankam, startete gerade der fünfzehnte Titel *Conquest of Paradise.* Es war zwei Minuten nach Mitternacht, aber der letzte Bus war, soweit ich sah, noch nicht gekommen.

Ich ging hinter die Yongi-Bude, über deren Holzgerüst eine Plastikplane gezogen war. Zwischen Stand und Geländer gab es eine kleine Ecke, in der man sich hinhocken konnte. Wie die Lücke hinter den Laternen auf der Flusspromenade war sie dunkel und vom Meeresnebel eingehüllt. War die Lücke hinter den Laternen geeignet für Spielchen, so war die Ecke hinter dem Verkaufsstand geeignet fürs Warten auf die Spielgefährtin.

Ich setzte mich aufs Geländer, Wind und Gischt peitschten meinen Rücken, Regen schlug mir seitlich ins Gesicht. Unter mir knarrten und ächzten die verzurrten Boote, die an der Fährstelle auf den Wellen tanzten. Das Licht des Suchscheinwerfers am Aussichtspunkt fingerte sich in den Grundfarben durch den dichten Nebel. Die Musik steuerte auf einen Höhepunkt zu, und ich bewegte meine Füße im Takt. Ich war seltsamerweise aufgeregter als sonst. Vielleicht lag es am Dopamin, das nach dem Sport noch durch die Nervenbahnen geisterte, oder an der archaisch stampfenden Musik. Vielleicht aber auch an der Erwartung auf meine allerletzte Spielgefährtin.

Als *Conquest of Paradise* fast zu Ende war, erschien der letzte Bus. Er kam fast fünf Minuten später als sonst. Ich schaltete den MP3-Player aus und stopfte die Ohrhörer in die Jackentasche. Als der Bus hielt, dröhnte das Blut in meinen Ohren. Irgendwer würde aussteigen, sonst hätte der Bus nicht gehalten. Im beleuchteten Bus sah ich jemanden stehen, und eine ahnungsvolle Kälte stieg mir im Hals auf. Entzückung und Anspannung hielten sich die Waage. Würde es eine Frau sein oder doch ein Mann?

Beides. Eine Frau und ein Mann. So viel konnte ich aus der Distanz erkennen. Ich sackte enttäuscht zusammen. Es regnete, der Nebel war dicht, die Straßen leer, ich war vierzehn Kilometer gelaufen und hatte immer noch Energie – die perfekte Nacht, um sich auf einem zwei Kilometer langen Heimweg mit jemandem zu vergnügen. Aber aus dem letzten Bus stieg ausgerechnet ein Pärchen.

Der Bus verschwand in die Dunkelheit. Die Frau kam unter einem scharlachroten Regenschirm näher. Sie hatte lange glatte Haare, trug einen purpurfarbenen Mantel, einen kurzen Rock und Stiefel mit hohen Absätzen. Sie drehte sich immer wieder nach dem Mann um und lief mit schnellen Schritten. Die zwei schienen sich nicht zu kennen, und sie wirkte nicht erfreut über die Begleitung. Im Gegenteil, der Begleiter schien sie zu beunruhigen.

Selbst aus der Entfernung sah er wenig vertrauenerweckend aus. Er wirkte wie ein großes Fass voller Alkohol, trug eine dünne Plastikregenjacke, und sein Körper taumelte bei jeder Bewegung wie der Schwimmer an einer Angelschnur. Bei jedem zweiten Schritt sackten seine Knie ein. Er ging auch nicht geradeaus, sondern schwankte nach links und rechts. Dabei bemühte er sich, mit seinen klodeckelgroßen Pranken einen winzigen Schirm aufzuspannen. Erst ging dieser zur Hälfte auf, klappte dann aber immer wieder zu. Als er endlich fast ganz aufgespannt war, zerknickte ihn ein Windstoß. In der Zwischenzeit ergoss sich der Himmel in Strömen auf den kahlen Kopf des Mannes. Das Fass beschimpfte den Schirm als verdammten Ramsch und giftete auch den Regen an. So ein Dreckswetter!

Er wischte sich das Wasser vom Kopf und stülpte sich die Kapuze seiner Regenjacke über. Nachdem er solcherart schließlich den Angriff des Regens abgewehrt hatte, war seine Laune offenbar wieder so gut, dass er laut zu singen begann.

Die unvergessliche Frau steht im Regen. Ich kann nicht aufhören, an sie zu denken …

In der Zwischenzeit hatte die Frau den Zebrastreifen überquert. Der scharlachrote Schirm schien ihn zu warnen: Bleib mir bloß vom Leib! Aber das Fass konnte diese Warnung natürlich nicht erkennen. Er folgte ihr, während er damit kämpfte, seinen umgedrehten Schirm zuzuklappen. Schließlich wurden beide vom Nebel verschluckt. Aus der Entfernung war der Gesang des Fasses zu hören.

Ich sah die Regentropfen herunterfallen und ging so still weiter meinen Weg …

Ich verließ mein Versteck hinter der Pfannkuchenbude. Die Ampel war zwar rot, aber da es schon spät war, ging ich über die Straße, ohne mir groß Gedanken zu machen. Ich war müde, enttäuscht und zugleich aufgewühlt, da mir das Fass das weggenommen hatte, was mir zustand. Falls ich morgen meine Medikamente wieder nicht nehmen würde und dann mitten in der Nacht losrennen müsste, wäre es nicht meine Schuld. An allem war das Fass schuld.

An der Stelle, wo die Straße zur Mündung des Flusses führt, überquerte ich noch mal die Straße. Von der anderen Straßenseite hörte ich den Gesang des Fasses, doppelt so inbrünstig wie vorhin. Seine Silhouette verschwand im Nebel und tauchte wieder auf. Die Frau lief auf der rechten Spur, und wenn ein Auto kam, ging sie auf die Bordsteinkante. Sie schien Angst davor zu haben, mit dem Fass zusammen zu laufen, und noch mehr Angst, ganz allein zu gehen.

Ich beschloss, beiden keine Aufmerksamkeit zu schenken. Dann begann ich, mein Rasiermesser auf- und wieder zuzuklappen, und überlegte dabei, ob ich am kommenden Tag noch mal losgehen müsste. Oder wäre es besser, jetzt nach Hause zu gehen und die Medikamente zu nehmen? Auf der Höhe der Dongjin-Brücke schrie die Frau schrill auf, und im nächsten Moment begann sie, zu meiner Straßenseite zu rennen. Denn das Fass hatte die Hose heruntergelassen, schwenkte sein Ding wie einen Feuerwehrschlauch und pisste. Veilchenblau, wie er war, setzte er dabei seinen Gesang fort.

Die gelbe Regenjacke und schwarzen Augen kann ich nicht vergessen …

Die Frau schwang ihren scharlachroten Regenschirm und tauchte plötzlich fünf Meter vor mir auf. Ich stand wieder hinter einer Laterne und beobachtete still, wie sie nach Luft rang. Ihrem Gesichtsausdruck nach zu urteilen, würde sie kreischend losrennen, wenn auch nur ein welkes Blatt herunterfallen würde.

Hoffnung keimte in mir auf, mein Blut zirkulierte wieder. Von der Gegenspur war ein Hupen zu hören. Vom Damm kam ein Auto mit aufgeblendeten Scheinwerfern. Das Fass versuchte, die Hose hochzuziehen, und verschwand schwerfällig im Nebel. Nachdem das Auto vorbeigefahren war, erschien er wieder. Statt mit seinem Ding wedelte er nun mit dem umgedrehten Schirm und begann, auf zwei Spuren im Zickzack zu laufen. Sein Gesang wurde immer lauter. Es klang wie ein trompetender Elefant.

Die Frau ging weiter und hatte dabei ihren Blick auf das Fass gerichtet, ihr Atem ging stoßweise. Ihre Schuhe klackerten wie nervöse Seufzer. Ich zog die Latex-Handschuhe über, versuchte, mich ihren Schritten anzupassen und mich wie ihr Schatten zu bewegen. Rannte sie, dann rannte ich mit. Hielt sie an, dann hielt auch ich an. Das Fass lief inzwischen auf der Mittellinie, wollte einem Auto, das vom Park her kam, ausweichen, torkelte hin und her und landete schließlich auf unserer Straßenseite.

Als ob er einen Parkplatz suchen würde, fuhr der Wagen langsam und mit aufgeblendeten Lichtern. Fahrzeugtyp und Nummernschild waren nicht genau auszumachen. Ich konnte nur undeutlich erkennen, dass es ein weißes Auto war. Das Fass schien die andere Straßenseite vergessen zu haben, nachdem er auf unsere Seite gewechselt war. Er näherte sich Stück für Stück dem Fußweg. Die Frau stoppte und sprang plötzlich hinter eine Laterne. Kurz danach betrat das Fass den Fußweg. Die Dongjin-Brücke lag etwa zehn Meter vor ihm.

Das Blut stieg mir ins Gesicht. Die Frau stand direkt vor mir. So dicht, dass ich sie hätte anfassen können. Ich hörte ihr Keuchen und bildete mir ein, sogar die Bewegung ihrer Rippen hören zu können. Aus ihrem Nacken glaubte ich ihr Adrenalin zu riechen, säuerlich wie Schweiß und klar wie Parfüm. Es war das erste Mal, dass ich etwas so Aufreizendes in solch unmittelbarer Nähe roch.

Mein Brustkorb schmerzte, und mein Magen fühlte sich hart an. Eine Fantasieschlaufe startete in meinem Kopf: Ich folge ihr, sie merkt es, ich werde schneller, sie rennt weg, ich verfolge sie, sie versteckt sich, ich finde sie, wir stehen Auge in Auge …

Ich hielt das Rasiermesser aufgeklappt in meiner rechten Hand.

Das Auto auf der anderen Straßenseite entfernte sich langsam in Richtung Kreuzung. Kurz vor der Dongjin-Brücke stoppte das Fass plötzlich. Er sah sich um, vielleicht auf der Suche nach der Frau, dann ging er wider Erwarten auf die Brücke, und der Gesang waberte hinter ihm her. Wenn er auf dem Weg nach Hause war, dann wohnte er nicht in Gundo-Ost, sondern in Gundo-West. Er war also nur hier, um der Frau zu folgen. Was für ein Mistkerl!

Nachdem das Fass die Hälfte der Brücke überquert hatte, stieß die junge Frau einen tiefen Seufzer aus. Ihre Anspannung schien nachzulassen. Vielleicht deswegen oder weil sie immer noch mit dem Fass beschäftigt war, bemerkte sie den Mistkerl hinter ihrem Rücken nicht, bis sie ihre Handtasche, die sie festgekrallt hatte, wieder über die Schulter hängte und auf den Fußweg trat.

Steif wie ein Zinnsoldat stand sie im Licht der Laterne. Ihr Schirm bewegte sich ein wenig zur Seite, sie drehte sich zögerlich zu mir und blickte dann direkt in meine Augen. Da sah ich den Perlenschmuck an dem einen Ohr. Die Geräusche der Welt verstummten eins nach dem anderen: der

Gesang des Fasses, der Regen, der Wind, die Strömung des Flusses. Die Stille war so absolut, dass es mir in den Fingern kribbelte und mein Blutdruck stieg.

Sie drehte ihren Kopf schlagartig zurück, ihr langer Pferdeschwanz peitschte durch mein Gesicht. Mit einem Schrei schoss sie in Richtung Straße. Für mich der Befehl, in Aktion zu treten.

Ich ging mit großen Schritten in ihre Richtung und streckte meine Hand aus. Reflexartig packte ich sie bei den Haaren und zog sie grob in den Schatten. Dann riss ich ihren Kopf nach hinten, gleichzeitig drang das Rasiermesser unter ihrem Kinn ein. Das Geschrei hörte sofort auf. Stille umfing uns wie eine Glaswand.

Ihre Augen waren weit aufgerissen, aber sie konnte nichts sehen. Die Augen hatten keine Verbindung mehr zum Gehirn. Ich beobachtete sie, die Haare noch immer in der Hand, und die letzten Zuckungen des Lebens waren so heftig, dass ich die Schmerzen fast nachempfinden konnte.

Erregung jagte über die Nerven durch meinen ganzen Körper. Ich war atemlos und verwirrt. Nicht ich hatte das Messer in der Hand, sondern das Messer umklammerte meine Hand und zog sie in die Frau hinein, eine gewaltige Kraft, die keinen Widerstand duldete. Alles drehte sich, und die Hand mit dem Messer kribbelte. Eine Schockwelle brach über mir zusammen. In meinem Kopf echote ein dumpfer Schlag, und der Zugang zu dieser Welt, der eben noch einen schmalen Spalt offen stand, schloss sich. Ich stand an der Grenze zu einer anderen Welt, es gab keinen Weg zurück, und der Wille dazu fehlte mir ohnehin.

Wie oft hatte ich mir diesen Moment ausgemalt, überzeugt, dass ich mich dann unter Kontrolle halten könnte. Doch ich musste erkennen, dass ich mir etwas vorgemacht hatte. Ich war eine Marionette meines vegetativen Nervensystems geworden und hatte die Grenzen meiner Fantasien überschritten, erschreckend leicht und schnell. Die Welt war verschwunden. Die lodernden Flammen in meinem Innern entzündeten eine Art sexuellen Verlangens, einen magischen Zustand, der meine Empfindungen ins Unendliche erweiterte. Mit meinem inneren Auge las, sah und hörte ich alles aus dieser Frau. Ich war allmächtig. Alles war möglich.

Sie sackte über mir zusammen, gleichzeitig hörte ich die Vollbremsung eines Autos. Dann überstrahlte grelles Licht meine Sicht. Ich stieß die Frau in den Fluss und hörte, wie sie ins Wasser platschte. Ich sah noch, wie der rote Schirm auf der nassen Straße wegwirbelte, und dass der Gesang des Fasses verstummt war.

Dann kam der schrille Schrei meiner Mutter: »Yu-jin!«

Mein überhitzter Puls kehrte zur Normalität zurück. Ich stand noch immer hinter der Laterne und sah zu meiner Mutter, wie sie sich an die offene Autotür stützte. Sie stand zitternd im strömenden Regen, unsicher, ob der Mörder, der nur ein paar Meter von ihr entfernt stand, tatsächlich ihr Sohn war.

»Yu-jin!«, rief sie leise und gequält.

Ich warf einen flüchtigen Blick auf die Blutspuren unter der Laterne, die das Regenwasser in den Gully spülte. Ich bereute und fürchtete nichts. Mein einziger Gedanke war, wie ich am einfachsten aus dieser Situation herauskommen könnte. Beiläufig warf ich die Handschuhe in den Fluss, drehte mich um und sprintete hinter den Laternen entlang ins Zentrum der Siedlung. Wegen der vielen großen Baustellen war die Zufahrt erschwert, was es meiner Mutter unmöglich machte, mir zu folgen.

Am Fuß eines Hochhauses im Rohbau hielt ich an. Ein schwaches Licht schimmerte am Eingang der Baustelle, und eine Plane flatterte in Regen und Wind. Es war kalt und still. Weit und breit war keine Menschenseele zu sehen. Ich blieb lange dort und versetzte mich zurück in den kurzen Augenblick der Allwissenheit, sah vor meinem inneren Auge den Fluss und stellte mir vor, wie die Leiche der Frau ins Meer trieb.

Ein angenehmes Frösteln überkam mich. Allmählich merkte ich, wie unterkühlt und verausgabt mein Körper war.

Unbewusst rieb ich an einem kleinen runden Gegenstand in meiner Faust.

Als ich wieder zu mir kam, hatte mein Denken ausgesetzt, und die Gliedmaßen waren zu Eiszapfen gefroren. Nur mein Instinkt war wach und flüsterte unermüdlich: Komm zu dir. Es ist Zeit, nach Hause zu gehen.

Ich erinnere mich nicht, wie ich in die Wohnung kam. Was ich aber sicher weiß, ist, dass ich Mutters Auto nicht begegnet bin. Und auch keinem Polizeiwagen. Mir fiel das Fass ein, aber es kümmerte mich nicht. Er hatte sicher kaum etwas gesehen. Dass er den Schrei meiner Mutter und somit auch meinen Namen gehört haben könnte, ignorierte ich. In Korea war ich nicht der einzige Mann mit diesem Namen. Aus all den Yu-jins konnte man problemlos eine Armee bilden.

Ich redete mir ein, dass auch Mutter nicht sicher sein konnte, dass sie wirklich mich gesehen hatte. Zwischen uns war der fast drei Meter breite Bürgersteig gewesen. Sie hatte unter der Laterne gestanden und ich in der Dunkelheit. Und ich hatte auch nicht geantwortet, als sie nach mir rief. Wie sie darauf gekommen war, dass ich es gewesen war, darüber wollte ich jetzt nicht nachdenken. Ich war schlicht zu erschöpft dafür.

Mit gesenktem Kopf ging ich durch den Eingang, die Treppen hinauf, begleitet von Hellos Bellen. Erst als ich vor der Stahltür stand, bemerkte ich, dass ich etwas fest in der Hand hielt, einen kleinen weißen Gegenstand. Ich brauchte nicht lange, um das Ding zu erkennen. Es war der Perlenohrstecker, den ich der jungen Frau vom Ohr gerissen hatte, bevor ich sie in den Fluss stieß. Keine Ahnung, warum ich das getan hatte. Es war wohl eher meine Hand gewesen. Ich steckte den Ohrstecker in die Jackentasche und holte den Schlüssel für die Dachterrasse heraus. Als ob meine Mutter darauf gewartet hätte, schloss sie unter mir die Wohnungstür auf. Kurz danach hörte ich ihre Stimme.

»Yu-jin!«

Das Vergessen ist eine Täuschung und die perfekte Lüge. Und es ist die letzte Spielkarte, die ich legen kann. Ich hatte gestern Nacht etwas getan, das ich nicht ertragen konnte. Also entschied ich mich für das Vergessen, log mir in die eigene Tasche und verbummelte den Tag in bequemer Ahnungslosigkeit.

Erst jetzt wird mir klar, dass ich geahnt habe, ich könnte einen Mord begehen. Deswegen hatte ich mich gewarnt, mit den gefährlichen Spielchen auf der Flusspromenade aufzuhören. Ich hatte es aber immer weiter getrieben, überzeugt, dass ich die Grenze meiner Fantasien nicht überschreiten werde. Ich hatte geglaubt, dass mein soziales Ich stabil war. Ich hielt mich für klug genug, um mein Leben nicht für einen schönen Moment aufs Spiel zu setzen. Meine Selbstüberschätzung und mein fahrlässiger Glaube, mich kontrollieren zu können, haben mein Schicksal besiegelt.

Vielleicht hatte meine Mutter das alles längst gewusst. Darum hatte sie wohl immer wieder versucht, mich zu beschatten. Wie hatte sie die Sache in Ordnung bringen wollen?

»Yu-jin!«

Ich rufe mir ihre Stimme mehrmals in Erinnerung, den Moment, als sie mich auf der Nottreppe rief. Die Stimme klang nicht wie die einer Mutter, die ihren Sohn rief, sondern eher wie die einer Lehrerin, die ihren Schüler rief. Es war ihr üblicher Tonfall, kühl und ruhig. Wenn sie freundlicher geklungen hätte, wären mir wohl Zweifel gekommen. Ich war zwar erschöpft, aber nicht verblödet. Wenn sie andererseits wütend nach mir gerufen hätte, wäre ich gleich abgehauen. Auch wenn ich müde war, kein Geld hatte, es kalt war und ich nicht wusste, wohin. Denn es gab nichts Gefährlicheres als eine wütende Mutter. Zumindest für mich. Der Beweis dafür ist, dass ich gestern Nacht zu einem Muttermörder geworden war.

»Yu-jin!«

Ihr zweiter Ruf besagte: Ich habe nichts gesehen, und auch wenn ich etwas gesehen hätte, werde ich es für ungesehen halten.

Als ich zur Wohnungstür hinunterging, erinnerte ich mich an meinen Anfall während des Wettschwimmens von vor zehn Jahren. Damals hatte sie mich bewusstlos im Parkhaus vorgefunden, ins Auto gelegt und aus dem Schwimmbad gefahren. Und so, wie sie jahrelang meine Epilepsie verschwiegen hatte, würde sie auch diesmal schweigen. Dachte ich.

Nun frage ich mich, was der wahre Grund war, warum sie mich nicht bei der Polizei gemeldet hat. Warum hat sie zu Hause auf mich gewartet? Wollte sie mich davon überzeugen, dass ich mich stelle? Soweit ich mich erinnern kann, hat sie nicht einmal ansatzweise davon gesprochen.

»Keine Bange. Wenn du es getan hast, tue auch ich es.«

In diesen Worten, die sie sagte, als sie mich an die Wand drückte und mir das Rasiermesser in die Hand gab, lag die Lösung. Es war keine Drohung, sondern ihre Entscheidung. Ihr Plan war wohl, dass sie mich wie auch immer umbringt und anschließend sich selbst, damit die Wahrheit nicht ans Licht kommt. Natürlich konnte sie das erst tun, wenn sie einen Beweis gefunden und von mir ein Geständnis bekommen hatte. Deswegen zwang sie mich, in der Wohnung die Jacke auszuziehen, und durchwühlte die Taschen. Dass die Sache in die falsche Richtung gelaufen war, lag wohl daran, dass ihr der Kragen platzte. Sie hätte sich nicht einmal im Traum vorstellen können, Vaters Messer in meiner Tasche zu finden. Ob sie es als eine Beleidigung seines Andenkens ansah?

Doch wie wollte sie mich umbringen? Ich war kein fünfjähriges Kind, sondern fünfundzwanzig, und dazu ein gesunder ehemaliger Profisportler. Selbst mit Hae-jins Hilfe wäre es schwierig, mich zu überwältigen. Es sei denn, sie würde mich heimlich vergiften. Auch ein Raubtier muss essen.

Das Telefon klingelt, laut und hektisch wie eine aufgeregte Hornisse. Ist es Hae-jin? Oder Tante? Ich gehe zum Nachttisch und hebe den Hörer ab. Eine Festnetznummer mit unserer Ortsvorwahl 032 steht auf dem Display. Ich kenne die Nummer nicht und habe keine Lust, mit einem Unbekannten zu telefonieren. Also stelle ich den Hörer in die Ladestation zurück und gehe wieder zum Stuhl. Ich versuche, das Klingeln zu überhören, und sehe auf Mutters Sachen hinunter. Das Heft, der Autoschlüssel, den ich zu meiner Verwunderung in der Tasche von ihrem Nachthemd gefunden hatte.

Aber: Gestern Nacht auf der Straße hatte Mutter kein weißes Nachthemd an. Ich kann mich nicht genau an ihre Sachen erinnern, aber ich bin mir sicher, dass sie keinen Rock trug. Sie muss sich zu Hause umgezogen haben. Normalerweise legte sie alles wieder an seinen Platz zurück, wenn sie es gebraucht hatte. Also hatte sie vor, den Autoschlüssel in der Tasche des Nachthemdes zu benutzen. Sie wollte also mit mir im Auto irgendwo hinfahren. Vielleicht zum Meer oder zum Fluss. Zu einem Ort, wo man sicher sterben kann.

Endlich habe ich das Gefühl, eine logische Erklärung gefunden zu haben. Wenn wir bei einem Unfall gestorben wären, würde ich nicht als Mörder verhaftet, und sie wäre nicht die Mutter eines Mörders. Was sie gesehen hatte, wäre das Geheimnis der Toten und der Mord ein ungelöster Fall der Lebenden. Vielleicht würde das Fass, das von der Überwachungskamera an der Bushaltestelle mit der Frau zusammen aufgenommen wurde, fälschlich beschuldigt. Er würde zwar behaupten, dass noch jemand auf der Flusspromenade unterwegs war, aber es würde ihm niemand glauben, da es dort weder Überwachungskameras noch Zeugen gab. Es wäre schwierig zu beweisen, dass er der Frau zwar gefolgt war, ihr aber nichts antat.

Es scheint also so, dass ich vor den Augen meiner Mutter einen Mord begangen habe, sie aber beschloss, mit mir zusammen zu sterben, statt mich der Polizei auszuliefern. Doch der Anblick des Rasiermessers verärgerte sie dermaßen, dass schlussendlich nur sie starb.

Dennoch sind nicht alle Fragen gelöst. Zunächst die Kleidung meiner Mutter. Warum hatte sie sich für das weiße Nachthemd entschieden? Wollte sie mit ihrem Sohn in diesem Nachthemd, das ich ihr einmal geschenkt hatte, sterben?

Das hört sich überspannt an, andererseits hatte sie auch das Fußkettchen meines Vaters sechzehn Jahre lang getragen.

Dann das Ringbuch. Wenn Mutter vorhatte, mit mir bei einem Verkehrsunfall zu sterben, hätte sie es beseitigen müssen. Hat sie es für Hae-jin hinterlassen? Um ihm mitzuteilen, dass wir gezwungenermaßen aus dem Leben schieden? Dazu wäre der Text nutzlos, stehen doch dort nur Fakten ohne Kontext. Und um zwischen den Zeilen zu lesen, müsste Hae-jin wissen, was Mutter wusste. Standen sich die zwei so nah? Der Frühling 2003 fällt mir ein, in dem sich Hae-jin und Mutter kennengelernt hatten.

Ich hatte die erste große Leistungskontrolle der siebten Klasse geschrieben. Am gleichen Tag hatte ich auch einen der zwei monatlichen Termine in der Praxis meiner Tante. Sobald die Schule aus war, rannte ich zum Schultor. Mutter wollte mich um dreizehn Uhr abholen, der Termin war um vierzehn Uhr. Mutter kam aber erst um vierzehn Uhr.

Sie erklärte mir den Grund ihrer Verspätung nicht. Stattdessen raste sie los und übersah einen alten Mann, der mit einem Handwagen voller Altpapier plötzlich hinter einem Bus hervor auf die Straße lief. Sie bremste zu spät. Das Quietschen der Reifen und der Aufprall erfolgten gleichzeitig. Der alte Mann verschwand unter dem Auto. Der Handwagen war umgekippt und rutschte bis zur Bushaltestelle auf der anderen Straßenseite. Das Altpapier und die Kartons flogen wie Vögel durch die Luft. Der Verkehr kam zum Erliegen, und Passanten eilten herbei und umstanden den alten Mann. Und Mutter krallte das Lenkrad so fest, als würde sie es abreißen wollen, und starrte durch die Frontscheibe.

»Mama!«

Erst nach meinem zweiten Ruf blinzelte sie, wie jemand, der gerade aus einem Traum erwacht war.

»Schnell, geh nachsehen.«

Sie löste den Sicherheitsgurt und stieg aus. Ich folgte ihr. Vor der Motorhaube lag ein hagerer Alter. Seine Beine steckten in einer schäbigen Hose und standen in einem unnatürlichen

Winkel ab. Außerdem schien er nicht mehr zu atmen. Da er sich nicht bewegte, dachte ich, er sei tot. Trotzdem hockte ich mich neben ihn und schüttelte sanft an seiner Schulter. »Hallo, sind Sie in Ordnung?«

Langsam, als wenn er aus dem Schlaf erwachen würde, öffnete der Alte seine Augen. Im nächsten Moment kam wie ein Blitz aus heiterem Himmel ein Aufschrei aus seinem eingefallenen zahnlosen Mund: »Hae-jin!«

Der Alte konnte sich nicht bewegen. Im Krankenwagen umfasste er sein linkes Bein, bis wir in die Notaufnahme kamen, und schrie: »Hae-jin, um Gottes willen, Hae-jin, dein Opa stirbt!«

Er war zum Glück nicht lebensgefährlich verletzt. Jedes Mal, wenn ihn die Krankenschwester etwas fragen wollte, schrie er: »Hae-jin!« Er roch streng nach Alkohol. Ein Bein war gebrochen, eine komplizierte Fraktur mit einem Muskelfaserriss, sodass er operiert und stationär behandelt werden musste. Immerhin hatte er keine anderen nennenswerten Verletzungen. Er schien auch klar im Kopf. Auf alle Fragen der Krankenschwester, des Arztes oder der Polizei gab er sofort eine deutliche Antwort. »An allem ist die Frau schuld.«

Mutter wollte sich verteidigen. »Er kam so plötzlich hinter dem Bus hervor.« Eine halbe Stunde lang musste sie sich dann wüste Beschimpfungen anhören: Ob Fliegen ihre Glotzaugen angefressen hätten, diese Irre würde aus Langeweile mit dem Auto spazieren fahren und hätte dabei das Bein eines anderen zertrümmert, während er damit beschäftigt gewesen sei, seine kargen Brötchen zu verdienen. Er sei Alleinverdiener, und wie sollten sie jetzt leben? Und wenn eine Emanze eigenmächtig handelte, ginge nicht nur ein Haushalt, sondern die gesamte Volkswirtschaft den Bach runter, und so weiter und so fort. Dann begann er, in Richtung der Tür der Notaufnahme zu winken, und rief: »Hallo, Hae-jin, hier bin ich. Hier!«

Ein Junge in Schuluniform aus meiner Schule lief auf ihn zu und rief: »Opa!«

Ich hatte über den Ruf des Alten nach Hae-jin nicht weiter nachgedacht, aber er kam, und es war jener Hae-jin, den ich kannte. Der Alte war tatsächlich sein Opa.

»Ist alles in Ordnung?«, fragte er und sah sich dabei die Behelfsschienen am Bein des Alten an.

Der zeigte mit seinem stäbchendünnen Finger auf meine Mutter, die neben mir stand. »Das fragst du lieber die, was diese Frau aus mir gemacht hat.«

Hae-jin drehte sich nach meiner Mutter um. Sie hatte ununterbrochen nervös ihre Haare nach hinten gestreift, hielt aber jetzt plötzlich inne. Sie öffnete den Mund und schloss ihn wieder. Ich fragte mich, was es war, das sie beinahe gesagt hätte.

In Mutters Augen, die ihre Gefühle nicht offen zu zeigen pflegte, flackerte etwas, oder besser: Es loderte. Sie wirkte, als hätte sie alles um sich herum vergessen. Den Alten, mich, die Leute, die hin und her liefen, und dass wir uns in der Notaufnahme befanden. Aber ich konnte ihre Gefühle sehr gut nachvollziehen, denn mir war es ebenso ergangen, als ich diesen Jungen zum ersten Mal beim Schulstart gesehen hatte.

Damals wurde Hae-jin zum Star der ganzen Schule. Als die Feier gerade beginnen sollte, ertönte eine laute, klare Stimme. »Hallo, Hae-jin, ich bin da, dein Opa!«

Im nächsten Augenblick wurde die Aula mucksmäuschenstill. Ein paar Hundert Augenpaare richteten sich auf den Alten und den Jungen. Der Alte erhob sich halb vom Stuhl und winkte mit seiner hakenähnlichen Hand, während sich der Junge nach hinten drehte. Sein Gesicht wurde knallrot wie ein englischer Briefkasten.

»Hier, hier bin ich«, sagte der Alte und stand auf. Er steckte in einem Anzug, den er vielleicht das letzte Mal vor fünfzig Jahren zu seiner eigenen Hochzeit getragen hatte. Er war so dürr, dass nicht ein Arm im Anzug zu stecken schien, sondern ein Staubwedel. Der Junge winkte ihm zu, aber nicht von links nach rechts, sondern von oben nach unten, als ob er sagen wollte, ja, schon gut, setz dich jetzt.

Ich saß eine Reihe hinter ihm und konnte meine Augen nicht von seinem Gesicht abwenden. Fast hätte ich »Yu-min« gerufen. Er sah meinem älteren Bruder nicht nur ähnlich. Er schien identisch. Die sanften braunen Augen, das gewellte Haar, die Ausstrahlung eines Musterschülers. Er war ein Spiegelbild von Yu-min. Ich schielte nach seinem Namensschild.

Kim Hae-jin.

Die letzte Silbe seines Vornamens war die gleiche wie meine. Wenn wir den gleichen Nachnamen gehabt hätten, hätte man uns für Brüder halten können. Es war, als sei ich einem Bruder begegnet, den Mutter heimlich versteckt hatte. Auch Mutter musste das Gefühl haben, als hätte sie einen Sohn getroffen, den sie nicht kannte. Vielleicht war ihr vorhin fast der Name Yu-min herausgerutscht, als sie ihn sah.

»Bist du Hae-jin?«, brachte sie gerade noch heraus. Ihre Stimme zitterte, genauso wie ihr Blick. Der Junge bejahte und warf einen Blick auf mich. Wir musterten uns eine ganze Weile.

»Kennt ihr euch vielleicht?«, brach meine Mutter unser Schweigen. »Ihr habt ja die gleiche Schuluniform an.«

Ich sah Hae-jin an und erwiderte nichts. Und er kam nicht zum Antworten, da der Alte ihn rief und seine Aufmerksamkeit beanspruchte.

»Was stehst du da rum? Hol doch die Schwester! Dein Opa hat schlimme Schmerzen.«

An dem Tag fiel der Termin bei meiner Tante aus. Der Alte wurde erst um acht Uhr abends in sein Zimmer verlegt. Mutter erklärte sich bereit, alle Formalitäten, die eigentlich die Versicherung nach dem Unfall erledigt hätte, zu übernehmen. Sie sorgte dafür, dass der Alte ein gutes Zimmer bekam. Sie kümmerte sich darum, dass schnellstmöglich ein OP-Termin zustande kam. Eigenhändig rollte sie sein Bett zur Röntgenaufnahme, zum Untersuchungszimmer und ins Krankenzimmer. Ganz offenkundig wollte sie sich von Hae-jin nicht verabschieden. Sie wollte ihm zeigen, was für ein

Mensch sie war: Ich bin kein schlechter Mensch, obwohl ich das Bein deines Opas verletzt habe.

»Yu-jin, du kennst ihn doch, oder?«, fragte sie mich auf dem Heimweg. Ich bejahte. Sie wollte offensichtlich mehr wissen, aber ich war seltsamerweise sauer und schwieg stur.

»Seid ihr in einer Klasse?«

»Ja.«

»Seid ihr nicht befreundet?«

»Nein.«

»Er ist ja auch groß. Dann sitzt er auch in einer hinteren Reihe?«

»Ja.«

»Ihr seid trotzdem nicht befreundet?«

Na und? Steht im Gesetz, dass man unbedingt befreundet sein muss, wenn man nah beieinandersitzt?

»Redet er nicht mit dir?«

»Nein.«

»Du auch nicht mit ihm?«

»Nein.«

Mutter nickte. Dann schwieg sie. Sie sah so aus, als würde sie träumen. Bis wir zu Hause angekommen waren und ich ihr »Schlaf gut« sagte.

Wenn ich mich zurückerinnere, war Hae-jin für meine Mutter nicht Hae-jin, sondern Yu-min. Entsprechend konnte sie ihm jedes Geheimnis erzählen. Die Frage ist eher, ob er eines behalten konnte. Denn er ist ein wandelndes Röntgenbild. Er kann seine Absichten oder Gedanken einfach nicht geheim halten. Und ich bin sein Radiologe. Und der Befund lautet: Er weiß von nichts.

Dieses Heft hat Mutter also nicht für Hae-jin hinterlassen. Es ist auch ausgeschlossen, dass sie keine Zeit hatte oder keinen Weg wusste, es loszuwerden. Sie hätte es nur in den Grill auf der Dachterrasse stecken und anzünden müssen. Dann wäre es innerhalb weniger Minuten zu Asche verbrannt. Ich erinnere mich an die zweite Person, die Mutter zu erreichen versuchte, meine Tante. Ob sie wirklich alles über mich weiß?

Ich rekapituliere jedes Wort, das ich heute Morgen am Telefon mit ihr wechselte, und habe nicht das Gefühl, dass sie etwas wusste. Sie stellte willkürliche Fragen, mit denen sie versuchte, an irgendwelche Informationen zu kommen. Mutter telefonierte mit ihr um 01:31 Uhr. Vermutlich war sie zu diesem Zeitpunkt nach Hause zurückgekommen, nachdem sie überall nach mir gesucht hatte. Über was haben sie sich unterhalten? Hat Mutter ihr alles anvertraut, was sie gesehen hatte? Wollte sie von ihr einen Rat? Nein, das kann nicht sein. Denn die Tante wäre nicht so lange untätig geblieben. Sie hätte es sofort der Polizei gemeldet oder uns in Begleitung der Polizei heimgesucht.

Mir raucht der Kopf. Meine Gedanken sind so durcheinander, dass ich mich nicht erinnern kann, worüber ich gerade nachdenken wollte. Verspätete Reue quält mich. Warum bin ich nach Hause gekommen? Wenn ich nicht nach Hause gekommen wäre, hätte Mutter nicht sterben müssen. Wenn ich etwas später gekommen wäre, wäre die ganze Sache anders ausgegangen.

Ich lege das Heft weg, spreize meine Finger und sehe sie mir befremdet an. Siebenundzwanzig Knochen, siebenundzwanzig Gelenke, einhundertdreiundzwanzig Sehnen, vierunddreißig Muskeln und zehn Fingerkuppen. Mit dieser Hand habe ich gegessen, gewaschen, habe Dinge angefasst, die ich liebte, und bin durchs Wasser geschwommen. Innerhalb einer Nacht sind meine Hände zum Mordwerkzeug geworden.

Angestrengt versuche ich nachzudenken. Über mein Leben, das mit gerade mal fünfundzwanzig Jahren scheitert. Über sein Ende, das bevorsteht. Über die Dinge, die ich tun kann, und jene, die außerhalb meiner Macht liegen. Nichts kann mich mehr retten. Die Hoffnung gleitet mir aus der Hand wie glitschige Seife. Eisige Angst ergreift mich. Eine trostlose Angst, denn es gibt kein Zurück.

Bis vor ein paar Stunden habe ich geglaubt, dass ich es wissen muss. Ich wollte alles schonungslos von mir selbst erfahren. Ich war überzeugt, mein echtes Ich sehen zu müssen. Hello kann weiterleben, auch wenn er nicht weiß, wer er ist, aber ich bin ein Mensch. Ich kann unmöglich auf dieser Welt weiterleben, wenn ich nicht weiß, wer ich bin und was ich verursacht habe. Aber jetzt, wo ich alles weiß, merke ich, dass es sinnlos war. Egal, was ich weiß und was ich tue, es gibt für mich keine Zukunft. Ich übertrage meine Verzweiflung auf meine Mutter.

Du hättest dich beherrschen sollen, auch wenn du ärgerlich warst. Warum hast du deinen ursprünglichen Plan nicht durchgeführt? Du hättest mit mir auf dem Beifahrersitz ins Meer rasen sollen. Dann hätte ich das alles nicht erfahren müssen. Ich müsste mir nicht in all meiner Verachtung und meinem Elend in die Augen schauen. Ich müsste mich nicht dem Feind in mir stellen, der mein Leben in den Abgrund gerissen hat.

Ich lege den Kopf auf den Schreibtisch. Wie ein Boxer, der den entscheidenden Schlag abbekommen hat, lasse ich mich fallen. Dann lausche ich mit geschlossenen Augen dem Quietschen der leeren Schaukel. Jäh öffne ich sie wieder, denn das Geräusch kommt nicht aus der richtigen Richtung. Es ist nicht die Schaukel, sondern der Klingelton der Haustür unten im Gebäude. Ich werfe einen Blick auf die Tischuhr. 21:00 Uhr.

Wer klingelt so spät? Hae-jin kann es nicht sein. Ist das die Tante? Der Pförtner? Vielleicht klingelt die Besitzerin von Hello am Hauseingang, weil sie ohne Schlüsselkarte draußen war und niemand bei ihr zu Hause ist. Das kommt manchmal vor. Mir ist so etwas auch schon zwei Mal passiert.

Es klingelt penetrant. Ich räume die Gegenstände auf dem Schreibtisch ins Schubfach, gehe hinunter und stelle mich vor die Gegensprechanlage. Wie vermutet, kommt das Klingeln nicht von der Wohnungstür, sondern vom Haupteingang. Aber es ist nicht die Besitzerin von Hello. Ich schalte den Bildschirm ein und sehe ein fremdes Gesicht. Es ist ein Mann mit schwarzer Mütze und schwarzer Jacke.

»Wer ist da?«, frage ich mit gedrücktem Lautsprecherknopf.

Der Mann macht einen Schritt zurück und drückt den Rücken durch. »Es liegt eine Anzeige vor. Machen Sie bitte die Tür auf.«

Ein weiterer Mann in gleichem Outfit kommt auf dem Bildschirm zum Vorschein. Es ist die Polizei. Panik überflutet mich. Das Gesicht des singenden Fasses schießt mir durch den Kopf. Ich höre die Stimme meiner Mutter.

»Na, was willst du jetzt machen?«

Ich nehme meine Hand vom Lautsprecherknopf und gehe einen Schritt zurück. Na, was soll ich machen, Mutter? Ausreißen? Mich stellen? Oder soll ich mich schlicht umbringen?

Prädator

Wir sind von der Kreispolizeibehörde in Gundo. Entschuldigen Sie bitte die Störung.«

Der Polizist schubst mich zur Seite und tritt ein. Er sieht jung aus, höchstens Mitte dreißig. Der andere ist in ähnlichem Alter. Sie haben zwar die Handschellen nicht rausgeholt, wirken aber, als ob sie einen Täter auf frischer Tat ertappen wollten.

»Wohnen Sie hier?«, fragt Polizist Nummer eins.

Na ja … habe ich die Tür aufgemacht, oder nicht? »Ja.«

»Sind Sie jetzt allein hier?«

»Ja.«

»In welchem Verhältnis stehen Sie zur Besitzerin der Wohnung?«

»Ich bin ihr Sohn.«

»Wie ist denn ihr Name?«

Hier stimmt irgendetwas nicht. Denn wenn sie meinetwegen hier wären, würden sie zuerst meine Identität klären. Sie interessieren sich aber nur für diese Wohnung und die Besitzerin.

»Ihr Name ist Kim Ji-won«, antworte ich, worauf sie sich bedeutungsschwanger ansehen und mich anschließend von Kopf bis Fuß mustern. Ich bin in T-Shirt, Jogginghose, barfuß. Auch ich beobachte die beiden. Wenn das Fass die Tat gesehen und in einem Anfall von verspätetem Gerechtigkeitssinn bei der Polizei angezeigt hätte und ein Indiz auf mich als mutmaßlichen Täter deuten würde, dann wären nicht nur zwei Polizisten in Uniform erschienen, sondern ein ganzes Ermittlungsteam.

»Sie sagen also, Sie sind der Sohn von Frau Kim Ji-won?«, fragt Polizist Nummer eins.

Ich nicke und frage: »Was ist denn passiert?«

»Können Sie sich bitte ausweisen? Wir müssen uns versichern, dass Sie die Wahrheit sagen.«

Erleichtert stelle ich fest, dass sie nicht meinetwegen gekommen sind. Es liegt auch keine Anzeige von dem Fass vor. Sie wollen zu Mutter, ihr Besuch hat nichts mit dem Mordfall von gestern zu tun. Unklar ist mir nur, wer meine Mutter bei der Polizei gemeldet hat und warum.

Ich baue mich breitbeinig auf. »Ich möchte zuerst erfahren, was hier los ist.«

»Vorhin hat eine Frau Kim Ji-won bei der Polizei gemeldet, dass bei ihr zu Hause eingebrochen wurde und dass sie sich deswegen nicht in die Wohnung traute. Wir sollten schnellstens kommen«, antwortet Polizist Nummer eins und sieht dabei unauffällig durch die halb geöffnete Zwischentür.

»Das hat meine Mutter getan?« Ich muss gar nicht den Verdutzten spielen, ich bin es. Was soll diese absurde Geschichte? »Meine Mutter ist aber zum Beten in die Exerzitien gegangen.«

»Beten? Wann ist sie denn gegangen?«

»Heute früh. Vielleicht war es ja eine Falschmeldung.«

»Wir sind gekommen, nachdem wir die Identität der Person geprüft haben.«

Ach, natürlich, ohne erst die Identität der meldenden Person festzustellen, wärt ihr bestimmt nicht aufgekreuzt. »Sagen Sie mir bitte die Telefonnummer. Ich kann Ihnen dann sagen, ob es jene meiner Mutter ist.«

»Der Anruf kam aus einer Telefonzelle. Lassen Sie mich bitte zuerst Ihren Ausweis sehen.«

Ich möchte aber nicht raufgehen und die Polizisten unten allein lassen. Woher soll ich wissen, dass die ungebetenen Gäste nicht herumschnüffeln?

»Ich müsste eine Etage höher. Wenn ich Ihnen meine Daten sage, können Sie meine Identität doch …«

»Gehen Sie den Ausweis holen.«

Polizist Nummer eins steht mit verschränkten Armen vor mir und sieht mich scharf an. Seine Augen verraten mir, dass ich ihm zu viel rede.

»Warten Sie bitte hier.« Ich gehe ins Wohnzimmer. Dann setze ich den Fuß auf die erste Stufe und werfe einen flüchtigen Blick zurück. Wie vermutet, steckt Polizist Nummer zwei seinen Kopf durch die Zwischentür und sieht sich in der Wohnung um. Ich nehme drei Stufen mit jedem Schritt. Mutter lag im Tisch, die Tante war in ihrer Praxis, und Haejin müsste mittlerweile am Bahnhof in Mokpo angekommen sein. Mutter konnte nicht angerufen haben, und Hae-jin ist keine Frau. Also die Tante. Sie kennt Mutters Daten und ist in einem ähnlichen Alter. Sie kann sich als meine Mutter ausgeben. Warum sie die Meldung bei der Polizei gemacht haben könnte, muss ich später in Ruhe überlegen.

Kaum eine Minute später stehe ich wieder vor den Polizisten. Ich reiche Polizist Nummer eins meinen Ausweis. Abwechselnd sieht er mich und den Ausweis an und reicht ihn dann seinem Kollegen. Dieser geht damit aus der Wohnung und tauscht sich über Funk mit einem Kollegen aus. In der Zwischenzeit stehen Polizist Nummer eins und ich uns wortlos gegenüber.

»Alles geklärt«, sagt Polizist Nummer zwei, während er zurückkommt, und reicht Nummer eins den Ausweis. Dieser nimmt ihn, schaut sich die Vorder- und Rückseite an und gibt ihn mir zurück.

»Zu wievielt wohnen Sie hier?«

»Zu dritt sind wir. Mutter, mein älterer Bruder und ich.«

»Haben Sie keine anderen Mitbewohner?«

Ich verneine, und Polizist Nummer eins fragt: »Übrigens, seit wann sind Sie zu Hause?«

»Seit gestern.«

»Warum sind Sie dann vorhin nicht ans Telefon gegangen?«

»Ans Telefon?«, frage ich zurück. Die unbekannte Nummer, die ich vorhin ignoriert habe, war also die Polizei. Sie müssen vor dem Einsatz angerufen haben, um sicherzugehen. Die falsche Frau Kim Ji-won, die offenbar aus einer Telefonzelle bei der Polizei angerufen hat, hat vermutlich unsere Festnetznummer als Kontakt angegeben. Danke, Tante. »Ich habe das Klingeln nicht gehört. Ich war wohl im Bad.«

Polizist Nummer eins nickt und gibt mir seine Visitenkarte. Kreispolizei Gundo.

»Wenn Ihre Mutter zurückkommt, sagen Sie ihr bitte, sie soll sich umgehend bei uns melden. Wenn es sich herausstellen sollte, dass sie eine Falschmeldung abgegeben hat, dann kann es sein, dass sie persönlich erscheinen muss.«

Ich beobachte, wie sie fortgehen. Dann höre ich den Fahrstuhl und renne zur Veranda, öffne das Fenster und sehe hinunter. Im Nebel dreht sich das Blaulicht. Der Streifenwagen verschwindet kurz danach durch den Hintereingang.

Mir kommt wieder die Tante in den Sinn. In Anbetracht der Tatsache, dass unser Telefonat nicht einmal einen Tag her ist, hat sie überstürzt gehandelt. Sie weiß bestimmt, dass sie wegen einer Falschmeldung bestraft werden kann. Dass sie bereit war, die Konsequenzen zu tragen, bedeutet, dass sie triftige Gründe hat. Entweder weiß sie etwas, oder sie hat eine Vermutung. Oder sie möchte sich gern vergewissern, ob das, was sie denkt, wahr ist, fürchtet sich aber, selbst herzukommen. Also schickt sie die Polizei, um nachzuschauen, ob es bei uns Probleme gibt.

Sie muss sich dafür entschieden haben, einen Diebstahl zu melden, da so die Polizei am schnellsten vor Ort ist. Wenn sie eine Vermisstenanzeige aufgegeben hätte, hätte sie sich ausweisen müssen, und es ist unsicher, ob sie aufgenommen werden würde, da Mutters Verschwinden nicht einmal vierundzwanzig Stunden her ist.

Ich erinnere mich daran, dass Hae-jin hinter der verschlossenen Zimmertür mit der Tante telefoniert hatte. Was hat sie ihm gesagt? Über Mutter? Über mich? Jedenfalls hat sie sich sehr um das Wohl meiner Mutter gesorgt. Und weil ich die Ursache für ihre Besorgnis bin, hatte sie Hae-jin angerufen. Wenn ich herausbekomme, worin diese Ursache gründet, kann ich ihr Verhalten auch verstehen.

Zurück in meinem Zimmer, setze ich mich an den Schreibtisch. Im Heft schlage ich das Jahr 2015 auf. Es gibt nur wenige Notizen für das Jahr. Das gilt auch für die Vorjahre.

Der Junge will auf die Law School gehen. Der Junge setzt sein Studium fort. Der Junge beginnt sein Soziales Jahr. Der Junge hat ein Urlaubssemester beantragt. Der Junge setzt seinen Willen durch und beginnt mit dem Jurastudium. Der Junge, der Junge, der Junge …

»Der Junge« war ich. Es gibt keine Aussagen zu Hae-jin, den sie doch abgöttisch liebt. Auch nicht zu Yu-min, den sie so schmerzlich vermisst. Von Vater brauche ich gar nicht zu reden. Dieses seltsame Tagebuch konzentriert sich ausschließlich auf mich. Die meisten Einträge sind banal und bestehen aus nur einem Satz. In den wenigen längeren Passagen stehen Ereignisse, die auch ich kenne und meiner Erinnerung entsprechen. Erst Ende April 2006 steht etwas, das mir völlig neu ist.

Donnerstag, 20. April
Jeden Tag, jeden Moment flehen mich die Augen des Jungen an: Bitte lass mich zurück ins Wasser. Welche Mutter könnte solche Blicke ihres Kindes aushalten oder gar ignorieren? Ich habe vorhin Hye-won angerufen und gefragt, ob ich ihn doch weiter schwimmen lassen darf. Sie antwortete wie vermutet: Nein, denn es wird sich wiederholen.

Ich weiß. Ich weiß es. Ich bin seine Mutter, und ich kenne ihn. Mit dieser Frage habe ich sie quasi gefragt, ob er mit der Medikamenten-Therapie aufhören kann. Hye-won warnte mich: Was für Yu-jins Leben wichtig ist, ist nicht, dass er Schwimmchampion wird, sondern dass er nicht zur Gefahr für sich und andere wird.

Ich musste mich damit abfinden. Mein Lebensziel und der

Zweck von Hye-wons Behandlung ist genau das: Er soll als ungefährliches Wesen ein normales Leben ohne große Schwierigkeiten führen.

Ich bin wie vor den Kopf gestoßen und fühle mich, als hätte ich urplötzlich eine Ohrfeige bekommen. Weil ich dachte, ich hätte mich verlesen, habe ich die ganze Passage noch einmal genau studiert und bin dabei mit dem Finger Wort für Wort mitgegangen.

Ende April 2006 hatte ich mit dem Schwimmen aufgehört. Damals war ich freiwillig zu meiner Tante gegangen, um sie zu bitten, Mutter davon zu überzeugen, dass ich mit dem Schwimmen weitermachen darf. Sie hörte mir sanft lächelnd zu, schätzte mich aber eiskalt ein. Trotzdem erzählte ich ihr alles offen, da ich von ihrer Hilfe viel erwartete. Als meine Hoffnungen zerbrachen, hatte ich das Gefühl, dass mir der Boden unter den Füßen weggezogen wurde. Nichtsdestotrotz nahm ich ihr das nicht übel. Ich beschloss lediglich, ihr nie wieder zu vertrauen.

Dabei war alles andersrum. Meine Mutter wollte, dass ich die Medikamente absetze und weiter schwimme. Und die Tante erhob Einwände und zeigte die Rote Karte. Die wichtigste Angelegenheit meines Lebens entschied also nicht meine Mutter, sondern die Tante, die jüngere Schwester meiner Mutter, die mich weder auf die Welt gebracht noch aufgezogen, geschweige denn je geliebt hatte. Wie konnte sie sich das nur anmaßen?

Als mein Name aus dem Register der Profischwimmer gelöscht wurde, war ich am Boden zerstört. Ich erinnere mich an den Anblick, als ich auf meine in Flammen stehenden Sachen hinuntersah. Die finstere Wut, die in mir loderte, und die Tränen, die ich unterdrückt hatte, kommen wieder hoch. Auch der Moment, als Hae-jin befangen vor der Stahltür stand, als wäre es seine Schuld, dass es so weit gekommen war. Mutter war nicht einmal auf die Dachterrasse gekommen. Als ich ins Wohnzimmer zurückkam, fragte sie ohne jegliches

Mitgefühl mit tonloser Stimme nur: »Hast du die Glut gut gelöscht?« Und das alles hatte meine Tante bestimmt?

Ich versuche, die aufsteigende Wut zu unterdrücken, und strenge mich an, pragmatisch zu bleiben. Ich biete alle Kräfte auf, um aus diesen verwirrenden Sätzen die Wahrheit herauszufiltern. Bedeutet »als ungefährliches Wesen ein normales Leben ohne große Schwierigkeiten führen« so viel wie »ohne Anfälle zu leben«?

Nein, ganz egal, wie man es dreht und wendet. Unterdrückt man die Anfälle, werde ich nicht automatisch ein ungefährliches Wesen, denn Menschen ohne Anfälle sind nicht zwangsläufig harmlos. So ist die Welt nun mal.

Es soll wohl bedeuten: Will ich kein schädlicher Mensch werden, muss ich die Medikamente nehmen. Oder umgekehrt: Mit den Medikamenten kann man verhindern, dass ich ein gefährlicher Mensch werde.

Es hat keinen Sinn zu fragen, ob das medizinisch möglich ist. Und auch weshalb ich überhaupt therapiert wurde, werde ich später zu klären versuchen. Zuerst muss ich prüfen, für welche Diagnose das Präparat Remote bei mir verschrieben wurde. Ich muss wissen, ob es als Antiepileptikum eingesetzt wurde, wie ich bis jetzt dachte, oder ob es dem Lebensziel meiner Mutter und dem Behandlungsziel meiner Tante dienen sollte.

Ich tippe im Suchfeld des Handys *Remote* ein. Das meiste ist mir bekannt. Es ist ein Therapeutikum gegen Epilepsie, bipolare Störungen und ADHS. Ich habe noch nie gehört, dass ich Depressionen oder ADHS hätte. Epilepsie ja, ich hatte effektiv zwei Anfälle. Interessanter war ein Satz im Kleingedruckten:

Bei Langzeit-Patienten, die das Medikament plötzlich absetzten, wurden Anfälle im Bereich des Temporallappen festgestellt.

Was trifft auf mich zu? Brachen die medikamentös unterdrückten Anfälle durch das Absetzen aus, oder war ein Anfall eine Nebenwirkung der Entzugserscheinungen? Um die Antwort zu finden, muss ich jede einzelne Zeile in diesem

Heft sehr genau lesen. Die vorhergehende Erwähnung der Medikamente liegt lange zurück, im Jahr 2002.

Donnerstag, 11. April
Die ganze letzte Woche schien der Junge halb tot. Ich vermute, dass die Nebenwirkungen der Medikamente – Kopfschmerzen, Tinnitus und Erschöpfung – auf dem Höhepunkt sind. Dennoch nahm er gestern am Wettbewerb teil, verpasste aber mit einem Rückstand von 0,45 Sekunden klar eine Medaille. Noch immer sehe ich sein Gesicht, wie er mit seiner Hand am Touchpad zur Anzeigetafel hochschaute. Seine Augen waren die eines Raubtiers, das Kinn herausfordernd vorgeschoben und der Körper leichenblass.

Er konnte die ganze Nacht nicht einschlafen, schloss sich in seinem Zimmer ein und stöhnte, als ob man ihm einen gesunden Zahn herausgezogen hätte. Die Wut war nicht zu besänftigen. Er gab mir auch keine Möglichkeit, ihn zu trösten. Er hasst seine Lage. Und bestimmt hasst er mich dafür, dass ich ihm Medikamente gebe.

Vor seiner Tür ging ich auf und ab. Ich frage mich immer öfter, ob ich mit den Konsequenzen leben kann.

Meine Mutter hatte da etwas missverstanden. Nicht unter den Nebenwirkungen und Niederlagen litt ich am meisten, sondern unter ihren Strafen, die ich bekam, wenn ich ihre Regeln gebrochen hatte. Dann durfte ich nämlich nicht ins Schwimmbad. Wenn ich eine Regel brach, galt das Verbot für zwei Tage, wenn ich zwei Regeln gleichzeitig brach, für vier Tage. Wenn ich aber drei Regeln brach oder aber eine sehr gewichtige, dann galt das Verbot auf unbestimmte Zeit, bis sie wieder Lust hatte, mich gehen zu lassen.

Ich hatte mein Bestes getan, um mich an ihre Regeln zu halten. Nur hatte ich oft nicht verstanden, warum manche Sachen unter diese Regel fielen. Zum Beispiel, wenn ich mir heimlich etwas ausgeliehen hatte und vergaß, es zurückzugeben, dann entsprach es einem Diebstahl, also einem

Regelverstoß. Wenn ich die Wahrheit nicht zugegeben hatte, war es eine Lüge. Und wenn ich jemandem einen Denkzettel verpasst hatte, war es mit Gewalt gleichzusetzen.

Die erste Strafe auf unbestimmte Zeit bekam ich in der vierten Klasse. Es war im Herbst, einen Monat später wollten wir nach Incheon ziehen. Ich kam nach dem Training nach Hause und hörte Mutters Stimme aus dem Wohnzimmer.

»Han Yu-jin, komm her und setz dich.«

Sie saß auf der Couch, und vor ihr auf dem Tisch stand ein mir bekannter Karton. Den Inhalt kannte ich genau. Eine Haarspange mit Schmetterlingen, ein Glitzer-Haarreif, verschiedene Figuren und Schlüsselanhänger, eine Geldbörse, ein Handspiegel, eine Damenbinde, ein Radiergummi, ein Federmäppchen, ein schwarzer Badeanzug und eine Badekappe mit einem Pinguin drauf. Ich stellte meinen Schulranzen ab und setzte mich zu meiner Mutter.

»Was ist das?«, fragte sie und zeigte auf den Karton.

Ich blickte auf den Namen Han Yu-min, der mit einem Marker darauf geschrieben war.

»Enttäusche mich nicht mit einer Lüge. Er stand in deinem Zimmer hinter dem Bücherregal.«

Ich hatte nicht vor zu schwindeln. Der Karton gehörte meinem Bruder Yu-min. Mutter hatte ihm den besorgt, damit er seinen Kleinkram reinpacken konnte: Bausteine, Schrauben von Spielsachen, seine Zwille, Kugeln für die Softair-Pistole und so weiter. Seinen Namen hatte sie selbst draufgeschrieben, sodass sie es eigentlich besser hätte wissen müssen. Ich hatte lediglich statt Krimskrams heimlich geborgte Sachen darin gesammelt.

Die meisten Sachen waren von Mädchen. Mädchen, die mir gefielen oder auch nicht, die ich kannte oder auch nicht, die ihre Schwimmtaschen schlampig irgendwohin warfen. Am Anfang war das nur Spaß. Später war ich fast besessen davon. Je schwerer der Gegenstand zu bekommen war, desto reizvoller war die Herausforderung für mich. So zum Beispiel bei der Damenbinde.

»Yu-min hat ihn mir gegeben«, antwortete ich und schaute ihr in die Augen.

»Wann?«

»In der dritten Klasse.«

Wir sahen uns eine Zeit lang wortlos an.

»Das heißt, du hast letztes Jahr mit diesem Unfug angefangen.«

»Das war ich nicht. Aber es ist mein Fehler, dass ich es dir nicht früher gesagt habe. Nach seinem Tod habe ich es einfach vergessen«, gab ich zu.

Meine Mutter bohrte nicht mehr nach. Sie tischte mir auch keine Bibelgeschichten auf, dass man nicht stehlen sollte. Stattdessen erteilte sie mir Schwimmbad-Verbot. So konnte ich auch nicht am Training teilnehmen. Ihr Urteil galt auf unbestimmte Zeit. Klauen, lügen und dann auch noch die Verleumdung meines Bruders, das waren drei schwerwiegende Regelverstöße. Bis wir nach Incheon gezogen waren, durfte ich noch nicht einmal in die Nähe des Schwimmbads. Meine Sehnsucht nach dem Schwimmen war so groß, dass ich jede Nacht bäuchlings im Bett Schwimmbewegungen imitierte.

Mutter wusste genau, wie sie mich am besten quälen konnte und was sie mir wegnehmen musste, damit ich auf die Knie ging. Die Schuldgefühle, die sie anschließend quälten, hatte sie wohl damit kompensiert, dass sie ihr Leiden als strafen Müssende in das Heft schrieb. Dadurch landeten die Geheimnisse, die hinter den Kulissen meines Lebens geschehen waren, quasi auf meinem Schreibtisch. Wenn meine Mutter nicht gestorben wäre, hätte ich sie nie erfahren.

Ich lese weiter.

Montag, 4. Februar
Das Verlangen scheint Yu-jin übermenschliche Kraft zu verleihen. Er beschwert sich nicht mehr über die Nebenwirkungen, verweigert auch die Medikamente nicht mehr, noch spuckt er sie heimlich aus. Ganz von allein steht er um halb sechs auf und

bereitet sich fürs Schwimmbad vor. Nach dem Morgentraining isst er im Auto auf dem Weg zur Schule sein Frühstück. Ich dachte, dass er von sich aus vor Erschöpfung das Schwimmen aufgeben wird, wenn ich ihn das Schwimmen und die Schule parallel machen lasse. Aber er lässt sich nichts anmerken. Das ist seit dem Dezembertag so, an dem er mich fragte, ob Epilepsie die Krankheit ist, bei der man sich mit Schaum vor dem Mund windet.

Den Sinn der Frage habe ich sofort erkannt. Und auch, dass Yu-jin etwas missverstanden hat und den angeblichen Grund seiner Medikamente herausgefunden hat. Wie er das geschafft hat, ist nicht wichtig. Er hätte in einer Apotheke fragen oder auch im Internet danach suchen können. Wichtig ist, dass der Junge Angst hat. Angst davor, dass er sich im Schwimmbad mit Schaum vor dem Mund winden wird, oder davor, dass er deswegen nicht schwimmen darf.

Ich korrigierte sein Missverständnis nicht. Ich wog ab, dass es besser ist, ihn damit leben zu lassen, und schwieg, obwohl ich wusste, welche Antwort der Junge gern gehört hätte. In einer Ecke meines Herzens hatte ich gehofft, dass er vielleicht das Schwimmen aufgeben wird. Wider Erwarten akzeptierte er die Medikamente und ihre Nebenwirkungen. Allem Anschein nach glaubt er, weiter schwimmen zu können, wenn er nur seine Medikamente einnimmt.

Jedes Mal, wenn ich ihn erschöpft sehe, leide ich unter Schuldgefühlen. Hye-won sagte, ich soll dieses Missverständnis ausnutzen, wenn es schon da ist. Ich soll es verwenden, um den Jungen im Zaum zu halten, wenn er die Medikamente absetzen will. Als ich fragte, ob das richtig sei, antwortete sie, dass es zu spät sei, über richtig oder falsch nachzudenken.

Ich schaue auf. Die Schrift schwankt so sehr vor meinen Augen, dass ich nichts mehr erkennen kann. Im Kopf dröhnt es, als ob meine tote Mutter mit einer Schaufel auf meinen Hinterkopf schlagen würde. Unsicher, ob ich den Inhalt richtig verstanden habe, gehe ich mehrmals im Text zurück und lese ihn wieder und wieder. Vielleicht, denke ich, habe ich etwas zwischen den Zeilen überlesen.

Aber ich habe mich nicht verlesen. Mutter gestand, dass alles ein Missverständnis war. Ich hatte also nicht von Anfang an eine Behinderung, die mir den Lebensweg versperrt hätte. Sie hatte sich mit ihrer Schwester verschworen und mein Leben zerstört.

Mein Kopf ist wie von Vulkanasche vernebelt. Selbst wenn man mir gestanden hätte, dass Hello aus der zweiundzwanzigsten Etage mein Vater sei, wäre ich weniger schockiert. Ich hätte akzeptiert, dass ich ein Hundesohn bin. So aber ist es ein boshafter Scherz. Ein Scherz, der mich zu einer Marionette macht.

Die Jahre, in denen ich mich von meiner Mutter und meiner Tante tyrannisieren ließ, ziehen wie Stromschnellen vor meinem inneren Auge vorbei. Was ich alles aufgeben und akzeptieren musste, die finsteren Nächte, in denen ich vor Frustration gezittert hatte. All das unter dem Vorwand meiner angeblichen Epilepsie. Wut durchpulst mich. Mein ganzer Körper lodert wie auf glühenden Kohlen. Ich habe das Gefühl, in einer Feuersäule zu atmen. Am liebsten würde ich auf die Dachterrasse rennen und meiner Mutter ins Gesicht schreien. Warum, warum nur hast du das getan?

»Reg dich nicht auf«, höre ich Mutters Stimme hinter meinem Rücken. Auch das Geräusch der quietschenden Schaukel kehrt zurück. Ich stehe vom Stuhl auf und ziehe die Jalousien hoch. Mutter sieht immer noch von der Schaukel in den Himmel. Ihre langen schwarzen Haare hängen herunter, und die weißen kleinen Füße streifen den Boden der Pergola.

»Es muss doch Gründe gegeben haben, oder nicht?«, flüstert sie.

Selbstverständlich, es wird Gründe gegeben haben. Muss es, wenn sie mein Leben derart zerstört hat. Die hat sie wohl im Heft versteckt. Ich nicke artig. Okay, Mutter, ich werde mich beruhigen und nach den Gründen suchen. Nur eins, die Gründe sollten besser überzeugend sein, und zwar so, dass ich sie verstehe. Du weißt doch, dass ich langsam denke. Und auch, dass ich ein sehr nachtragender Mensch bin. Du solltest es mir also wirklich sehr gut erklären.

Auf dem Schreibtisch klingelt das Handy. Ich ergreife es. Ein netter Name steht auf dem Display. *Zickentante*.

Frühmorgens halb sechs. Der längste Tag und die längste Nacht meines Lebens sind zu Ende. Ein neuer Tag, von dem ich dachte, er würde nicht vor hundert Jahren kommen, beginnt. In den letzten Stunden habe ich mit den stummen Zeugen gekämpft. Die Wolldecke, der Bezug, die Klamotten, die ich in die Badewanne geschmissen hatte. Ich kann die Sachen weder verbrennen noch wegwerfen. Auch verstecken kann ich sie nicht, es sei denn, ich esse sie auf. Ich würde sie also wohl oder übel waschen müssen.

Zuerst bin ich den einfachsten Weg gegangen. Ich habe sie mit kaltem Wasser und Waschmittel in die Badewanne gesteckt, stampfte darauf herum und tauschte das Wasser, bis kein Blut mehr zu sehen war. Immer wenn die Füße nahezu erfroren waren, nahm ich sie aus der Wanne und tauchte sie in warmes Wasser. Für die ganze Mühe ist das Ergebnis nicht sehr zufriedenstellend. Die Blutflecke sind statt rötlich nun einfach braun geworden. Dank der Anstrengung hat sich aber immerhin mein Puls beruhigt. Meine Wut ist verraucht, und auch mein überhitzter Kopf hat sich entspannt. Jetzt kann ich die Fassung wahren, und ich bin fest entschlossen, dieses Chaos durchzustehen.

Trotzdem habe ich kaum Lust, zum Heft zurückzugehen. Tatsächlich habe ich Angst. Davor, dass meine tote Mutter in meinem Kopf einen höheren Gang einlegen könnte. Dass mein Nervensystem den Befehl geben könnte: »Geh und bestrafe.« Außerdem wurde meine Geduld mit ständigen Anrufen von dem Objekt der Bestrafung strapaziert. Einmal gegen Mitternacht, zehn Minuten später noch einmal. Beide Male ging ich nicht ran. Da ich ein menschlicher Hochofen war, wollte ich jeden Brandverstärker meiden.

Erst jetzt fällt mir wieder ein, dass es ja Google gibt. Mein Hirn muss ausgefallen sein. Ich nehme das Handy mit den zwei unbeantworteten Anrufen von der Zickentante und tippe im Suchfeld *Blutfleck entfernen* ein. Ich bekomme viele Hausmittel aufgelistet, jedes soll Wunder wirken und eins besser sein als das andere. Mit Zahncreme einreiben, mit Gesichtsreinigungscreme sanft auswaschen, mit geriebenem Rettich abdecken und ziehen lassen oder mit einem mit Wasserstoffperoxid getränktem Handtuch ausreiben.

Die Methoden klingen ausgefallen, aber nichts für Bettdecken und Bezüge. Ich bleibe besser dem Bleichmittel treu. Also stopfe ich die Decken und Klamotten in einen Eimer. Auch die Nachhilfestunde-Jacke aus dem Schrank. Wenn ich einmal dabei bin, wasche ich lieber alles, was mit der Nacht von vor zwei Tagen zu tun hat.

Dann gehe ich auf die Veranda zur Waschmaschine, fülle Klamotten, Socken und die Nachhilfestunde-Jacke hinein und drücke auf Buntwäsche und Extraleise, denn ich muss der Maschine einen Knebel in den Mund stecken, da Hello hellhörig ist.

Kaum bin ich zurück, klingelt das Festnetztelefon abermals. Es ist wieder meine Tante. Die Uhr zeigt 05:56 Uhr. Zu dieser Zeit muss ich rangehen, da sie weiß, dass ich jetzt wach bin. Ich drücke den grünen Knopf.

»Bist du gestern Abend zeitig ins Bett?«, fragt sie gereizt, als ob sie damit kritisieren will, dass ich gestern nicht ans Telefon ging.

Ich hätte ihr am liebsten erklärt, was die meisten Menschen um Mitternacht tun. Da telefoniert man nicht mit der Schwester der Mutter, sondern man schläft. Was auch sie besser getan hätte, ob mit jemandem oder auch allein.

»Yu-jin?«, ruft sie, weil ich ihr nicht geantwortet habe, und so antworte ich: »Ich bin früh schlafen gegangen.«

»Ach so. Ich wollte gerade ins Bett gehen, aber es interessierte mich einfach, und deshalb habe ich angerufen. Hast du nicht das Ergebnis von der Prüfung bekommen?«

Mich hingegen interessiert, warum sie sich ausgerechnet um Mitternacht dafür interessiert. »Habe bestanden.«

»Wirklich?« Ihre Stimme klingt übertrieben überrascht, dass es für mich fast klingt wie: »Ausgerechnet du.«

Das ärgert mich, denn sie weiß es bestimmt schon von Hae-jin. Aber mich ärgert ja alles, was die Tante sagt.

Schließlich kommt sie auf den Punkt: »Deine Mutter weiß noch nichts davon, oder?« In ihrem Tonfall schwingt ihre Überzeugung mit, dass ich doch sicher weiß, wo sie sich gerade aufhält.

»Ich habe ihr nur eine Nachricht geschickt, ihr Handy ist immer noch ausgeschaltet.«

»Sie hat sich also noch nicht gemeldet. Heute ist doch schon der zweite Tag, sollten wir nicht auf die Suche gehen?«

Ich frage mich, ob sie denkt, dass ich nicht weiß, dass sie mir höchstpersönlich die Polizei auf den Hals geschickt hat. Oder sie weiß, dass ich es weiß, und trotzdem versucht sie, mich unauffällig anzustacheln, um meine Reaktion zu sehen. »Nun ja, es macht mir schon langsam Sorgen.«

»Und was willst du tun? Hast du irgendwelche Pläne?«

»Ich bespreche das mit Hae-jin, wenn er wieder da ist.«

»Ist er nicht da?«

Als ob sie das nicht wüsste. »Er ist nach Mokpo gefahren.«

»Warum das?« Sie tut nun neugierig.

»Um zu arbeiten, was sonst?«

»Ach so, die Arbeit. Und du, was willst du jetzt machen?«

Ich seufze. Wann will sie denn endlich auflegen? An Silvester?

»Ich war gerade auf dem Sprung, um laufen zu gehen.«

»Jetzt schon? Es ist noch nicht hell. Gehst du immer um diese Zeit?«

»Ja.«

»Gestern auch?«

Gleich platzt mir der Kragen. Kann irgendwer bitte mal dieser Frau das Handy wegnehmen? Meine Stimme wird lauter. »Ich hatte verschlafen. Das habe ich dir gestern schon gesagt.«

»Autsch! Mein Trommelfell platzt ja gleich. Du meine Güte, es kann doch passieren, dass man sich mal nicht an alles erinnert. Du regst dich aber auch auf. Werde du mal so alt wie ich. Da wirst du auch so vergesslich sein.«

In diesem Moment merke ich die Kraft der Gene. Die Redeweise der beiden Schwestern ist identisch. Zuerst provozieren sie mich bis zum Gehtnichtmehr, und dann sagen sie spöttisch, dass ich mich abregen soll.

Nachdem ich aufgelegt habe, gehe ich zu meinem Schreibtisch. Dort schlage ich das Heft wieder auf. Es dauert zwei Stunden, bis ich von 2002 bis ins Jahr 2000 gekommen bin.

Freitag, 21. Juli
Gestern ist Yu-jin mit den Kindern des Schwimmvereins ins Sommercamp auf den Jiri-Berg gefahren. Seitdem habe ich mir ununterbrochen Sorgen gemacht. Nachdem er wegen der Nebenwirkungen stationär behandelt wurde, haben wir die Medikamente abgesetzt. Wir warten mit dem neuen Mittel ab, bis die Leberwerte wieder in den Normalbereich kommen. Deswegen war Hye-won gegen das Sommercamp, aber ich habe es erlaubt.

Über die flehenden Augen des Jungen konnte ich einfach nicht hinwegsehen. Ich dachte, was kann schon passieren, wenn der Trainer und die anderen Kinder dabei sind? Ich ließ ihn ohne Wissen von Hye-won mitfahren und hoffte wohl auf etwas Glück. Der Preis dafür war, dass ich wie auf heißen Kohlen saß und den ganzen Tag zum Telefon starrte. Der Trainer wird sicher anrufen, wenn etwas passiert, dachte ich.

Am frühen Morgen klingelte das Telefon. Noch bevor ich die Augen öffnete, war mir klar, dass es der Trainer war. Er sagte, Yu-jin sei verschwunden, er habe es bei seinem Rundgang bemerkt. Es gab aber niemanden, der ihn hinausgehen sah, und keine Aufnahmen von der Überwachungskamera, sodass man nicht sagen konnte, wann er verschwunden ist. Polizei und Feuerwehr suchen bisher vergebens.

Ich kann mich nicht erinnern, wie ich losfuhr, ich weiß nur, dass ich den zweiten Anruf vom Trainer bekam, nachdem ich durch die Mautstelle in Inwol gefahren war. Er sagte, man habe ihn gefunden. In einem Ferienhaus, das acht Kilometer entfernt war. Er soll dort in der Morgendämmerung an die Tür geklopft haben. Ich hatte das Gefühl, als ob meine Hände am Lenkrad schmelzen würden.

Als ich ankam, war der Junge eingeschlafen. Er hatte zwar überall Schürf- und Kratzwunden, war aber sonst ganz in Ordnung. Ein Polizist, der an der Suche beteiligt gewesen war, wollte wissen, ob so etwas früher schon mal vorgekommen sei, ob er die Angewohnheit hat, in der Nacht herumzulaufen, ob er ein chronisches Leiden wie Schlafwandeln, Narkolepsie oder Epilepsie hat. Und ich gab immer die gleiche Antwort. Nein, nein, nein.

Was wirklich passiert war, erfuhr ich erst, nachdem der Junge aufgewacht war: Er stand in der letzten Nacht auf, um auf Toilette zu gehen, und da will er einen Geist gesehen haben. Hinter der Toilette war ein merkwürdiges Geräusch zu hören, so folgte er ihm und sah, dass etwas Weißes flatternd und schwebend davonflog. Er wollte herausbekommen, was es war, und folgte ihm. Und so fand er sich irgendwann an einem unbekannten Ort wieder. Erst da bemerkte er, dass er sich verlaufen hatte. Zum Glück strahlte der Vollmond hell, und so sah er die gelben Schleifen an den Ästen. Er erinnerte sich, dass sein Vater ihm mal erzählt hatte, dass Wanderer die Schleifen an den Wanderwegen anbringen. Er folgte ihnen, bis er an diesem Ferienhaus ankam. Das war alles.

Es hörte sich an, als ob er im Schlaf sprechen würde. Der Jiri-Berg war doch kein kleiner Hügel hinter dem Haus. Der Trainer und der Polizist, die es mithörten, empfanden es wohl so ähnlich wie ich. Unbeeindruckt von alldem, sah der Junge friedlich aus. Er wirkte sogar so munter, als ob er mit einem Welpen in der Gegend herumgetollt wäre und dann heimgekommen ist. Er war nur traurig, dass er aus dem Camp geworfen wurde.

Auf dem Weg nach Seoul schlief er die ganze Zeit im Auto.

Am liebsten hätte ich ihn geweckt, um zu fragen, was tatsächlich geschehen ist.

Meine Erinnerung an die Wahrheit ist recht deutlich. Es ist schon lange her, sodass die Umstände davor und danach etwas unklar sind, aber ich kann mich genau erinnern, was passiert war.

An jenem Nachmittag waren wir auf dem Rückweg vom Baden in der Bergschlucht. Ich entdeckte Pflöcke mit seltsamen Drahtschlingen am Rand eines Kartoffelackers. Ich fragte den Trainer, was das sei, und er antwortete, dass es Hasenfallen seien. Die Bauern installierten sie, um Schäden an der Ernte zu verhindern. Er schärfte mir ein, niemals in ihre Nähe zu gehen. Nun ist das die sicherste Methode, einen neunjährigen Jungen so richtig neugierig zu machen. Mitten in der Nacht, als alle Kinder eingeschlafen waren, schlich ich mit einer Taschenlampe hinaus. Ich konnte vor Neugier einfach nicht schlafen. Würden mit den Drahtschlingen tatsächlich Hasen gefangen? Würden die Hasen wirklich kommen?

Noch waren keine Hasen da. Ich hockte mich unter einen Akazienbaum, von dem aus ich die Pflöcke sehen konnte. Dann schaltete ich die Taschenlampe aus und wartete. Ich hatte keine Angst, und es war auch nicht dunkel. Der Vollmond war groß wie ein Gullydeckel, und der Wald glitzerte golden. Die bläulichen Sterne schienen fast auf meinen Kopf zu fallen. Wie lange ich dort gewartet hatte, weiß ich nicht mehr. Ich erinnere mich nur daran, dass ich irgendwann eingeschlafen war und beim Einschlafen die Geräusche der Nacht hörte, die Eulen, Frösche, Grillen und das Plätschern des Bachs im Tal.

Dann hörte ich ein komisches Geräusch und öffnete die Augen. Im hellen Mondschein sah ich einen dunklen Schatten hüpfen. Also stand ich auf und rannte hin. Es war ein Hase, ein aschgrauer, der wie ein Stein ausgesehen hätte, hätte er sich nicht bewegt. Er war mit der Hinterpfote in einer Schlinge gefangen und zappelte wild herum. Ich näherte mich und nahm den süßlichen Geruch von Blut wahr. Die Hinterpfote war vom Draht eingequetscht und voller Blut. Die Augen des verängstigten Tieres glänzten schwarz im Mondschein. Ich hatte Herzklopfen.

»Halt still. Ich binde dich los.«

Ich begann, mühsam den Draht vom Pflock abzuwickeln. Und natürlich zappelte der Hase vor Angst hin und her. Sobald der Draht ab war, rannte er davon, und ich folgte ihm. Ich wollte wissen, was als Nächstes geschieht, wohin er geht und wie weit er mit dem langen Draht, den er hinter sich herzog, kommen würde, und ob er nach so großem Blutverlust am Leben bliebe.

Er sprang durch Büsche, durchquerte einen Bach, erreichte einen Hügel und hüpfte unter Bäume. Ich folgte ihm unbeirrt, aber nicht mit meinen Augen. Ich folgte dem Geruch des Blutes. Er war so deutlich wie beim Grillen von Fleisch, und ich konnte ihn sehen wie Licht. Hinzu kam, dass der Hase immer langsamer wurde. Am Anfang musste ich rennen, später konnte ich laufen. Kurz darauf hielt er an einem Abhang mit wilden Büschen an. Er versteckte sich unter einem stachligen Strauch. Er riss nicht aus, auch nicht, als ich mich ihm näherte. Er bewegte sich nicht einmal, als ich ihn fing. Ich hob ihn an seinen Ohren hoch, und er ließ sich schlaff hängen. Ich hielt ihn für tot. Jetzt kam mir alles langweilig vor, und ich warf den Hasen ins Gebüsch. Was danach geschah, weiß ich nicht mehr genau.

Im Moment ist das auch nicht wichtig. Von Bedeutung ist jetzt für mich die Frage, die mir durch den Kopf schießt: War es Zufall oder Unvermeidlichkeit?

Hase und Frau. Die Nacht von vor sechzehn Jahren und die Nacht von vorgestern. Beide Situationen haben größte Ähnlichkeit: Ich witterte Blut, mitten in der Nacht verfolgte ich ein erschrecktes Geschöpf, die Leiche lag am Ende in meinen Händen, und es passierte während des Absetzens der Medikamente. Würde man die Nacht von vorgestern als Blume bezeichnen, dann war die Nacht von vor sechzehn Jahren die Saat. Der Unterschied ist nur, dass die Frau mit dem Perlenohrstecker keine Verletzung hatte wie der Hase.

Hatte sie vielleicht ihre Regel? Ich habe wiederholt in einem geschlossenen Raum wie einem Hörsaal oder einem Klassenzimmer Menstrualblut gerochen. Es ist ein so eigener Geruch, dass man die Betreffende genau identifizieren kann. Doch im Wald oder auf offener Straße? Wäre es dort möglich, auch wenn man kein Jagdhund ist?

Wenn ich mich zurückerinnere, wurde ich bei jedem Absetzen der Medikamente von Gerüchen attackiert, die ich meist als fischig wahrnahm. Fischiger Geruch von Blut, Abwasser, Erde, Bäumen, Gras. Sogar beliebte Parfüms oder Aromen empfand ich als unangenehm fischig. Bis jetzt habe ich gedacht, dass es die Symptome vor dem Anfall waren. Nun bin ich ratlos, wie ich diesen übermäßig geschärften Sinn verstehen soll, jetzt, wo ich offenbar doch keine Epilepsie habe.

Aus meiner Erfahrung weiß ich, dass mein Körper wieder in den Normalzustand zurückkehrt, wenn ich die Medikamente absetze. Also ist mein Geruchssinn Teil meines wahren Ichs. Wenn das dazu führt, dass ich die Welt auf eine bestimmte Art wahrnehme und dies auf mein Leben einen bestimmten Einfluss ausübt, welcher wiederum mein Leben in eine bestimmte Richtung führt, dann wird es vermutlich ein Problem. Ob meine Tante mir deshalb die Medikamente verschrieben hat?

Freitag, 28. Juli
Hye-won echauffiert sich. Der neunjährige Bengel hält sie mit unschuldigem Lächeln zum Narren. Seit er vom Jiri-Berg zurück ist, nimmt er die neuen Medikamente, ist aber weder bei Untersuchungen noch Behandlungen kooperativ. Im Einzelgespräch nervt er gezielt, in der Gruppentherapie hetzt er die Kinder gegenseitig auf, sodass eine schlechte Stimmung entsteht. Bei der Hypnose tut er so, als wäre er hypnotisiert, und erzählt dann Lügengeschichten. Gestern tat er sogar so, als sei er zu tief

hypnotisiert und könne nicht mehr zu Bewusstsein kommen, sodass es Hye-won einen Schrecken einjagte.

In meiner Not kniete ich mich vor die heilige Maria und fragte:

Mutter der Barmherzigkeit, was soll ich tun?

Ich kann mich erinnern, dass ich einen ziemlich langen Kampf mit der Tante austrug. Er hielt einige Monate an, bis zu dem Zeitpunkt, als ich wegen des Kartons meines Bruders auf unbestimmte Zeit Schwimmbad-Verbot bekam. Nachdem wir nach Incheon gezogen waren, schlug mir Mutter einen Deal vor. Sie würde das Schwimmbad-Verbot zurücknehmen, und ich sollte mich bei der Behandlung anständig und ehrlich verhalten. Ich akzeptierte. Letztendlich hatte die Tante damit gewonnen.

Ich gehe in die untere Etage. Die Wäsche ist längst fertig, also drücke ich den Knopf fürs Trocknen und laufe mit einer Flasche Mineralwasser wieder in mein Zimmer. Die Notiz datiert zurück zum Juni.

Samstag, 3. Juni
Wir hatten heute den 49. Tag nach ihrem Tod. Gleich nach der Totenmesse ließ ich Yu-jin ins Auto steigen. Hye-won und mein Vater boten mir an mitzufahren, aber ich lehnte ab, denn ich wollte mit dem Jungen allein sein. Wenn ich mit ihm weiter zusammenleben soll, muss ich das, was in mir brodelt, loswerden. Ich hoffte, dass diese kurze Reise die Grundlage dazu werden würde.

Nachdem wir auf dem Blumenmarkt in Seocho-dong waren, fuhr ich bis nach Mokpo durch. Der Junge saß wie ein Schatten auf dem Beifahrersitz. Er bewegte sich kaum und sagte nichts. Noch nicht einmal, dass er Hunger hatte oder auf die Toilette musste. Er versank in seinem Sitz, blickte aus dem Fenster oder setzte seinen Zauberwürfel zusammen.

Unwillkürlich erinnerte ich mich, dass Yu-jin bisher kaum auf dem Beifahrersitz gesessen hatte. Wenn ich fuhr, saßen dort immer mein Mann oder Yu-min. Am schönsten war es mit Yumin neben mir. Selbst auf Langstrecken war es nie langweilig, weil er leidenschaftlich über dieses und jenes redete. Deswegen lenkte ich meine Aufmerksamkeit auch kaum zu Yu-jin auf dem Rücksitz. Erst als Yu-min nicht mehr da war, konnte ich erkennen, was für ein ruhiges Kind Yu-jin doch ist. Mir kam Hyewons Satz in den Sinn, dass es immer etwas Spezielles braucht, um Yu-jins Herz höherschlagen zu lassen. Sie hatte auch gesagt, sie hätte Angst, weil sie nicht wusste, was das war.

Es dauerte fast fünf Stunden, bis wir am Hafen von Mokpo ankamen. Knapp erreichten wir noch die Fähre, die einmal täglich nach Tando übersetzte. Auf der Insel war der Sommer bereits angekommen. Über das ockerfarbene Meer, das meinen Mann und Yu-min verschluckt hatte, blies schwülwarmer Wind. Am Horizont zogen Gewitterwolken auf, und der Wald färbte sich dunkelgrün. An den Kirschbäumen sprossen dort, wo die Blüten bereits abgefallen waren, grasgrüne Früchte. Alles wirkte so friedlich, dass ich fast weinen musste.

Als ich das Auto auf dem Parkplatz der Ferienanlage abstellte, kam der Verwalter gleich zu uns gerannt. Er führte uns ins Haus, in dem wir schon früher übernachtet hatten. Es besaß zwei luftige Schlafzimmer, ein kleines längliches Wohnzimmer mit einem Sonnenuntergangsfoto an der Wand und eine Terrasse, von der aus man den Glockenturm sehen konnte. Alles war wie immer, nur viel ruhiger als damals. Nicht einmal die Glocke, die immer im Wind geläutet hatte, war noch zu hören.

Direkt nach dem Auspacken gingen wir los. Yu-jin hatte einen Chrysanthemen-Strauß in der Hand und ich eine Schachtel. So liefen wir die Allee entlang. Der Weg, der mir damals so endlos vorgekommen war, war in Wirklichkeit nicht so lang. In unserem Spaziergang-Tempo dauerte es etwa zwanzig Minuten. Als wir an der Klippe ankamen, ging die Sonne hinter der grauen Steininsel gerade unter.

Ich öffnete die Schachtel und holte die Sachen meines Mannes und von Yu-min heraus. Vor ein paar Tagen hatte ich ihre Hinterlassenschaften aufgeräumt und diese ausgesucht. Yu-mins rote

Lieblingsjacke und den dunkelblauen Anzug, den mein Mann häufig getragen hatte, legte ich übereinander und zündete sie mit einem Feuerzeug an. Vom Westwind wurde das Feuer zusätzlich angefacht. Ich saß daneben und erinnerte mich an einen Sommertag vor zehn Jahren.

Damals hatte ich gerade meine außergewöhnliche Fruchtbarkeit erkannt, denn genau drei Monate nach der Geburt von Yu-min wurde ich wieder schwanger. Mit Yu-min wurde ich sofort beim ersten Mal mit meinem Mann schwanger, noch vor der Hochzeit, und Yu-jin wurde beim ersten Mal nach der Entbindung gezeugt. Eigentlich dachte ich, dass Stillen verhüten würde, aber damit lag ich wohl daneben.

Es war schrecklich. Nicht nur das, ich kam mir vor wie ein eingesperrtes Tier. Mein Mann, der als Einzelkind aufgewachsen war, freute sich natürlich, aber für mich war es anders. Er hatte damals angefangen, Möbel zu importieren, und ich war dabei, als Lektorin Karriere zu machen. Wenn ich ein zweites Kind bekommen würde, müsste ich vielleicht sogar kündigen. Ich war untröstlich, da ich ein frustrierendes Leben vor mir sah, das nur aus Kindern besteht. Tagelang grübelte ich, ob ich es bekommen sollte oder nicht.

Ich war ihnen an dem Morgen begegnet, an dem ich mich schließlich gegen das Kind entschieden hatte. Gerade als Yumin nach dem Trinken eingeschlafen war, hörte ich hinter dem Fenster Katzen miauen. Ich ging auf die Terrasse und sah nach draußen. Eine weiße Katze ohne Ohren und Schwanz saß dort an der Mauer. Es sah so aus, als ob jemand sie ihr mit einer großen Schere abgeschnitten hätte.

In der Küche öffnete ich eine Thunfischdose, kratzte den letzten Reis aus dem Topf, mischte beides und ging wieder hinaus. Als die Katze mich sah, ging sie erst ein paar Schritte zurück. Sie wirkte ängstlich und voller Erwartung zugleich. Ich stellte die Schüssel an der Mauer ab, trat ein paar Schritte zurück und flüsterte »Komm schon und iss«.

Zögernd ging sie auf die Schüssel zu, und ich sah, dass sie nur noch Haut und Knochen war. Ein Katzenbaby war sie nicht mehr, aber vielleicht wegen Futtermangel so klein geblieben. Ihre Beine waren dünn wie Äste, die Stirn von einer Narbe entstellt und die Augen entzündet und verklebt. Ob sie so überhaupt was sehen konnte oder auf der nächsten Straße überfahren würde? Sie tat mir leid, und ich ärgerte mich über den schäbigen Menschen, der ihr so etwas angetan hatte.

Abwechselnd blickte sie zu mir und zur Reisschüssel. Erst als ich einen weiteren Schritt zurückging, setzte sie sich daran. Sie schnupperte, hob ihren Kopf und begann sofort, lauter als vorhin zu miauen. Ich war beunruhigt, dass Yu-min davon aufwachen würde. Ob sie das nicht mochte? Oder ob sie keinen Hunger hatte, obwohl sie doch so abgemagert war?

Ihr Miauen wurde immer lauter. Es klang wehmütig, als ob eine rollige Katze nach einem Kater rufen würde. Als eine gestreifte Katze, deren Muster mich an eine Makrele erinnerte, aus einer Ecke schlich, begriff ich, wen sie gerufen hatte. Die weiße Katze ging einen Schritt zurück und wachte hinter der gestreiften, bis diese die Schüssel leer gefressen hatte. In der Zwischenzeit warf sie flüchtige Blicke zu mir. Erst dann erkannte ich ihre armseligen Zitzen. Die Makrele war also ihr Junges. Sie stillte es offenbar gerade ab, obwohl ich mir nur schwer vorstellen konnte, dass aus diesem dürren Körper Milch kommen konnte. Sie war nicht viel größer als ihr Junges, als hätte ein Baby ein Baby bekommen.

Kurz darauf war die Makrele satt und zog sich zurück. Endlich setzte sich die weiße Katze an die Schüssel, in der kein einziges Reiskorn mehr übrig war. Sie schleckte die leere Schüssel aus und schaute zu mir. Ihre hungrigen blauen Augen schienen mich anzusprechen. Hast du vielleicht noch mehr Reis?

Doch es gab weder Reis noch Thunfisch. Nicht einmal eine Suppe war übrig. Da ich tagelang nicht einkaufen war, war der Kühlschrank einfach leer. Also schüttelte ich den Kopf. Ach, Miezekatze, ich habe nichts mehr. Tut mir leid.

Sie schien mich verstanden zu haben. Mit der Makrele, die fröhlich hinter ihr spielte, verschwand sie schließlich. Ich staunte über die Zähigkeit, mit der sie Gewalt überlebt und ein Junges bekommen hatte. Beim Gedanken, wie sie verantwortungsbewusst für ihr Kind Futter erbettelte, wurde ich schwermütig. Es war einfach bewundernswert, dass sie ihren eigenen Hunger unterdrückte und geduldig wartete, bis ihr Junges aufgegessen hatte.

Ab diesem Tag begann ich, die Katzen der Siedlung zu füttern. Ich entschied mich auch für mein Baby und wollte alles geben, um es auf die Welt zu bringen und großzuziehen. Diese Schwangerschaft unterschied sich sehr von der ersten, so wie die Charaktere der Kinder. Yu-min war im Bauch ziemlich unruhig. Er trat ständig, sodass ich mich oft erschreckte. Ich litt auch unter schlimmer Übelkeit, weshalb ich bis zum Geburtstermin nicht richtig essen konnte. Er muss sich in meinem Bauch wohlgefühlt haben, denn seine Geburt musste zwei Wochen nach dem errechneten Termin eingeleitet werden.

Im Gegensatz dazu war Yu-jin so ruhig, dass ich beinahe vergessen hätte, schwanger zu sein – wenn ich den dicken Bauch nicht gehabt hätte. Fast hatte ich das Gefühl, dass er mir mit angehaltenem Atem zu gefallen suchte, da er vielleicht ahnte, dass er fast gestorben wäre. Er kam überhastet auf die Welt, ohne die neun Monate vollzumachen. In der Folge einer vorzeitigen Plazentalösung kam es zu einer Frühgeburt mit Kaiserschnitt. Nach dem großen Blutverlust hatte ich einen Schock. Um mich zu retten, musste mir die Gebärmutter entfernt werden. Er hätte mich sozusagen bei seiner Geburt fast umgebracht, fast wie eine Heimzahlung für meine Entscheidung von vor sieben Monaten.

Die beiden hatten von Anfang an einen unterschiedlichen Start, und alles bis auf ihr Aussehen entwickelte sich mit der Zeit immer weiter auseinander, insbesondere beim Geschmack, dem Charakter und dem Verhalten. Yu-min war ein lebhaftes, offenherziges und bezauberndes Kind. Er wurde von jedem geliebt. Im Gegensatz dazu war Yu-jin schweigsam, als sei ihm die Einsilbigkeit in seine Gene graviert. Er war so verschlossen, dass man nicht genau sagen kann, ab wann er richtig sprechen konnte. Er bewegte sich stets unhörbar und hinterließ keine

Spuren. Trotzdem zog er die Blicke immer auf sich. Es war unübersehbar, wenn er kam oder ging. Auf der Straße hielten viele Leute an und starrten. Es war sein seltsames, unerklärlich magnetisches Wesen. Man war sich seiner immer bewusst, ohne dass er sich unter die Leute mischte oder auf sie reagierte.

Wenn man Hye-won glaubt, dann war der größte Unterschied zwischen den beiden die Art der Wahrnehmung. Yu-min nimmt sich immer im Kontext mit anderen wahr, wohingegen Yu-jin sich ausschließlich auf sich konzentriert und die Menschen nur nach einem Kriterium bewertet: Ist jemand für mich nützlich oder schädlich?

Damals war ich darüber beleidigt, aber jetzt möchte ich wissen, ob ich für Yu-jin ein nützliches Wesen bin oder nicht.

Im Heft sind nur noch wenige Seiten übrig. Ich stehe auf, gehe hinunter und hole die Wäsche aus der Maschine. Alles ist trocken. Als Nächstes stecke ich die Bettdecke und den Bezug in die Waschmaschine, schütte Waschmittel und Bleichmittel dazu und drücke auf Kochwäsche. Mit der trockenen Wäsche gehe ich in die Küche und spüre plötzlich Hunger. Wenn ich es mir so recht überlege, war der Pfannkuchen das einzig Richtige, was ich seit gestern Abend gegessen habe. Auf dem Herd steht noch der Topf mit der Algensuppe, die Haejin gekocht hat. Ich wärme sie auf, lege Essstäbchen auf den Tisch und durchstöbere den Kühlschrank nach Beilagen. In meinem Kopf drehen sich die Worte, die die Tante offenbar vor sechzehn Jahren gesagt hat.

Es braucht immer etwas Spezielles, um Yu-jins Herz höherschlagen zu lassen. Ich habe Angst, weil ich nicht weiß, was das ist.

Es braucht immer etwas Spezielles, um Yu-jins Herz höherschlagen zu lassen. Ich habe Angst, weil ich nicht weiß, was das ist.

Diese Worte gehen mir nicht mehr aus dem Kopf, selbst als ich mit der Zahnbürste im Mund in die Dusche gehe. Etwas Spezielles … Wie konnte meine Tante voraussehen, was ich bis zum sechsundzwanzigsten Lebensjahr selbst nicht wusste? Waren die Medikamente eine Maßnahme zur Unterdrückung dieser Eigenart? Das hieß aber, dass meine Mutter eher davon wusste als die Tante, denn sie war es, die mich zur Tante geschleppt hatte. Was kann es gewesen sein? In den bisherigen Notizen habe ich keinen Anhaltspunkt gefunden.

Als ich aus dem Badezimmer komme, setze ich mich einfach nackt an den Schreibtisch. Ich bin zu faul, um mich anzuziehen, und es ist außerdem heiß. Wie bei einer Frau in den Wechseljahren steigt mir die Hitze von den Fußsohlen hoch. Mit meinem Handy gehe ich ins Internet, denn ich will wissen, ob neue Meldungen in den Nachrichten gekommen sind.

Und die gibt es. Ein berühmter Profiler äußerte die Vermutung, dass der Täter ein junger, gepflegter Mann mit kräftigem Körperbau sei. Ich möchte zu gern wissen, was er mit »gepflegt« meint. Dass er harmlos aussieht, sodass Frauen ihm bedenkenlos folgen? Oder dass er einfach ordentlich aussieht? Auch »jung« ist ein schwammiger Begriff. Vierziger sind jünger als Fünfziger, Zwanziger sind jünger als Dreißiger, alles ist relativ. Aber er meinte wohl am ehesten einen Zwanziger. »Kräftiger Körperbau« ist hingegen klar. Man muss Kraft besitzen, um die Frau zu überwältigen und zu töten.

In die Suchmaschine tippe ich *Anzahl Einwohner Gundo Incheon*. Mit Gundo-Ost und -West gerechnet, sind es 24 343. Wie viele gepflegte Männer in den Zwanzigern mit kräftigem Körperbau sind wohl darunter? Egal, ob es hundert oder tausend sind, die Wahrscheinlichkeit, dass ich auf der Liste ganz unten stehe, ist gering. Vielleicht schon morgen früh könnte die Polizei vor der Tür stehen, denn in unserer Wohnung leben zwei Personen, die in das Schema des Verdächtigen passen.

Dass sie kommen, kann ich nicht verhindern. Was ich tun kann, ist abzuwarten, indem ich tue, was ich tun muss. Also blättere ich das Heft durch.

Freitag, 12. Mai
Ich bin mit Yu-jin in die Klinik für moderne Kindermedizin in Incheon gefahren. Sie war größer, als ich dachte. Sechs Abteilungen und sechs Fachärzte. Die ärztliche Direktorin Kim Hye-won ist mehr als beliebt. Als ich in ihre Sprechstunde wollte, sagte mir eine Arzthelferin, dass man sehr lange warten muss. Sie empfahl mir einen anderen Arzt, aber ich setzte mich trotzdem ins Wartezimmer.

Es war beklemmend. Ich fürchtete mich vor dem Zusammentreffen mit Hye-won. Nicht wegen meines Stolzes. Ich hatte einfach Angst davor, dass sich ihre Warnung von vor drei Jahren als Realität erweisen würde.

Es war an einem Sommertag, und Yu-jin war sechs Jahre alt. Ich arbeitete noch in einem Verlag, und Hye-won machte als Fachärztin für Kinder- und Jugendpsychiatrie in der Uniklinik Karriere. Wir wollten uns an einem Freitag zum Abendessen treffen. Ausgerechnet an dem Tag hatte ich kurz vor Feierabend etwas zu erledigen, sodass ich mich verspätete. Zudem schüttete es plötzlich auch noch wie aus Kübeln, und ich stand im Stau. Vielleicht sollte alles so kommen, wie es gekommen ist, jedenfalls hatte Hye-won an dem Tag ausnahmsweise pünktlich Feierabend, und deswegen holte sie Yu-jin und Yu-min vom Malkurs ab und fuhr mit ihnen zum Treffpunkt.

Als ich endlich im Restaurant ankam, sah sich Hye-won gerade irgendetwas sehr konzentriert und nachdenklich an. Die Kinder waren im Spielbereich. Yu-min tobte mit anderen Kindern im Bällebad, und Yu-jin saß mit hochgezogenen Knien an einer Wand und beschäftigte sich mit seinem Zauberwürfel. Ich setzte mich. Wortlos reichte mir Hye-won, was sie sich angesehen hatte.

Es war ein aus einem Heft herausgerissenes, zerknittertes Blatt. Ich strich das Papier glatt und sah ein mit Buntstiften gemaltes Bild. Auf der Spitze eines aufgespannten Regenschirms steckte ein Mädchenkopf. Das Gesicht war dunkelgrau, und der Mund hatte die Form eines X. Die Augen waren zwei Kreise, und ihre langen schwarzen Haare flatterten locker über dem

Schirm. Sie trug einen Haarreif mit Krone, und am Stock des Schirms flossen Wassertropfen herab. Hinter dem Regenschirm zogen dunkle Wolken vorbei.

Hye-won erzählte, Yu-jin hätte es gemalt, und fragte, ob er schon mal so ein Bild gezeichnet hätte. Noch nicht einmal etwas Ähnliches hatte ich je gesehen. Ehrlich gesagt, hatte ich mir seine Malblöcke nie so richtig angesehen. Und auch nicht die Kritzeleien in seinem Heft, deswegen konnte ich ihr nichts über den Malstil meines sechsjährigen Sohnes berichten. Es klingt wie eine Ausrede, aber ich hatte immer viel zu tun, und Yu-jin war ein Kind, das kaum quengelte. Schon als kleiner Junge kümmerte er sich selbst um alles. Seine Klassenlehrerin sagte einmal, dass er so selbstständig und souverän sei, als wäre er schon mit seinem eigenen Willen geboren.

Ich fragte Hye-won, wo das Problem läge, und fand meine Stimme selbst etwas spitz. Was ich in Wirklichkeit sagen wollte, war: Du willst doch nicht anhand dieser Kritzeleien einen Sechsjährigen analysieren, oder? Willst du etwa seine Moral kritisieren? Wer weiß, ob nicht dieses Gekritzel das Erstlingswerk eines genialen Malers ist, der die ganze Welt ins Staunen versetzen wird? Hat nicht auch ein Jean-Michel Basquiat anfangs wilde Straßenkunst gemacht?

Hye-won begann, Einzelheiten zu erklären: Als sie vor dem Malkurs parkte, hatten sie gerade Schluss. Yu-min rief nach der Tante und kam herausgesprungen. Dann kam Yu-jin mit einem Mädchen in einem weißen Kleid unter einem Regenschirm heraus. Es war ein hübsches Mädchen, der Schirm war auf ihre Seite gekippt, und die beiden sahen sich lächelnd an, sodass sie sie für befreundet hielt.

Wegen des Staus dauerte die Fahrt länger als erwartet. Während der Fahrt saß Yu-jin auf dem Rücksitz und malte mit Buntstiften etwas in sein Heft. Egal, ob ihn Yu-min vom Beifahrersitz aus ansprach oder neckte, er ließ sich nicht stören. Er hörte erst auf, als sie auf dem Parkplatz standen. Yu-jin legte sein Heft auf die Knie und sortierte die Stifte ins Mäppchen. In einem günstigen Moment griff Yu-min nach dem Heft und behielt, als

Yu-jin es ihm wieder entwand, ein ausgerissenes Blatt in seiner Hand. Yu-jin schaute mit dem Heft in der Hand seinen großen Bruder scharf an.

Hye-won nahm Yu-min das Bild weg und wollte es dem Besitzer zurückgeben. Dabei warf sie kurz einen Blick darauf. Das Mädchen auf dem Bild war jenes Mädchen aus dem Malkurs. Die langen Haare mit geradem Pony und der Haarreif mit der Krone waren identisch. Hye-won fragte, ob sie recht hatte, aber weder Yu-min noch Yu-jin gaben eine Antwort. Yu-jin verlangte sein Bild zurück, Hye-won lehnte ab. Yu-min saß mürrisch und still da. Als sie schließlich aus dem Auto stiegen und das Restaurant betraten, versuchte er die ganze Zeit, Yu-jin entschuldigend anzulächeln.

Hye-won sprach mit Yu-min unter vier Augen. Er sagte, Yu-jin hätte so ein Bild nicht zum ersten Mal gemalt. Wenn ihm ein Mädchen gefiel, malte er so ein oder ein ähnliches Bild, und am nächsten Tag legte er es ihr heimlich in die Schultasche oder unter die Schulbank. Die Mädchen, die ein solches Bild geschenkt bekamen, weinten. Aber die Lehrer wären dem Täter noch nicht auf die Spur gekommen.

Hye-won sagte mir, dass wir ihn einer ordentlichen Untersuchung unterziehen sollten, da es sein könnte, dass Yu-jin ein schwerwiegendes Problem hätte. Mein Gesicht brannte, und ich fühlte mich, als hätte ich mitten auf der Straße von einem Unbekannten eine Ohrfeige bekommen. Erbost fragte ich, ob sie nicht nur Yu-min, sondern auch Yu-jin gefragt hatte. Ob sie ihm Gelegenheit gegeben hatte, es zu erklären.

Sie nickte. Auf ihre Frage, warum er so ein Bild gemalt hatte, kam seine kurze Antwort: Es macht mir Spaß. Aber er erklärte nicht, ob ihm das Malen Spaß machte oder dass die Mädchen schockiert waren und weinten.

Mit ihrem Vorschlag war ich nicht einverstanden, mehr noch, ich war beleidigt. Er war noch ein Kind, dessen Fantasie Erwachsene vielleicht schockierte. Aber ein Kind darf seine Fantasie ausdrücken und sich damit Scherze erlauben. Ich erinnerte Hye-won daran, dass Yu-jin nicht sechzehn sei, sondern sechs.

Sie erwiderte, dass man mit sechzehn keine Untersuchung mehr machen müsste, denn dann würde er schon in einem Jugendgefängnis einsitzen.

Normale Kinder machten Unfug, ohne die Folgen zu ahnen. Aber Yu-jin, sagte sie, wüsste genau, was er tat. Der Beweis dafür war, dass ich noch nie so ein Bild zu Gesicht bekommen hatte. Dass er die Bilder versteckte, bewies, dass ihm klar war, dass er sie verstecken musste. Und er wäre ein bisher nicht gefasster Wiederholungstäter, was bewies, dass er gründlich vorging.

Mir wurde schwindlig vor Wut. Ihre Worte brandmarkten Yu-jin als potenziellen Verbrecher. Obwohl sie meinen Gesichtsausdruck gesehen hatte, lenkte sie nicht ein. Sie zeigte auf den Kopf des Mädchens und sagte, das sei im Übrigen nicht das Mädchen, sondern ich selbst, Yu-jins Mutter. Für die Jungs in seinem Alter seien alle Mädchen eine Verkörperung ihrer Mutter. Wenn der Junge seiner Mutter den Hals abschnitt und den Kopf auf die Spitze des Schirms spießte, dann hätte er ein massives Problem. Und wir sollten rausbekommen, was das sei. Dann wollte sie wissen, warum ich mich so aufregte.

Ich verließ mit den Jungen das Restaurant, denn ich hatte das Gefühl, ich würde handgreiflich werden, wenn ich länger da bliebe. Solange ich mich zurückerinnern kann, waren wir eher Konkurrentinnen als Schwestern. Weil wir nur knapp ein Jahr auseinander waren, mussten wir Kleidung und Bücher immer teilen. Hye-won war stets Schulbeste, konnte es aber nicht ertragen, wenn ich mal bei einem Aufsatz-Wettbewerb einen Preis bekam. Und obwohl alle über sie in den höchsten Tönen redeten und betonten, wie klug sie sei, konnte sie es mir nicht gönnen, wenn mir jemand etwa lobend sagte, ich sei so vernünftig. Mit großer Schrift schrieb sie ihren Namen in die gesammelten Werke der Weltliteratur, die mir so teuer waren, auf Wettkampf-Urkunden ersetzte sie meinen Namen durch ihren, und bei Buchbesprechungen klaute sie meine und gab sie in der Schule als ihre ab. Nachdem wir als Erwachsene unser eigenes Leben führten, schwankte unser Verhältnis stets zwischen unangenehm und angespannt. Wir standen uns nahe, und doch befanden wir uns in einem stetigen Kampf. Und so kam es vor, dass sich mein Mann beschwerte, Hye-won würde ihn gering achten.

Schließlich brach ich den Kontakt zu Hye-won ab. Ich ging auch nicht zur Eröffnung ihrer neuen Praxis. Außerdem gab ich mir Mühe, bei Geburtstagen meines Vaters oder bei Familienfeiern nicht auf sie zu treffen. Auch sie meldete sich nicht bei mir. Wir sahen uns erst vor einem Monat bei der Beerdigung von meinem Mann und Yu-min wieder.

Beim Abschied sagte sie mir, ich solle zu ihr kommen, wenn ich Hilfe brauche. Es war keine Floskel, die sie einfach so dahinsagte, um mich zu trösten. Sie war nicht der Typ, der meinte, man könne sich doch auf ein Gläschen treffen, wenn sie es nicht wirklich wollte. Wenn sie mir also sagte, ich solle zu ihr kommen, dann hieß es, dass sie mir unabhängig von unseren Kämpfen helfen wollte. Vielleicht war der Anblick ihrer älteren Schwester, die sie nach drei Jahren wiedergesehen hatte, so bemitleidenswert, dass sie die alten Geschichten vergessen konnte. Oder sie ahnte, dass ich sie bald mit Yu-jin aufsuchen würde. Egal, ich hatte ihre Hilfe dringend nötig. Tatsache war, dass ich sie für meine einzige Hoffnung hielt.

Nach etwa einer Stunde saß ich Hye-won dann im Sprechzimmer gegenüber. Sie schien über meinen Besuch nicht überrascht zu sein. Sie fragte nicht einmal, was los sei oder wie es mir ginge. Mir wäre es leichter gefallen zu sprechen, wenn sie etwas gesagt hätte. Sie schaute mich nur an. Also musste ich zuerst sprechen. Bevor ich aber zu meinem Anliegen kam, erinnerte ich sie an die ärztliche Schweigepflicht.

Sie gab ihre Antwort nicht sofort. Ganz augenscheinlich ärgerte sie sich darüber, dass ich Hilfe suchend auch noch eine Bedingung stellte. Aber sie wollte wissen, was los war, und fühlte sich verpflichtet, ihrer großen Schwester zu helfen. Ich wartete ab, bis sie ihre Gefühle sortiert hatte, aber ich musste ihr Versprechen haben. Wenn sie es nicht versprechen wollte, konnte ich nichts erzählen.

Ich trank schluckweise das Wasser, das eine Krankenschwester gebracht hatte. Hye-won öffnete ihren Mund, als mein Glas fast leer war. »Ich verspreche es.« Dennoch brachte ich kein Wort heraus. Die Worte, die ich seit einigen Tagen und Nächten vorbereitet hatte, gerieten in meinem Kopf auf einmal durcheinander. Womit sollte ich anfangen? Klar, wahrscheinlich mit der Nacht vor jenem Vorfall.

Ich begann zu erzählen und strengte mich bewusst an, klar zu artikulieren. Dabei gab ich mir Mühe, möglichst ruhig und logisch zu berichten. Hye-won schwieg, bis ich alles erzählt hatte. Ihr Gesicht zeigte kaum Veränderungen. Ich hatte sogar das Gefühl, dass sie noch nicht einmal blinzelte. Nachdem sie mir zugehört hatte, fragte sie mich kühl, was ich von ihr wollte.

Ich wollte für Yu-jin jene Untersuchung, die sie vor drei Jahren vorgeschlagen hatte. Ich dachte, wenn kein Zusammenhang zwischen dem »schwerwiegenden Problem«, von dem sie besorgt vor drei Jahren gesprochen hatte, und jenem Vorfall bestünde, sondern es einfach Zufall war, könnte ich Yu-jin vergeben. Dann müsste ich ihn weder hassen noch Angst vor ihm haben. Irgendwie würde ich mit ihm durchs Leben gehen können, dachte ich.

Statt ihre Zustimmung für die Untersuchung zu geben, stellte Hye-won die Frage, vor der ich am meisten Angst hatte. Sie fragte mich, was ich tun würde, wenn das Ergebnis so herauskäme, wie sie es vorausgesagt hatte. Ob ich die Sache dann mit gesundem Menschenverstand angehen würde. Ich knetete meine armen Finger und seufzte: Hye-won, bitte … Schließlich kamen mir die Tränen. Wie bei unseren Streitereien in der Kindheit blickte ich nach unten und weinte. Hye-won zögerte lang. Sie funkelte mich wütend an, und erst, als ich kraftlos fast zusammenbrach, nahm sie meine Bitte an.

Die Untersuchungen, erklärte sie, würden mehrere Tage dauern. Zuerst würden die Grunduntersuchungen und erste Analysen in ihrer Praxis durchgeführt werden. Dann würde sie eine eingehende Untersuchung im Brain-Science-Institut an der Uniklinik beauftragen, in der sie früher gearbeitet hatte. Beim Wort »beauftragen« empfand ich etwas Unbehagen, aber ich zählte auf ihr Wort für Geheimhaltung, denn sie gab Versprechen nicht schnell, aber wenn sie sie einmal gab, hielt sie sich auch daran.

Meine Augen brennen. Ich lehne meinen Kopf an den Stuhl. Dann presse ich die Finger auf die Augenlider und denke über den Kopf des Mädchens nach. Auch wenn ich mich anstrenge, kann ich mich an ein solches Bild nicht erinnern. Es war jedoch nicht der direkte Grund dafür, dass ich zur Tante geschleppt wurde. Nach Tantes Interpretation hatte ich in meiner künstlerischen Fantasie Mutter umgebracht, und meine Mutter bekam erst drei Jahre später Angst vor mir. Es war also die Folge von »jenem Vorfall«.

Ich möchte wissen, worauf sie wohl anspielt. Also blicke ich zurück ins Heft. Die Notizen überspringen eine Woche.

Freitag, 19. Mai
Die letzte Woche dauerte eine Ewigkeit. Jeden Tag dachte ich, ich würde ersticken. Heute früh schaute ich in den Spiegel, bevor ich aus dem Haus ging. Ich sah fast aus wie eine Leiche. Die Haut war gelblich, die Augen tief eingesunken und mit dunklen Augenringen, als hätte ich einen Faustschlag abbekommen. Eine Wahnsinnige blickte mich aus dem Spiegel an. Kurz hatte ich überlegt, ob ich etwas Schminke auftragen sollte, doch dann ging ich so zur Garage. Ich hatte weder Kraft noch Lust, mich um mein Aussehen zu kümmern.

Hye-won blickte mich nur an, schüttelte den Kopf und vertiefte sich in die Akten. Sie blätterte sich umständlich durch die Untersuchungsunterlagen, und ich fühlte mich, als würde ich auf den Vollzug der Todesstrafe warten. Zwar wusste ich nicht genau, was ich mir wünschte, aber ich betete inständig zur Jungfrau Maria.

Das Ergebnis sei anders als erwartet, sagte sie. Nicht was ihre Diagnose anging, sondern was das Ausmaß betraf. Ich ballte kurz die Fäuste und legte dann meine Hände auf die Knie. Mir lief es heiß und kalt den Rücken herunter. Hye-won sagte noch, dass weder sie noch die Universität je so einen Fall gesehen hatten.

Das Ergebnis kam wahrscheinlich deshalb auch so spät. Sie hatten wiederholt diskutiert, um zu vermeiden, dass sie zu einem falschen Urteil kommen würden oder etwas übersehen hatten.

Gemäß Untersuchungsergebnis hat Yu-jin keine angeborene Gehirnanomalie. Seine Intelligenz ist überdurchschnittlich hoch. Das Verhalten ist besonnener als das der Kinder in seinem Alter, und er ist nicht leicht aus der Ruhe zu bringen. Wenn er sich auf etwas konzentriert, sind sein Atem und sein Puls eher niedrig. Das liegt nicht daran, dass er gehorsam oder geduldig ist, sondern dass er einen höheren Schwellenwert der Erregung hat als durchschnittliche Menschen. Was wiederum bedeutet, dass Yu-jin etwas Spezielles braucht, um sein Herz höherschlagen zu lassen.

Hye-won sagte, sie habe Angst, weil sie nicht wisse, was das sein könnte. Am Anfang hatte sie eine Störung des Sozialverhaltens vermutet, doch das traf nicht zu. Nach langen Diskussionen steht nun fest, dass in Yu-jins Amygdala keine Signale ankommen. In der Nahrungskette ist er somit ein Prädator, ein Raubtier.

Ich blinzelte ratlos. Was bedeutet das?

Hye-won klärte mich auf.

»Yu-jin ist ein Prädator. Die schlimmste Art eines Psychopathen.«

Prädator? Dieses dumme Wort ist die Rechtfertigung für die letzten sechzehn Jahre? Diese absurde Diagnose hat mein Leben von Grund auf erschüttert?

Ich habe das Gefühl, dass mein Gehirn, das seit gestern Morgen raste, eine Vollbremsung einleitet. Die Wechselbäder meiner Emotionen enden abrupt. Mein Gedankenfluss stockt. Ich nehme meinen Blick vom Heft. Der Text geht weiter, aber ich habe keine Lust, mehr zu lesen. Ich fühle mich, als ob ich auf einen Fanatiker getroffen bin, der voraussagt, dass das helle Brennen der Sonne das Vorzeichen des Weltuntergangs ist. Die Entrückung hat nichts mit mir zu tun.

»Ist es wirklich so?«, höre ich hinter mir die Stimme meiner Mutter. Ich stehe auf und gehe zur Glastür. In dem bedeckten dämmrigen Licht schaukelt Mutter hin und her, der graue Himmel hängt tief über der Pergola.

»Lies doch auch den Rest.«

Ich schüttle den Kopf. Keine Lust.

»›Jener Vorfall‹ interessiert dich doch.«

Er interessiert mich nicht. Aber etwas anderes schon. Warum sie sich so um mich gesorgt hat, dass sie sich aufraffte, den Kontakt zu ihrer Schwester wieder aufzunehmen und sie um Hilfe zu bitten. Wenn sie so große Angst vor mir hatte, dann hätte sie mich anleinen und im Keller einsperren sollen. Ich wäre dann kein Mörder geworden, und sie wäre nicht gestorben.

»Yu-jin.«

Diesmal ist es nicht meine Mutter. Es ist hinter der Zimmertür. Ich drehe mich um.

»Bist du im Zimmer?«

Jemand klopft an meiner Tür.

Langsam bewegt sich die Türklinke herunter. Ich blicke auf die Tischuhr. 13:48 Uhr.

Es ist fast wie gestern früh, als Hae-jin an meine Tür klopfte. Das Heft liegt aufgeschlagen auf dem Schreibtisch. Natürlich ist die Tür nicht abgeschlossen. Es gibt keinen Grund dazu, wenn ich allein bin. Der Unterschied zu gestern ist nur, dass ich jetzt nackt bin und keine Zeit habe, bis zur Tür zu rennen. Schon geht sie auf, und ein Paar Füße in gestreiften Socken kommen ins Zimmer.

Die Besitzerin der Füße zeigt ihr Gesicht. Tantes breiter Mund, der locker eine Riesenschlange schlucken könnte, ist zu einem scheinbar freundlichen Lächeln verzogen. »Was machst du?«

Ich habe schon geahnt, dass sie kommen wird, aber nicht, dass es so früh sein würde. Und noch weniger habe ich geahnt, dass sie mich in meinem Zimmer geradezu überfallen wird. Nicht mal meine Mutter tat das. Was soll dieser Überraschungsangriff?

Ich sehe an meinem nackten Körper hinunter. Unter meinem Bauchnabel scheint mein Ding schussbereit wie eine Kanone. Der Bauch spannt sich, die Schamhaare stehen ab, und die Muskeln der Oberschenkel verhärten sich. Ich schalte in den Kampfmodus. Dein natürlicher Feind ist da.

»Was führt dich hierher?«, frage ich und mache einen Schritt zum Schreibtisch. Die Oberschenkel drücke ich an die Ecke des Schreibtischs und stehe mit breiten Beinen da. Der Tante vergeht auf einmal das Lächeln. Sie stößt einen seltsam kehligen Laut aus und dreht sich dann ab. Ihre vielen Halsketten, die dem traditionellen Halsschmuck der Massai ähneln, drehen sich geräuschvoll mit.

»Warum stehst du denn da rum?«, fragt sie in einem Ton, der weder verlegen noch entzückt klingt. Sie scheint einfach neugierig auf den Grund zu sein, warum ich meine Männlichkeit in vollem Glanz zur Schau stelle. Ich kann deutlich heraushören, dass sie es albern und lächerlich findet. Hey, Kleiner, ich bin deine Tante, die dich schon als Baby gesehen hat, da war dein Schniepel noch so klein wie ein Wasserhahn. Nur weil das Ding jetzt zu einem Duschkopf geworden ist, soll ich Angst davor haben?

Ich sehe mir ihren Hintern an, der sich in ihrer Jeans hervorwölbt. An ihrem Körper, der einem flachen Holzscheit ähnelt, bildet er die einzige sanfte Kurve. Er erinnert mich an einen Fußball, der mitten auf dem Feld liegt, sodass ich jedes Mal Lust bekomme, dieses Ding zu treten. Wie konnte dieses Ding hierherrollen? Wie konnte es durch den Hauseingang und die Wohnungstür kommen?

Die Antwort ist schnell gefunden. Hae-jin. Gestern gab er ihr, bevor er nach Mokpo gefahren ist, garantiert die Schlüsselkarte und den Code für die Wohnungstür.

»Das möchte ich dich fragen. Warum stehst du denn da so rum?«

»Zieh dir zuerst was an. So kann ich dich doch nicht ansehen«, sagt sie, noch den Rücken zu mir gewandt, und verschränkt dabei ihre Arme. Die Spannung in ihren Schultern lässt nach. Sie scheint bis in alle Ewigkeit warten zu wollen, dass ich mich anziehe. Tja, eine ledige Frau sollte doch eigentlich etwas Scham empfinden.

»Das wird aber etwas schwierig, denn du stehst vor meinem Kleiderschank.«

Sie reckt das Kinn und dreht sich zu mir, mustert einen Augenblick meinen Körper und schließt wohl, dass die Situation für sie nicht günstig ist. Sie lässt die Arme fallen, blickt zur Tür und fragt: »Wirst du dann nach unten kommen?«

»Ja, mache ich.«

Dann macht sie einen würdevollen Schritt in Richtung Tür, sie möchte mir wohl beweisen, dass sie nicht eingeschüchtert ist. Ohne sich zu beeilen, geht sie mit kerzengeradem Rücken und erhobenem Kinn hinaus. Kurz danach schließt sich die Tür mit einem Knall.

Yu-jin ist ein Prädator. Die schlimmste Art eines Psychopathen.

Die Worte der Tante hallen in mir nach. Ich wende mich meiner Mutter zu und erlaube mir eine Frage.

»Mutter, die Tante ist gekommen, um mich aufzufressen. Soll ich mich von ihr auffressen lassen oder sie auffressen?«

Sie antwortet nicht. Als ob sie sagen wollte, dass ich machen soll, wonach mir ist. Sie verzieht nur ihre Joker-Lippen und grinst.

Ich drehe mich um und schlage das Heft zu. Obwohl mich »jener Vorfall« brennend interessiert, ist jetzt nicht der Zeitpunkt zum Lesen. Ich lege das Heft ins Schubfach und ziehe mir eine Unterhose, eine Trainingshose und ein T-Shirt an, alles in Schwarz. Dann mache ich die Jalousien zu und gehe barfuß und geräuschlos die Stufen hinunter.

Meine Tante ist nicht im Wohnzimmer. Auch nicht auf der Veranda oder in der Küche. Die Tür zu Mutters Schlafzimmer ist zugeschlossen, und sie hat sie keinen Grund, in Hae-jins Zimmer zu gehen. Vielleicht ist sie auf der Toilette, doch ich höre kein Geräusch. Ihr hellgrauer gesteppter Mantel und eine riesengroße blaue Tasche liegen auf dem Tresen.

Mir geht ein Satz, den ich irgendwo gelesen habe, durch den Kopf. Er besagt, dass man, wenn man in die Tasche einer Frau sieht, in ihre Seele blickt. Und plötzlich fühle ich mich versucht, die Tasche zu öffnen. In meinem ganzen Leben war ich noch nie so neugierig auf ihre Seele gewesen wie jetzt. Was für eine Seele sieht im Bild eines Sechsjährigen die Andeutung für einen Muttermord? Was für eine Seele stempelt den neunjährigen Neffen zum Prädator? Was für eine Seele ruiniert das Leben eines Menschen unter dem Vorwand einer »Behandlung«? Und schließlich: Was für eine Seele überfällt den Prädator auf seinem Heimspielplatz im Alleingang?

Neben der Seele meiner Tante liegt eine Tortenschachtel. Der Inhalt, den ich durch die durchsichtige Folie sehe, ist so groß wie ein Hamburger. Dann gehe ich am Esstisch vorbei zur Veranda, auf der die Waschmaschine steht. Ich bewege mich leise und sogar mit angehaltenem Atem. Das Lauteste in der Umgebung ist mein Kopf. Team Weiß und Team Blau sind ausnahmsweise einer Meinung und brüllen im Chor: Überstürze nichts. Besänftige deine Tante mit netten Worten und schick sie fort.

Die Tante steht vor der Waschmaschine und starrt durch die Glasscheibe hinein. Die grünen Lichter an den Schaltern sind alle aus, die Wäsche ist wohl schon längst fertig. Entspannt stehe ich hinter ihr. Ein vertrautes Bild, abgesehen davon, dass es hier keinen Nebel gibt und dass wir uns in der Wohnung befinden. Deswegen fällt es mir wirklich schwer, ihr still zuzusehen, wie sie die Tür der Maschine aufmacht und darin herumwühlt. Sie packt dann eine Ecke der Bettdecke und zieht kraftvoll daran. In diesem Moment juckt es mich richtig in den Füßen. Am liebsten hätte ich sie in den Hintern getreten, in die Waschmaschine gestopft und die Tür geschlossen.

»Was machst du da?«

Sie hält inne, ihre Schultern zucken unmerklich. Meine Mutter hätte in so einer Situation laut gerufen, dass ich mich bemerkbar machen soll, wenn ich komme.

»Was hast du denn für Bettwäsche gewaschen?« Sie lässt die Ecke der Bettdecke los und dreht sich langsam zu mir um. Ihr Gesichtsausdruck ist dabei so unbeeindruckt, als hätte sie von Anfang an gewusst, dass ich hinter ihr stand. Die Bettdecke hängt aus der Maschine wie der Arm eines Toten. »Hast du etwa ins Bett gemacht?« Sie grinst gehässig. Ihr Witz scheint ihr zu gefallen.

Ich lächle mit. »Bist du gekommen, um für Mutter den Haushalt zu schmeißen?«

»Ich bin gekommen, weil die Waschmaschine gepiept hat.« Sie blickt zur Maschine und dann gleich wieder zu mir. »Die Wäsche ist doch fertig, oder?«

»Lass nur. Ich kümmere mich schon drum.« Ich stelle mich direkt an die Tür, um ihr den Weg frei zu machen. Hau schon ab, du Miststück.

»Na gut.« Endlich verlässt sie den Raum.

Vor der Verandatür sehen wir uns mit einem freundlichen Lächeln an. Sie wirft einen prüfenden Blick auf mein schwarzes Outfit, und ich sehe mir ihren Hals an, der runzlig ist wie der Rüssel eines Elefanten. Da fällt mir der Neujahrsurlaub vom letzten Jahr in Japan ein.

Mutter, ich, Hae-jin, Tante und Großvater haben eine Reise zur Thermalquelle in Kusatsu gemacht. Dort begegneten wir zufällig der Mutter eines Kindes, das bei meiner Tante in Behandlung war. Obwohl Tante sichtlich genervt war, quatschte die Frau unbeirrt drauflos, dass auch sie Familienurlaub machten und dass ihr Kind dank ihrer Behandlung viel ruhiger geworden sei und es jetzt nur noch fleißig für die Schule lernen müsste. Um das Maß voll zu machen, warf sie einen Blick auf meine Mutter und begann, sie mit Komplimenten zu überhäufen. »Ach, Ihre jüngere Schwester ist aber sehr hübsch. Sie sieht aus wie die junge Jodie Foster.« Meine Mutter korrigierte sie verlegen, dass sie die ältere Schwester sei. Da erwiderte die Frau: »Ach, und ich dachte, Sie sind viel, viel jünger als die Frau Doktor. Wie machen Sie das nur?« Ich habe noch heute vor Augen, wie sich das

Gesicht meiner Tante verzerrte, und sie später zischte, das Miststück habe sie doch tatsächlich ältere Schwester genannt.

»Wann kommt Hae-jin wieder?«, unterbricht meine Tante die Stille.

»Hast du ihn nicht gefragt, als ihr euch gestern getroffen habt?«

»Wie kommst du darauf, dass ich Hae-jin getroffen habe?«

»Wie hättest du sonst hier reinkommen können? Hast du etwa Sesam, öffne dich gesagt?«

»Den Code von der Wohnungstür kenne ich längst, und unten kam ich mit einem Nachbarn rein. Wo ist das Problem?« Die Tante strahlt plötzlich und entblößt dabei Zähne und Zahnfleisch. »Du bist sauer, weil ich in deinem Zimmer war, oder?«

Übertriebene Rücksicht ist im Leben definitiv wenig hilfreich. Ich hätte doch in Tantes Seele wühlen sollen. Dann hätte ich jetzt dem unappetitlichen Zahnfleisch etwas entgegenzuhalten.

»Ich habe sogar eine Torte mitgebracht, um dir zu gratulieren.« Sie geht zum Tresen und hält die Tortenschachtel hoch.

»Ach, du musst nicht gratulieren, es ist ja nicht das Staatsexamen«, sage ich und gehe in die Küche.

Die Tante zieht ihre Augenbrauen hoch: »Die Law School ist doch toll genug. Wenn das deine Mutter wüsste, hätte sie garantiert eine Party geschmissen. Meinst du nicht?«

Hätte sie das? Mutter passte die Law School nicht so recht. Sie machte den aberwitzigen Vorschlag, dass ich Philosophie studieren sollte. Als Plan B schlug sie auch Ästhetik oder Religionswissenschaft vor. Sie beschrieb mir ein Leben, in dem ich nach dem Studium promovieren und als Wissenschaftler forschen und Aufsätze schreiben würde. Erst jetzt ahne ich, woher diese Zukunftspläne stammten. Sie kamen von dieser Frau, und die hält mir gerade die lausige Torte unter die Nase und fragt noch einmal: »Meinst du nicht?«

Damit der Prädator als harmloses und unschädliches Wesen leben kann, haben die zwei Frauen ein unsichtbares

Gefängnis entworfen, in das sie ihn lebenslänglich sperren können. Er soll zwar unter den Menschen leben, aber nicht mit ihnen zusammen. Deshalb musste ich während des Studiums um 21:00 Uhr wieder zu Hause sein. So blieb ich ein Kind, das nicht einmal allein verreisen konnte.

»Wollen wir mit der Party warten, bis Hae-jin wieder da ist?«, fragt sie, doch ich antworte nicht. »Wäre doch lustiger, oder?«, antwortet sie selbst und geht mit der Tortenschachtel an mir vorbei zum Kühlschrank. Das soll wohl bedeuten, dass sie so lange hier warten will. »Deine Mutter hat sich noch nicht gemeldet?«, fragt sie, während sie die Torte in den Kühlschrank schiebt.

»Nein.« Ich setze mich an den Tresen. Von hier kann ich die Bewegungen der Tante sehen, ohne mich mühsam zu verrenken.

»Ach so, noch nicht also.« Sie tut so, als ob sie den Kühlschrank inspizieren würde. Dann stellt sie wie nebenbei eine Frage: »Übrigens, wie ist sie gefahren?«

Mir fällt plötzlich Mutters Auto ein, das noch in der Tiefgarage stehen muss. Die Tante hat beim Einparken wohl nachgeschaut. »Ich habe gestern in der Tiefgarage gesehen, dass ihr Auto noch da steht«, greife ich also vor.

»Was? Deine Mutter ist ohne ihr Auto weg?«

Das ist in der Tat seltsam. Meine Mutter geht ganz selten ohne Auto irgendwohin. Wenn es möglich wäre, würde sie sogar ins Jenseits mit dem Auto fahren. Trotzdem fahre ich auf dieser Schiene fort. »Vielleicht ist sie ja bei einer Freundin mitgefahren.«

»Bei welcher denn?«

»Wenn ich das wüsste, hätte ich mich schon mit ihr in Verbindung gesetzt.«

Sie macht die Kühlschranktür zu und kommt auf mich zu, ihre Miene zivilisiert und freundlich. Wenn ich diesen Gesichtsausdruck herunterreißen würde, welches Gesicht würde darunter sichtbar werden? Ein wütendes? Ein nervöses? Ein verängstigtes?

»Aber Yu-jin«, sagt sie so nett, als würde sie mit ihrem Sohn sprechen. »Warum ist die Tür zu ihrem Schlafzimmer verschlossen? Schließt sie sie immer zu, wenn sie rausgeht?«

Ich hätte die Frage fast bejaht, dann fällt mir der Wortwechsel ein, den ich gestern früh mit Hae-jin durch die Tür gehabt habe. Ich zweifle, dass das im Gespräch zwischen meiner Tante und Hae-jin zur Rede kam. Aber für den Fall der Fälle muss ich schon konsequent bleiben. »Ich habe sie zugeschlossen.«

»Du?« Unter den aufgerissenen Lidern starren mich die rosinengroßen Pupillen an.

»Gestern Abend war die Polizei da.«

»Polizei?« Sie sieht mich an und imitiert völlig übertrieben einen bühnenreifen »Ach, du Schreck«-Ausdruck. Nicht einmal eine glaubwürdige Mimik kriegte sie hin.

»Jemand muss die Falschmeldung gemacht haben, es werde hier eingebrochen.«

»Echt? Wer soll das denn gemacht haben?«

Bestimmt interessiert sie, worüber ich mich mit der Polizei unterhalten habe. »Jemand hat sich von einem öffentlichen Telefon gemeldet. Das wird sich aufklären, wenn die Aufnahmen der dortigen Überwachungskamera ausgewertet sind. Ich habe gesagt, sie sollen auch mir Bescheid sagen, wenn sie es herausbekommen haben.«

Die Tante will offenbar noch etwas erwidern, schweigt dann aber doch.

»Bin ja gespannt, wer das war«, füge ich noch hinzu. Dann sehen wir uns gegenseitig in die Augen und versuchen, das Gegenüber zu lesen. Meine Tante liest, dass ich die Identität der Melderin kenne, und ich lese, dass sie es las. Unser Gespräch darüber ist somit beendet.

»Also, warum hast du dann die Schlafzimmertür von deiner Mutter zugeschlossen?«

»Weil die Herren Polizisten da hineinspaziert sind, als ich oben war, um meinen Ausweis zu holen. Ich habe sie zugeschlossen, damit da keiner einfach so reinkann.«

Tante kneift misstrauisch die Augen zusammen. Ihrem Gesichtsausdruck nach zu urteilen, nimmt sie mir das nicht ab.

»Hast du den Schlüssel?«

Ich schaue zur Eckvitrine.

Ihr Blick wandert ebenfalls dahin. »Magst du mir die Schlafzimmertür mal öffnen?«

»Wieso denn?«

»Ich möchte mich etwas frisch machen. Weil ich mich beeilt habe, habe ich mir nicht einmal das Gesicht waschen können.«

Sie hatte also keine Zeit, sich das Gesicht zu waschen, aber um all die Ketten anzulegen, sehr wohl.

»Das Gesicht waschen kannst du auch dort.« Ich zeige mit dem Daumen auf das Bad neben dem Eingangsbereich.

»Das Bad gehört doch Hae-jin. Aber muss ich überhaupt von dir für solche Kleinigkeiten eine Erlaubnis bekommen? Übertreibst du es nicht ein bisschen, bloß weil dies hier dein Zuhause ist?«, fragt sie scherzhaft, aber ihre Augen lächeln nicht. Am liebsten würde ich sie fragen, ob sie bei uns mehr als ein Gast ist. Dann greift sie nach ihrer Tasche und Jacke und sieht mich wieder an. Es ist der wortlose Befehl, dass ich ihr die Tür öffnen soll. Sie ist überzeugt, dass etwas im Schlafzimmer sein muss. »Yu-jin«, insistiert sie.

Ich stehe auf, hole den Schlüssel und schließe die Tür auf.

»Danke, dass du mich reinlässt«, sagt sie beim Hineingehen. »Lass dich nicht stören. Ich werde mich waschen und etwas schlafen, bis Hae-jin da ist. Gestern habe ich kaum die Augen zugetan.«

Sie schlägt vor meiner Nase die Tür zu und schließt sie ab, danach höre ich nichts mehr. Vielleicht horcht sie an der Tür, um festzustellen, was ich mache. Ich werfe den Schlüssel wieder in die Vitrine und gehe ins Wohnzimmer, denn ich möchte die Tante unten nicht allein lassen. Dann würde sie überall hingehen und entdecken können, was ich vielleicht übersehen habe.

An der Waschmaschine drücke ich den Knopf zum

Trocknen und gehe ins Wohnzimmer zurück. Dann lege ich mich auf die Couch und zappe herum, wie es Hae-jin gestern Vormittag getan hat. Filme, Angler, Go-Spiel … In meinem Kopf bewegt sich die Tante im Tempo meines Senderwechsels. Sie legt ihre Tasche auf den Sekretär. Den Mantel hängt sie über die Stuhllehne. Was wird sie danach tun? Sie wird den Zweck ihres Besuchs erfüllen wollen.

Erst ins Ankleidezimmer, dann das Bad prüfen, dann die Tür zum Arbeitszimmer öffnen. Als Nächstes zurück ins Ankleidezimmer und den Schrank aufmachen. Sie wird die aufgeräumte Schminkkommode und die Sachen in den Regalen durchsehen. Diese oder jene Kosmetika, Parfüms, den Föhn, die Schminkutensilien, die Hüte, Handtaschen, die Reisekoffer und den Rucksack. Sie wird keine Auffälligkeit finden, denn sie kann einfach unmöglich den Überblick haben, was meine Mutter unter diesen vielen Dingen mitgenommen haben könnte.

Schließlich wird sie zum Sekretär zurückgehen. Selbstverständlich wird sie das Schubfach aufmachen. Ich versuche, mich zu erinnern, was da alles drinnen ist. Ein Bündel Einlagen für das Ringbuch, Bürozeug wie Kugelschreiber und der Tacker, ein Brillenetui, die rote Geldbörse … Ich höre schon Tantes triumphierende Frage, warum meine Mutter kein Portemonnaie mitgenommen hat. Als Antwort fallen mir ihr Führerschein und die Kreditkarte ein, die sie in ihrer Handyhülle hatte. Es wäre keine schlechte Antwort.

Dann wird sie den Schrank mit den Bettdecken aufmachen. Dort wird sie nichts Besonderes finden können, denn ich habe ihn mehrmals auf Blutspuren überprüft und alle beseitigt. Bedenken habe ich nur noch wegen der Matratze, die ich gestern ausgetauscht habe. Ich habe sie zwar mit einem weißen Laken bezogen, aber das kann man abziehen. Allerdings frage ich mich, wie hoch die Wahrscheinlichkeit ist, dass sie das machen wird.

Auf dem Filmkanal wird eine Actionkomödie mit Kristen Stewart gezeigt, und ich mache es mir auf der Couch bequem.

Ein Kiffer, Verkäufer in einem Kiosk, lebt ein ruhiges Leben und will seine Freundin heiraten. In Wirklichkeit ist er Schläfer-Agent der US-Regierung, eine echte Killermaschine, doch das scheint er vergessen zu haben. Ich verfolge den Film desinteressiert und wende meinen Blick erst vom Bildschirm ab, nachdem die Standuhr viermal geschlagen hat.

Ich habe kein Auge zugetan, seit ich gestern früh aufgewacht bin, mich noch nicht einmal hingelegt und ausgeruht. Trotzdem bin ich nicht müde. Meine Augen brennen, aber ich fühle mich fit. Über eine Stunde sehe ich mir den Film an, der mich zu Tode langweilt, aber ich werde trotzdem nicht schläfrig. Wenn ich mich an den Schwächezustand der vorletzten Nacht erinnere, ist dieser Wachzustand unbegreiflich. Ich habe das Gefühl, dass sich mein ganzer Körper in einer Art Ausnahmezustand befindet. In meinem Kopf mischen sich zusammenhangslos Gedanken und Gefühlsregungen aller Art: Verzweiflung darüber, dass ich nicht mehr als normaler Mensch leben kann. Wut über meine Tante, die mich zum potenziellen Verbrecher gestempelt hat, und über meine Mutter, die mir keine Gelegenheit gab, über mein Leben selbst zu entscheiden. Erinnerungen an meine Morde, die wie Glut wieder aufflackern. Die unheilvolle Ahnung, dass ich die Erfülltheit und die wundervolle Stimmung, die ich auf der dunklen Baustelle hatte, nie vergessen werde.

Irgendjemand hat einmal gesagt: »Ein Mensch verbringt ein Drittel seines Lebens träumend, und wenn er träumt, lebt er ein ganz anderes Leben. Im Kino seines Herzens werden alle möglichen, vergeblichen, gewalttätigen und dreckigen Wünsche in Erfüllung gehen.«

Ich gehöre zu der Sorte, die sich mit nichts und niemandem anlegt. Mein Messer wetze ich ganz allein hinter einer Mauer. Auf meiner Liste der Leute, die den Tod verdienen, stehen Tausende Typen: derjenige, der mir missfällt, derjenige, der zu ihm hält, derjenige, der mit dem Typen befreundet ist, der zum ersten Typen hält, derjenige, der neben dem befreundeten Typen vorbeigeht, der … In schwierigen

Nächten holte ich einen nach dem anderen in meinen Traum und schnitt ihm den Kopf ab. Meine Tante würde das wohl Prädator-Porno nennen.

Meinen ersten Pornotraum hatte ich noch in der Grundschule. Das Objekt war der Junge, der im Heft meiner Mutter erwähnt wurde. Er hatte mir mit einem Vorsprung von 0,45 Sekunden eine Medaille weggeschnappt. Wie meine Mutter notierte, hatte ich die ganze Nacht gelitten. Dann muss ich irgendwann eingeschlummert sein und geträumt haben. Als ich aufwachte, hatte ich einen Samenerguss.

Seitdem passierte mir das öfters. Schuldgefühle hatte ich keine. Es war nichts anderes als der Ausdruck meiner versteckten Begierden. In Träumen geschehen Dinge, die man sich in den Kopf gesetzt hat, und auf dem Humus der Begierde geschehen Sachen, die jede Fantasie übertreffen. So ist der Mensch, und so bin auch ich. Keine Anzeichen von speziellen Vorlieben. Zumindest war es so, bis ich im letzten August auf die unhöfliche Fahrerin traf.

Sie war für mich der Zündfunke, der mich auf die Straße drängte. Ich war damals der Traumpornos überdrüssig, und beim sechsten Streifzug habe ich es tatsächlich getan. Als Preis dafür stehe ich nun mit dem Rücken zur Wand. Meine Möglichkeiten sind begrenzt: festgenommen werden oder mich freiwillig stellen. Für beide Fälle müsste ich eine Story vorbereiten, da mir keiner die wahre Geschichte abnehmen wird: Ohne es zu merken, habe ich den Kopfporno in die Tat umgesetzt, meine Mutter ertappte mich dabei und stürzte sich auf mich, um mich umzubringen, wobei ich mich wehrte und schließlich sie ums Leben kam. Trotzdem bin ich kein schlechter Mensch.

Wenn ich mich entscheide, doch zu fliehen … Mein Puls jagt, tief im Unterbewusstsein flackert ein Gedanke, aber ich greife nicht gleich danach. Ich stecke ihn in einen Winkel, von wo ich ihn jederzeit hervorholen kann, und blicke auf. Das Festnetztelefon klingelt. Auf dem Display steht, dass es Hae-jin ist. Ich drücke die grüne Taste.

Seine keuchende Stimme springt förmlich aus dem Hörer: »Was machst du? Bist du beschäftigt?«

Seinem Keuchen nach zu urteilen, ist eher er es. Im Hintergrund höre ich Gespräche, Geschepper, hupende Autos. »Ich sehe mir einen Film an. Warum?«

»Ich wurde aufgehalten, werde aber den 06:05-Zug erwischen.«

»Dann bist du frühestens um neun zu Hause.«

»Der Zug kommt gegen halb neun in Yongsan an. Ich werde erst nach zehn zu Hause sein. Du bist jetzt nicht beschäftigt, oder?«

»Nein.«

»Kann ich dich um einen Gefallen bitten?«

»Schieß los!«

Ich beginne zu zappen. Als hätten sie sich abgesprochen, kommt auf allen Kanälen etwas übers Essen. Beim Homeshopping kauen sie an Spareribs, in einer Unterhaltungssendung zerlegt ein Mann ein Rind, und in einem Drama grillen zwei Soldaten dünne Scheiben von Schweinebauch. Alle Lebewesen lernen ab der Geburt die Methoden des Überlebens und des Wartens, die Kunst der Nahrungssuche und des Hungerns bis zur nächsten Mahlzeit. Nur die Menschen nicht. Sie essen dauernd, unabhängig von Ort und Zeit, sie lieben es einfach. Diese Fixierung aufs Essen unterscheidet sich kaum von einem Raubtier-Porno. Von diesem Standpunkt aus haben die Menschen unter allen Lebewesen der Erde am wenigsten Geduld mit ihren Begierden.

»Du weißt doch, dass es im Regal in meinem Zimmer eine Ecke gibt, in der die osteuropäischen Kurzfilme stehen, oder?«, fragt Hae-jin, und ich bejahe. »Irgendwo in der Mitte gibt es einen Film mit dem Titel *Dual.* Kannst du den zur Pfannkuchenbude bringen? Und zwar jetzt.« Was soll dieses »jetzt«? Ich antworte nicht gleich. Es folgt eine lange Erklärung, als ob er mich durchschaut hätte. »Der Regisseur von *Nachhilfestunde* sucht dringend nach dem Film. Ich bin aber noch in Mokpo, und er sagte, dass er gleich mit den Leuten von der Produktionsfirma auf dem Damm bei uns vorbeifährt.«

Also könnten die Leute den Film beim Yongi-Typen abholen, wenn ich ihn dort lasse. »Wenn sie aber in der Gegend sind, dann können sie ihn doch auch bei uns zu Hause abholen«, sage ich, während ich einen flüchtigen Blick zu Mutters Schlafzimmer werfe.

»Er fährt aber nicht mit seinem Auto und ist mit mehreren Leuten unterwegs.«

»Wenn die Pfannkuchenbude nicht geöffnet hat, soll ich dann mit dem Film davor auf sie warten?«

»Das ist doch unwahrscheinlich, oder?«, antwortet er mürrisch, als ob er mich daran erinnern möchte, dass er für mich bis zur Insel Yeongjongdo gefahren ist und ich ihm ruhig diesen kleinen Gefallen tun kann. »Aber wenn du beschäftigt bist, dann lass es sein.«

Fast wäre mir herausgerutscht, dass ich es effektiv lieber sein lassen möchte. Es wird zwanzig Minuten dauern, wenn ich schnell laufe. Mutter behauptete immer, es sei das sicherste Geschäft, etwas eins zu eins zurückzugeben. Und ich möchte auch keinen Verdacht auf mich ziehen, nur weil ich eine kleine Bitte ausschlage. »Nein, ich laufe mal schnell hin. Ich habe sowieso nichts zu tun.«

»Du brauchst nicht zu rennen. Der Film muss nicht vor einer halben Stunde dort sein. Und erklär dem Yongi-Typen, worum es geht«, sagt er noch gut gelaunt.

Ich lege auf, gehe zu Mutters Zimmer, lausche, höre aber nichts. Zumindest scheint Tante das Zimmer nicht mehr zu durchsuchen. Liest sie etwa? Ist sie nach dem Waschen wirklich eingeschlafen? Was kann man sonst noch in dem Zimmer machen? Ich denke, es ist okay, mal kurz die Wohnung zu verlassen.

Den Fernseher lasse ich laufen. Die DVD finde ich schnell. Sie ist dort, wo Hae-jin gesagt hat. Ich hole die Laufschuhe, die ich gestern Abend trug, als ich zur Pfannkuchenbude ging. Wenn ich durch die Wohnungstür gehen würde, würde das elektronische Türschloss einen Piep machen, und die Tante könnte merken, dass der Wächter die Wohnung verlassen hat.

Mit den Laufschuhen und der DVD gehe ich eine Etage höher. Dort schließe ich meine Zimmertür ab und ziehe die Steppjacke über. Den Schlüssel für die Wohnungstür, die Schlüsselkarte für den Hauseingang und das Handy stecke ich in die Jackentasche. Dann gehe ich auf die Terrasse und lasse die Glastür einen Spalt offen. Sobald ich die Nottreppe betrete, bellt Hello wie gewohnt los. Ich habe Bedenken, dass die Tante deswegen aus dem Fenster sehen könnte, sodass ich von der vierundzwanzigsten Etage den Aufzug nehme. Ohne anzuhalten, fährt er direkt zum Erdgeschoss.

Bleierne Wolken bedecken den Himmel. Die Wolkendecke ist so hoch wie eine Klippe und die Luft nasskalt, als ob Eiskristalle darin schweben würden. Es wird bald schneien oder schütten. Langsam gehe ich in Richtung Seiteneingang und habe das unangenehme Gefühl, irgendetwas Wichtiges übersehen zu haben. Team Weiß murmelt: Wenn das hier ein Spielchen der Tante ist …

Ich halte inne. Ein starker Wind schlägt mir entgegen. Meine Nasenspitze rötet sich, und meine Augen beginnen zu tränen. Team Weiß fragt: Wie lange wird die Tante brauchen, um die ganze Wohnung zu durchsuchen?

Ich drehe mich um und antworte: zehn Minuten.

Der Fahrstuhl steht noch im Erdgeschoss. Im vierundzwanzigsten Stock steige ich aus. Wie beim Heruntergehen nehme ich die letzte Etage auf der Nottreppe. Hello beginnt zu bellen, aber ich beeile mich nicht. Ich wünsche mir, dass er richtig heftig kläfft, damit die Tante darauf aufmerksam wird und begreift, warum er bellt. Er wird aber immer desinteressierter und leiser. Als ich in der fünfundzwanzigsten Etage ankomme, verstummt er sogar. Der Köter tut immer das Gegenteil von dem, was ich will.

Dann entriegle ich die Wohnungstür und trete ein. Stille. Ich lege die DVD auf den Tresen und gehe zu Mutters

Zimmer. Leise drücke ich die Türklinke herunter. Es ist abgeschlossen. Also lege ich ein Ohr an die Tür. Es ist nichts zu hören, sie scheint zu schlafen. Für kurze Zeit spüre ich Erleichterung. Mein Misstrauen war übertrieben. Hae-jin wird sich doch nicht ausgerechnet mit meiner Tante verbünden.

Ich drehe mich um, und mir sticht die Tür ins Auge. Normalerweise wäre sie mir wie eine Wand vorgekommen, aber in einer solchen Situation pflegte meine Mutter zu sagen, dass Gegenstände auch sprechen würden. Jetzt spricht mich diese Tür an: »Ob es wirklich so ist?« Sie führt in Mutters Arbeitszimmer. Wenn ich sicher sein will, dann ist es die beste Lösung, nachzusehen.

Also öffne ich die Tür und gehe durch das Arbeitszimmer in den Ankleideraum und weiter ins Bad. Es gibt nicht die geringste Spur, dass Tante das Bad benutzt hätte. Im Waschbecken, der Badewanne, an Wand und Fußboden, nirgendwo ist ein Spritzer Wasser. Der Deckel der Kloschüssel steht auf, so wie ich ihn gestern Morgen zurückgelassen habe. Der einzige Unterschied ist, dass die Pantoffeln auf dem Boden stehen, die ich an die Wand gelehnt hatte. Das bedeutet, dass sie hier war, um sich umzusehen oder vielleicht jemanden anzurufen.

Vor der geschlossenen Tür, die zum Schlafzimmer meiner Mutter führt, hole ich kurz Luft. Es gibt zwei Möglichkeiten: Entweder ist sie da oder nicht. Eigentlich brauche ich nur für den ersten Fall eine Ausrede, warum ich auf diesem untypischen Weg in Mutters Zimmer gekommen bin. Mir fällt nur die lahme Behauptung ein, etwas vom Schreibtisch holen zu wollen, ohne sie aufzuwecken. Besser wäre es, gar nichts zu erklären. Schließlich ist sie auch ohne Begründung in mein Zimmer gekommen.

Ich drücke die Türklinke herunter und wünsche mir innig, dass sie im Zimmer ist. Egal, ob sie schläft oder nackt Gymnastik macht. Sie soll nur nicht aus dem Zimmer gegangen sein. Irgendein berühmter Literat soll einmal gesagt haben, dass das ganze Unglück der Menschen allein daher rührt, dass sie nicht ruhig in einem Zimmer bleiben können.

Ich mache einen Schritt hinein. Das Zimmer ist leer. Die Ader auf meiner Stirn beginnt zu pulsieren. Die Luft flimmert, meine Haut brennt, die Muskeln an Rücken und Beinen versteifen sich. Ich höre Autos auf der fernen Straße, schrilles Lachen von Kindern aus der Siedlung, das Auf- und Abfahren der Aufzüge, den Kühlschrank und meinen Puls. Diese Symptome hatte ich immer, wenn ich den Drang spürte, hinauszugehen. Es ist eine chemische Reaktion zwischen meinen zwei Ichs. Das eine erregt sich, und das andere will sich beherrschen.

Am Sekretär halte ich inne. So wie ich es mir vorgestellt habe, hängt ihr Mantel über der Lehne des Stuhls, und die Tasche steht mit geöffnetem Reißverschluss auf dem Tisch. Ich kann nicht sicher sagen, ob sie im Schubfach gewühlt hat. Alles inklusive der Geldbörse scheint an seinem Platz zu liegen. Nur die Spitzengardine der doppelten Vorhänge ist eine Handbreit aufgezogen. Also kann ich davon ausgehen, dass sie auf die Veranda ging und im Abstellraum nachgesehen hat. Das Bett ist auch minimal anders, als ich es gestern zurechtgemacht hatte. Bei der Bettdecke, die ich an allen vier Ecken glatt gezogen hatte, ist eine unmerkliche Veränderung erkennbar. Sie hat das Bett nicht benutzt, aber sie hat es kontrolliert.

Ich hebe die Decke an. Das Band, mit dem man den Bezug an der Matratze festmacht, ist lose. Ob sie die Blutspuren gesehen hat? Da ich die Matratze mit den Blutflecken nach unten gelegt habe, kann sie sie unmöglich zufällig entdeckt haben. Tante muss den Bezug abgenommen und die Matratze angehoben haben, um die untere Seite zu prüfen. Nachdem sie die Blutflecken gesehen hat, rief sie wohl im Bad Hae-jin an. Was wird sie ihm gesagt haben? Vielleicht so etwas wie: »Ich fürchte, Yu-jin hat seine Mutter umgebracht, ich muss die Wohnung durchsuchen. Bitte lock ihn weg.« Dann war sie also nicht auf der Veranda, um im Abstellraum nachzusehen, sondern um sich zu vergewissern, dass ich gegangen bin.

Ich erinnere mich an Hae-jins Stimme. »Was machst du?

Bist du beschäftigt?« Er klang atemlos und aufgeregt, seine Stimme war eine halbe Oktave höher als sonst, als ob er sich über etwas freute. Hae-jin könnte unmöglich so sprechen, wenn er diese Nachricht über Mutter gehört hätte. Außerdem sind die beiden nicht so vertraut, dass er Tante eine solche Geschichte unbesehen abnehmen würde. Es sei denn, dass sie sich seit Langem hinter meinem Rücken austauschen.

Also bat ihn Tante unter einem fadenscheinigen Vorwand um den Gefallen. Und er schickte mich mit der DVD los in der Annahme, er würde bei einem harmlosen Streich mitmachen. Trotzdem ändert es nichts an der Tatsache, dass sie sich abgesprochen haben.

Ich schließe die Zimmertür ab und gehe ins Wohnzimmer. Dort öffne ich das Schubfach der Eckvitrine und stelle fest, dass der Schlüsselbund verschwunden ist. Meine Vermutung trifft also zu. Sie tut genau das, von dem ich gewünscht habe, sie würde es nicht tun. Ich habe aber keine Lust, sofort nach oben zu gehen und sie aufzuhalten. Ich habe mir als Grenze die Glastür zur Terrasse gesetzt. Sie soll da gefälligst nicht rausgehen. Das wäre für ihr Wohl und auch für meines am besten.

Über mir höre ich einen dumpfen Aufschlag. Es ist das Geräusch der Glastür, wenn man sie nicht vorsichtig schließt. Und ich ahne, was bald geschehen wird. Mit meiner inneren Ruhe ist es vorbei. Sie hat mich bis hierher getrieben, und es scheint ihr nicht zu reichen, also setzt sie mich matt und verlangt von mir eine Entscheidung.

Ich gehe die Stufen hoch, leise und langsam. Mit dem unwirklichen Gefühl, neben meinem Körper zu schweben, wie gestern, als ich mit Mutter im Arm hochgegangen war, betrete ich den Flur.

Vor der Tür, durch die man vom Flur auf die Dachterrasse gelangt, halte ich an und starre auf das Welcome-Schild. Es ist eine Holztür, durch die man nicht nach draußen blicken kann, also drücke ich die Türklinke herunter. Sie ist verschlossen. Meine Zimmertür ist zu, aber nicht zugeschlossen. Wie vermutet, ist die Tante nicht in meinem Zimmer, und der Schlüsselbund liegt auf dem Schreibtisch. Die Glastür zur Terrasse und die Jalousien sind geschlossen. Sonst würde ich einen Windzug spüren. Mutters Notizen liegen aufgeschlagen im Schubfach. Die Tante scheint in den zehn Minuten sehr fleißig gewesen zu sein.

Ich spähe durch die Jalousien. Die Tante steht mit ihrem Handy und meinen Pantoffeln bewegungslos auf der Terrasse und blickt in Richtung Pergola. Ihre rotbraun gefärbten halblangen Haare flattern wie trockenes Gras im Wind. Vielleicht wegen der Kälte oder auch aus Anspannung schlottern ihre schmalen Schultern. Sie scheint unentschlossen, wohin sie gehen und wo sie nachsehen soll.

Auf der Pergola schaukelt Mutter. Unverändert blickt sie mit ihrem Joker-Mund zum Himmel. Ihre Zehen produzieren auf dem Boden eine Melodie. Der Saum des weißen Nachthemds flattert wie ein Schmetterling im Tanz. Jeder Mensch würde bei diesem betörenden Anblick seinen Verstand verlieren. Vorausgesetzt natürlich, dass man diese Fantasie sehen kann.

Tante streicht die wehenden Haare hinter ihre Ohren, dreht sich um und wirft einen flüchtigen Blick auf mein Zimmer. Einerseits möchte ich sie anflehen, andererseits bedrohen. Noch ist es nicht zu spät. Komm zurück ins Zimmer.

Ihr Blick geht zur Pergola, und sie scheint eine Entscheidung getroffen zu haben. Sie setzt einen Fuß auf die erste Fliese, dann auf die zweite. Auf der dritten hält sie inne. Sie starrt eine Zeit lang auf ihr Handy. Sie fragt sich wohl, ob sie die Polizei rufen oder mit eigenen Augen nachsehen soll.

Ich meinerseits frage mich, ob ich die Tante hineinholen oder doch eher rausgehen soll. Mein Entschluss wird über meine Zukunft entscheiden: mich stellen oder die Flucht ergreifen? Ersteres empfiehlt der Verstand, Letzteres der Instinkt. Die Entscheidung wird nicht mehr rückgängig zu machen sein. Es gibt weder Spielraum für Kompromisse noch viel Zeit. Ich muss mich entscheiden, während die Tante die letzten fünf Fliesen überquert.

Mit dem Gefühl, einen Countdown herunterzuzählen, beobachte ich sie. Als sie die achte Fliese erreicht, flüstere ich, dass sie sich umdrehen soll. Vielleicht habe ich das nur zu mir geflüstert: So lange wie möglich habe ich gewartet und dir alle Möglichkeit gegeben. Ich habe einen einzigen Fehler gemacht, nämlich auf den »ehrlichen« Hae-jin reingefallen zu sein und die Wohnung kurz verlassen zu haben.

Schließlich hält sie vor dem Tisch. Ich ziehe die Steppjacke aus, lege sie auf den Schreibtisch und hole aus dem Schubfach das Rasiermesser. Nun fühle ich mich viel leichter und gehe zur Glastür. Mit angehaltenem Atem öffne ich die Tür und betrete die Dachterrasse.

Als meine nackten Füße die kalten und harten Fliesen berühren, geschieht etwas Seltsames. Meine Mutter, die seit gestern durchgehend schaukelte, beginnt zu verschwinden. Wie eine verbrennende Gummipuppe verzerrt sie sich und sackt schmelzend in sich zusammen. Kurz danach verzieht sich die geschmolzene Masse als schwarzer Rauch. Die Zehen, die auf dem Boden der Pergola eine Melodie produzierten, beenden ihre Vorstellung. Das Quietschen reißt ab. Auf der leeren Schaukel bleibt ein welkes Blatt zurück, von dem keiner weiß, woher es gekommen ist.

Auch meine Tante verschwindet aus meinem Kopf. Nicht sie steht dort, den Rücken zu mir gewandt, vor dem Tisch auf der Pergola, sondern Beute. Arglistig hat sie meiner Mutter Angst eingejagt, sie aufgehetzt, dann beschwichtigt und gezwungen, mein Leben zu ruinieren.

Mein Körper wird ganz still. Mein Hinterkopf dröhnt nicht mehr. Atem und Herz beruhigen sich. Der Klumpen in meinem Magen löst sich auf. Meine Sinne schärfen sich. Unsere Entfernung beträgt ein paar Meter, und trotzdem kann ich den feuchten rauen Atem eines verängstigten Wesens deutlich hören. Ich habe das Gefühl, die ganze Welt liegt mir zu Füßen. Alles ist nun möglich.

Ich setze leise meinen Fuß auf die zweite Fliese, obwohl es mir egal ist, wenn meine Beute sich umdreht. Irgendwann wird sie mich bemerken, und ich bin voller Erwartungen. Was für einen Gesichtsausdruck wird sie haben? Wird sie etwas sagen? Was wird sie tun? Wird sie mich angreifen? Die Flucht ergreifen? Schreien?

Auf der achten Fliese stoppe ich. Bis zur Pergola bleibt nur ein Schritt, und dennoch macht meine Beute keine Anstalten, sich umzudrehen. Sie scheint von mir keine Notiz zu nehmen, so beschäftigt ist sie mit dem Problem vor ihren Augen. Stramm und bewegungslos steht sie vor dem Tisch. Sie hält sogar den Atem an, so wie es der Perlenohrstecker auf der Flusspromenade getan hatte.

Es dauert ziemlich lange, bis meine Beute wieder atmet, und noch länger, bis sie die Hand nach dem Tisch ausstreckt. Sie ergreift kurz den Rand der Tischplatte und schreckt gleich wieder zurück, als ob sie einen heißen Topf anfasste. Sie scheint zu wissen, was sich darin befindet. Die Frau Doktor, die Gebildetste aller Familienmitglieder, verfügt schließlich über viel Vorstellungskraft. Ich halte die Hände hinter meinem Rücken und warte, bis sie mich bemerkt oder meine Mutter entdeckt.

Meine Beute versucht, Kraft zu sammeln. Sie steckt das Handy in die Gesäßtasche der Jeans und reibt die Handflächen an den Oberschenkeln. Dann atmet sie ein paar Mal tief und nähert sich dem Tisch. Diesmal legt sie beide Hände auf den Rand der Tischplatte und schiebt sie kräftig weg. Mit einem dumpfen Geräusch öffnet sich der Tisch beim ersten Versuch. Einen Moment lang fixieren ihre Augen das Innere.

Es fällt mir nicht schwer, mir vorzustellen, was sie alles vorfindet. Obenauf liegt Krimskrams. Durchsichtige Plastikfolien, ein Sack Dünger, der Handrechen, eine Gartenschere, eine Blumenschaufel, eine Säge, leere Blumentöpfe und kleine Tonschalen, ein zusammengerollter Gummischlauch, eine Kettensäge und die grüne Abdeckplane. Vielleicht sind ein paar Blutstropfen zu sehen. Die Tischplatte habe ich geputzt, aber um das Innere habe ich mich nicht gekümmert. Ich hatte keine Zeit dafür und habe nicht damit gerechnet, dass so schnell jemand hineinschauen würde.

Meine Beute bewegt sich wieder. Sie lehnt an der Tischkante und räumt mit beiden Händen die Sachen heraus. Die Plastikfolien und den Sack Dünger, die Säge und den Gummischlauch. Schließlich beugt sie sich und streckt eine Hand hinein. Beim Entfernen der Abdeckplane raschelt es. Dann entweicht meiner Beute ein ächzendes Stöhnen, die Haare fallen ihr ins Gesicht, und die Schultern zucken unkontrolliert. Ihr Atem geht laut und stoßweise.

Ich weiß, was der Grund dafür ist. Meine Beute ist dem Joker begegnet und hat dabei direkt in die Augen meiner Mutter gesehen, so wie ich gestern früh im Wohnzimmer. Den Kleinkram, den sie herausgeholt hat, hatte ich in der Nähe ihres Kopfes platziert. Wenn sie sich nur einmal nach mir umgedreht hätte, hätte ich ihr einen guten Rat gegeben: Hol zuerst die Blumentöpfe heraus. Dort sind nämlich die Füße.

Meine Beute ist völlig von der Rolle. Die Beine schlottern. Sie krallt sich am Tisch fest. Ein gequälter Ton entfährt ihr. Nun will sie das Handy aus der Gesäßtasche holen, doch es rutscht ihr aus der Hand, fällt zu Boden und zerfällt in drei Teile. Das Gerät fliegt in Richtung Schaukel, die Hülle unter die Stufen der Pergola, und der Akku landet zu meinen Füßen.

Hals über Kopf rennt sie zur Schaukel und ergreift das Handy. Dann dreht sie sich auf der Suche nach den anderen Teilen um. Endlich kommt der Moment, in dem ich in ihr Blickfeld gerate. Die irrlichternden Augen bleiben an mir hängen. Sie fragen verwundert, warum ich hier bin. Das Handy fällt wieder herunter. Ich halte meine Hand hinter dem Rücken und öffne die Klinge des Rasiermessers.

»Was machst du denn hier?«, frage ich. Meine Beute kneift die Lippen zusammen und schüttelt den Kopf. Dem Gesichtsausdruck nach zu urteilen, scheint sie zu ahnen, was ich hinter dem Rücken halte. Ich fixiere sie und hebe gleichzeitig den Akku auf. »Du wolltest doch gerade die Polizei anrufen, oder?«, frage ich, während ich auf die Pergola springe. Erschrocken macht meine Beute einen Schritt zurück. Der Blick haftet am Rasiermesser in meiner rechten Hand. Es hört sich an, als würden ihre Halswirbel knacken. Vielleicht war es ein Schluckauf oder ein Schrei. Vor allem ist es die Furcht von jemandem, der sein Schicksal instinktiv erfasst hat.

Ich bin traurig. Es wäre schön gewesen, wenn sie vor sechzehn Jahren diese Furcht gefühlt hätte. Wenn sie nur einen Hauch Mitgefühl für den Jungen gehabt hätte, wäre dieser Tag nicht passiert. Wir wären uns heute nicht an dieser Stelle und mit diesem Schicksal begegnet. Jetzt ist es zu spät. Damals wäre es wohl zu früh gewesen.

»Es ist okay. Ruf an!« Ich reiche meiner Beute den Akku und nähere mich einen Schritt. Sie schüttelt den Kopf und macht einen Schritt zurück. »Na los, erzähl der Polizei alles ganz offen: Vor sechzehn Jahren habe ich einen neunjährigen Psychopathen als Patienten bekommen. Bis heute habe ich ihm vorgelogen, dass er an Epilepsie leide, und ich habe ihm ein fragwürdiges Medikament verordnet. Unter Aufsicht seiner Mutter habe ich jeden seiner Schritte gesteuert und ihm alles verboten, was er liebt. Eines Tages ist er tatsächlich durchgedreht und hat seine Mutter getötet, und jetzt will er mich auch noch umbringen.« Wie eine Heuschrecke mache ich einen großen Satz auf sie zu. »Sag es doch, du elendes Miststück!«

Meine Beute weicht zurück und bleibt mit dem Pantoffel in einer Spalte des Fußbodens hängen. Sie wedelt mit den Händen, um sich an etwas festzuhalten, findet aber nichts und fällt hin. Das vergrößert den Abstand zwischen uns um zwei Meter. Diese Gelegenheit lässt sie sich nicht entgehen. Schnell dreht sie sich um und kriecht weinend und schreiend zur Stahltür. Ich hole sie spielend ein, werfe mich auf sie und drücke mein Knie in ihr Kreuz. Dann packe ich die dünnen, spärlichen Haare und ziehe den Kopf nach hinten. Aus ihr bricht ein schriller Schrei, dann sagt sie ihr letztes Wort auf dieser Erde: »Yu-min!«

Ein dunkler Wald öffnet sich in mir. Die Zeit verlangsamt sich. Mein Ich sieht sich alles an: Die Bewegung meiner Hände, wie sie an den Haaren reißen. Die Bewegung der Klinge, die die straff gezogene Haut unter dem Kinn in einem Zug durchläuft. Der Hals, der sich wie ein Reißverschluss öffnet. Das Blut, das wie aus einem Maschinengewehr in alle Richtungen spritzt. Die roten Flecken, die sich überall auf der Dachterrasse bilden. Ich denke über ihr letztes Wort nach, während ich ihr warmes Blut auf meinem Gesicht spüre.

»Yu-min!«

Ich lasse die Haare los. Der Kopf knallt auf den Boden. Warum nur hat sie Yu-min gesagt?

Die Entstehung der Arten

Yu-min!«, ruft Vater schrill.

Ich schrecke aus dem Schlaf, als hätte man mir ein glühendes Eisen in die Ohren gebohrt. Wo bin ich? Erst als der Schmerz nachlässt, erkenne ich, dass ich in meinem Bett liege. Keine Ahnung, wie lange ich geschlafen habe, aber Nacht ist es nicht mehr, das zeigt das Licht, das durch die Jalousien fällt.

Yu-min!

Ich weiß nicht mehr, was ich geträumt habe, doch Vaters Stimme ist so lebendig wie die Wirklichkeit. Es ist das erste Mal, dass ich sie im Traum gehört habe. Bis eben hatte ich keine Erinnerung an sie, und vermisst habe ich sie auch nicht. Seit ich neun Jahre bin, existiert er für mich nicht mehr. Weder in der Erinnerung noch als Gefühl noch auf irgendeine andere Art. Nichtsdestoweniger erkannte ich seine Stimme sofort, als ob ich die ganzen letzten Jahre mit ihm zusammengelebt hätte.

Wieso erkannte ich sie? Warum sagte er nicht »Yu-jin«, sondern »Yu-min«? Warum rief nicht Mutter, sondern Vater? Wollen sie etwa ihre Erzieher-Rollen tauschen? Ich stütze mich auf die Ellbogen und sehe auf die Uhr. 01:41 Uhr. Dann blicke ich in Richtung Terrassentür. Es ist hell, also kann es nicht ein Uhr nachts sein.

Kurz bevor ich eingeschlafen bin, habe ich auf die Uhr gesehen. Ich glaube, es war halb zehn, also habe ich sechzehn Stunden durchgeschlafen und den Schlaf der letzten zwei Tage nachgeholt. Ich wollte eigentlich nur kurz die Augen zumachen, bis Hae-jin kommt. Jetzt zwinkere ich müde, steige aus dem Bett und ziehe die Jalousien auf. Der Himmel ist grau, und eine Silbermöwe schwebt tief durch die dunstige Luft.

Die Hollywoodschaukel ist leer. Mutter scheint definitiv gegangen zu sein. Ich weiß weder, wieso sie dasaß, noch, wieso sie ging, aber ich empfinde eine merkwürdige Traurigkeit. Es fühlt sich an, als wäre meine Nabelschnur durchtrennt und ich ein Landstreicher, der die Grenzlinie überschritten hätte. Auf der anderen Seite blieb wohl mein Ich. Das Ich, das auf der Welt mit anderen Menschen gelebt hatte. Das Ich, von dem ich überzeugt gewesen war, dass es fest auf dem Boden steht. Wenn man eine Grenze überschritten hat, die man besser nicht überschritten hätte, gibt es kein Zurück. Es gibt nur noch die Flucht nach vorn.

Nun weiß ich, warum die Stunden, in denen ich zwei Morde begangen hatte, spurlos aus meinem Gedächtnis gelöscht waren. Weil ich die Welt verlassen müsste, in die ich geboren und in der ich aufgewachsen war, sobald ich mich daran erinnern würde. Mein vertrautes Leben war vorbei, und doch war ich weder bereit, es zu verlassen, noch, es zu beenden. Ich war unfähig, die Sachen zu überstehen, die ich im Affekt getan hatte. Und so gab es nur einen Weg, das Vergessen.

Im Gegensatz dazu kann ich mich an die meisten Geschehnisse von gestern Nacht erinnern. Ich kauerte noch lange neben meiner Tante und irrte gleichzeitig durch den dunklen Wald in meinem Inneren. Ich flog wie ein junger Schmetterling im rosaroten Nebel. Ein rotes Licht warnte mich vor Spinnennetzen, aber ich ignorierte es. Etwas Verlockendes trug mich an einen höheren und helleren Ort. Die Sterne kamen näher und näher.

Als ich zu mir kam, donnerte Team Weiß in meinem Kopf: Es ist dunkel geworden, du frierst, Hae-jin kommt gleich zurück. Du musst den Tatort aufräumen. Mach schnell.

Ich kann mich erinnern, wie ich geistesabwesend den Blick über die Szenerie schweifen ließ: Die Tante lag auf dem Bauch im Licht der Pergola, ich hockte mit dem Rasiermesser neben ihr, auf dem Boden überall Blut. Über mir lag der kalte Nachtnebel. Hinter mir jammerte der Wind. Die Sterne waren verschwunden. Nur ihr Nachglanz flackerte zu meinen Füßen, und auch er erlosch allmählich.

Ich wollte mich aufrichten, musste mich aber wieder fallen lassen. Vom langen Hocken konnte ich meine Knie nicht mehr strecken. Mein ganzer Körper schmerzte, ich war erschöpft und fror und wäre am liebsten an Ort und Stelle eingeschlafen. In diesem Moment stach mir die Wassertonne ins Auge.

Dort legte ich die Tante zur letzten Ruhe, wie beim Perlenohrstecker umstandslos und praktisch. Die Dachterrasse wurde zum Familiengrab. In der Mitte Mutter und auf der rechten Seite die Tante. Ich musste schmunzeln. Nun war die linke Seite dran.

Ich drehte den Wasserhahn auf und spritzte den Boden mit dem Schlauch ab. Dann rieb ich mir die brennenden Augen und sammelte die Teile des Handys meiner Tante ein. Als ich die blutverschmierten Sachen auszog und ins Bad ging, war ich vor Kälte so starr, dass ich nicht einmal den Duschkopf halten konnte. Erst nach zehn Minuten unter heißem Wasser konnte ich meine Finger wieder bewegen.

Ich wusch mich, reinigte das Rasiermesser, legte es ins Schubfach, ging nach unten und steckte die Kleidung in die Waschmaschine. Die Bettdecke aus der Waschmaschine legte ich in den Schrank in Mutters Zimmer. Dann zog ich mir Einweghandschuhe über und beseitigte die Spuren meiner Tante. Von ihrem Handy wischte ich meine Fingerabdrücke mit einem Feuchttuch, setzte es wieder zusammen und steckte es in ihre Tasche. Die Tasche und ihre Schuhe rollte ich in ihre Steppjacke und packte alles in Mutters kleinen Reisekoffer im Ankleidezimmer. Bei Mutters Bett zog ich den Bezug gerade. Kurz dachte ich daran, die Matratze auszutauschen. Wenn die Tante Hae-jin gegenüber nicht irgendeine Bemerkung gemacht hätte, wäre es sehr unwahrscheinlich, dass er nachschauen würde. Zudem hatte ich keine Lust, diese tonnenschweren Latexmatratzen ein weiteres Mal herumzuwuchten.

Zu diesem Zeitpunkt bewegte ich mich nur noch unter Aufbietung meiner Willenskraft und am Rande der Bewusstlosigkeit. Keine Ahnung, wie ich die Säuberung hinter mich brachte. Ob ich die gewaschene Kleidung aus der Waschmaschine geholt habe, ob ich Mutters Zimmertür zugeschlossen habe, ob ich die Schlüssel wieder ins Schubfach der Vitrine getan habe? Auf Hae-jin zu warten, war mir unmöglich. Als ich die Stufen raufging, schlief ich beinahe schon.

Ob Hae-jin zurück ist? Da er gesagt hat, dass er kommt, wird es auch so sein. Ich kam letzte Nacht nicht mehr dazu, in Tantes Tasche zu wühlen. Wenn er ihr die Schlüsselkarte gegeben hätte, hätte er klingeln müssen. Ich kann mich aber nicht erinnern, dass ich ihm die Tür aufgemacht habe. Wie also ist er reingekommen? Vielleicht mit Nachbarn, oder er bat Hellos Frauchen, ihm die Tür aufzumachen. Sicher wäre er wütend in mein Zimmer gekommen und hätte mich schlafend vorgefunden. Dann wäre er wieder runtergegangen. Wäre auch er gleich eingeschlafen? Ich habe plötzlich Hunger.

Also gehe ich nach unten, um offene Fragen zu klären und zu essen. So schwer und klumpig ich mich gestern fühlte, so leicht bin ich heute, leichter als mein T-Shirt. Ich strotze vor Energie, obwohl ich einen Tag lang nichts gegessen habe. Auch meine Stimmung ist viel besser als gestern. Nichts ist geregelt, keine Entscheidung ist gefallen, trotzdem bin ich optimistisch, dass alles gut werden wird. Wenn man es sich vornimmt, wird alles gut.

In der unteren Etage ist es still. Aus Hae-jins Zimmer dringt ein Geräusch. Wahrscheinlich sieht er sich einen Film an. Oder er bearbeitet das Material, das er gestern gedreht hat. Die Tür von Mutters Zimmer ist verschlossen. Die Schlüssel sind an ihrem Platz. Ich gehe in die Küche, in der es nach Miso-Eintopf riecht. Hae-jin hat Essen gekocht. Auf dem Herd steht der kleine Steinguttopf. Dann gehe ich zur Waschmaschine. Die Kleidung, die drinnen sein sollte, ist weg. Grübelnd gehe ich in die Küche zurück. Habe ich sie gestern Nacht noch trocknen lassen? Oder habe ich sie mit ins Zimmer genommen?

»Bist du aufgestanden?« Hae-jin steht am Eingang der Küche.

Ich halte neben der Spüle an und frage: »Wann bist du denn gekommen?«

»So gegen halb elf. Du hast schon tief geschlafen.« Hae-jin schaltet den Herd ein. »Ich war bei dir, doch du hast nichts gemerkt.« Er war also oben gewesen. Wie sah mein Zimmer aus? Lag etwas Verdächtiges herum?

»Hol die Beilagen und lass uns zu Mittag essen. Ich bin am Verhungern.«

»Iss du nur. Ich esse später. Ich habe noch keinen Appetit.«

»Bist du nicht zum Essen runtergekommen?«, fragt er verwundert, als er den Tisch abwischt.

Doch, und wie. Aber wichtiger ist es, ein langes Gespräch mit ihm zu vermeiden. »Ich wollte die Wäsche holen, aber sie ist nicht da. Hast du sie rausgeholt?«

»Ich habe sie auf der vorderen Veranda aufgehängt. Es waren ja nur ein paar Stücke, da wollte ich nicht den Trockner anmachen.«

Dann kommt die Frage, auf die ich am wenigsten antworten möchte: »Übrigens, hat sich Mutter gemeldet?«

»Nein, noch nicht.«

»Immer noch nicht? Ist ihr was zugestoßen? Ein Verkehrsunfall oder so was?«, fragt er besorgt.

»Wenn ein Unfall passiert wäre, hätte man es uns gemeldet. Außerdem hat sie das Auto dagelassen.«

Hae-jin schaut mich fragend an: »Trotzdem ist es noch nie vorgekommen, dass sie sich so lange nicht gemeldet hat.«

»Heute wird sie sich bestimmt melden. Oder sie kommt zurück.«

»Hat sie sich auch bei der Tante nicht gemeldet?« Diese

Frage knallt an meinen Schädel, als ich gerade aus der Küche gehen will.

»Weiß ich nicht. Hab nicht gefragt.«

»Wann ist die Tante denn gestern gegangen?«

Vor der Treppe drehe ich mich um und fixiere ihn.

»Ich meine ja nur, weil ich sie auch nicht erreichen kann. Ihr Handy ist ausgeschaltet, und ans Festnetz geht sie auch nicht.«

Seit wann steht er mit ihr in so enger Verbindung? Irgendwie fühle ich mich gekränkt, sodass ich spitz bemerke: »Was willst du denn von ihr? Willst du deine Schlüssel zurück?«

»Was meinst du?« Er kommt aus der Küche und stellt sich mir gegenüber.

»Du bist doch vorgestern auf ihre Bitte hin zu ihrer Praxis, um ihr die Schlüssel zu geben, oder nicht?«

»Wer sagt das denn?«, fragt er verdutzt. »Hat es Tante so gesagt?«

Ich antworte nicht.

»Was du dir alles ausdenkst! Du behauptest das, als ob du es selbst gesehen hättest. Ich habe zwar ihren Anruf bekommen, aber ich war nicht in ihrer Praxis. Sie wollte wissen, ob ich Mutter habe gehen sehen, ob ich gestern zu Hause war. Dann sprachen wir darüber, dass du bestanden hast. Sie meinte, sie möchte eine Überraschungsparty für dich machen, und bat mich um den Code von der Wohnungstür. Also habe ich ihn ihr gesagt. Und sie sagte, ich soll dir nicht erzählen, dass sie mich angerufen hat, damit es eine Überraschung bleibt.«

Wenn mich Hae-jin jetzt nicht anschwindelt, muss Tante den Code am Türschloss eingegeben haben, wie sie übrigens selbst behauptet hatte. Warum hatte ich das denn nicht gehört? Ich war doch wach. War ich so vertieft in Mutters Heft? »Du meinst also, du hast mich wegen der Überraschungsparty herausgelockt?«

»Hast du das nicht gewusst?«, fragt er zurück, und in seinem Gesicht macht sich Verlegenheit breit.

Ich antworte nicht.

»Ehrlich, ich wollte dich nicht anschwindeln. Sie sagte, sie kann nichts vorbereiten, weil du im Wohnzimmer fernsiehst. Da habe ich ihr gesagt, dass ich dich kurz rauslocke. Ich dachte, sie will was Lustiges veranstalten, und es tat mir leid, dass ich dir nicht noch mal so richtig gratulieren konnte. Und weil Mutter nicht da ist, kümmert sich die Tante darum, dachte ich mir, auch wenn ich fand, sie übertreibt etwas.«

Dass die Tante übertrieben hat, denke ich auch. Sechzehn Jahre lang hatte sie meine Mutter und mich im Griff und durch die Mangel gedreht. Und jetzt muss ich die Ursache dafür erforschen. Also lass mich jetzt bitte in Ruhe.

»Dann fand ich im Kühlschrank die Torte. Die war nicht einmal geöffnet. Ich weiß ja, dass du die Tante nicht magst. Da habe ich mir ein wenig Sorgen gemacht, ob etwas vorgefallen ist. Vielleicht habt ihr euch gestritten oder so. Aber du hast geschlafen, und sie ist telefonisch nicht zu erreichen. Seltsam, oder? Mutter ist nicht zu erreichen und jetzt auch noch Tante.«

Das Familiengrab auf der Dachterrasse kommt mir in den Sinn. Und so sage ich nur: »Keine Ahnung. Denkst du nicht, dass Mutter auch mal irgendwo hingehen möchte, ohne dass wir davon wissen?«

»Und die Tante? Hat sie auch zufällig Lust bekommen, irgendwo hinzugehen?«

»Warum fragst du mich das?«, brülle ich gereizt, ohne dass ich es gewollt habe. »Was soll ich denn tun?«

Mit offenem Mund sieht mich Hae-jin an. Er begreift nicht, warum ich mich so aufrege. »Ich sage ja nicht, dass du etwas tun sollst. Aber wir können uns Gedanken machen, weil es merkwürdig ist.«

»Ab genau jetzt mache ich mir Gedanken, okay?« Ich drehe mich mit starrer Miene um und gehe die Stufen hoch. Hae-jin sagt nichts mehr, sondern schaut mir nur still nach. Vielleicht überlegt er, wie er mich zurückhalten kann. Ich knalle meine Zimmertür laut zu, um zu signalisieren, dass ich fleißig nachdenken werde und darum meine Ruhe will.

Ich setze mich an den Schreibtisch. Mir bleibt nicht viel Zeit, ich bin am Ende der Straße angelangt. Was ich auch tue, ich werde die Situation nicht retten können, mit nichts die Katastrophe verzögern. Ich überlege, dass der kritische Punkt mit einer fünfzigprozentigen Wahrscheinlichkeit heute Nacht erreicht sein wird. Mir bleibt nichts anderes übrig, als zu tun, was ich tun kann: über meine Perspektive entscheiden und entsprechend handeln.

Ich fühle mich, als ob ich mich auf eine Rutsche in die Hölle gesetzt hätte. Ich hole Mutters Tagebuch aus dem Schubfach und suche die Stelle, wo ich gestern stehen geblieben war.

Psychopath, Prädator … Ich erinnerte mich an den Schock angesichts von Yu-jins Augen, die ich an jenem Tag gesehen hatte. Diese Augen, mit denen er mich ansah, als ich vor dem Glockenturm seinen Namen rief. Seine Pupillen waren geweitet wie die eines erregten Raubtiers, sie glühten und flackerten.

Hye-won sagte, dass Prädatoren die Welt anders wahrnehmen als normale Menschen. Sie fühlen weder Furcht noch Nervosität, sie haben kein schlechtes Gewissen und kein Mitgefühl. Trotzdem verfügen sie über die Fähigkeit, die Gefühle anderer richtig zu interpretieren und auszunutzen. Sie sind so geboren.

Am liebsten hätte ich mir die Ohren zugehalten und gebrüllt, dass das nicht sein kann. Warum ausgerechnet mein Kind?

Hye-won sagte, dass jener Vorfall nicht zufällig geschehen sei. Yu-jin hatte als Prädator zum ersten Mal zugeschlagen. Und es würde so weitergehen, wenn man ihn ließe. Deswegen sollte ich zur Polizei gehen und die Wahrheit sagen, forderte sie. Er würde anschließend isoliert und behandelt.

Meine Güte, sie sagte Isolation. Ich wollte vom Stuhl aufspringen, doch dann beherrschte ich mich. Der Fehler von vor drei Jahren darf sich nicht wiederholen. Die Wahrheit kann ich noch weniger erzählen. Egal, was für ein Mensch Yu-jin nach Hye-wons Beschreibung ist, er ist mein Sohn. Deswegen bin ich für ihn verantwortlich. Ich muss ihn beschützen. Ich muss ihm ermöglichen, ein normales Leben zu führen. Egal wie.

Ich flehte Hye-won an und sagte, ich würde mein Leben geben, um ihn betreuen zu können. Ich würde länger leben als er und bis zum Ende seines Lebens die Verantwortung übernehmen. Ich hätte mir das Herz aus der Brust gerissen, nur um Hye-won umzustimmen.

Unter einer Bedingung willigte sie in die Behandlung ein: Ich soll ihr nichts, was mit Yu-jin zu tun hat, verheimlichen.

Sie sagte, die Behandlung wird lange dauern. Vielleicht ein ganzes Leben lang. Sie wird alles tun, was ihr zur Verfügung steht: Medikamente, Einzelpsychotherapie, Hypnosetherapie, kognitive Verhaltenstherapie, dynamische Gruppentherapie. Aber sie kann für den Erfolg nicht garantieren. Selbst wenn die Therapien gut verlaufen und alles in Ordnung zu sein scheint, muss er mindestens über vierzig Jahre werden. Statistisch gesehen, bildet sich die Anlage im mittleren Alter ein wenig zurück.

Der Zweck der Behandlung sei nicht, ihm eine moralische Vorstellung einzupflanzen. Dies sei einfach unmöglich, beteuerte sie. Auch wenn man ihm sagt, dass etwas eine böse Tat ist, kann er es einfach nicht erlernen. Der Kern liege darin, ihm eine Rechnung von Nutzen und Verlust vorzulegen und auf meinem Standpunkt zu beharren.

Ich begann zu zittern. Zwar hatte ich ihr Wort, aber ich fühlte mich hilflos. Ich hatte Angst und sah für die Zukunft schwarz. Kann ich das alles schaffen? Kann ich den Vorfall vergessen? Wird es mir gelingen, den Jungen wie früher zu lieben? Meine Furcht ist größer als meine Verzweiflung.

Ich starre auf den letzten Satz. Nicht nur meine Mutter hatte Angst. Ich fürchte mich, die nächste Seite aufzuschlagen. Ich habe keine Ahnung, vor was ich Angst habe, aber ich fürchte mich. Unglaublich, dass es noch etwas gibt, wovor ich Angst habe, nach allem, was geschehen ist. Trotzdem kann ich nicht anders, als die letzten Einträge zu lesen. Man kann auch nicht wegen einer Seekrankheit mitten im Pazifik das Schiff verlassen.

Sonntag, 30. April
Yu-jin schläft tief und friedlich. Ich kann immer noch nicht einschlafen, obwohl seit jenem Tag schon fünfzehn Tage vergangen sind. In der Zwischenzeit habe ich beim Verlag gekündigt. Die ganzen Tage verbrachte ich ausschließlich in der Wohnung, und ich habe nichts getan, außer im Supermarkt einzukaufen, für Yu-jin zu kochen und frische Anziehsachen rauszulegen. Ich habe weder geputzt noch mich gewaschen noch einen Anruf entgegengenommen. Ich traf auch niemanden.

Nach der Beerdigung sind meine Schwiegereltern gleich auf die Philippinen zurückgeflogen. Meinen Vater und Hye-won habe ich seitdem nicht mehr gesehen. Geistesabwesend hockte ich in Yu-mins Zimmer. So wie ein Zug auf einer unendlichen Schiene im Kreis fährt, dreht sich in meinem Kopf alles um diesen 16. April. Was wäre, wenn wir nicht verreist wären? Hätten wir dann ein normales, glückliches Leben geführt?

Es war der erste Familienurlaub nach drei Jahren. Anlass war unser elfter Hochzeitstag. Schon vor der Abreise war ich voller Vorfreude. Trotz vierstündiger Autofahrt und einer Stunde mit der Fähre war ich nicht müde. Es ging uns gut. Das Unternehmen meines Mannes entwickelte sich trotz der Asienkrise prächtig, und ich war gerade zur Teamleiterin für europäische Literatur befördert worden. Die Leute fragten mich ab und zu, wie ich es als Mutter von zwei kleinen Söhnen mit einem Jahr Altersunterschied schaffe, Beruf und Familie unter einen Hut zu bringen. Aber mein Alltag war gar nicht so beschwerlich. Die beiden Jungs wuchsen ihrem Charakter entsprechend auf. Ich verwendete dafür gern Farben, Yu-min – fröhlich und warmherzig, aber ungeduldig und tollpatschig – war Orange, und Yu-jin – ruhig, höflich, aber etwas kühl – war Blau.

Während Yu-min an Deck auf und ab ging und damit seinen Vater nervös machte, sah Yu-jin aus der Kabine heraus still auf das Meer. Als wir fast angekommen waren, machte er zum ersten Mal seinen Mund auf. Er wollte wissen, wie die Insel heißt.

Tando hieß sie. Sie war berühmt für Felsen in den absonderlichsten Formen und Gestalten und eine atemberaubende

Kliffküste. Ferienwohnungen, Pensionen und Jugendlager wurden gebaut, und die Insel mauserte sich zum beliebten Urlaubsziel. Doch dank ihrer Abgelegenheit hatte sie sich einen ursprünglichen Reiz bewahrt. Kleine Felsformationen ragten aus dem Meer wie Eckzähne, endlose Klippen säumten die Insel, an der Steilküste entstanden als Windschutz Baumalleen, im Wind segelten Meeresvögel, und die weißen Blüten der Kirschbäume fielen wie Schneeflocken.

Wir wohnten in einem Holzhaus an einer u-förmigen Bucht mit Steilküste. Da keine Hochsaison war, waren wir die einzigen Gäste in der kleinen Ferienanlage, die allein am Ende der Straße stand. Wohin man blickte, waren das ockerfarbene Meer, Felsen und die Baumalleen zu sehen. Wohin man hörte, vernahm man die Brandung, Möwen und die Glocke vom Glockenturm auf dem Felsen gegenüber. Der Hausmeister sagte, dass der Meereswind die Schnur der Glocke bewegte und so die Glocke schlug.

Ferienhaus und Glockenturm lagen sich an den Enden der Steilküste gegenüber, sodass man gut hinübersehen konnte. Es war, als blickte man ins Wohnzimmer einer gegenüberliegenden Wohnung. Der Glockenturm war ein sehr altes Gebäude. Von der Kirche daneben waren das Dach und ein Teil der Außenmauer zusammengestürzt. Der Hausmeister berichtete, dass es dort hinter dem Felsen eine alte Siedlung gab, in der jetzt keiner mehr wohnte.

Am Nachmittag zog sich das Meer aus unserer Bucht zurück. Unter der Klippe entstand ein langer schmaler Sandstrand, der mit runden schwarzen Steinchen und Felsen übersät war. Dort sammelten wir Muscheln und Turbanschnecken. Es waren so viele, dass ich daraus eine üppige Mahlzeit zubereiten konnte. Die Jungs wollten noch am Strand spielen, aber mein Mann nahm sie zum Glockenturm mit. In der Zwischenzeit machte ich das Abendessen.

Zur Abenddämmerung saßen wir zu viert am Esstisch auf der Terrasse. Neben mir war Yu-min, Yu-jin saß neben seinem Vater. Mein Mann und ich gratulierten uns für die elf Jahre, in denen wir trotz Streitereien durchgehalten hatten, und stießen scherzhaft auf die nächsten fünfzig Jahre an. Wir waren glücklich und laut, und das ganze Meer gehörte nur uns. Der Halbmond am Himmel war errötet wie die Wange einer Jungfrau. Ein milder Wind blies aus Westen, und die Blüten der Kirschbäume flogen wie ein Schwarm weißer Schmetterlinge. Die Kinder sahen in diesem Blütenwind bezaubernd aus, und mein Mann war endlos zärtlich. Ich war total betrunken. Zum ersten Mal seit Langem schlief ich tief und fest.

Dann holte mich die Glocke aus dem Schlaf. Es klang nicht, als ob sie sanft vom Wind bewegt würde, sondern als ob jemand mit voller Kraft dagegen schlagen würde. Es klang so hastig und unregelmäßig wie die aufgeregten Schritte von Yu-min. Vielleicht rief ich deswegen im Halbschlaf nach Yu-jin, er solle sich um seinen großen Bruder kümmern.

Er antwortete aber nicht, und die Glocke schlug noch lauter und schneller.

Alarmiert öffnete ich die Augen, hastete auf die Terrasse und sah, dass jemand auf dem Turm die Glocke schlug. Es herrschte Flut, und das Meer stand schon weit in der Bucht. Der Glockenturm, der in Richtung Meer geneigt stand, sah noch gefährlicher aus als gestern. Jemand lehnte an dem brüchigen Geländer, schlug die Glocke und brüllte dabei etwas. Ich hatte keine Zweifel: Es war Yu-min.

Mir wurde schwindlig. Ich hatte das Gefühl, meine Augen würden aus den Höhlen heraustreten, und die Haare standen mir zu Berge. Warum ist er da raufgegangen? Warum schlägt er so laut die Glocke? Wusste er denn nicht, wie gefährlich das war? Ich trat nervös auf der Stelle. Yu-min, komm runter, dachte ich. Aber aus meiner Kehle kam merkwürdigerweise ein anderer Name. »Yu-jin!«

Auf meinen Schrei hin stürzte mein Mann in Unterhose erschrocken aus dem Zimmer. Gleichzeitig tauchte Yu-jin auf dem Glockenturm auf. Als hätte er meinen Ruf gehört, kam er plötzlich neben seinem großen Bruder ins Blickfeld. Ich dachte, es sei ein Wunder geschehen, und war erleichtert: Yu-jin würde ihn zurückhalten.

Im nächsten Moment geschah das Unfassbare. Yu-jin ging mit der Faust auf Yu-min los. Dann trat er gegen die Brust seines großen Bruders. Der eine Tritt reichte vollkommen. Yu-min wurde vom Glockenturm katapultiert. Sein schmaler Körper flog in hohem Bogen zum Fuß der Klippe. Ich erstarrte und konnte nicht mehr atmen, als hätte mir ein scharfes Messer die Kehle durchgeschnitten.

Mein Mann rannte sofort los und rief dabei nach Yu-min. Ich folgte ihm Hals über Kopf. Auch der Hausmeister kam herausgestürzt. Er fragte, was los sei, aber ich gab keine Antwort.

Ich rannte barfuß den Weg entlang, knickte ein, stolperte und fiel hin. Ich bemerkte nicht, dass meine Füße blutig gestoßen waren. Keuchend folgte ich meinem Mann und murmelte dabei Beschwörungsformeln vor mich hin. Yu-min ist unverletzt. Und sonst wird mein Mann alles irgendwie in Ordnung bringen. Alle drei stehen nebeneinander vor dem Glockenturm und warten auf mich.

Die Allee kam mir endlos vor, als würde ich den Glockenturm nie erreichen, egal, wie viel Mühe ich mir gab. Als ich endlich ankam, war Yu-jin allein. Er stand am Geländer und schaute bewegungslos zum Meer hinunter. Ich stoppte und fragte mich: Warum ist mein Mann nicht zu sehen? Warum ist es so still? Was ist passiert? Meine Zähne klapperten, und wie ein Schluchzen presste ich ein Wort heraus: Yu-jin …

Er drehte seinen Kopf zu mir und sah mich an. Das Gesicht war voller Blut. Seine Pupillen waren geweitet wie die eines erregten Raubtiers, sie glühten und flackerten.

Ich rannte zum Rand der Klippe. Die Flut war weiter angestiegen. Yu-min war nicht zu sehen und mein Mann ein Spielball der sich überschlagenden Wellen.

Mir gellten die Ohren, und ich sah wieder, wie Yu-jin seinem Bruder einen Schlag gab und ihn mit einem Tritt ins Meer stieß. Ich wollte nach Hilfe rufen, doch ich brachte keinen Laut heraus. Ich konnte nur erstarrt zusehen, wie hohe Wellen den Körper meines Mannes anhoben und ihn einige Hundert Meter weiter ausspuckten. Schließlich zog das Meer meinen Mann aus der Bucht.

Der Hausmeister hatte inzwischen die Küstenwache angerufen und die Dorfbewohner mobilisiert, Fischerboote einzusetzen. Alles kam mir so unrealistisch vor wie ein Albtraum: die Fischerboote, die zwischen den u-förmigen Felsen hin und her tuckerten, die Rufe der Fischer und der Vorschlag des Hausmeisters, im Ferienhaus zu warten. Ich bewegte mich nicht vom Fleck und hatte das Gefühl, dass mein Mann mit Yu-min an seiner Seite gleich auftauchen und tropfnass die Felsen hinaufkommen würde. Dabei war es sonnenklar, dass er gegen die Flut keine Überlebenschance hatte, geschweige denn die Möglichkeit, Yu-min zu retten. Selbst wenn er Nationalschwimmer gewesen wäre.

An dem Nachmittag kamen mein Mann und Yu-min im Abstand von zwei Stunden als Leichen zurück. Mein Mann war von den Dorfbewohnern und Yu-min von der Küstenwache aus Mokpo geborgen worden. Der Hausmeister nahm es mir ab, meine Eltern zu informieren. Mein Vater reiste an, buchte die Trauerhalle im Stadtzentrum von Mokpo und empfing alle Trauergäste. Mein Schwiegervater kam aus Cebu und kümmerte sich um die Beerdigung. Meine Schwiegermutter musste ins Krankenhaus eingeliefert werden, nachdem sie vor der Leiche ihres einzigen Sohnes wiederholt schreiend in Tränen ausbrach und in Ohnmacht fiel.

Was mich betraf, so tat ich nichts, als geistesabwesend dazusitzen. Polizei und Journalisten stellten mir viele Fragen, doch ich erwiderte nichts. Yu-jin tat ebenfalls nichts. Nach dem Unfall schlief er vierundzwanzig Stunden durch wie bewusstlos. Er ging nicht auf die Toilette, aß nichts, und wenn ich versuchte, ihn wach zu rütteln, öffnete er seine Augen nicht.

Hye-won, die etwas später kam, diagnostizierte es als Reaktion auf den Stress, als Schockzustand, da sein Vater und der große Bruder vor seinen Augen starben. Sie sagte, man solle ihn lassen, bis er von sich aus aufwachte. Es könnte gefährlich sein, ihn gewaltsam zu wecken.

Das konnte ich nicht akzeptieren. Sie hatte gut reden. Ich aber wollte nicht zusehen, wie er mit unschuldigem Gesichtsausdruck friedlich schlief. Vielmehr wollte ich ihn aufwecken und fragen, warum er das getan hatte. Warum nur?

Nachdem Hye-won gegangen war, packte ich Yu-jin am Kragen und schüttelte ihn. Ich hätte ihn am liebsten herausgeschleppt und ins Meer geworfen. Als ob er es gemerkt hätte, öffnete er sanft seine Augen. Er sah mich aus großen dunklen Augen an und flüsterte: »Mama, ich hab dich lieb.«

Er klang wie ein Vogelbaby, das allein im Nest zurückgelassen wurde. »Mama, ich hab dich lieb« bedeutete »Mama, verlass mich nicht«. Es schnürte mir die Kehle zusammen. Mein Herz machte einen Satz, und meine Wut verrauchte. Er war nun mal mein Fleisch und Blut. Wieder erkannte ich, wie sehr ich dieses Kind liebte. Aber ich ahnte, dass ich ihm trotzdem nie verzeihen würde. Ich würde mein Leben lang im Schuldbewusstsein und in Furcht leben. Ich war die Mutter von Yu-jin. Yu-jin war mein Kind. Das war eine Tatsache, an der nichts auf der Welt rütteln konnte.

Am Tag des Leichenzugs wachte Yu-jin von selbst auf. Wie immer bewegte er sich still und unauffällig. Er aß, was ich ihm auftat, und zog die Trauerkleidung an, die ich ihm gab. Als Hauptleidtragender stieg er mit dem Porträt seines Vaters im Arm in den Bus, der zum Krematorium fuhr. Er sah nicht wirklich traurig aus, und ich erkannte auch keine Reue. Er legte sein Kinn auf das Porträt und starrte nur aus dem Fenster.

Ich beobachtete ihn die ganze Zeit, denn ich wollte ihn etwas fragen. Ob das wahr war, was ich gesehen hatte. Warum er so etwas getan hat. Vor der Ankunft am Krematorium bekam ich keine Gelegenheit dazu. Es waren zu viele Menschen in der Nähe. Erst als Yu-min und mein Mann im Krematorium waren, saß ich mit ihm allein auf einer Parkbank. Aber ich konnte ihn nicht ansprechen. Ich fürchtete mich, die Wahrheit zu hören. Ich hatte Angst vor mir selbst und dachte, ich würde ihn in dem Moment umbringen, in dem ich mir sicher war, dass das, was ich gesehen hatte, die Wahrheit war.

In diesem Augenblick kam die Polizei. Sie sagten, sie hätten ein paar Fragen an mich und mein Kind. Ich begann zu zittern und presste die Hände auf die Knie, um es mir nicht anmerken zu lassen. Yu-jin dagegen saß der Polizei gelassen gegenüber. Er zeigte weder Furcht noch Unruhe oder Schuldgefühle. Das ausdruckleere Gesicht wirkte so überzeugend, dass ich mich bei diesem Anblick wie vom Blitz getroffen fühlte. War er immer so unverfroren? Hatte er immer eine so stumpfe Gleichgültigkeit? Warum wusste ich davon nichts? Aber eigentlich wusste ich es ja. Nur hatte ich bequemerweise diese unheimliche Empfindungslosigkeit immer als angeborene Gelassenheit interpretiert.

Die Polizei fragte ihn zuerst, warum sie zum Glockenturm gegangen sind. Yu-jin erklärte, dass er mit seinem Bruder das Überlebensspiel gespielt habe, während die Eltern schliefen. Der Bruder kam als Erster am Glockenturm an und schlug an der Glocke. Dabei sei das Seil gerissen und Yu-min ins Wasser gefallen. Er habe zwar noch die Hand nach ihm ausgestreckt, doch es sei schon zu spät gewesen.

Er blieb die ganze Zeit gefasst. Er wich auch nicht den Blicken der Polizisten aus oder stotterte. Ein paar Mal dachte er kurz nach. Das war alles. Hatte ich mich vielleicht doch geirrt? Nach seiner Darstellung hatte er Yu-min keinen Schlag verpasst, sondern seine Hand ausgestreckt. Er hatte ihn nicht getreten, sondern einen Schritt vorwärts gemacht, um ihn festzuhalten. Erneut versuchte ich, mich an die Szene zu erinnern, die ich mehrere Hundert Male rekapituliert hatte. Je öfter ich sie mir vergegenwärtigte, desto klarer war: Yu-jin log. Er war nur neun Jahre alt und schwindelte die Polizei an, ohne die Miene zu verziehen.

Ich war kein bisschen besser. Auf die Frage, wer den Vorfall als Erster beobachtet hatte, log ich. Mein Mann, sagte ich, ich habe zum Zeitpunkt des Unfalls geschlafen. Zuletzt fragte die Polizei, ob ich den Unfall mit eigenen Augen gesehen habe.

Ich blickte zu Yu-jin, der neben mir saß, und sah ihm direkt in die Augen. Die Augen, die ich vor dem Glockenturm gesehen hatte. Mit den geweiteten Pupillen, die glühten und flackerten. Ich wollte schreien ob all der wirbelnden Gedanken in meinem Kopf: Meine Erkenntnis darüber, dass ich nur noch Yu-jin hatte. Die Vorwürfe, mit denen ich überschüttet würde. Die Zukunft von Yu-jin, die zerstört sein würde. Die Zweifel darüber, dass ich mich doch geirrt haben könnte. Die Skepsis, ob ich das, was ich gesehen hatte, mein Leben lang für mich behalten könnte. Und Yu-jins Stimme, die wie ein Vogelbaby flüsterte: Mama, ich hab dich lieb. Ich hab dich lieb.

Ich antwortete, dass ich nichts gesehen hatte, und wurde damit zu Yu-jins Verschworener. Eine feige Stimme in meinem Kopf sagte mir, dass ich gerade meinen Mann und einen Sohn verloren hatte, und dass ich unmöglich das Kind, das mir geblieben war, der Polizei ausliefern konnte. Wenn die ganze Welt mit dem Finger auf uns zeigen und uns kritisieren würde, würde ich damit nicht fertigwerden. Vor allem liebe ich dieses Kind. Ich bin die einzige Person, der es vertrauen kann.

Später habe ich erfahren, dass der Hausmeister die gleiche Aussage gemacht hatte. Ich vermute, dass er wirklich nichts gesehen hatte. Wir waren die einzigen Gäste in der Ferienanlage, und er kam erst heraus, als ich schon losgerannt war. Das Ganze wurde als Unfall protokolliert. Der Umstand, dass mein Mann drei hohe Lebensversicherungen abgeschlossen hatte, hätte die Polizei stutzig machen können, aber dazu gab es keinen Anhaltspunkt.

Zurück in Seoul, dachte ich öfters an Hye-won. Ich grübelte, was das Problem von Yu-jin sein könnte, das sie drei Jahre zuvor erwähnt hatte. Er war immer noch mein Sohn, aber nicht mehr das Kind, das ich gekannt hatte. Wie ein Meteorit, der aus dem Weltall abstürzt, war er ein fremdes Wesen mit unklarer Identität.

Mutter lag falsch. Nur weil etwas glasklar scheint, entspricht es noch lange nicht den Tatsachen. Wie sie selbst zugab, war sie zum Zeitpunkt des Unfalls nicht vor Ort gewesen. Sie kannte den Hergang nicht richtig. Sie hatte behauptet, alles klar gesehen zu haben, aber sie hatte es ganz klar falsch gesehen. Vielleicht wollte sie es so, um sich zu entlasten. Immerhin hatte die ganze Tragödie damit ihren Anfang genommen, dass sie betrunken eingeschlafen war.

Und nun machte sie mich zum Opferlamm und zerstörte mein Leben, weil sie ihres verloren hatte. Wenn sie mir geglaubt hätte, nein, wenn sie mir die Gelegenheit gegeben hätte, mich zu rechtfertigen, hätte man aus dem »Vorfall« einen »Unfall« machen können. Dann wäre ein neunjähriger Junge nicht als Prädator, der von Menschen isoliert werden sollte, abgestempelt worden. Und dann wäre sie nach all diesen Jahren nicht von ebendiesem Prädator umgebracht worden.

In den letzten sechzehn Jahren hatte sie den Vorfall nie erwähnt. Sie hatte nicht einmal über Yu-min gesprochen. Sie hatte alle Erklärungen abgeblockt und blieb standhaft im Glauben, dass ich der Mörder meines Bruders war. Natürlich war auch meine Erinnerung nicht unfehlbar. Ich war erst neun Jahre alt, und es ist viel Zeit vergangen. Trotzdem habe ich Argumente für die Behauptung, dass ich recht habe. Ich war damals am Unfall beteiligt und habe seither unaufhörlich davon geträumt und jenen Tag wiederholt durchlebt.

Nur eines ist nicht logisch. Im Traum ist es immer Nacht, während der tatsächliche Unfall am Morgen gewesen war. Der Rest ist mir bis ins kleinste Detail gegenwärtig, sodass ich mir wünsche, alles endlich zu vergessen. Jeder Augenblick erscheint mir real. Die Stimme, der Blick, der Gesichtsausdruck, die Handlungen Yu-mins, was ich gesehen, gedacht und wie ich mich gefühlt hatte. Sogar die unterschwellige Anspannung zwischen uns und die subtile Veränderung der Gefühle. Ich kann auch alle Einzelheiten der Terrasse des Ferienhauses namens Aesiul aufzählen. Die breite und lange Terrasse, das grüne Metallgeländer, der große Picknicktisch, Dutzende leere Bierdosen darauf, die Champagnerflasche mit dem abgebrochenen Hals, die Zigarettenkippe in der halb vollen Wasserflasche, die gestapelten Schalen der Austern und Muscheln, die verkohlten Fleischstücke und Würste auf dem Grill mit der weißen Asche, die geviertelte, aber nicht angerührte Hochzeitstorte, die schwarzen Ameisen um die Torte herum, der Rosenstrauß mit den sanft im Meereswind flatternden Blüten, die Reste der Knallkörper mit Papierbändern.

Die Eltern, die ziemlich betrunken umschlungen und kichernd ins Zimmer gegangen waren, wachten auch nach neun noch immer nicht auf. Die beiden Söhne der Schnapsnasen waren dagegen zeitig aufgestanden und saßen auf der Terrasse. Was gab es auf der Welt Öderes, als die Zeit totzuschlagen? Vor allem mein großer Bruder sah zu Tode gelangweilt aus. Er saß an die Wand gelehnt, spielte mit seiner Softair-Pistole und schaute mich alle naselang herausfordernd an: Wollen wir spielen gehen?

Damals war ich verrückt nach Schwimmen und mein Bruder nach dem Überlebensspiel. Täglich veranstaltete er hinter Mutters Rücken wilde Kämpfe. Ob in der Schule, dem Malkurs oder im Park, ob mit der Softair-Pistole, der Zwille, der Wasserpistole, ob gegen Freunde oder gegen ältere Bekannte. Wenn Papa uns am Vortag nicht streng verboten hätte, allein in den Wald zu gehen, hätte er mich gleich nach dem Aufwachen dahin geschleppt.

Ich saß auf dem Geländer der Terrasse und ließ meine Beine baumeln. Ich liebte es, das Meer zu beobachten, wie es sich von Minute zu Minute veränderte. Meine Mutter wäre entsetzt gewesen, wenn sie mich dabei gesehen hätte. Ich saß da, als ob ich mich gleich hinunterstürzen würde, und genau das gefiel mir. Das Gefühl, wie der Wind meine Fußgelenke kitzelnd umspielte, und die Anspannung des Körpers auf der Suche nach dem Gleichgewicht. Die Wellen brachen sich weit unter mir, und es war schön. Ich spürte sogar Lust, mich ins Meer zu stürzen. Mein Bruder würde es zwar nicht schaffen, aber ich hatte das Gefühl, locker bis zum Horizont schwimmen zu können.

Über die Bucht war die Glocke zu hören. Am Horizont zogen dunkle Wolken auf, und dahinter grollte der Donner. Die Vögel kreisten im feuchten Nebel, und die Umgebung war unglaublich still. Weder auf dem Weg hierher noch in den anderen drei Ferienhäusern der Anlage war ein Mensch zu sehen. Wir waren die einzigen Gäste.

»Yu-jin, wollen wir spielen gehen?«, schlug mein Bruder ungeduldig vor.

Ich tat so, als hätte ich ihn nicht gehört. Gestern Nachmittag war unter meinen Füßen kein Meer gewesen, sondern der Strand, der von Felsbrocken und murmelgroßen runden Steinchen übersät war. Der Hausmeister nannte die Bucht Aesiul, im lokalen Dialekt die Bezeichnung für das Ende der Klippe. Mir gefiel der Name, und meinem Bruder hatten es die schwarzen glatten Steinchen angetan. Er stopfte sich seine Hostentasche damit voll, ohne dass Mutter etwas davon mitbekam. Ich ahnte, dass bald nichts mehr heil bleiben würde, wenn mein Bruder seine Zwille mit diesen Steinchen lud.

»Hey, lass uns gehen«, flüsterte er etwas lauter. Seine glänzenden kastanienbraunen Augen waren aufgerissen, ein Zeichen dafür, dass er eine tolle Idee hatte, eine affengeile, um es mit seinen Worten zu sagen. Die Frage war nur, ob sie auch für mich affengeil war. Wieder tat ich so, als hätte ich nichts gehört. Im Zimmer der Eltern war es immer noch still.

Die beiden stritten sich oft, kamen aber dennoch dem genetischen Auftrag nach, sich zu vermehren. Als Folge davon hatten sie zwei Söhne mit zwölf Monaten Altersunterschied. Mein Bruder und ich waren immer in der gleichen Klasse des gleichen Jahrgangs in der gleichen Schule. Natürlich wurden wir stets und auf jedem Gebiet miteinander verglichen.

Mein Bruder war mir in allem überlegen – im Körperbau, im Aussehen und im Kopf. Damals war es in unserer Schule Tradition, dass die Schüler das Essen in der absteigenden Reihenfolge der Noten bekamen. Mein Bruder aß immer als Erster. Er war immer der Klassensprecher, und seine Anhänger und Verehrer folgten ihm wie ein Heiligenschein.

Im Gegensatz zu ihm war ich immer Einzelgänger. Ich brauchte keine Spielkameraden. Ich war ein Meister im Alleinspielen. Beim Spielen mit anderen gab es sowohl ausdrückliche wie auch stillschweigende Regeln. Doch diese zu begreifen und einzuhalten, war mir lästig, und so spielte ich lieber allein. Deswegen wurde ich überall als komischer Kerl abgestempelt. Ein Junge sagte mir sogar direkt ins Gesicht, ich sei ein Geisteskranker. Er war neu in unserer Schule und wusste nicht, dass mein großer Bruder mich stets verteidigte. So musste er sich vor mir hinknien und sich demütigend entschuldigen, denn Yu-min hatte ihn diskret und effizient bearbeitet. Han Yu-min war ein Schutzwall für mich und zugleich eine Mauer, die ich nie übersteigen konnte.

»Ich schubse dich gleich runter«, rief er und machte einen Satz in meine Richtung.

Ich dachte, an seiner Stelle würde ich nicht so ein Theater machen, sondern mich still anschleichen und dann zulangen. Selbstverständlich verriet ich ihm das nicht. Ich überlegte nur, was schlimmer wäre. Der Ärger, falls wir von Mama oder Papa später erwischt würden, oder jener, wenn ich den Vorschlag meines Bruders ablehnte.

Es war klar, dass er das Überlebensspiel vorschlagen würde. Ich war dazu aber nicht in der Stimmung. Das Einzige, in dem ich besser war als mein Bruder, war das Schwimmen. Und das Einzige, in dem ich ihm ebenbürtig war, war das Überlebensspiel. Natürlich war er der Ansicht, dass ich für ihn kein Gegner sei. Aber nach mehreren Dutzend Spielen stand es sehr wohl 1:1.

Genau das war sein Problem. Sein Großmut mir gegenüber funktionierte nur, wenn seine Position von mir nicht bedroht wurde. Ansonsten war mein Bruder nichts anderes als ein launischer zehnjähriger Junge. Dennoch hatte ich keine Lust, deswegen absichtlich zu verlieren. In einem Wettkampf wollte ich unbedingt gewinnen.

»Was willst du denn spielen?«, fragte ich ihn, während ich vom Geländer hüpfte. Das hätte ich lieber nicht tun sollen. Doch wie konnte ich ahnen, dass diese kurze Frage das Leben von ihm und mir auf den Kopf stellen würde. Wenn ich gewusst hätte, dass ich an einem Wendepunkt im Leben angelangt war und welche Entscheidung die richtige gewesen wäre, dann wäre ich kein Mensch.

»Wir machen ein Überlebensspiel. Bis dorthin«, antwortete er wie vermutet und zeigte mit dem Finger auf den Felsen gegenüber. Natürlich. Sanft läutete es vom verrosteten Glockenturm herüber. Am Vortag waren wir mit Papa dort gewesen. Der Hausmeister hatte uns die Stelle als Aussichtspunkt empfohlen und gesagt, dass man von dort aus die Klippen rund um die Insel und die seltsamen Felsformationen gut überblicken könnte. Vor dem Sonnenuntergang könnte man auch noch die Kunststücke des Meeres erleben. Papa hatte sich davon verführen lassen und war mit mir und meinem Bruder dorthin gegangen.

Es war nicht weit. Am u-förmigen Felsen, der das Ferienhaus und den Glockenturm verband, gab es die Allee mit Pinien, Kirschbäumen und Weiden. Dazwischen waren eine Imkerei mit Bienenstöcken, ein brandgerodetes Feld und hier und da leer stehende Häuser.

Als wir am Ende des Felsens angekommen waren, war die rote Sonne schon zur Hälfte hinter dem Horizont im Meer versunken. Der Himmel leuchtete blutrot, und über den Wellen hatte sich ein rotes Band gebildet. Auch der Glockenturm und der Efeu an der Kirchenruine erschienen in flammendem Rot. Ich hatte das Gefühl, am Eingang zum Weltall zu stehen. Würde ich auf diesem roten Band stehen, dann würde das Meer mich in eine andere Welt transportieren. Es war das Schönste, was ich je gesehen hatte.

Am Ende des Felsens blieb auch mein Vater stehen. Er hatte Gänsehaut. Sein Blick wanderte zwischen dem Meer, den Felsformationen und dem Himmel umher. Vielleicht war auch er von den Kunststücken des Meeres verzaubert. Im Gegensatz dazu war mein Bruder vom etwa zehn Meter entfernten Glockenturm gebannt und rannte unbemerkt in seine Richtung. Erschrocken hastete mein Vater kurz darauf hinterher und packte ihn am Nacken, bevor er zum Glockenturm hochklettern konnte.

»Du darfst da nicht hoch.«

»Warum nicht? Darf ich die Glocke nicht wenigstens einmal schlagen?«, fragte er arglos.

Ich konnte ihm ansehen, dass er die Antwort genau kannte. Aber die Erwachsenen fielen oft auf diesen unschuldigen Gesichtsausdruck rein. Vater erklärte ihm sorgfältig einen Grund nach dem anderen, die auch ein Dreijähriger begreifen würde. Zuerst einmal stünde der Turm am Rand des Felsens, sodass man ins Meer fallen könnte. Zweitens wäre er alt und verrostet, und auch das Geländer könnte nachgeben.

»Hierher dürft ihr nicht allein. Auch im Wald dürft ihr kein Überlebensspiel machen. Habt ihr verstanden?«

Mein Bruder hatte es hoch und heilig versprochen, aber das war ihm jetzt egal. »Wer zuerst die Glocke schlägt, gewinnt. Wer verliert, muss für den Gewinner die Hausaufgaben machen, okay?«

Ich sah ihm in die Augen. »Für wie lange?«

»Einen Monat.«

Also holte ich aus dem Zimmer zwei Blätter Papier und Bleistifte. Wir tauschten die Verträge aus.

»Wie viele Kugeln nehmen wir mit? Dreihundert oder fünfhundert?«, fragte ich.

»Zweihundert«, antwortete er.

Wir luden jeder vierzig Kugeln ins Magazin, und weitere hundertsechzig packten wir in die Munitionsschachtel. Jeder griff seine Schutzbrille sowie seine Pistole, wir schlichen uns davon und begaben uns auf den baumbestandenen, sich schlängelnden Pfad, der zum Glockenturm führte. Er war der Ausgangspunkt für unser Spiel.

Mit Schere-Stein-Papier entschied mein Bruder die Wahl für das Operationsgebiet für sich. Er nahm sich die Pinienallee. Das war zu erwarten gewesen, denn die großen Bäume boten optimale Verstecke für seine Angriffe. Mir blieb der Hügel mit den vereinzelten Kirschbäumen. Der Nachteil war nicht nur, dass meine Aktionsstrecke leicht exponiert war, ich musste auch eine längere Strecke als mein Bruder zurücklegen, die zudem hügelig war. Das war etwa so, als ob mein Bruder mit hundert Kugeln mehr ins Spiel gehen würde.

Wir standen nebeneinander auf dem Pfad. Mein Bruder auf der rechten Seite bei den Pinien, und ich auf der linken Seite mit den Kirschbäumen. Ich begann, den Weg, den wir am Vortag gegangen waren, zu rekapitulieren. Wo was stand, ob es irgendwo auf der Strecke eine Deckung gab, zu der ich in einem Zug rennen könnte, wo genau die Allee endete, wie die Bodenbeschaffenheit an dieser Stelle war. Spätestens dort würde ich alles geben, um den Sieg zu holen.

»Auf die Plätze!«, rief mein Bruder.

Ich setzte meine Schutzbrille auf, die Welt wurde blau und mein Atem ruhig. Alles verschwand nach und nach hinter meinem Bewusstsein: der bedeckte Himmel, der Wald, in dem ein leichter Wind blies, die Vogelschwärme mit ihren kühnen Manövern, das Rauschen der Wellen, die Gedanken und zuletzt die Wahrnehmung meines Selbst. Was übrig blieb, waren der wilde Atem meines Bruders und mein regelmäßiger, gedämpfter Herzschlag. Vor meinen Augen lag ausgebreitet die imaginäre Landkarte bis zum Glockenturm. Darauf reihten sich die Zwischenstationen und Verstecke auf.

»Los!«, rief ich.

Statt loszurennen, feuerte mein Bruder Munition auf mich ab. Dieser Präventivangriff war so überfallartig, dass er funktionierte. Diese Methode hatte ich öfters angewendet, aber an diesem Tag hatte ich mir vorgenommen, bis zur vierten Zwischenstation die Pistole nicht zu benutzen. Ich warf mich also schnell auf die linke Seite des Weges, rannte bis zur Kirschbaumplantage am Fuß des Hügels und stoppte hinter einem Felsen, der wie ein Hinkelstein aussah.

Ich war ziemlich angeschlagen. Ein Glas der Schutzbrille hatte einen Sprung, und die Lippen waren aufgeplatzt. Die Nase fühlte sich taub an, der Kiefer schmerzte, und es roch nach Blut. Doch vor allem ärgerte ich mich. Ich hatte alles Mögliche in Erwägung gezogen, nur nicht den großen

Bruder, der mich nachahmte. Dann zog ich die Schutzbrille vom Gesicht und schmetterte sie auf den Felsen. Mit dem Daumen strich ich mir über die Nase. Der Frühlingswind streifte meinen Nacken, als wollte er mich besänftigen.

Natürlich musste ein Wettkampf nicht unbedingt fair ablaufen. Es kam nur auf den Sieg an. Ausstehen konnte ich nur nicht, wenn mein Gegner auf eine unfaire Art gewann. Er würde den Preis dafür bezahlen, auch wenn er mein eigener Bruder war.

Ich zog mein Shirt aus und band es um meine Taille, dann legte ich los. Ich erinnerte mich an die erste Zwischenstation und rannte zu einem Feldrain, wo Maisstrünke gestapelt lagen. Aus dem Wald auf der anderen Seite kamen Schüsse. Ich schoss nicht zurück, sondern konzentrierte mich auf den Sprint am gelben Wassertank und dem Düngerlager vorbei bis zum Gebüsch mit den kleinen Bäumen. Dort duckte ich mich und legte mich hinter den Bäumen flach auf den Bauch. Die Schüsse von der anderen Seite hörten auf, und ein schwaches Klick-Geräusch folgte. Das bedeutete, dass Yu-min ein Magazin verpulvert hatte und ein neues einlegte. Minus 40.

Meine nächste Zwischenstation war die Imkerei, eine ziemliche Strecke durch niedriges Gras. Doch ich hatte schnelle Beine und meine Konzentrationsfähigkeit. Ich beugte mich nach vorn und rannte mit gesenktem Kopf durch den Kugelhagel, der von vorn auf mich einprasselte. Einige Kugeln flogen über mich hinweg, einige streiften mich an der Wange, andere trafen mich voll, aber ich bekam keinen entscheidenden Treffer. In der Zwischenzeit wechselte mein Bruder zweimal das Magazin. Minus 120.

Mein viertes Ziel war das verlassene Dorf mit dem Ortsschild Changsol-ri. Ich konnte die Entfernung zu meinem Bruder verringern, indem ich die Bienenstöcke als Deckung nahm, die sich bis zum Dorf aneinanderreihten. Als ich unter einem weiteren Kugelhagel am Ende des Dorfes an dem Haus mit dem Blechdach ankam, hatte ich meinen Bruder endlich überholt. Ich lehnte mich an die wacklige Wand und hörte, wie er zum vierten Mal das Magazin wechselte. Minus 160.

Mit dem Plan, ihn seine restlichen Kugeln verschießen zu lassen, streckte ich den Kopf etwas heraus. Und er enttäuschte mich nicht. Die vierzig Kugeln wurden blindlings an die Ecke des Hauses gefeuert. Dann war ein Klicken zu hören, und Stille kehrte ein. Minus 200.

Ich konnte mein Grinsen nicht unterdrücken und malte mir aus, wie er wutentbrannt und hochrot in das Magazin sah. Ich vermutete, dass er nicht wusste, dass die Allee vor dem Blechdachhaus endete. Und auch nicht, dass er seinen Pinienschutz verlassen musste, um zum Glockenturm zu gelangen. Wenn er das gewusst hätte, hätte er die Kugeln sicher nicht auf diese Art und Weise verschossen.

Bis zum Glockenturm war es noch ein rechtes Stück. Hinzu kam, dass ich noch nicht gefeuert hatte. Ich löste mich von der Wand, zielte nach vorn und ging langsam in die Mitte des Weges. Jetzt war ich dran.

Als ich am Graben vor der Allee ankam, in dem ein winziger Bach floss, hörte ich von vorn ein Geräusch. Bevor ich wusste, wie mir geschah, explodierte etwas auf meiner Stirn. Mein Kopf schlug nach hinten, und meine Knie knickten ein. Ich griff an meine Stirn und fiel hin. Zwischen den Fingern floss etwas Warmes. Hinter mir hörte ich leichte schnelle Schritte über den Boden rennen, dazu ein Kichern. Kurz danach sah ich ein vergnügtes Augenpaar, das zu fragen schien: Bist du immer noch nicht tot?

»Ich gehe dann schon mal.« Mit diesen Worten zog mein Bruder winkend davon, die Zwille in seiner Faust schwingend. Mir wurde es schwarz vor Augen, denn Blut lief hinein. Ich schaffte es gerade noch, mich hinzusetzen. Dann machte ich mein Shirt von meiner Taille los und wischte mir übers Gesicht.

Ich kroch tastend zum Bach hinunter, kniete mich ins eiskalte Wasser und wusch die Verletzungen aus. Währenddessen vergegenwärtigte ich mir die Situation. Mein Bruder musste von Anfang an gewusst haben, dass die Allee vor dem Haus mit dem Blechdach endete. Und zwar ab dem Zeitpunkt, als er mich zum Spiel anstachelte, bis zu dem Moment, als das Steinchen geflogen kam. Immerhin war er einer der besten Überlebensspieler in unserer Gegend. Mir wurde klar, dass er die Kugeln alle vorsätzlich verschossen hatte, um mich in Sicherheit zu wiegen und dann herauszulocken. Dann musste er hinter dem Baum mit der Zwille im Anschlag nur noch darauf warten, bis ich rauskam.

Vom Felsen war die Glocke zu hören. Ausgelöst nicht vom Wind, sondern von einem Menschen. Es war das Zeichen, dass das Spiel aus war, und der Beweis, dass Yu-min gewonnen hatte.

Ich kam aus dem Graben herausgekrochen, band mein Shirt wieder um die Taille, hob die Pistole vom Boden auf und begann, zum Felsen zu rennen. Meine Fußsohlen brannten, auf meinem Körper trocknete der Schweiß, und im Mund sammelte sich säuerlicher Speichel. Ich spürte keinerlei Schmerzen. Kurz danach vergaß ich sogar, dass ich verletzt war. Aus meinem tiefsten Herzen kam der Entschluss: Ich musste das unfaire Ergebnis berichtigen.

Der Glockenschlag hörte erst auf, als ich vor dem Glockenturm ankam.

»Bleib stehen!«, befahl mein Bruder.

Den Gefallen tat ich ihm nicht, und ich hörte auch nicht auf zu rennen. Keuchend hetzte ich geradeaus zum Glockenturm.

»Ich sagte doch, du sollst stehen bleiben!«

Blut bedeckte meine Augen und verwischte mir die Sicht. Die Grenzen zwischen Himmel, Meer und Felsen verschwanden. Der Glockenturm sah aus wie eine lange rote Leiter. Mittendrin stand schemenhaft mein Bruder. »Bleib endlich stehen!«

Etwas streifte mich am Ohr. Bestimmt ein Steinchen. Ein zweites flog an meinen Hals und ein drittes an die Schläfe.

Ich nahm den Turm in Angriff, nach wenigen Schritten

hielt ich mich am Geländer fest, zog mich hoch und sprang vor meinen Bruder. Ich schnappte mir seine Zwille. Er schrie auf, wankte und kippte ins Meer. Als ich realisierte, was geschehen war, war alles vorbei. Er stand nicht mehr vor mir. Lediglich sein schriller Schrei dröhnte in meinen Ohren:

»Yu-jin!«

Der Schrei und sein Nachhall verstummten. Eine fürchterliche und unheimliche Stille machte sich breit, mein Atem stockte. In meinen Ohren summte das Blut. Der Kopf fühlte sich heiß an. Es war, als ob ich in einer Einöde gefangen sei, in der sich Feuer ausbreitete.

Von irgendwo außerhalb dieses Feuers rief meine Mutter: »Yu-jin!«

Ich krallte mich an der Zwille fest und warf einen Blick aufs Meer. Ich war es nicht, ich habe nichts getan. Ich hatte ihn nicht einmal berührt. Erneut rief mich meine Mutter. Diesmal kam es von hinten.

»Yu-jin!«

Vater ertrinkt beim Versuch, seinen Sohn zu retten
Vorgestern gegen 10:00 Uhr ertranken Herr Han aus Seoul (40) und sein Sohn (10) im Meer vor der Insel Tando in der Provinz Jeonlanamdo. Sie waren am Vortag angereist und wohnten in einem Ferienhaus, das sich auf einer Klippe am Meer befand. Han warf sich zur Rettung seines Sohnes ins Meer, nachdem dieser im stillgelegten Glockenturm der Kirche gespielt hatte und fünfzehn Meter in die Tiefe gestürzt war. Beide wurden von den starken Wellen erfasst und konnten sich nicht mehr retten. Die Polizei befragte unter anderem die Ehefrau (37) und den jüngeren Sohn des Ehepaares (9), der mit seinem großen Bruder dort gespielt hatte, sowie den Hausmeister der Ferienanlage zum Unfallhergang.

Ich stehe vor dem Tisch auf der Pergola und lese den sechzehn Jahre alten Zeitungsartikel mehrere Male. Er lag hinter dem letzten Blatt von Mutters Heft und ist mittlerweile mehr welkes Blatt denn Zeitungspapier. Den Artikel muss meine Mutter nach dem Unfall aus der Zeitung geschnitten haben. Doch warum hat sie ihn so lange aufbewahrt? War es ein Andenken, um sich immer wieder sagen zu können, dass es eine Lüge war? Dass in Wirklichkeit ich Yu-min umgebracht hatte?

Wenn meine Mutter meinen Beteuerungen geglaubt hätte, wenn sie den Vorfall für einen Unfall gehalten hätte, wäre unser Leben dann vielleicht anders verlaufen? Wäre ich dann ein harmloser, durchschnittlicher Mensch geworden, wie sie es sich gewünscht hatte? Hätten wir dann lange friedlich zusammenleben können?

Mit dem Feuerzeug zünde ich den Artikel an und werfe ihn in den Elektrogrill. Die Blätter aus dem Ringbuch lege ich nach, eins nach dem anderen. So lasse ich mir Zeit, um die Texte zu verbrennen. Ich habe das Gefühl, dass ich nicht das Heft meiner Mutter, sondern mich bei lebendigem Leibe einäschere. Über der Asche flackert mein früheres Leben, in das ich nie wieder zurückkehren kann. Durch den Kopf wirbeln Wut, Verzweiflung und Selbstmitleid. Die unterdrückte Traurigkeit bricht sich als Sodbrennen Bahn. Ich erschlaffe. Es ist furchtbar, einfach nur furchtbar.

Die Flamme erlischt, und die Realität taucht auf. Es ist der Moment, den ich nicht länger aufschieben kann. Ich weiß nun über alles Bescheid, und ich habe auf alles eine Antwort bekommen, also muss ich mich jetzt entscheiden. Was soll ich tun? Mich fröstelt. Ich schließe den Deckel des Grills und verlasse die Pergola. Mit gesenktem Haupt laufe ich über die Fliesen, langsam, damit ich die Entscheidung noch für ein paar Sekunden aufschieben kann. Was würde Hae-jin an meiner Stelle tun? Ich lege meinen Kopf in den Nacken und blinzle zum Himmel. Schneeflocken fallen, die blasse Wintersonne versinkt hinter dunklen Wolken. Dann atme ich tief ein und stoße den Atem zwischen zusammengepressten Lippen langsam aus. Er verwandelt sich in eine warme Wolke. Erneut fröstle ich. Die Kälte dringt bis zu den

Zähnen. In diesem Augenblick fällt mir eine Lehre von Darwin ein. Anpassen oder sterben.

Ich denke über das Sterben nach. Das geht am einfachsten. Entweder erhänge ich mich, springe von der Dachterrasse oder schneide mir mit Vaters Rasiermesser die Kehle durch. Das wäre die perfekte Lösung. Damit erspare ich mir, in Handschellen abgeführt und verurteilt zu werden. Und ich kann das Zusammentreffen mit Hae-jin vermeiden, der von mir maßlos enttäuscht sein oder Angst vor mir haben wird. Das ist das Allerletzte, was ich möchte. Ein winziges Problem gibt es jedoch, nämlich, dass ich noch nicht sterben möchte. Zumindest möchte ich nicht an der Seite meiner Mutter sterben. Ich möchte nicht zur Entscheidung für den Tod gezwungen werden, sondern Zeitpunkt, Ort und Art selbst wählen.

Mich zu stellen, habe ich noch weniger Lust. Wenn ich mir nur schon vorstelle, wie ich der Polizei gegenüber mühevoll eine Geschichte zu erklären habe, die ich nicht erklären möchte, wird mir übel. Lieber auf der Stelle sterben, als von Polizisten und Journalisten umgeben am Tatort alles nachstellen zu müssen. Diese Option verwerfe ich schleunigst wieder. Der einzige Weg, der mir bleibt, ist, so schnell wie möglich von hier zu verschwinden. Jetzt oder nie. Was danach kommt, kann ich mir überlegen, wenn ich von hier verschwunden sein werde.

Zurück in meinem Zimmer, setze ich mich an den Schreibtisch. Ich erinnere mich daran, dass ich jeden Sommer mit meiner Mutter nach Cebu zu den Großeltern väterlicherseits flog. Ich denke an meine Großmutter, die mich jedes Mal unter Tränen umarmt hatte. Sie war sanft, roch nach Heu, streichelte meinen Hinterkopf und seufzte: »Armer Junge. Er wird seinem Vater immer ähnlicher.«

Aus dem Schubfach hole ich meinen Pass. Er ist noch ungefähr ein Jahr gültig. Ich betrachte die Seiten mit den Einreisestempeln genauer. Ob sie mich diesmal genauso in die Arme schließen wird? Wird sie mich an ihrem Busen verstecken, obwohl sie meine Taten kennt? Möglicherweise. Eine schwache

Hoffnung keimt auf. Ich würde dorthin gehen, auch wenn ich auf einem Spinnfaden laufen müsste.

Dann hole ich aus dem Schubfach das Handy meiner Mutter. Aus der Hülle ziehe ich ihre Bankkarte und schalte den Computer ein. Während er hochfährt, vermiest mir Team Weiß meinen Plan: Ist das dein Ernst? Hast du schon vergessen, was dir deine Mutter angetan hat, die dich immerhin geboren hat? Und Oma dann? Ich verwette meinen Kopf, dass sie sofort die Polizei ruft, sobald ans Licht kommt, was du getan hast. Und wenn sie dich doch verstecken sollte, was denkst du, wie lange du im Versteck ausharren wirst? Such lieber einen Ort, wo dich keiner kennt. Wo du dich mit einer falschen Identität aufhalten kannst. Irgendwo auf der Erde wird es doch so einen Ort geben, oder nicht?

Ich gehe auf die Webseite einer Fluggesellschaft. Wahllos klicke ich alle möglichen Länder und Städte mit Flugverbindungen durch. Katmandu, Jakarta, Manila, Los Angeles, Dubai, Rio de Janeiro. Dann höre ich auf. Mir fällt ein Tag von vor acht Jahren ein, den ich mit Hae-jin verbracht hatte. Es war ein Sonntag und mein Geburtstag. An diesem Frühlingstag hätten wir wie immer von neun Uhr morgens bis abends um elf in der Schule lernen müssen. Als ich am frühen Morgen aufwachte, sah ich eine SMS von Hae-jin.

Wir sehen uns um 10 Uhr am Bahnhof Yongsan.

Was er meinte, verstand ich sofort. Ein paar Tage zuvor hatte er mich gefragt, was ich an meinem Geburtstag tun möchte. Ich hatte den Eindruck, dass er ziemlich lange sein Taschengeld gespart hatte, um mir etwas Besonderes zu ermöglichen, denn er verkündete großspurig, er würde mir jeden Wunsch erfüllen. Meine Antwort war, dass ich den längstmöglichen Tagestrip machen wollte, ohne dass Mutter etwas mitbekam. Ich hatte dies ohne jede Erwartung dahingesagt, aber Hae-jin wollte mir offenbar diesen Wunsch erfüllen.

Auf meinem Gesicht breitete sich ein Lächeln aus. Bahnhof Yongsan. Damit Mutter keinen Verdacht schöpfen würde, packte ich die gleichen Sachen wie sonst in meine

Schultasche: Bücher, Hefte und Notizpapier. Als ich aus dem Zimmer kam, kam auch Hae-jin mit seiner Kamera herbei. Mutter deckte in der Küche gerade den Tisch. Es gab Algensuppe und gebratene Makrelen, eins meiner Lieblingsessen, und Glasnudeln, die Hae-jin mochte. Hae-jin und ich setzten uns gegenüber. Mit seinem Blick fragte Hae-jin: Du hast die SMS gelesen? Ich nickte.

»Könnt ihr heute eher heimkommen? Lasst uns am Abend feiern«, sagte Mutter, während sie eine Schüssel Reis vor mich stellte.

Ich nahm meine Stäbchen und schüttelte den Kopf: »Ich darf bei der Selbstlernstunde am Abend nicht fehlen.«

Auch Hae-jin schüttelte den Kopf und sagte: »Ich gehe heute mit dem Filmklub nach Daebudo. Für die Abschlussarbeit sehen wir uns nach einem Drehort um. Tut mir leid«, sagte Hae-jin mit gesenktem Kopf.

Ich hoffte, Mutter würde sein Erröten nicht sehen.

»Du musst dich nicht entschuldigen. Es ist nicht mein Geburtstag«, erwiderte sie und sah uns abwechselnd mit ihrem Schmollmund an. Aus ihren Augen war deutlich die Enttäuschung herauszulesen. Sie schwieg in der Hoffnung, dass wir uns noch umentschieden. Ich umwickelte meine Stäbchen mit Glasnudeln, und Hae-jin löffelte die heiße Suppe hastig in sich hinein. Zwanzig Minuten später setzte ihn Mutter an der Bushaltestelle ab, zehn Minuten später hielt ihr Auto vor dem Schultor. Als ich die Tür aufmachte, reichte sie mir etwas Taschengeld für den Tag und fragte mich: »Soll ich dich um elf abholen?«

»Ja«, antwortete ich und machte die Tür zu. Sie wendete schnell. Selbst das Heck des sich entfernenden Autos schien zu schmollen. Ich winkte ein Taxi herbei und bat den Fahrer, schnellstmöglich zur U-Bahn-Station zu fahren. In der U-Bahn Richtung Yongsan begann mein Herz, heftig zu schlagen. Es war mir egal, was Hae-jins Plan war und wohin wir fahren würden. Das Wichtigste war, dass wir überhaupt irgendwohin fuhren.

Hae-jin wartete schon auf mich und drückte mir zwei Fahrscheine in die Hand. Einen für die Hinfahrt um 10:37 Uhr nach Mokpo und einen für die Rückfahrt um 18:57 nach Yongsan. Das war der weitestmögliche Tagestrip.

»Freust du dich?«, fragte Hae-jin.

Ich nickte. Aber ich fühlte mich dabei auch wie ein Narr. Warum hatte ich nie daran gedacht, so etwas zu unternehmen? Vielleicht war ich wegen Mutters Regeln zu zaghaft geworden. Oder es lag am Unterschied beim Taschengeld. Hae-jin hatte relativ große Freiräume und bekam sein Taschengeld einmal die Woche. Mir wurde jeden Morgen vor der Schule ein kleiner Schein in die Hand gedrückt, weil ich angeblich nicht mit Geld umgehen konnte. Mit dem kleinen Schein konnte man im Schülercafé knapp ein paar Naschereien kaufen. Und so war das Geld, das ich für den Tag bekam, gewöhnlich auch am selben Tag alle. Wie sollte ich also auf die Idee kommen, etwas zu unternehmen? Vielleicht war das Mutters Absicht. Wenn ich kein Geld hatte, könnte ich nichts anstellen.

»Lass uns was zum Essen kaufen«, sagte Hae-jin. Wir gingen in eine Imbissbude und erstanden für mich einen Shrimps-Burger, Pommes und Kaffee, für ihn einen Bulgogi-Burger und Cola mit Eiswürfeln. Im Zug wechselten wir kaum ein Wort, aber es war wunderschön. Einander gegenüberzusitzen und aus dem Fenster zu sehen, gab mir das tolle Gefühl von Freiheit. Der Zug passierte Hügel voll blühender Kirschbäume, ein weites Gerstenfeld, große Städte und kleine Dörfer, um am Ende in Mokpo anzukommen.

Wir hatten ungefähr vier Stunden Zeit bis zur Rückfahrt und noch ein bisschen Geld. Damit konnten wir eins von drei Dingen tun: in eine Gaststätte gehen, ein verspätetes Mittagessen essen und eine Runde im Park schlafen oder mit einem Taxi zum Meer fahren, ein paar Stunden am Strand verbringen und zurück zum Bahnhof fahren oder ins Kino gehen und uns einen Film ansehen.

Wir einigten uns ohne große Diskussionen auf Nummer

drei. In der Nähe lief gerade der Film *Das Beste kommt zum Schluss.* Er war für Minderjährige zugelassen, Hae-jin mochte die Hauptdarsteller Jack Nicholson und Morgan Freeman, und in nur fünfzehn Minuten begann die Vorstellung. Wir konnten uns sogar eine Tüte Popcorn leisten.

Im Film liegen der Automechaniker Carter und der Milliardär Edward als Krebspatienten im selben Zimmer. Sie erkennen, dass sie beide zu sich selbst finden und Frieden schließen möchten. Also erstellen sie eine Liste jener Dinge, die sie vor ihrem Tod noch erleben wollen, und beginnen, diese gemeinsam in die Tat umzusetzen: eine Großwildjagd in der Serengeti, sich ein Tattoo stechen lassen, in einem Rennwagen fahren, Fallschirm springen, so sehr lachen, bis man weint, etwas Majestätisches erleben, einem fremden Menschen etwas Gutes tun.

Es war ein lustiger Film, auch wenn es um den Tod ging. Perfekt wäre es gewesen, wenn der Idiot hinter mir nicht immer gegen meine Rückenlehne getreten hätte. Im Gegensatz zu mir wirkte Hae-jin während des ganzen Films unzufrieden.

»Ich mag es nicht, wenn man den Tod so romantisiert«, brach es im Zug aus Hae-jin heraus.

Ich blickte aus dem Fenster in die dunkle Ferne und fragte verträumt: »Wieso?«

»Es ist, als ob man eine Handgranate mit Schokolade beschmiert.«

»Man muss ja nicht immer ernst sein, auch wenn man eine Handgranate in der Hand hält.«

Er schaute eine Weile ausdruckslos aus dem Fenster. Diesen Blick hatte er immer, wenn er an seinen Großvater dachte. »Ich habe in einem Buch gelesen, dass es drei Arten gibt, wie man sich vor seiner Angst vor dem Tod schützt. Die erste ist die Unterdrückung. Man vergisst, dass der Tod naht, und handelt so, als würde er nicht existieren. Die meisten von uns leben so. In der zweiten denkt man beständig an den Tod und lebt jeden Tag, als sei er der letzte. Die dritte Art ist das Hinnehmen. Diejenigen, die den Tod aufrichtig und ehrlich hinnehmen, fürchten sich vor nichts. Sie gewinnen dadurch Seelenfrieden, selbst wenn sie alles zu verlieren scheinen. Weißt du, was die Gemeinsamkeit aller drei Haltungen ist?«

Ich schüttelte desinteressiert den Kopf. Ich dachte, es wäre einfacher, lediglich zu sterben, als sich darüber den Kopf zu zerbrechen.

»Alles sind Lügen. Die drei Arten sind nichts anderes als ausgeschmückte Angst.«

»Was ist dann die Wahrheit?«

»Die Angst, nehme ich an, denn sie ist das ehrlichste Gefühl.«

Da ich nicht viel Wert auf Ehrlichkeit legte, dachte ich nicht lange über das Problem nach. Er hatte mir diese wundervolle Reise geschenkt, und der Film hatte mir sehr gefallen. Unter anderem der Monolog von Edward mit dem Satz: »Es ist ganz einfach: Ich habe ihn geliebt. Und ich vermisse ihn.« Wenn Hae-jin zuerst sterben würde, würde ich das Gleiche sagen, dachte ich mir. Und ich war überzeugt, dass Hae-jin das Gleiche von mir denken würde. Ich schlug ihm vor: »Lass uns das mal machen.«

»Was sollen wir machen?« Sein Blick wanderte vom Fenster zurück zu mir.

»Wir schreiben etwas auf, das wir vor unserem Tod unbedingt noch tun möchten, und tauschen die Zettel aus. Aber nur eine einzige Sache.«

Darauf schien Hae-jin keine sonderlich große Lust zu haben. Doch als ich Zettel und Kugelschreiber hervorholte, änderte er seine Haltung. Als ob er dachte, dass ich bei ihm abgucken wollte, schrieb er seinen Wunsch auf, indem er mit seiner Hand den Zettel abschirmte.

»Lass uns tauschen.« Ich reichte ihm meinen viermal gefalteten Zettel, und er gab mir seinen auch viermal gefalteten.

»Eins, zwei, drei.« Gleichzeitig öffneten wir die Zettel und legten sie nebeneinander.

Mit einer Jacht ein Jahr lang auf dem Meer herumkreuzen.

Weihnachten in einer Favela in Rio de Janeiro.

Die Jacht war mein Wunsch und Rio der von Hae-jin. Wir sahen uns an und grinsten. Wir mussten unsere Wünsche nicht groß erklären. Ich erinnerte mich an den Satz von Hae-jin, nachdem wir im Kino *City of God* gesehen hatten.

»Die meisten glücklichen Geschichten sind nicht wahr.«

Ich hätte ihn gern gefragt, was für eine Wahrheit er in Rio antreffen wollte. Aber ich verschluckte die Frage. Der Zug fuhr schon über den Han-Fluss. Wir mussten uns langsam vorbereiten auszusteigen.

Wir trennten uns in Ost-Incheon. Er fuhr mit dem Bus nach Hause, und ich wurde von Mutter vor der Schule abgeholt. Sie hat bis zum Ende nichts von unserem geheimnisvollen Tag gewusst. Sie war mit ihren Wünschen so beschäftigt, dass sie von meinen einfach keine Ahnung hatte. Noch weniger konnte sie damit rechnen, dass ich Hae-jins Wunsch mit ihrer Bankkarte erfüllen würde.

Im Schubfach suche ich nach dem USB-Stick und stecke ihn in den Rechner. Weil ich jedes Jahr den Flug nach Cebu gebucht hatte, ist alles auf dem Stick, was man dafür braucht. Zertifikate und die Kopien der Reisepässe von Mutter und Hae-jin. Ich buche einen Hin- und Rückflug über Dubai nach Rio, das Ticket ist ein halbes Jahr gültig. Es ist mein Weihnachtsgeschenk an Hae-jin.

Bis er in Rio ist, wird er seinen Schock etwas verarbeitet haben. Die Wahrheit über die Ereignisse in dieser Wohnung und meine Spuren werden für ihn hingegen immer ein Rätsel bleiben. Ich stelle mir vor, wie sich Hae-jin freuen wird, wenn er dieses E-Ticket per Mail bekommt. Dabei vergesse ich sogar kurz meine Situation. Ich male mir aus, wie er sich braun gebrannt mit seiner Kamera durch die Gassen der Favelas schlängeln wird, und strahle.

In diesem Moment höre ich das Klopfen an meiner Zimmertür. Bei dem Gedanken, dass er meine Mail jetzt schon gecheckt haben könnte, komme ich in Verlegenheit. Er sollte die Mail erst öffnen, nachdem ich hier weg bin. Hastig packe ich Mutters Bankkarte in das Schubfach, schließe das Internet und antworte: »Einen Moment!«

Hae-jin steht ein paar Schritte entfernt von der Tür. Er wirkt nicht überrascht oder freudig, sondern blass und verwirrt. »Lass uns reden«, sagt er mit kalter steifer Stimme.

Ich merke, dass mir das Lächeln vergeht. »Ich komme gleich runter.«

»Nein, jetzt.« Er nähert sich entschlossen der Tür.

Ich trete unwirsch zur Seite: »Komm rein.«

Er sieht sich ratlos im Zimmer um.

»Kann ich dir einen Stuhl anbieten?«

»Nein, danke. Ich setze mich einfach hierhin«, sagt er und setzt sich auf eine Ecke des Bettes. Er macht einen gehetzten Eindruck, presst die Hände auf seine Oberschenkel und atmet schwer, stützt sich dann mit den Ellbogen auf die Knie und wiegt sich vor und zurück. Er senkt seinen Blick und sieht auf seine Fußspitzen, schließlich hebt er den Kopf und blickt mich an. Endlich scheint er zu wissen, wie er das Gespräch beginnen soll. Ich lehne mich an die Kante des Schreibtisches.

»Nun ja. Ich habe eine Frage.« Seine Stimme vibriert, als würde er auf einem Motorrad sitzen, und ich spüre, dass er mit den Emotionen kämpft. Ich wünsche mir sehnlichst, dass er nicht sagen wird, was ich ahne, dass er vielmehr etwas über das Flugticket fragen würde. Dann könnte ich sagen: Kannst du dich daran erinnern, dass wir auf der Zugreise unseren Herzenswunsch auf einen Zettel geschrieben hatten? Das ist mein letztes Geschenk für dich, denn ich werde wohl eine lange Reise antreten müssen, für ein ganzes Jahr.

»Ich weiß nicht, warum, aber das mit Mutters Auto ging mir nicht aus dem Kopf. Du hast gesagt, dass sie ihr Auto dagelassen hat. Soweit ich aber weiß, geht sie kaum ohne ihr Auto irgendwohin. Besonders wenn es weit entfernt ist.«

Ich stecke meine Hände in die Hosentasche und sehe auf meine Fußspitzen. Na, und wennschon.

»Deswegen bin ich runtergegangen, um nach dem Auto zu sehen.«

Panik greift mit eisigen Fingern nach mir. Es fühlt sich so frostig dunkel und trostlos an wie der Einbruch der Nacht an einem Winterabend an einem nördlichen Fenster. Ich ahne, dass ich das verlieren werde, was ich nie verlieren wollte.

»Und dort fand ich das Auto der Tante, das neben Mutters parkt.«

Ich spüre seinen Blick auf mir und höre, wie er tief ein- und ausatmet. Wann war er runtergegangen? Ich habe die Wohnungstür nicht gehört. War es ungefähr zu der Zeit, als ich auf der Pergola Mutters Heft verbrannte? Ich kaue auf meinen Lippen und warte nervös auf seine nächsten Worte.

»Das kam mir komisch vor. Kann es sein, dass die beiden in der Tiefgarage ihr Auto stehen lassen und einfach so weggehen? Trotzdem habe ich lange gezögert, mich zu vergewissern. Ich habe also an meinem Film gearbeitet, Filme angesehen, mein Zimmer aufgeräumt und mir mit allen möglichen Sachen die Zeit vertrieben. Dann erst bin ich in Mutters Schlafzimmer gegangen.«

Mir schwirrt der Kopf. Schaffe ich es irgendwie, mich herauszureden? Die Tante ist zu einer Verabredung. Weil sie dort wohl Alkohol trinken wird, hat sie das Auto hiergelassen. Sie sagte, dass sie spät in der Nacht zurückkommt, aber sie kam nicht. Es geht mich nichts an, was sie mit wem in der letzten Nacht getrieben hat.

»Im Ankleideraum fand ich in einem von Mutters Reisekoffern Kleidung, Schuhe und Tasche von der Tante. Warum waren sie dort, wo sie doch am Nachmittag gegangen ist?« Hae-jin reibt die Handflächen an den Oberschenkeln. »Nun kann es ja sein, dass Mutter ohne Portemonnaie, ohne Koffer und ohne Auto verreist und dass die Tante ihre Sachen hierlässt und barfuß aufbricht, und dass du ungewöhnlicherweise Mutters Zimmertür zuschließt, wenn sie nicht da ist.«

Hae-jin steht auf und stellt sich vor mich hin, seine Hände in den Hosentaschen. Mit seinen sonst so fröhlichen braunen Augen sieht er kalt auf mich herunter. Er ist hin- und hergerissen zwischen Ungeduld, Zweifel, Wut und Fassungslosigkeit. »Aber egal, wie viel Mühe ich mir gab, meine bösen Vorahnungen hörten einfach nicht auf.«

Ich weiß, welche Worte nun folgen werden, aber ich kann nichts erwidern. In meinem Kopf hallt ein verzweifelter, nutzloser Schrei. Hör auf. Stopp. Halt den Mund.

»Ich dachte, dass etwas in Mutters Bett passiert ist, denn gestern rief mich die Tante an und sagte, sie liege in Mutters Bett, da sie müde war.«

Ich will nur noch meine Augen schließen und fühle mich, als würde ich vom Hochseil fallen. Warum konntest du dich nicht noch etwas gedulden? Zehn Minuten hätten mir gereicht, um meine Tasche zu packen und zu verschwinden. Dann wäre es für dich und mich gut ausgegangen. Du hättest nicht über das reden müssen, was dir offensichtlich so schwerfällt, und ich hätte im Glauben gehen können, dass ich dich nicht verloren habe.

»Deswegen habe ich … das Bettlaken abgezogen. Den Rest … erklärst du.«

Wir starren uns eine Weile wortlos an. Er würde keinen Schritt nachgeben. Die Luft im Zimmer ist so gefährlich geladen, als würde sie gleich explodieren, wenn man mit dem Finger schnipst.

Mir wird schwindlig. Ich gebe mir Mühe zu überlegen, wie ich mit der Geschichte beginnen soll und was ich ihm überhaupt erzählen soll. Ich werde es kaum schaffen, meine Taten vernünftig und logisch darzulegen. In diesem Moment erlebe ich zum ersten Mal im Leben, dass es schwerer ist, jemanden zu verlieren, als jemanden umzubringen.

Hae-jin schluckt nervös, sein Adamsapfel zittert. Er schaut ängstlich und erwartungsvoll in der Hoffnung, dass er sich geirrt hat. Also beiße ich die Zähne zusammen, um nicht die falsche Antwort zu geben. Ich möchte nicht verachtet werden, auch wenn ich ihn verlieren werde.

»Nimm irgendwo Platz. Es ist eine lange Geschichte.« Meine Stimme klingt erstaunlich ruhig und gefasst.

Er schüttelt jedoch seinen Kopf, verschränkt seine Arme, als ob er alles im Stehen hören wolle.

»Vorgestern am frühen Morgen …«

Hae-jin vertieft sich in meine Augen, als wären sie so unergründlich wie das Weltall.

»… hat mich der Geruch von Blut geweckt.«

Hae-jin steht vor dem Tisch auf der Pergola. Er wankt gefährlich, als würde er auf dem Dach eines fahrenden Lastwagens stehen. Er wird wohl gleich Mutters Gesicht entdecken. Das lassen die Dinge vermuten, die zu seinen Füßen liegen: die Plastikfolien, der Düngersack, der Gummischlauch, die Säge. Er steht mit dem Rücken zu mir, trotzdem kann ich seine Bestürzung erahnen.

Ich bewege mich nicht, stütze mich weiterhin auf dem Schreibtisch ab. Ich kann nichts tun, als atemlos zu warten. Ich fühle mich wie im freien Fall Richtung Hölle. Dort unten winselt hoffnungslos ein kleines Kind, das immer nur verstanden werden wollte. Du hältst doch immer zu mir, oder?

Hae-jin hat mir zwei Stunden lang zugehört, ohne ein Wort zu sagen. Er schien nicht einmal zu atmen. Wie eine Steinstatue starrte er unverwandt in meine Augen, sodass ich mich weder in Unwahrheiten noch in Rechtfertigungen flüchten konnte. Aber ich schwöre, ich hatte nicht die Absicht, die Situation kleinzureden, ihn hinters Licht zu führen, sein Mitleid zu erheischen oder mich sonst wie herauszureden. Ich tat mein Bestes, um die vergangenen zweieinhalb Tage zu erklären. Und ich gab mir dabei Mühe, nicht das zu erzählen, was ich sagen wollte, sondern das, was zu sagen war. Ich unterdrückte die Versuchung, Ausflüchte zu machen, etwas zu behaupten oder zu leugnen. Ich war vielleicht nicht in vollem Umfang ehrlich, aber ich denke, ich war ehrlich genug. Die lange Geschichte beendete ich mit: »Ich habe das Gefühl, in einem Albtraum zu stecken.«

Hae-jins Augen wechselten ihren Ausdruck von Minute zu Minute. Mal schienen sie aufzulodern, dann wirkten sie argwöhnisch, gefühllos und zuletzt finster. Am Ende schwieg ich. Ich wollte mich nicht länger rechtfertigen oder um Verständnis und Freundschaft werben.

Das Schweigen dauerte lange, und es glich einer riesigen Wasserwand, die mich platt zu walzen drohte. Ein erbarmungsloses und unheimliches Schweigen. Ich konnte nicht anders, als abzuwarten, dass diese Stille vorbeigeht, derweil mich Verzweiflung packte. Ich hoffte immer noch, dass er zu mir halten würde, egal, wer was sagt und was ich getan hatte. Und so wartete ich. Er würde etwas sagen. Dass er es verstünde oder ich ein Arschloch sei oder ins Gras beißen sollte. Dann hätte ich aus dem Zimmer verschwinden und meines Wegs gehen können.

Aber er machte den Mund nicht auf, sondern ging steif an mir vorbei und hielt vor der Glastür an. Ich wusste, dass es nichts bringen würde, aber trotzdem fasste ich ihn am Ellbogen.

»Könntest du es später ansehen? Wenn ich gegangen bin«, bat ich.

Er schüttelte meinen Arm ab. Nein, korrekter gesagt, es schauderte ihn. In seinem flüchtigen Blick war ganz klar Abscheu zu erkennen. Kälte umklammerte nun mein Herz. Alle Körperhärchen sträubten sich, und als er die Glastür öffnete, zuckte es mich in den Beinen. Als er einen Schritt nach draußen machte, überkam mich der Wunsch, aus dem Zimmer zu rennen. Worauf wartete ich noch? Warum haute ich nicht einfach ab?

»Bleib stehen«, sagte Hae-jin mühsam beherrscht mit zitternder Stimme. Draußen dämmerte es. Mit großen Schritten lief er auf die dunkle Dachterrasse und hielt vor der Gummitonne. Wie ein zorniger Ehemann, der seine Frau auf frischer Tat ertappt, riss er den Deckel hoch. Er rang hörbar nach Luft, dann glitt ihm der Deckel aus der Hand und krachte zu Boden.

Ich erinnerte mich, wie Tante in der Tonne saß. Der Kopf zwischen den Knien und die Augen geschlossen, als wäre sie eingeschlafen. Ich hatte ihr die Lider fest zugedrückt, damit sie mit ihren taxierenden Augen keinen mehr ansehen konnte.

Er wandte sich von ihr ab, sein Gesicht war totenbleich. Er hatte sichtlich Angst, sich weiter zu vergewissern. In diesem Moment hätte ich gern gerufen, er solle damit aufhören. Wenn er nicht stracks zur Pergola gegangen wäre, wäre ich aus dem Zimmer gerannt und hätte ihm den Weg versperrt. Mann, musst du das wirklich tun?

Jetzt steht Hae-jin mit dem Rücken zu mir und schiebt die Tischplatte zur Seite. Ich starre auf seinen Hinterkopf und denke über den Morgen von vorgestern nach, als ich im Wohnzimmer auf Mutters Leiche traf. Der Moment des Schocks, als meine Beine nachgaben, sich das Blickfeld verdunkelte und ich mich wie in einem Albtraum nicht mehr bewegen konnte. Dann erinnere ich mich an den Moment, als ich mich neben Mutter kniete und abwartete, bis in meinem dunklen Schädel ein Licht anging, um etwas unternehmen zu können. Hae-jin scheint die gleichen Momente in ähnlicher Reihenfolge zu durchleben. Vielleicht hört er auch gerade, so wie ich, seine explodierenden Schreie im Kopf, dass es doch alles nur ein Traum sei.

Als er sich endlich umdreht, klebt mir die Zunge am Gaumen. Warum bin ich so nervös? Warum klammere ich mich so flehentlich an ihn? Auf was warte ich?

Hae-jin kommt ins Zimmer zurück und schließt die Tür hinter sich. Seine Blicke wandern hin und her. Seine Augen sind weder abwesend noch wütend. Er wirkt weniger traurig als hilflos. Alles muss ihm wahnwitzig und unglaublich vorkommen. Bestimmt weiß er nicht, was er tun soll. Und trotzdem muss er vor dem Gehen etwas zu dem Menschen sagen, den er zuvor dazu aufgefordert hatte zu bleiben.

Schließlich verkünde ich: »Ich werde jetzt fortgehen.«

Hae-jin stoppt einen Schritt entfernt von mir, wendet seinen Kopf in meine Richtung und fragt: »Du willst also fortgehen?«

Er wirkt entgeistert und scheint zu denken: Wohin denn? Das kannst du dir gleich abschminken.

»Machs gut.« Ich reiche ihm zum Abschied meine Hand.

Sein Blick wandert zu meiner Hand herunter, dann wieder zu meinen Augen. Zwischen seinen Brauen sind die Adern angeschwollen. Aus den zusammengepressten Lippen kommt stoßweise rauer Atem. Seine Pupillen weiten sich, auf dem Weiß schimmern die roten Äderchen wie ein Spinnennetz. Sogar seine Wimpern stehen jetzt auf Kampf. Solche Augen habe ich schon einmal gesehen. Nicht bei Hae-jin, sondern vorgestern Nacht bei meiner Mutter. Einer wie du, Yu-jin … sollte nicht auf der Welt sein.

Ich ziehe meine Hand zurück und nicke als Zeichen, dass ich seine Gefühle nachvollziehen kann. Mutter war für ihn eine Wohltäterin. Als er vor zehn Jahren Waise wurde, hat sie ihn aufgenommen und ins Herz geschlossen. Sie war für ihn wie seine eigene Mutter, und nun sah er sie als Leiche wieder. Selbstverständlich ist er geschockt und nicht in der Lage, auch noch Verständnis für mich zu haben. Also sage ich ihm: »Na gut, dann lassen wir es. Ich wollte nur …«

In diesem Moment landet seine Faust mit aller Kraft auf meiner Wange. In meinem Ohr dröhnt es, und mein Kinn fliegt zur Seite. Ich torkle.

»Machs gut?«

Wutentbrannt trifft der zweite Faustschlag in meine Magengrube. Ich habe das Gefühl, dass der Rippenbogen bricht. Ich bekomme keine Luft mehr, und ein dumpfer Schmerz breitet sich aus.

»Du sagst, machs gut?«

Mit letzter Kraft kann ich den Kopf heben. Aber ein Ja kann ich nicht herausbringen, denn da trifft mich der dritte Faustschlag am Hals. Magensäure schießt mir in den Mund. Die ganze Welt dreht sich unter meinen Füßen. Ich stürze zu Boden. Hae-jin schwingt sich auf mich.

»Mensch, wie kannst du so was sagen?«

Ein Bombenhagel geht auf mich nieder. Linke Wange,

rechte Wange, Augen, Nase, Lippen, Kinn. Blindlings kommen die Fäuste geflogen. Meine Augen schwellen an, ich sehe nichts mehr, als warmes Blut über mein Gesicht fließt, meine Zähne wackeln.

Ich leiste keinerlei Widerstand und verteidige mich auch nicht. Ich ergebe mich und akzeptiere so viele Schläge, wie er austeilen will. Je mehr ich einstecke, desto klarer wird mein Kopf. Die Lage ist zwar ausweglos, aber ich fühle mich wie befreit. Mein Puls schlägt wieder normal, und ich habe das Gefühl, nach einer schwierigen Beichte die Buße zu bekommen.

»Wie kriegst du so was über die Lippen, du Mistkerl.« Hae-jin packt mich am Kragen und schüttelt mich wie ein Irrer.

In meinen Ohren rauscht es, mir wird schwindlig, und sein Gesicht wirkt verschwommen. Trotzdem erkenne ich, dass er weint. Sein Mund ist verzerrt, seine geröteten Augen blinzeln, und leise spuckt er sein Weinen aus, das tief aus seinem Inneren kommt.

»Wieso hast du das getan? Warum nur? Was hast du dir dabei gedacht, du Idiot!«

Ich beiße die Zähne zusammen, damit das Schluchzen, das urplötzlich in mir aufsteigt, nicht ausbricht. Inzwischen ist Hae-jins Stimme nah am Heulen: »Aus deinem Leben … aus dir …«

Er lässt mich los und bricht zusammen. Ich bin derjenige, der die Schläge bekam, aber er liegt erschöpft da. Ich schließe die Augen, und während ich sein Schluchzen höre, denke ich über seine Worte nach. Vermutlich wollte er fragen: »Was soll jetzt aus dir werden?« Ich möchte glauben, dass sein Weinen, das heftiger ist als das beim Tod seines Großvaters, ausschließlich mir gilt.

Mühevoll schlucke ich das Blut, das mir im Mund steht, hinunter. Der lauwarme Klumpen kriecht wie eine Schnecke den Hals hinab. In meiner trostlosen Brust tickt eine Uhr. Draußen ist es dunkel, vereinzelt fliegen Schneeflocken an die Scheibe der Glastür. Es ist so unglaublich still, dass man meinen könnte, den Schneeflug zu hören. Hae-jins Schluchzen lässt nach. Kurz danach wird auch sein Atem ruhig. Er hat sich auf den Boden fallen lassen und bewegt sich nicht. Auch er scheint auf den Schneeflug zu horchen.

Die Stille wird von der Standuhr im Wohnzimmer unterbrochen. Einmal, zweimal … sechsmal.

Hae-jin setzt sich auf. »Steh auf, ich habe dir etwas zu sagen«, sagt er.

Ich setze mich hin. Blut tropft zu Boden. Hae-jin steht auf, holt ein paar Taschentücher und reicht sie mir. Seine Haare sind nass, als käme er gerade aus dem Schwimmbad. Einer ist vom Prügeln schweißgebadet und der andere von Blut überströmt. Es ist nicht gerecht, aber auch nicht schlecht. Bereitwillig nehme ich die Taschentücher und stopfe damit ein Nasenloch, aus dem es heftig blutet.

»Ich gebe dir zwei Stunden«, sagt er.

Ich blicke unter geschwollenen Lidern zu ihm hoch.

»Wasch dich, versuch, dich wieder zu fassen, und komm bis acht Uhr runter.«

Ich starre ihn an. Dass ich mich waschen soll, verstehe ich, aber das mit dem mich fassen begreife ich nicht. Aus seinem Gesichtsausdruck werde ich auch nicht schlau.

»Ich will, dass du dich der Polizei stellst.«

Ich fühle mich, als würde gleich mein Kopf platzen. Wie vor sechzehn Jahren, als mich das Steinchen von Yu-mins Zwille getroffen hatte.

»Das ist das Beste.« Hae-jin steht auf.

Ich auch. Dann sehe ich seine verweinten Augen. Hatte er die Tränen doch nicht für mich vergossen? Hat er nicht meinetwegen so bitterlich geweint? Hat er nicht aus Wut auf mich eingeprügelt, weil ich zum Mörder wurde? Habe ich mir etwa alles eingebildet?

»Nur dann kann ich etwas unternehmen.«

Gern würde ich ihn fragen, was er denn unternehmen will. Etwa einen Anwalt einschalten? Unter dem Vorwand, dass ich mich gestellt habe, eine milde Strafe erreichen? Mir bis zu meinem Tod Essenspakete ins Gefängnis schicken?

»Auch wenn du fliehst, es wird nicht lange dauern, bis du geschnappt wirst.«

Ich weiß. Zu gut weiß ich es. Trotzdem will ich mich selbst für meinen Weg entscheiden.

»Alles wird gut, wenn du nichts tust. Wenn du nur für einen Tag so tust, als wüsstest du von nichts«, sage ich ihm.

»Ich rufe auf der Stelle die Polizei, wenn du hier rausgehst.« Seine frostigen Augen verengen sich.

Ich atme schneller und ärgere mich.

»Du kannst nicht heimlich verschwinden. Die Wohnungstür wird von mir bewacht und die Dachterrasse von Hello.« Er streckt seine Hand aus: »Gib mir das Rasiermesser.«

In mir brodelt es. Warum will er das Ding haben? Hat er Angst, dass ich ihm die Kehle durchschneide? Wenn ich das wollte, gäbe es dafür überall in dieser Wohnung Werkzeuge. Die Säge auf der Dachterrasse, das Cuttermesser im Stifthalter und in der Küche die Kochmesser aus Deutschland, die Mutter so geliebt hat. Und wenn ich wollte, könnte ich ihm auch mit bloßen Händen sein Genick brechen. Hält er mich für einen Schwächling, nur weil ich mich habe verprügeln lassen?

Ich ziehe das Taschentuch aus dem Nasenloch und wische das Blut mit dem Handrücken weg. Dann öffne ich die Schublade. Ich reiche ihm das Messer und habe den Eindruck, dass er zittert.

»Ich sagte, zwei Stunden. Länger warte ich nicht«, sagt Hae-jin ernst und kalt. Das ist für mich fremd und bekannt zugleich. Ich habe das Gefühl, dass ich nicht Hae-jin gegenüberstehe, sondern Mutter. »Meinst du das ernst?«, frage ich völlig sinnlos.

»Ich meine es ernst.« Er steckt das Rasiermesser in seine Hosentasche, geht aus dem Zimmer und stapft entschlossen nach unten.

Die Kraft weicht mir aus den Beinen. Ich lasse mich auf den Boden fallen, lehne mich an den Schreibtisch und denke darüber nach, mich zu stellen. Den Plan, mich ins Ausland abzusetzen, gebe ich auf. Bestimmt kann ich nicht einmal die Siedlung verlassen, geschweige denn den Flughafen erreichen. Hae-jin würde sofort die Polizei verständigen, sobald ich die Wohnung verlasse.

Es ist nicht so, dass ich keinesfalls mit einer solchen Reaktion von Hae-jin gerechnet hätte. Dennoch bin ich etwas verwirrt, dass er tatsächlich so reagiert hat. Die Polizei könnte ich in Erwägung ziehen, wenn mein Leben danach besser werden würde. Aber wenn es für mein Leben sowieso kaum einen Unterschied macht, ob ich mich stelle oder ob ich festgenommen werde, dann ist es keine Überlegung wert. Abwägen kann ich nur die Schwere des Schuldgefühls. Nicht mein Schuldgefühl, sondern das von Hae-jin. Er fühlt sich schuldig, dass er keine Ahnung hatte, wie es so weit kommen konnte. Er hat Schuldgefühle für Mutters Tod. Ich habe den Verdacht, dass er seine Schuldgefühle damit kompensieren will, dass er mich zur Selbstanzeige drängt. Oder er ist in dem wahnwitzigen Pflichtgefühl gefangen, dass er eine moralische Verantwortung für den Vorfall übernehmen muss. Oder seine Wut über Mutters Tod und über mein Vergehen ist so groß, dass er mich nicht einfach in Ruhe lassen kann. Sein Mitleid mit mir wurde wohl von seinen Tränen weggeschwemmt.

Schließlich muss ich eine Entscheidung treffen. Hae-jin oder ich. Die Antwort liegt klar auf der Hand, aber die Entscheidung fällt mir nicht leicht. Solange ich Gefühle habe, ist es eben so. Sieht man von den Gefühlen ab, dann ist die Entscheidung so leicht, als ob man ein Paar Schuhe kauft. Denn da muss man nur das Preis-Leistungs-Verhältnis prüfen. Das Problem ist aber, dass es sich nicht um Schuhe handelt. Bei Hae-jin geht es um Gefühle. Egal, welche Entschcidung ich treffen werde, ich werde sie bis zum Tod bereuen. Ich stecke in einer Zwickmühle. Die Zeit verrinnt. Der Uhrzeiger läuft auf sieben Uhr zu. Ich hole den Gedanken hoch, der seit gestern unter der Oberfläche meines Bewusstseins treibt und den ich bisher verschmäht hatte. Er lautet: Geh los und kauf dir ein Paar Schuhe.

Ich stehe auf und zögere nicht länger. Als hätte mein Unterbewusstsein die Sache so geplant, habe ich in meinem Kopf ein fertiges Bild. Die einzige Unwägbarkeit, für die ich Vorkehrungen treffen muss, sind die Streifenwagen, die regelmäßig in der Siedlung kreuzen.

Zuerst hole ich aus dem Schubfach die Sachen zum Entsorgen. Mutters Handy, die Bankkarte, den Perlenohrstecker und den Schlüssel für die Dachterrasse. Ich ziehe mir Latexhandschuhe über und wische meine Fingerabdrücke von den Dingen. Dann hole ich die Nachhilfestunde-Jacke aus dem Schrank und stopfe alles in deren Taschen. Damit gehe ich auf die Dachterrasse und stecke sie in den Tisch auf der Pergola. Mit einem Lappen, der am Wasserhahn hängt, wische ich die Fingerabdrücke von der Gummitonne und vom Wasserhahn. Die Latexhandschuhe verbrenne ich im Grill.

Als ich ins Zimmer zurückkomme, ist es 19:47 Uhr. Ich beeile mich und breche fingergliedlange Stücke von der Cutterklinge ab. Aus dem Bücherregal hole ich zwei Geldscheine, die ich für den Notfall dort deponiert hatte. Beides stecke ich in eine Plastiktüte, verschließe sie und klebe sie mir mit Industrieklebeband an den Oberschenkel. Zum Schluss ziehe ich eine weite Trainingshose und ein kariertes Freizeithemd an. Die Ärmel knöpfe ich nicht zu, sondern lasse sie locker runterhängen. In diesem Moment klingelt es.

Ich halte inne und horche. Schwach kann ich die Schritte zur Wohnungstür hören. Kurz danach öffnet sie sich mit einem Pieps. Ungefähr eine Minute später klingelt mein Handy auf dem Schreibtisch. Ich drücke den grünen Knopf, Hae-jin flüstert: »Komm bitte runter.«

Hae-jin steht mit verschränkten Armen an Mutters Zimmertür gelehnt und schaut zu, wie ich die Treppe herunterkomme. Erst auf der letzten Stufe merke ich, dass zwei weitere Personen in der Wohnung sind. Ein jüngerer Mann, dessen Augen mich an eine Ziege erinnern, und ein anderer im mittleren Alter im schwarzen Mantel. Beide sitzen auf der

Couch im Wohnzimmer. Ich erkenne sie sofort. Es sind die Kommissare, denen ich in der Pfannkuchenbude begegnet bin. Sie sind für den Mordfall mit dem Perlenohrstecker zuständig. Ich erstarre, einen Fuß auf dem Boden, den anderen noch auf der untersten Stufe. Das Radar in meinem Hinterkopf sucht nach dem kürzesten Fluchtweg: die Treppe rauf, durch die Tür auf die Dachterrasse, dann durch die Stahltür zur Nottreppe. Wenn zwei Männer in Zivil hier sind, dann versperren vielleicht doppelt so viele Polizisten draußen den Weg. Möglicherweise hat man die ganze Hochhaus-Siedlung umstellt, denn es geht hier um einen großen Fall.

Panik breitet sich in mir aus, vor Fassungslosigkeit wird mir schwindlig. Damit habe ich nun wirklich nicht gerechnet. Wie konnte Hae-jin mich auf diese Weise übers Ohr hauen. Ich habe keine Chance und werde vor den Augen der Nachbarn in Handschellen abgeführt werden. Mit geschwollenen Augen sehe ich Hae-jin an. Wie konntest du mir das antun? Du hast mir doch versprochen zu warten. Ich bin nicht geflohen, und es ist noch nicht acht Uhr.

Hae-jin dirigiert mich mit einem Blick zum Tresen. Die beiden Kommissare sehen abwechselnd mich und ihn an. Man sieht es mir ja an, dass ich kurz zuvor fast zu Tode geprügelt wurde, umso mehr, da ich das Blut nicht abgewischt habe. Und wer mich verprügelt hat, ist auch klar. Ich stecke in der Klemme. Wenn ich mich jetzt umdrehe und ausreiße, dann bin ich der verprügelte Depp. Wenn ich auf der Flucht gefangen werde, bin ich nicht nur ein Depp, sondern auch ein Vollidiot, der es nicht einmal schafft zu fliehen.

Ich drehe mich um und gehe erhobenen Hauptes zum Tresen. Während der vier Schritte versuche ich, ruhig zu atmen, und gebe mir Mühe, ein ausdrucksloses Gesicht zu bewahren. Beim Tresen bin ich schon ruhiger. Hae-jin steht jetzt vor der Trennwand zwischen der Küche und der Treppe. Ohne einmal zu mir zu blicken, stellt er mir beide Männer vor: »Sie sagen, sie seien von der Polizei.«

Was heißt »seien«? Was bedeutet diese indirekte Rede? Mit

verschränkten Armen lehne ich mich an den Esstisch und mache ein ausdrucksloses Gesicht, damit sie nicht in meinen Augen lesen können. Die Standuhr beginnt zu schlagen. Einmal, zweimal … achtmal.

»Jetzt erzählen Sie bitte, in welcher Angelegenheit Sie gekommen sind«, fordert Hae-jin die beiden Männer auf.

Der schwarze Mantel steht von der Couch auf. Für seine Statur bewegt er sich schnell. Er hält uns kurz seinen Dienstausweis unter die Nase, sodass ich die Details nicht lesen kann, außer dass er Choi I-han heißt und Kriminalkommissar ist. Er steckt den Ausweis in die Tasche und fragt Hae-jin: »Heißt Ihre Mutter Kim Ji-won?«

»Das stimmt«, antwortet Hae-jin.

Warum erwähnt der Kommissar nicht mich, sondern Mutter? Auch Hae-jins Aufforderung vorhin war merkwürdig. Das sagt man eigentlich nicht, wenn man jemanden zu sich bestellt hat, sondern wenn jemand unangekündigt auftaucht. Dann sind sie wohl nicht gekommen, um mich festzunehmen.

»Wie ist Ihr Name?«, fragt Kommissar Choi Hae-jin.

Dieser sagt seinen Namen, dann sieht der Kommissar mich an. Er und Ziegenauge scheinen mich nicht wiederzuerkennen. Sie haben mich in der Pfannkuchenbude nur flüchtig gesehen, und jetzt sehe ich aus wie ein verprügelter Pfannkuchen. Ich öffne mit Mühe meinen geschwollenen Mund und stammle: »Ich bin Han Yu-jin.«

»Dann waren Sie vorgestern zu Hause, als die Kollegen nach der Meldung von Frau Kim wegen des Einbruchs gekommen waren.«

Hae-jin sieht mich verwundert an. Ich bejahe. Jetzt kann ich mir sicher sein, dass die Männer nicht wegen Hae-jins Anruf gekommen sind. So weit würde er also doch nicht gehen. Ich bin erleichtert, aber nur kurz, denn meine Lage ändert sich dadurch nicht groß. Das Ende wird nur etwas verzögert, und mein Leben hängt weiterhin von Hae-jin ab.

»Wo ist Frau Kim Hye-won?«

Ich zucke zusammen. Mit dieser Frage habe ich nie gerechnet. Fast hätte ich überrascht gefragt: Tante?

Das macht dann Hae-jin: »Meine Tante?«

»Wir haben die Information, dass sie gestern hier war. Ist sie jetzt nicht da?«

Hae-jin signalisiert mir, dass ich eine Antwort darauf geben soll.

»Sie ist gestern gegen zwei gekommen und gegen fünf wieder gegangen«, antworte ich.

»Sie sagen, um fünf Uhr. Hm, wer war zu diesem Zeitpunkt zu Hause? Waren Sie beide da?«

»Ich war allein.«

»Kommt die Tante öfter her?«

Ich verneine diese Frage.

»Dann kam sie ja sicher mit einem Anliegen. Darf ich fragen, warum sie gekommen war?«

Ich werfe einen flüchtigen Blick auf Hae-jin. Er lehnt sich an die Trennwand, verschränkt seine Arme und schaut auf seine Fußspitzen. Also antworte ich. Ich gebe mir Mühe, mich kurzzufassen. Sie kam, um mir zur bestandenen Prüfung zu gratulieren und dies zu feiern, dann ging sie wieder.

»Hat sie nichts gesagt, als sie ging?«

»Nein.«

»Können Sie sich vielleicht erinnern, was sie anhatte?«

Ich denke scharf nach. Was hatte sie an? Einen grauen gesteppten Mantel, eine Jeans, einen schwarzen Pullover und eine lange Kette.

»Ich glaube, sie hatte eine Jeans und einen Pullover an. Aber ich bin mir nicht sicher, ich habe nicht darauf geachtet.«

Kommissar Choi wendet sich an Hae-jin. »Wo waren Sie gestern?«

»Ich bin wegen der Arbeit in Mokpo gewesen. Warum fragen Sie?« Hae-jin schaut auf, und Kommissar Choi stellt weitere Fragen.

»War es eine Dienstreise?«

»Ja, so ähnlich.«

»Wann waren Sie wieder zu Hause?«

»Kurz nach zehn. Aber was ist denn los?«, fragt Hae-jin etwas lauter.

Das scheint Kommissar Choi nicht zu kümmern, und er setzt seine Fragen fort. »Was machen Sie beruflich? Angestellter?«

Hae-jin presst seine Lippen zusammen. Als ob er kein Wort mehr sagen würde, bevor er weiß, wieso die Herren hier sind. In der Zwischenzeit ist Ziegenauge aufgestanden und geht zur Eckvitrine.

»Wonach riecht es in dieser Wohnung so stark? Nach Chlorreiniger und etwas Metallischem«, murmelt er vor der Vitrine. Er steht mit dem Rücken zu uns und sieht zum Familienfoto an der Wand. Links Hae-jin, rechts Yu-jin, das Foto hatten wir an dem Tag machen lassen, als wir Brüder geworden waren. Ich werfe einen flüchtigen Blick auf den Mann und wende mich wieder Kommissar Choi zu. Blutspuren gibt es bestimmt nicht, denn ich habe alles weggewischt. Und wenn ich keine mehr sehe, wird Ziegenauge auch keine mehr ausmachen, hoffe ich doch.

»Wir sind gekommen, weil wir Kim Hye-won nicht erreichen konnten«, gibt Kommissar Choi nach. »Wir wollten sie wegen der Vermisstenmeldung für Frau Kim Ji-won erreichen, aber ihr Handy war ausgeschaltet. Zu Hause ging die Haushaltshilfe ans Telefon und sagte, sie sei zu ihrer älteren Schwester gegangen. Also sind wir hergekommen, um sie hier anzutreffen. Es ist nicht üblich, dass aus einem Haus hintereinander eine Einbruchsmeldung und eine Vermisstenmeldung aufgenommen werden.«

»Sagten Sie gerade Vermisstenmeldung?«, fragt Hae-jin überrascht und richtet sich auf.

»Gestern gegen Mittag haben wir sie aufgenommen. Kim Hye-won gab die Meldung auf. Nach ihrer Aussage ist sie nach der Meldung hierhergekommen. Haben Sie von ihr diesbezüglich etwas gehört?«

Hae-jin sieht wieder mich an. Ich blicke ausdruckslos

zurück. Jetzt kann ich mir zusammenreimen, was sich abgespielt hatte. Die Tante hatte wohl gedacht, eine Vermisstenanzeige sei der einfachste Weg herauszufinden, wo ihre Schwester war. Nur dass die Polizei nicht sofort kommt, wenn eine erwachsene Frau einen Tag wegbleibt. Daher brauchte Tante einen besseren Köder. Also machte sie eine Einbruchsmeldung. Sie muss damit gerechnet haben, dass die Tatsache, dass in einer Siedlung, in der ein Mord geschehen war, jemand eine falsche Einbruchsmeldung macht und am nächsten Tag eine Vermisstenanzeige für diese Frau aufgenommen wird, der Polizei Beine machen würde. Womöglich hatte sie sogar geglaubt, dass die Polizei gleich kommen würde. In diesem Glauben ist sie also mutig bei uns aufgekreuzt. Aber die Polizei ist einen Tag später gekommen, als die Tante geglaubt hatte.

»Sie sagten, dass Sie wegen der Arbeit in Mokpo waren. Was machen Sie beruflich?«, fragt Kommissar Choi Hae-jin.

Dieser antwortet, er arbeite in der Filmbranche. Es folgen unwichtige Fragen wie: Was für eine Arbeit er konkret hat, an welchen Filmen er bisher mitgewirkt hätte, ob die Filme ins Kino kamen, ob er auch wegen eines Films in Mokpo war. Ruhig beantwortet Hae-jin nacheinander alle Fragen. Wann und warum er nach Mokpo gefahren ist, um wie viel Uhr er mit dem Zug zurückfuhr, wann er dann zu Hause ankam.

»Das heißt also, Sie waren um zwei Uhr mit der Arbeit fertig und blieben ein bisschen am Damm des Yeongsan-Flusses. Waren Sie mit jemandem zusammen?«, fragt Kommissar Choi.

»Ich war allein.«

»Dann haben Sie den Zug für die Rückfahrt auch ohne Begleitung genommen?«

Hae-jin bejaht diese Frage, Kommissar Choi nickt und fährt dann fort: »Dann lassen Sie uns jetzt über Kim Ji-won sprechen.«

Na toll, wie lange soll das noch dauern? Etwa bis ich alt und grau werde und sterbe? Ich schiele zur Standuhr. Ziegenauge, das davor hätte stehen sollen, ist nicht mehr da. Ist er etwa in Mutters Zimmer? Natürlich kann das nicht sein. Dennoch rufe ich laut: »Wo stecken Sie eigentlich?«

Ziegenauge meldet sich von der Treppe und sagt: »Eine Penthouse-Wohnung habe ich noch nie gesehen. Also habe ich mich ein wenig umgesehen. Toll hier.« Unsere Blicke treffen sich. Dann kommt er von der Treppe herunter. »Ich bin halt aus der Provinz. Aber was riecht denn hier so streng?« Ziegenauge geht an Hae-jin vorbei und hält am Eingang der Küche. Er blickt verstohlen hinein und murmelt gut hörbar: »Hier verfault wohl gerade eine Leiche, oder wie?«

Ich blicke ärgerlich zu Kommissar Choi in der Hoffnung, dass er seinen Untergebenen zügelt. Aber er ignoriert mich.

»Wann genau ist Ihre Mutter aus dem Haus gegangen?«

»Am Morgen des 9. Dezember. Aber die genaue Uhrzeit weiß ich nicht. Sie war schon weg, als ich aufstand.«

Ich spüre Hae-jins Blick auf mir. Ich wiederhole die Geschichte genauso, wie ich sie ihm erzählt hatte. Wenn ich die Wahrheit nicht sagen kann, muss ich mich dafür jetzt nicht schämen. Und Scham würde die Lüge kein bisschen besser machen. Kommissar Choi hört mir zu, manchmal nickt er. Gelegentlich stellt er mir Zwischenfragen: Ob ich etwas Ungewöhnliches an ihrer Haltung oder ihrem Tonfall gemerkt hätte, ob sie öfters zu den Exerzitien geht, ob sie immer allein geht, ob ich versucht habe, mich mit ihr in Verbindung zu setzen. Zum Schluss fragt er, ob ich es nicht seltsam finde, dass sie telefonisch nicht erreichbar ist.

»Nein, sie lässt bei den Exerzitien meistens ihr Handy aus«, beantworte ich die letzte Frage.

»Das ist aber komisch. Der Sohn, mit dem sie zusammenlebt, findet es nicht merkwürdig, wohingegen ihre Schwester sie als vermisst meldet. Und das auch noch, ohne mit dem Sohn gesprochen zu haben.«

Ich schweige.

»Was denken Sie, wo Ihre Mutter hingegangen sein könnte? Hatte sie Pläne?«

»Ich weiß es nicht.«

»Hat sie Freunde?«

»Sie trifft sich manchmal mit Leuten aus der Kirche, aber ich weiß nicht genau, ob sie diesmal mit ihnen mitgegangen ist.«

»Haben Sie vielleicht deren Kontaktdaten? Oder ein Adressbuch Ihrer Mutter?«

»Nein. Vielleicht sind die Kontakte in ihrem Handy gespeichert.«

»Sie können mir also keine Kontaktdaten geben?«

Ich verneine, und er schaut mich ungläubig an. Ich möchte ihn gern fragen, ob er denn sämtliche Freunde seiner Mutter kennt.

»Auch Sie haben nicht gesehen, wie Ihre Mutter ging?«, fragt Kommissar Choi nun Hae-jin.

»Nein.«

»Warum?«

Hae-jin beginnt zu erröten. Mein Blick ist ihm unangenehm, trotzdem wende ich ihn nicht ab. Damit er es sich nicht anders überlegt und keinen Quatsch erzählt.

»Wegen der Arbeit habe ich am Vorabend in Sangam-dong geschlafen, im Arbeitszimmer eines Bekannten.«

»War Ihr Bekannter auch da?«

»Nein, er wohnt nicht dort. Ich war allein.«

»Als Ihre Mutter und Ihre Tante verschwunden sind, waren Sie also allein unterwegs.«

Hae-jin will etwas erwidern, schweigt dann aber doch. Nicht nur sein Gesicht, auch die Ohren sind rot angelaufen. Kommissar Choi mustert Hae-jins errötetes Gesicht und seinen verlegenen Blick. Ziegenauge steht vor der Vitrine und tut so, als würde er die Porzellanpuppen darin ansehen.

»Wollen wir das alles mal zusammenfassen«, bricht Kommissar Choi die Stille. »Niemand hat gesehen, dass Kim Ji-won aus dem Haus ging. Der ältere Sohn hat woanders übernachtet, und der jüngere hat in seinem Zimmer geschlafen. Am Nachmittag hat eine Frau, die sich als Kim Ji-won ausgab, eine falsche Einbruchsmeldung abgegeben. Am Folgetag hat ihre jüngere Schwester, Kim Hye-won, Kim Ji-won als vermisst gemeldet. Und seitdem Kim Hye-won in dieser Wohnung gewesen ist, ist sie nicht mehr erreichbar. Zu dem Zeitpunkt war der ältere Sohn unterwegs und der jüngere zu Hause. Stimmt das alles?«

»Ja«, sage ich.

Hae-jin fragt: »Soll das heißen, dass Sie hergekommen sind, weil der Verbleib unserer Mutter und der Tante unklar ist?«

»Sie beide wissen bestimmt, dass vorgestern ein Mord passiert ist, oder?«, ergreift Ziegenauge das Wort, während er sich zu Kommissar Choi stellt. Hae-jin und ich schweigen. »In diesem Zeitraum verschwinden zwei Frauen, auch noch Schwestern, aus der Gegend. Beide kann man, kurz nachdem sie das Haus verlassen haben, nicht mehr erreichen. Da muss man doch in Erwägung ziehen, dass es mit dem Mordfall zusammenhängt, oder? Darum möchte ich Sie um etwas bitten.« Ziegenauge sieht zuerst Hae-jin und dann mich an. »Wir würden gern das Schlafzimmer Ihrer Mutter sehen. Selbstverständlich in Ihrer Anwesenheit.«

Ich rutsche unbehaglich herum und atme schwer. Hae-jin ist als Letzter in ihrem Zimmer gewesen. Es ist ausgeschlossen, dass er die Sachen aufgeräumt hat, die er sich angesehen hatte, bevor er zu mir ins Zimmer gekommen war. Die Sachen der Tante sind bestimmt aus dem Koffer geräumt, und unter dem abgezogenen Matratzenbezug guckt sicher die blutbefleckte Matratze heraus.

»Warum wollen Sie sich ihr Zimmer ansehen?«, fragt Hae-jin.

»Der Raum, in dem ein Mensch wohnt, ist sehr aufschlussreich. Er kann hilfreich sein, um die Lage zu beurteilen. Ob ihr etwas zugestoßen ist oder ob sie in die Exerzitien gegangen ist, wie Sie behaupten«, antwortet Kommissar Choi.

Er und Hae-jin sehen sich in die Augen und schweigen. Das Gesicht von Hae-jin wird immer röter. Im Gegensatz dazu werde ich immer blasser und habe das Gefühl, als würde ich mit einer Schlinge um den Hals von einem Ast baumeln. Die Entscheidung liegt bei Hae-jin. Selbst wenn ich ihnen die Bitte abschlage, bringt es nichts, wenn Hae-jin einwilligt.

»Wenn das unsere Mutter erfährt, wird sie sehr ungehalten sein«, bricht Hae-jin die Stille. Kommissar Choi ist enttäuscht. Ziegenauge drängt sich vor: »Falls Ihrer Mutter etwas zugestoßen sein sollte …«

Da unterbricht ihn Hae-jin entschlossen. »Kommen Sie bitte mit einem Durchsuchungsbefehl wieder.«

»Hol deine Jacke und komm runter«, sagt Hae-jin, als ich gerade aus der Küche gehen will. Er sitzt am Tresen und blickt geistesabwesend in ein halb volles Wasserglas. »Wir gehen zur Polizei.«

Ich denke, ich habe mich gerade verhört. Nicht einmal fünf Minuten sind vergangen, seit die Kommissare gegangen sind. Und jetzt sagt er mir, ich soll mich der Polizei stellen. Er hat also seine Meinung nicht geändert. Er steht nicht auf meiner Seite. Oder hat er es sich wieder anders überlegt?

»Meinst du das ernst?«, frage ich nervös.

»Ich wollte nur nicht, dass du hier festgenommen und öffentlich abgeführt wirst«, erwidert Hae-jin und sieht mich gequält an.

Ich frage noch einmal: »Meinst du es ernst?«

»Zieh dich warm an. Es ist kalt.«

Soso, es wird also kalt sein? Ich nicke und sehe auf meine Zehen mit ihren knotigen Gelenken. Auf einmal kommen mir die Felsen der Ferieninsel in Erinnerung. Wenn ich aus dem Traum erwachte, dachte ich jedes Mal, dass, wenn ich die Zeit zurückdrehen könnte, ich dafür sorgen würde, nicht von der Zwille getroffen zu werden. Jetzt weiß ich es besser. Leben heißt nichts anderes als die Variation des immer Gleichen. Meine Variation wäre, dass ich mir auch eine Zwille bastle.

»Verstanden. Ich mache ja schon«, antworte ich, während ich Hae-jin ansehe. Er will etwas erwidern, beißt sich aber auf die Lippen, seine Nase wird rot, und er wirkt, als wolle er wieder auf mich einprügeln. Natürlich wird er es nicht tun, denn das wäre ein klarer Fall von doppelter Strafverfolgung. »Aber davor will ich noch etwas essen. Ich habe Hunger.«

Ich hole Tantes Torte aus dem Kühlschrank. Dann nehme ich eine Gabel, lehne mich gegen die Spüle und stopfe den Kuchen Stück für Stück in mich hinein. Ich lasse mir Zeit und kaue gründlich, so wie meine Großmutter getrockneten Tintenfisch gekaut hat. Meine innere Ruhe kehrt zurück. Was ich jetzt brauche, sind weder Mut noch Entschlusskraft, sondern Kohlenhydrate. Und als Zugabe etwas Glück.

Hae-jin sieht mich ungläubig an: Wie kannst du das jetzt runterkriegen?

Ich würde ihm gerne erzählen, was ich irgendwo aufgeschnappt habe: Ein Fluch der Menschen ist, dass sie sich an jede Situation gewöhnen. Sieh mich an. Ich gewöhne mich auch wunderbar daran, dass du mich ans Messer liefern willst. Dann schmeiße ich die Tortenschachtel in den Mülleimer, gehe zum Tresen und lege Mutters Autoschlüssel darauf.

»Was ist das?« Hae-jin weiß sehr wohl, dass es Mutters Schlüssel ist. Er ist sehr oft mit ihrem Auto gefahren.

»Du fährst.«

Hae-jin nimmt den Schlüssel und steht abrupt und mit ausdruckslosem Gesicht auf. Der Hae-jin, dessen Gesicht ich so gut lesen konnte, steht nicht mehr vor mir. Die zehn Jahre, in denen wir als Freunde und Brüder gelebt haben, scheinen nicht mehr zu existieren. Genauso wenig wie Vertrauen, Rücksicht, Verständnis, Mitleid. Vielleicht ist Liebe nicht der Wille Gottes. Denn sonst hätte er bei der Schöpfung alle Lebewesen in einem liebenden Verhältnis zueinander verbinden müssen. Und nicht in einer Nahrungskette, in der sie sich gegenseitig fressen oder überleben.

»Es schneit. Geh hoch und hol eine Jacke«, sagt Hae-jin, während er den Autoschlüssel in die Hosentasche steckt. Aus der anderen Tasche ragt etwas heraus. Es ist vermutlich das Rasiermesser, das er mir weggenommen hat.

»Ich steige ja sowieso gleich ins Auto«, antworte ich und gehe Richtung Tür. Hae-jin folgt dicht hinter mir. Auch er hat keine Jacke an. Bekleidet nur mit einem Pullover und einer Jeans, steckt er seine nackten Füße in seine Schuhe, als wolle er mir sagen, er könne mich nicht laufen lassen, aber mit mir zusammen frieren. Aus dem Schuhregal greife ich die Sportschuhe von vorgestern. Sie sind immer noch feucht und voller Schlamm. Sie glucksen, als ich sie anziehe.

Mit dem Öffnen der Wohnungstür empfängt uns das Bellen von Hello. Vermutlich steht er vor der Wohnung, um mit seinem Frauchen rauszugehen. Ich drücke den Fahrstuhlknopf und verschränke die Arme hinterm Rücken, derweil Hae-jin die Schuhe anzieht. Als der Fahrstuhl kommt, besteige ich ihn noch immer mit den Armen hinter dem Rücken, als seien sie gefesselt. Damit mich die Überwachungskamera von hinten nicht so genau filmen kann, stelle ich mich mit dem Rücken an die linke Wand. Gleich danach kommt Hae-jin dazu, drückt auf U1 und stellt sich neben mich. Der Aufzug hält auf der zweiundzwanzigsten Etage, und die Tür geht auf. Der ununterbrochen kläffende Hello steigt mit seinem Frauchen ein. Sie hat sich die Lippen knallrot angemalt.

Das Gesicht des Frauchens, das uns gerade noch lächelnd angesehen hat, erstarrt plötzlich. Ihre Augen weiten sich, und die Nasenflügel flattern. Dabei mustert sie meine bedauernswerte Erscheinung von oben bis unten. Das geschwollene Gesicht ist voller Blut, und ich stehe unbequem mit den hinterm Rücken verschränkten Armen. Dann wandert ihr Blick zu Hae-jin. Seine Verlegenheit ist ihm deutlich anzumerken. Es ist fast so, als wenn er gesagt hätte, dass er es nicht gewesen sei, und danach festgestellt hätte, dass er es doch gewesen ist.

Nun sieht sie nach unten und dreht sich unangenehm berührt zur Tür. Hello scheint sich ähnlich zu fühlen. Er hält seine Vorderpfoten auf der Schulter seines Frauchens und bellt immer lauter. Als wir endlich unten ankommen, habe ich das Gefühl, mein Gehirn würde vibrieren. Kaum öffnet sich die Tür, springt das Frauchen von Hello heraus und verschwindet durch den Notausgang.

»Lass uns gehen«, sagt Hae-jin. Ich bleibe stehen, er zieht mich am Arm, und ich verlasse widerwillig die Kabine. Vor dem Notausgang lässt er mich los. Wieder bleibe ich stehen.

»Was soll das?« Hae-jin öffnet die Tür und zieht mich am Ellbogen. Ich folge gespielt widerstrebend, meine Hände noch immer hinter dem Rücken. Zieht Hae-jin, mache ich ein paar Schritte, lässt er los, bleibe ich stehen. So geht das, bis wir an Mutters Auto sind. Er denkt wohl, dass ich meine Meinung geändert habe. Er packt mich, öffnet dann die Tür zum Beifahrersitz und schiebt mich hinein. Nach kurzem Widerstand lasse ich mich in den Sitz fallen, und er schließt sofort die Tür. Er braucht nicht einmal zehn Sekunden, um um die Motorhaube zu laufen und ins Auto zu steigen. Lang genug, um den Stromstecker für die Blackbox herauszuziehen.

»Schnall dich an«, sagt er, während er sich selbst anschnallt. Ich tue es, drücke mich in den Sitz, ziehe die Schuhe aus und lege meine nackten Füße auf das Handschuhfach. Er startet das Auto, ohne einen Blick auf die Blackbox zu werfen. Wahrscheinlich hat er nichts bemerkt. Er denkt nur noch daran, mich so schnell wie möglich zur Polizei zu bringen. An der Ausfahrt der Tiefgarage sehen wir noch einmal Hellos Frauchen in ihrem Auto. Hae-jin gibt ihr mit der Lichthupe ein Zeichen, dass sie zuerst fahren soll, aber sie bleibt stehen.

Also fährt er los und verkündet: »Ich fahre zur Kreispolizei in Gundo.«

Die Polizeistation befindet sich in Gundo-West, und man braucht nur fünf Minuten, wenn man über die Kreuzung und die Dongjin-Brücke gefahren ist. Wenn wir da ankommen, werden wir wohl auf die Kommissare von vorhin treffen.

»Wie du willst«, sage ich und schaue hinaus. Es schneit. Das erste Mal in diesem Winter. Der Schnee fällt dicht, aber langsam, es ist praktisch windstill. Hae-jin macht die Scheibenwischer an. Die Uhr zeigt 20:36 Uhr. Ob der Yongi-Typ heute seinen Stand früher dichtmacht? Ob erster Schnee auch zu den Gründen für zeitiges Schließen zählt? Vielleicht macht er früher Feierabend, weil die Stimmung angespannt ist. Er hat es auch vorgestern getan, als sich der Mord ereignete. Ich sehe im Rückspiegel, dass das Auto von Hellos Besitzerin hinter uns fährt. Es scheint in Richtung Damm zu fahren.

»Lass den Kopf nicht hängen«, sagt Hae-jin. »Du tust das einzig Richtige.«

Trotz seiner Überzeugung ahne ich seine Schuldgefühle. Unruhe, dass ich aus Angst und Wehrlosigkeit etwas anstelle, und Verantwortung dafür, mich heil zur Polizei zu bringen. Er hat den Satz gesagt, um Mut zu machen. Aber nicht mir, sondern sich. Wenn man mich fragen würde, dann ist das Richtige nicht immer das Beste und auch nicht das Naheliegendste. Das gilt für ihn und auch für mich.

»Schon gut«, antworte ich und sehe starr durch die Frontscheibe. Die Ampel an der Kreuzung ist rot.

»Als ich gestern aus dem Fahrstuhl stieg, konnte ich mir nicht einmal vorstellen, dass so etwas passieren würde«, erzählt er. Er stoppt. Hellos Frauchen hält dicht hinter unserem Auto. »Nein, bis heute früh war es so. Da ahnte ich nicht einmal, dass du und ich auf diese Weise mit Mutters Auto fahren würden. Obwohl ich schon ein komisches Gefühl hatte.« Er klingt, als würde er eine Beichte ablegen. »Die ganze Zeit, als ich unten auf dich gewartet habe, habe ich mich gefragt, ob es vielleicht doch ein Traum ist. Obwohl ich mit eigenen Augen die Leichen gesehen habe, kam mir das nicht real vor.«

Ich nage an meinen Lippen. Seine Beichte unterscheidet sich kaum von den Einträgen in Mutters Heft: Ich habe dich lieb, und trotzdem muss ich so handeln. Und ich leide unter dieser Situation viel mehr als du, dem das angetan wird. Ich möchte, dass du das weißt.

»Und jetzt fahre ich dich zur Polizei, der reinste Albtraum.«

Die Ampel wird grün. Er startet, und ich öffne den Mund: »Ich habe eine Bitte.«

»Was denn?«, fragt er und sieht durch den Rückspiegel nach hinten. Hellos Frauchen fährt immer noch hinterher.

»Kannst du mir zwanzig Minuten schenken?«

Hae-jins Blick wandert misstrauisch zu mir.

»Ich möchte kurz zum Aussichtspunkt fahren.«

»Du meinst den Milchstraßen-Aussichtspunkt?«

Ich nicke. Gibt es etwa in dieser Gegend noch einen anderen? »Du brauchst keine Bedenken zu haben. Ich werde nicht fliehen. Außerdem sitzt du ja am Steuer.«

»Ich habe keine Bedenken, nur …«

»Ich möchte da nur kurz vorbeischauen.«

Ich erinnere mich an die unzähligen Nächte, in denen ich unter Kopfschmerzen und Tinnitus gelitten habe. Die unzähligen Morgen, an denen ich wie ein Wahnsinniger zum Aussichtspunkt gerannt bin. Ich denke an das Geländer am Felsen, von wo aus die Yongi-Pfannkuchenbude zu sehen ist. Damals war ich arglos und träumte davon, mich von meiner Mutter loszulösen. Nach etwa zwanzig Metern erscheint im Schneesturm die Dongjin-Brücke.

»Ein letztes Mal noch, da ich nie wieder hierher zurückkehren kann«, füge ich hinzu, um ihn zu beruhigen. »Ich habe nicht vor auszusteigen. Es reicht mir, wenn wir daran vorbeifahren.«

Er fährt an der Dongjin-Brücke vorbei, um meinen Wunsch zu erfüllen. Hellos Frauchen ist rechts abgebogen und entfernt sich in Richtung Incheon, wir fahren links zum Marine-Park. Die Straße auf dem Damm ist noch finsterer und einsamer als vorgestern. Vielleicht liegt es am Schneesturm. Es ist noch nicht spät, und trotzdem fährt kaum ein Auto vorbei. Auch die Bushaltestelle ist verlassen.

Ich sehe zu Hae-jin. Wenn er mich an dieser Stelle laufen lassen würde, könnte ich mit dem Bus verschwinden. Bestimmt spürt er meinen Blick, doch er sieht stur geradeaus. Die Pfannkuchenbude ist noch beleuchtet, aber die Plane am Eingang ist zu. Mr Yongi verwandelt sich wohl gerade in einen Gentleman, der von einer Dienstreise zurückkommt. Die Streifenwagen, die an der Anlegestelle für die Fähre geparkt waren, sind nicht mehr zu sehen.

Zehn Minuten später fahren wir auf die Brücke, die das Festland mit der Insel verbindet. Jetzt gibt es kein Zurück mehr. Als wir ungefähr auf der Hälfte sind, begegnen wir einem Polizeiwagen. Er scheint über den Marine-Park gekommen zu sein. Ich hoffe, dass die Polizisten uns nicht beachten und einfach ihre Fahrt fortsetzen. Als sich das Scheinwerferlicht aus dem Blickfeld entfernt, atme ich auf, aber ich habe mich getäuscht. Im Park erscheint der Wagen wieder. Er gibt uns Lichtzeichen.

»Wir sollen wohl anhalten«, sagt Hae-jin und wirft einen flüchtigen Blick nach hinten.

Wie ein bitterer Geschmack verbreitet sich das Gefühl der Ausweglosigkeit in meinem Mund. Die Unwägbarkeit, die mir Sorgen gemacht hatte, scheint einzutreffen. Es wird schwierig, denke ich mir, aber ich habe keine Lust aufzugeben. Nach dem Schild, das wir gerade passiert haben, sind es bis zum Felsen mit dem Aussichtspunkt nicht einmal fünfhundert Meter. Außerdem ist der Weg dorthin gerade wie eine Landebahn. Es ist nun an der Zeit, mir ein Paar Schuhe zu kaufen.

»Fahr einfach weiter.«

»Was?«, fragt Hae-jin, während er einen flüchtigen Blick auf mich wirft.

Ich drücke den Knopf, um das Fenster herunterzulassen, und sage noch einmal: »Ich sagte, fahr einfach weiter, Mann.«

Der Wind am offenen Fenster wischt meine Stimme weg. Der Schneesturm fegt ins Auto und verdeckt das Sichtfeld. Der Streifenwagen schaltet die Sirene an, und ich nehme meine Füße vom Handschuhfach.

Hae-jin will das Fenster wieder hochfahren und brüllt: »Die wollen, dass wir anhal…«

Ich ramme ihm meinen linken Ellbogen in die Augen. Er schreit, und das Steuer gleitet ihm aus der Hand. Kopf und Körper kippen nach hinten, und der Fuß rutscht vom Gaspedal. Ich schiebe ein Bein zum Fahrersitz und drücke mit ganzer Kraft das Gaspedal durch. Mit der linken Schulter presse ich Hae-jin in den Sitz, und mit der rechten Hand greife ich das Steuer.

Mutters leistungsstarkes Auto beschleunigt mit einem lauten Röhren. Hae-jin strampelt heftig unter meiner Schulter, aber ich lasse nicht locker. Wir rasen auf den Felsen zu. Im nächsten Moment erkenne ich das gelbe Stahlgeländer. Ich nehme meinen Fuß vom Gas und löse mich von Hae-jin. Das Auto durchbricht das Geländer und fliegt wie ein Flugzeug beim Start über die Landebahn hinaus in den Schneesturm.

Ich habe das Gefühl zu schweben. Wie gestern Nacht, als ich meine Tante umgebracht habe, beginnt die Zeit zu schleichen. Jeder Nerv des Körpers wird zu einem Auge und nimmt alle Informationen jedes einzelnen Augenblicks auf. Schließlich fängt mich der Sicherheitsgurt auf und katapultiert mich nach hinten. Es fühlt sich an, als würde die Halswirbelsäule gleich brechen. Eine Kollision erschüttert das Auto, es gibt einen lauten Aufschlag, und von vorn und der Seite explodieren gleichzeitig die Airbags. Ich bin wie lebendig begraben. Bis die Airbags zusammenfallen und Wasser wie ein Strudel durch das geöffnete Fenster hineinströmt, kann ich nicht einmal eine Fingerspitze bewegen.

Dunkelheit und Stille breiten sich aus, das Auto neigt sich nach vorn, als ob es sich gleich überschlagen würde. Durch das offene Fenster strömt ununterbrochen Wasser. Es steigt mir bis zum Hals und kühlt mich bis auf die Knochen. Über meinem Kopf kreischt lautstark die Sirene des Polizeiwagens. Einige Minuten später wird ein Streifenwagen nach dem anderen hierherfahren. Bis sie aber das Meer unter dem Felsen erreichen oder die Küstenwache zum Einsatz kommt, wird es etwas dauern. Das Auto wird vorher im Wasser versinken.

Ich öffne den Sicherheitsgurt und schlüpfe durch das offene Fenster. Dann halte ich mich am Dach fest und lehne mich an die Karosserie. Ich befreie mich von Hemd und Hose. In dem Moment streift der Suchscheinwerfer des Aussichtspunktes die Wasseroberfläche, sodass ich mich gut orientieren kann. Wenn die Polizei nicht aufgetaucht wäre, wäre die Lage nicht so schwierig. Ich wäre den Felsen hochgeklettert, ohne im Schneesturm schwimmen zu müssen. Aber zum Glück im Unglück herrscht gerade Flut.

Ich atme ein paar Mal tief durch und stelle mir vor, dass ich nicht im Meer, sondern im Schwimmbad bin und jetzt für den 1500-Meter-Wettbewerb starte. Es wird mein letztes Wettschwimmen werden. Ich blende dabei aus, dass ich seit dem sechzehnten Lebensjahr nicht mehr trainiert habe, und ignoriere auch die Tatsache, dass ich seit letztem Sommer auf Cebu nicht einmal mehr im Wasser war. Stattdessen glaube ich den verlockenden Worten des Optimisten in meinem Kopf: Du schaffst es. Es sind höchstens zwei Kilometer. Ein Klacks für dich.

Mein Herz schlägt wieder im gewohnt regelmäßigen Tempo. Ich beobachte das Meer, das in der Dunkelheit langsam ansteigt. Die Geschwindigkeit der Flut beträgt schätzungsweise sieben bis fünfzehn Kilometer in der Stunde. Sie ist zwei- oder dreimal so schnell wie ich. Würde ich mich wie Treibholz mit der Flut fortbewegen, könnte ich innerhalb einer halben Stunde locker ankommen.

Kurz vor dem Start sehe ich nach hinten. Hae-jin ist nicht mehr zu sehen. Das Auto versinkt in diesem Moment im Wasser, die Scheinwerfer sind erloschen. Dichter Nebel und Schneesturm umgeben mich. Ich habe keine Zeit, auf das Licht des Suchscheinwerfers zu warten, das sich gerade in Richtung Damm bewegt. Die kalte Luft hackt wie eine Axt auf meinen Rücken ein, und unter den Achseln scheint eine dünne Eisschicht zu entstehen. Wenigstens bläst kein Wind.

Ich stoße mich mit den Füßen vom Auto ab und werfe mich in die Wellen. Ich werde angehoben und falle dann ins Wellental. Dann beginne ich, mit kräftigen Schlägen zu schwimmen. Der Weg ist zwar weit, aber ich gebe mir Mühe, meine innere Ruhe nicht zu verlieren. Der ganze Körper scheint zu einem Eisblock geworden zu sein, und trotzdem strenge ich mich an, langsam zu bleiben. Ein Seitenstechen kündigt sich an, also bemühe ich mich, ruhig zu atmen. Sich zu verspannen, wäre der sichere Tod. Würde ich mich übernehmen, würde ich auf nicht einmal der Hälfte der Strecke untergehen. Das Beste ist, sich nicht zu fürchten, sich nicht zu beeilen, sich einfach vom Wasser tragen zu lassen.

Im nächsten Moment geht das Licht des Suchscheinwerfers über mich hinweg. Danach wird es so stockdunkel, dass man meint, in eine schwarze Masse zu greifen, wenn man die Hand ausstreckt. Nebel und Schneegestöber werden immer dichter, die Sichtweite nimmt ab. Ich werde zum Spielball der Wellen und merke, dass aus mir langsam die Kraft entweicht. Ich sinke oft unter die Wasseroberfläche und habe Schwierigkeiten zu atmen. Immer wenn ich den Mund öffne, fließt kaltes salziges Wasser hinein. Meine Glieder werden steif, und ich habe das Gefühl, als hätte ich Pfähle anstelle von Armen und Beinen. Mein Bewusstsein stürzt durch Zeit und Raum Richtung Vergangenheit.

Ich bin wieder auf dem Felsen, auf dem ich mit meinem Bruder Yu-min das Überlebensspiel gespielt hatte, und werde von der Zwille getroffen. Ich fasse an meine Stirn und höre sein Kichern hinter mir. Bist du immer noch nicht tot?

Warte einen Augenblick, antwortet eine Stimme in mir. Ich habe ohnehin das Gefühl, gleich zu sterben. Aus der Ferne höre ich die Glocke.

»Bleib stehen!«, brüllt mein Bruder. »Ich sagte doch, du sollst stehen bleiben!«

Der Stein streift den Hals. Vor meinen Augen wird es trüb. In den Ohren explodiert der Glockenschlag.

»Bleib endlich stehen!«

Mein Körper wird von den Wellen angehoben und sackt wieder ab. Dann sinkt mein Kopf unter die Wasseroberfläche, und ich schaffe es gerade noch, wieder hochzukommen. In der Zwischenzeit ist die Stimme meines Bruders verschwunden, so wie der Felsen, der Wald mit den Nadelbäumen und der Glockenschlag. Ich sehe, dass sich schnelle Lichter durch den Nebel bewegen, und bemerke ein schwaches

Motorengeräusch. Vielleicht kommt es von einem Boot der Küstenwache.

Dunkelheit flutet meinen Kopf und das Meer meinen Körper. Die letzte Luft entweicht aus meiner Lunge. Ich bin völlig ausgelaugt und merke, wie mein Wille nachlässt. Ob sich mein Vater und mein Bruder damals im Meer auch so gefühlt haben? Ob sie das Leben auch so losgelassen haben?

Die Wellen wirbeln meinen Körper herum. Ich gebe auf und lasse mich treiben. Es schneit nicht mehr, der Himmel reißt auf. Die Sterne kommen näher. Ihr Licht berührt meine Stirn, und in diesem Moment flüstert eine Stimme: Mutter hatte recht.

Epilog

Die damalige Nacht ist noch so lebendig, als wäre es gestern gewesen, realistisch und in allen Details. Nur die Momente, in denen die Uhr des Todes tickte, bleiben verschwommen. Ich weiß nicht mehr, ob ich bewusstlos war. Hingegen erinnere ich mich daran, dass ich zu mir kam, als ich mit dem Kopf irgendwo aufknallte. Als ich die Augen öffnete, lag ich mit dem Bauch nach unten an der Anlegestelle der Fähre, so wie die Leiche der Frau mit dem Perlenohrstecker.

Das Meer war von Dunkelheit umgeben und der Nebel so dicht, dass man Himmel und Erde nicht voneinander unterscheiden konnte. Ich vernahm die Sirenen der Polizeiwagen im Marine-Park und die kreuzenden Boote der Küstenwache. Auf dem Damm blinkten ununterbrochen die Blaulichter der Einsatzfahrzeuge. Nur die Anlegestelle der Fähre war menschenleer. Ich hatte es zurückgeschafft, an die Ufer des trostlosen, kalten Lebens.

Doch es war nicht der Augenblick, mir für die Rückkehr von den Gestaden des Todes zu gratulieren. Ich war schwer, als trüge ich eine Rüstung aus Stahl. Es war nicht leicht, mich aus dem Wasser zu hieven. Ich nahm alles nur verschwommen und verwackelt wahr, und meine Glieder hatten jegliches Gefühl verloren. Meine Zähne klapperten, und die steifen Gelenke knackten. Mit jedem Einatmen schnitt mir die Luft wie ein Messer in den Hals. In den Ohren hallte in Endlosschlaufe der eine Satz: Mutter hatte recht.

Langsam trieben einzelne Fragmente meines Lebens vorbei:

Wie ich in großen Schritten und mit zusammengepressten Lippen zum Glockenturm rannte. Wie mein Bruder brüllte, ich solle stehen bleiben, und dabei die Glocke schlug. Wie ich über das Geländer sprang und mit der Faust auf ihn losging. Wie er mit dem Glockenseil in der Hand schwankte. Wie ich den schwankenden Bruder trat und er in hohem Bogen den Felsen hinunterstürzte, das Glockenseil in seiner Hand hin und her schwang und das Meer das Maul aufriss, um ihn zu verschlucken. Wie ich alles bewegungslos beobachtete, wie er nochmals mit den Wellen auftauchte und dann aus meinen Blicken verschwand. Ich kann mich genau erinnern, was ich zu dem Zeitpunkt gedacht habe: Mach dir nichts vor. Wer überlebt hat, gewinnt.

Die Laternen an der Anlegestelle der Fähre verbreiteten ein gelbliches Licht. Mit tauben Händen krallte ich mich an das Metallgeländer, atmete schwer und stakste mühselig die Stufen hoch. Es war, als ob ich mitten auf dem Himalaja mit der Höhenkrankheit zu kämpfen hätte. Die Pfannkuchenbude kam mir so entfernt vor wie der Pluto. Doch ich lief weiter. Was mich antrieb, war weder die Kraft des Wunders noch die Kraft des Willens. Es war die Kraft der Einfachheit, mit der ich mich ausschließlich auf den nächsten Schritt konzentrierte.

Als ich die letzte Stufe genommen hatte und auf dem Damm stand, empfing mich die unbeleuchtete Pfannkuchenbude, und ich war dankbar dafür, dass der Yongi-Typ Feierabend gemacht hatte. Dass außerdem zu diesem Zeitpunkt keine Menschen oder Autos unterwegs waren, war mein kleines Glück im Unglück. Ich riss das Klebeband vom Oberschenkel, nahm eine Cutter-Klinge und schnitt die Plane an der Rückseite des Standes auf. Drinnen konnte ich sofort besser atmen. Erleichterung überkam mich. Ich würde wohl überleben.

Ich tastete herum, um nach dem Gasfeuerzeug in Form einer Pistole zu suchen. Nach einem Klack entzündete sich die Flamme, und auch wenn sie schwach war, konnte ich nun einigermaßen sehen. Ich erkannte Mr Yongis Lappen und auch die Uniform am Pfosten.

Schnell rieb ich mich trocken und zog die Uniform an. Die gesteppte Hose, die Jacke, die Wollmütze, den Mundschutz, die dicken Strümpfe und die Gummistiefel. Die Kleider waren alle zu kurz, aber in meiner Situation konnte ich nicht eitel sein. Ich war dankbar, dass ich überhaupt reinpasste.

Dann schleppte ich mich zum Fernbus nach Ansan. Die kommende Nacht verbrachte ich in einer Sauna. Ich wusch das Salzwasser mit warmem Wasser ab, schwitzte mich rein und schlief in einem Ruheraum kurz, aber tief. Am nächsten Morgen stieg ich in aller Frühe in einen Zug nach Mokpo, und zwölf Stunden später war ich Deckhand auf einem Shrimps-Schiff.

Ein Jahr lang fuhr ich zur See. Ich schlief im Schiffsbauch, bereitete die Mahlzeiten zu, putzte oder half bei den Netzen aus.

Alles, was ich von Hae-jin wusste, hatte ich in den Nachrichten im Zug gehört. Der Leichnam und das Auto wurden von der Küstenwache aus dem Wasser geborgen. Er war noch angeschnallt und hatte augenscheinlich versucht, sich zu befreien. Bis zu dem letzten Moment, als ich mich nach ihm umgedreht hatte, hatte er also in der Dunkelheit um sein Leben gestrampelt. Die Nachricht hat mich weniger getroffen, als ich erwartete. Kühl stellte ich mir diese letzte Szene vor. Nur der heiße Klumpen, der tief in meinem Hals steckte, verschwand lange nicht.

In welcher Beziehung hatten wir eigentlich zueinander gestanden? Was war zwischen uns gewesen? Ich weiß es bis heute nicht. Wäre ich nur etwas eher gegangen, oder hätte er alles etwas später erfahren, wäre es gut gegangen.

Seitdem hörte ich weder etwas über Hae-jin noch den Ermittlungsstand. Auf dem Schiff gab es natürlich ein Radio, aber ich hatte keine Zeit, Nachrichten zu hören. Zum ersten Mal in meinem Leben war ich vollauf damit beschäftigt, zu überleben.

Heute früh um sieben ging ich an Land, in meiner Tasche das bisschen Geld, das ich verdient hatte.

Als Erstes bin ich zu einer öffentlichen Badeanstalt gegangen. Ich habe mich gewaschen, rasiert, mich im Spiegel angesehen, mein Gesicht eingecremt. Dann habe ich neue Kleidung sowie eine Mütze und Turnschuhe gekauft, eine warme Mahlzeit zu mir genommen und einen handgebrühten Kaffee getrunken, wie Hae-jin ihn gemocht hat. Zuletzt ging ich in ein nahe liegendes Internetcafé.

Zwischen erbärmlichen Gamern scrolle ich mich durch alle Nachrichten des vergangenen Jahres. Die Leute sprechen von dem »Rasiermesser-Mord«. Hae-jin, der als Täter gilt, wird »Messerstecher« genannt. Die Polizei kam zu dem Ergebnis, dass er seine Adoptivmutter, deren Schwester, eine Passantin und dann auch noch seinen jüngeren Bruder ermordet hatte. Er wollte sich ins Ausland absetzen, und da sein Vorhaben misslang, nahm er sich das Leben. Für diese Schlussfolgerung gab es einige Beweise. Das Rasiermesser in seiner Hosentasche, die Nachhilfestunde-Jacke im Tisch auf der Pergola, das Flugticket, das mit der Kreditkarte seiner Mutter gebucht war. Darüber hinaus wollen einige Nachbarn gesehen haben, wie er mich blutig prügelte, mit gefesselten Händen ins Auto stieß und zum Marine-Park schleppte.

Der jüngere Bruder galt als vermisst. Die dreitägige Suchaktion brachte nichts außer ein paar Kleidungsstücken. In Anbetracht der Tatsache, dass er Profischwimmer gewesen war, dachte man über die Möglichkeit nach, dass er überlebt hatte, aber Beweise oder Zeugen gab es nicht.

Diese und einige Hundert weitere Schlagzeilen erschienen damals innerhalb von wenigen Tagen und spiegeln den Schock der Bevölkerung wider. Zu jeder Nachricht kamen noch Tausende Kommentare, die im Wesentlichen alle dasselbe aussagten, nämlich dass man keine Fremden in die Familie aufnehmen solle. Ich schließe alle Fenster mit den Nachrichten. Während ich auf dem Meer herumkreuzte, war der Schock langsam aus den Köpfen der Menschen verschwunden.

Gerade will ich den Computer ausschalten, als ich beschließe, mich in Hae-jins Mailbox einzuloggen. Ich finde einige Hundert Mails, die meisten von Versicherungen, Versandhäusern oder Filmproduktionsfirmen. Ich blättere etwa zwanzig Seiten durch und finde dann endlich die Mail der Fluggesellschaft von vor einem Jahr, ein E-Ticket für Rio de Janeiro im Anhang.

Passenger Name: KIM HAE-JIN
Booking Reference 1967–3589
Ticket Number 180 970 320 2793

Hae-jin hatte diese Mail nicht geöffnet. Er hatte keine Zeit dafür gehabt, bevor wir die Wohnung verlassen haben, und danach konnte er keine Mailbox mehr öffnen. Wenn ich mich wie ursprünglich geplant von Hae-jin hätte verabschieden können, dann hätte nicht ich diese Mail geöffnet. Das Weihnachtsgeschenk, das ihn nie erreicht hat, steckte das ganze vergangene Jahr tief und schmerzhaft in meinem Bewusstsein.

In den unzähligen Nächten auf dem Meer dachte ich über seinen und meinen Wunsch nach. Wenn er mich an jenem Tag hätte gehen lassen, was wäre passiert? Ob Hae-jin dann in Rio Weihnachten erlebt hätte?

Doch weil er mich nicht ziehen ließ, ging nur mein Wunsch in Erfüllung. Es war zwar keine Jacht, sondern ein Shrimps-Schiff, und jeder Tag war zum Sterben mühsam, aber ich konnte meinen Frieden finden.

Auf See lebte ich wie ein Tier ohne Kopf, bis ich heute früh an Land ging.

Ich bin zwar in die Welt zurückgekommen, aber ich bin mir nicht sicher, ob ich wieder als Mensch leben kann. Und auch nicht, ob ich unter Menschen leben kann.

Ich schließe die Mailbox und verlasse das Internetcafé.

Ich laufe los, um mir eine Schlafgelegenheit zu suchen. Die Straßen sind ruhig, die Dezembernacht ist trostlos und das Meer trüb. Im schwachen Nebel läuft jemand vor mir. Ich vernehme ihre sanften Schritte. Im salzigen Wind zieht auf einmal der Geruch von Blut herüber.

Nachwort

Jeong Yu-jeong

Vor langer Zeit versetzte ein junger Mann aus einer wohlhabenden Familie ganz Korea in einen Schockzustand. Er ging für sein Studium in die USA und kam wegen seiner Spielsucht hoch verschuldet zurück. Als Reaktion auf die Vorwürfe seiner Eltern, er sei zu nichts nütze, erstach er seinen Vater und seine Mutter mit fast einhundert Messerstichen. Um seine Spuren zu verwischen, brannte er deren Haus nieder, in dem noch sein kleiner Neffe schlief. Den Safe seines Vaters schaffte er beiseite. Auf der Beerdigung seiner Eltern und seines Neffen scherzte er völlig unbekümmert mit seiner Freundin. Nach seiner Festnahme versuchte er, sich unbeirrt mit Rechtfertigungen, Ausreden und Lügen aus der Verantwortung zu ziehen, sodass er den Zorn der Öffentlichkeit auf sich zog. Einen solch außergewöhnlichen Kriminellen hatte Korea noch nie erlebt.

Ich interessierte mich für sein wahres Gesicht. Was für ein Mensch ist zu einer solchen Tat fähig? Was verbarg sich hinter dem harmlosen Äußeren? Ein Wahnsinniger? Ein Teufel? Ein Biest? Was war der Auslöser für seine brutale Tat? Die äußeren Umstände? Sein Charakter? Ein einschneidendes Ereignis in seiner Kindheit? Der Druck einer auf Konkurrenz beruhenden Gesellschaft? Oder ist es ein grundlegendes Problem des Menschen an sich?

Bevor ich Schriftstellerin wurde, verbrachte ich viel Zeit mit der Suche nach den Antworten auf diese Fragen. Mein Studium des Menschen begann mit Psychoanalyse und ging dann weiter über Biologie, Psychologie, Neurowissenschaften, Soziologie, die Evolutionstheorie, evolutionäre Psychologie bis hin zur Kriminalpsychologie. Dabei dachte ich immer wieder an den Mörder von damals, den ich nie verstehen konnte. Mein Interesse galt vor allem dem »dunklen Wald« in unserem Inneren, den man als Abgrund bezeichnet. Dort ruht alles, was im menschlichen Leben Probleme verursacht – Eifersucht, Begierde, Hass, Wut, Verzweiflung, Minderwertigkeitsgefühle, Gewalt und Opfermentalität. All diese Bestien in unserem Inneren erwachen jedoch nicht von allein. Sie müssen entzündet werden. Jemand oder etwas muss in diesem Wald das Feuer entfachen.

Nachdem ich Schriftstellerin geworden war, wurde dieser »dunkle Wald« zu meinem zentralen Thema. Die speziellen Verbrechertypen kommen in verschiedenen Charakteren in meinen Romanen vor. Dennoch war ich nicht zufrieden, denn die Figuren waren immer in der dritten Person beschrieben. Das erzeugte Grenzen, die ich nicht überschreiten konnte. Also mussten sie »Ich« werden. Nur so konnte ich beschreiben, wie das Biest in unserem Inneren zum Aufwachen animiert wird und wie es sich entwickelt.

Für diesen Roman wollte ich, dass der Leser nicht nur eine Geschichte über einen Verbrecher liest. Mein Anspruch war es, diesen beim Lesen anfassen, riechen, sehen und fühlen zu können. Ich wollte nicht das Böse auf seinem Höhepunkt beschreiben, sondern die Geburt eines Dämons, die Entwicklung von einem normalen Jungen zu einem Raubtier. Der Zugang zu seinem »dunklen Wald« wird zwar lange von anderen bewacht, aber irgendwann durchbricht er die Schranken, betritt den Wald und wirft ein brennendes Holzscheit.

Es sollte ein Plädoyer für den Verbrecher gegenüber der Welt werden. Dafür musste der psychopathische Serienmörder in der ersten Person im Vordergrund stehen. Als Yu-jin und nicht als Erzählerin musste ich die Leser in Versuchung führen und dazu bringen, mit Yu-jin zu fühlen und sich mit ihm zu identifizieren. Ich wollte, dass die Leser nicht mit einem Roman, sondern mit einem Verbrecher eine schlaflose Nacht erleben. Dafür besorgte ich mir ein neues Heft und notierte, in Anlehnung an einen Schriftsteller-Kollegen: »Schließlich bin ich auf den größten Feind meines Lebens getroffen. Und dieser bin ich selbst.«

Ich bin tatsächlich auf meinen größten Feind getroffen. Nach langjährigem Forschen und Recherchieren über Psychopathen und Interviews mit Profilern und Psychiatern fühlte ich mich gut vorbereitet. Aber die Geschichte gelang mir nicht richtig, und es dauerte etliche Monate, bis ich mir den Fehler eingestand. Story und Struktur waren zu kompliziert und zu umfangreich. Der Hauptdarsteller hetzte von einem Konfliktpunkt zum nächsten. Da der erste Entwurf im Moment der Initiation des eingeschlafenen Biests im »dunklen Wald« startete, war eine knappe und klare Beschreibung dieses Moments wichtig. Es brauchte dazu nur eine einzige entzündende Geste. Dass eine kompliziert gebaute Bombe die ganze Umgebung in Schutt und Asche legt, wäre Stoff für ein ganzes Epos. Ich verwarf den ersten Entwurf.

Im zweiten Manuskript minimalisierte ich den Aufbau – möglichst wenige Figuren, die die Geschichte trugen, der kleinstmögliche Schauplatz, der kürzeste Zeitrahmen, die einfachste Struktur. Im Gegensatz dazu musste der Plot sehr detailliert und dicht konstruiert sein, um die Situation, die Konflikte und die verschiedenen Emotionen des »Ichs« im Sekundentakt beschreiben zu können. Nur dann würde ich die Leser in die Mitte des »dunklen Waldes« führen können. Ich schrieb eine neue Geschichte.

Auch das zweite Manuskript gefiel mir nicht. Die technischen Probleme mit dem Aufbau und dem Plot konnte ich einigermaßen bewältigen, das Kernproblem blieb jedoch das »Ich«. Es war nur oberflächlich ein Ich-Roman und unterschied sich kaum von den üblichen Romanen in der dritten Person. Als Autorin war ich nicht wirklich zum »Ich« geworden. Zu keinem Moment war ich der Psychopath Yu-jin. Ich wurde von meinen Eltern mit normalen Vorstellungen von

Moral und Ethik erzogen. Ich bin ein sehr sozialer Mensch. Weil ich alles aus meiner Perspektive beschrieben hatte, blieb das »Ich« im Roman ein seelenloser Avatar. Ich hatte wohl Angst davor, mein eigenes »Ich« zu beschädigen.

Während ich das dritte Manuskript verfasste, erkannte ich, wie stabil das erlernte »Ich« eines Menschen ist. Permanent kämpfte ich gegen mich. Ich bemühte mich, mich von meinen moralischen und ethischen Maßstäben für Entscheidungen und Handlungen zu entfernen. Statt zu fragen, ob ich jemanden verletzen würde, ob etwas von der Gesellschaft akzeptiert werden würde, ob ich Gewissensbisse bekommen würde, versuchte ich, alles mit den Maßstäben des Roman-»Ichs« zu betrachten: ob es mir etwas nützen oder schaden würde, ob etwas die schnellste und sicherste Lösung sein würde, ob ich etwas brauchen würde oder nicht.

So wurde das vorliegende »Ich« geboren. Erst im dritten Versuch konnte es zur Welt kommen. Man kann dem »Ich« jedoch nicht trauen. Es ist ein Dämon, der mit seinen glänzenden Augen in Ihre schaut und seine sanften Lippen öffnet, um Sie zu fragen: Wodurch unterscheiden wir uns voneinander? Die Antwort auf diese Frage muss sich jeder Leser selbst geben. Ich habe diesen Roman lediglich geschrieben, um uns in den »dunklen Wald« in unserem Inneren zu führen.

»Lasst uns verstehen lernen, was unsere eigenen egoistischen Gene vorhaben, denn dann haben wir vielleicht die Chance, ihre Pläne zu durchkreuzen – etwas, das keine andere Art bisher jemals angestrebt hat.«

Aus: *Das egoistische Gen* von Richard Dawkins

Sieben Jahre Nacht

Der Vater, ehemals erfolgreicher Catcher des Baseballteams »Hansin Fighters«, ist ein Kind im Körper eines Riesen. Im richtigen Leben gelingt ihm nichts mehr, er steht unter der Knute seiner Frau, arbeitet für eine Sicherheitsfirma und trinkt sich ins Elend. Nur seinen Sohn liebt er abgöttisch. So sieht seine Beförderung zum Sicherheitschef eines abgelegenen Staudamms zunächst wie eine letzte Chance aus.

Doch schon bevor die kleine Familie umzieht, nimmt die Katastrophe ihren Lauf. Unaufhaltsam wie eine griechische Tragödie entrollt sich das Unheil, das aus dem Vater das »Stauseemonster« und aus seinem Sohn einen Getriebenen macht.

»Jeong erzählt meisterhaft und voller Einsicht in seelische Verwirrungen.« *Tobias Gohlis, Die Zeit*

»Jeong braucht nur anderthalb Seiten, um das ganze Ausmaß des Schreckens auszubreiten. Puzzleteile werden aneinandergefügt, bis das ganze Stückwerk plötzlich ein erschütternd stimmiges Bild ergibt.« *Frankfurter Allgemeine Zeitung*

»Jeong Yu-jeong setzt Maßstäbe auf höchstem, internationalem Niveau.« *WDR Funkhaus Europa*